베터
라이어

베터
라이어

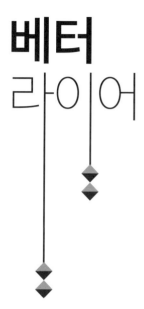

태넌 존스
Tanen Jones
장편소설

공보경 옮김

황금시간

세상은 넓다는 사실을 가르쳐준 진과 재닛에게 바칩니다.

안전한 것은 없다.

기차에 타면 당신은 사라진다.

창문에 이름을 써도 사라지고 만다.

이런 곳은 사방에 있다.

소녀로 들어갔다가 영원히 되돌아 나오지 못하는 곳.

불타버린, 그 들판처럼.

소녀는 사라졌다.

어쩌면 애초에 존재하지 않았을지도 모른다.

증거는 없다.

우리가 아는 건

들판이 불탔다는 사실뿐.

_루이즈 글릭 Louise Glück, 《아베르노 Averno》

Prologue _____

로빈

대부분의 사자死者들과 마찬가지로 나 또한 기억되고 싶다.

운 좋은 사자는 유령이 되어 사방에 흔적을 남긴다. 매트리스의 눌린 자국으로, 사람들 사이에 회자되는 이름으로. 하지만 내 이름은 이미 거의 사라졌다.

로빈 보이트. 예전 고용주가 올해, 2011~2012 회계연도 세금 폴더를 살펴보고 폐기할 준비를 하면서 내 이름을 입에 올렸다. 목록 중에 내 이름이 있었던 것이다. 크리스타 엉거트, 마리아 비야누에바, 그리고 로빈 보이트. 그의 눈앞에 반쯤 잊혔던 내 얼굴이 잠깐 떠오른다. 그는 나를 보면 딸이 생각난다고 말했었다.

졸업 앨범에도 8포인트 폰트로 '로빈 보이트'가 적혀 있다. 케빈 버레이고의 막내딸이 졸업 앨범 속 내 사진을 손가락으로 짚으며 묻는다.

"누구예요? 예쁘다."

케빈이 대답한다.

"로빈이라고, 나보다 2년 후배였는데 전학 갔어."

내 이름 '로빈'은 전 남자 친구의 팔 안쪽에 문신으로도 새겨져 있다. 습진 자국이 있고 냄새도 고약한 겨드랑이 안쪽, 털이 난 주름 사이에 내가 끼어 있는 셈이다.

여느 구차하고 약한 유령들처럼, 나는 사라지고 있다.

나를 계속 살아 있게 해주는 건 나를 쫓아다니고 꽃을 사주면서 엄지로 젖꼭지를 희롱하던 자들이 아니라, 나를 사랑하는 사람들이다. 내 구역질 나는 내면을 들여다보고도 여전히 나를 사랑하는 사람들, 진정으로 나를 아는 사람들.

내게도 그런 사람이 한 명 있었다. 내 언니, 레슬리.

아침이면 내 유령은 레슬리 언니와 함께 깨어나, 어렸을 때처럼 언니의 머리카락을 잘근잘근 씹는다. 밤이면 언니의 손을 꼭 잡는다. 나는 언니를 절대 떠나지 않을 것이다. 언니보다 나를 더 사랑해준 사람은 없었다. 언니는 나를 향한 지극한 사랑으로 내 영혼을 불러들여 숨을 불어 넣었고, 살아 있는 자들처럼 다시 집 안을 걸어 다니게 만들었다. 언니는 오래전에 나와 연결되었지만, 더는 내 이름을 소리 내어 말하지 않는다.

어떻게 그럴 수 있었는지 이야기하면, 여러분도 나를 기억하게 될 것이다.

어쩌면 여러분은 만가挽歌 같은 소소한 노래를 부르듯 서로에게 내 이름을 불러줄지도 모르겠다.

1 _____

레슬리

내가 찾아냈을 때, 그 애는 죽어 있었다.

나는 앉을 곳을 찾아 두리번거렸다. 그 애의 시신이 누워 있는 침대를 제외하면 앉을 곳이라곤 구겨진 옷 더미에 반쯤 파묻힌 식당용 나무 의자 하나가 전부였다. 꿀벌 그림이 그려진 쿠션이 의자 등받이에서 삐져나와 있었다. 쿠션을 바로 놓으려고 다가가는데, 깜짝 놀란 바퀴벌레 한 마리가 허둥지둥 의자 다리를 타고 올라왔다. 나는 얼른 뒤로 손을 빼고 눈을 감았다. 그러다 잠시 뒤 맥없이 눈을 떴다.

시신을 보고 싶지 않았다. 로빈, 아니 레이철의 시신. 성인이 된 그 애의 모습을 본 건 오늘이 처음이었다. 10대 소녀 시절에는 젖살이 통통하고 얼굴이 둥글었는데, 지금은 눈 뜨고 볼 수 없을 만큼 앙상했다. 러닝레블스(네바다 주립대학교 라스베이거스 캠퍼스의 남자 농구팀) 로고가 있는 티셔츠를 입었고 어깨 아래쪽은 구겨진 시트로 덮여 있었지만, 갈비뼈가 앙상하게 불거져 있어서 차마 시선을 둘 수가 없었다. 굶주림으로 움푹 꺼진 배를 엉덩이뼈가 밑에서 감싸고 있었다.

입가와 혀에 말라붙은 토사물은 불에 그슬린 것 같은 색깔이었다. 토사물에 기도가 막혀 질식했을 당시에 이미 의식이 없었을 듯싶었다.

집주인인 이케르는 어쩔 줄 몰라 했다. 그는 바로 옆의 노란 벽과 우둘투둘한 천장만 쳐다보며 내게 물었다.

"경찰에 연락할까요? 이런 일이 일어나서 유감이네, 정말로. 내가 경찰에 연락하죠. 그렇게 해야겠어요."

이케르는 주택 관리 회사 로고가 인쇄된 흰색 폴로셔츠 차림이었다. 늘어진 양쪽 가슴 근육 밑에 초승달 모양으로 땀자국이 나 있었다. 마치 감겨 있는 두 눈 같았다. 그가 휴대전화를 꺼내려고 카키색 바지 주머니에 손을 넣고 뒤적거리자, 땀자국이 선명한 가슴 부위가 씰룩거렸다.

나는 빠르게 생각하려고 애썼다.

"아뇨. 제가 전화할게요. 밖에 나가 계세요. 저는……." 나는 마른침을 삼키며 덧붙였다. "여기서 잠시 얘랑 같이 있고 싶네요."

이케르는 윗입술을 손으로 쓱 문질렀다.

"그래요. 알았어요. 그렇게 해요. 기다릴게요. 밖에서. 나는……." 그는 손으로 방향을 가리켰다. "집 밖에 있을 테니까 필요하면 불러요."

이케르는 내부 계단을 통해 아래층 거실로 내려갔다. 그는 집주인용 열쇠를 들고 밖으로 나가면서 현관문을 약간 열어놓았다. 잠시 후, 열어놓은 창문의 방충망 너머에서 그가 발을 끌며 현관 포치를 서성이는 소리가 들려왔다.

로빈은 여전히 침대에 누워 있었다. 로빈이 죽었다는 사실이 이 방만큼이나 나를 숨 막히게 했다.

나는 상상 속에서 휴대전화로 손을 뻗었다. 그러나 또 다른 상상에서는 그러지 않았다. 몇 분 동안 나는 두 개의 환상 속에서 동시에 살았지만, 현실에서는 핸드백 위 허공에 대고 손만 움찔거리며 어떤 선택도 하지 못했다.

경찰에 전화를 하면 로빈은 죽은 자로 처리될 것이다, 확실하게. 정부가 법적으로 인정하는 사망자가 되는 것이다. 나는 로빈의 신원을 확인하고 그애의 시신을 앨버커키로 가져가, 매장하는 데 필요한 절차를 거친 뒤 장례식을 열 것이다. 모든 사람들이 로빈이 죽었다는 사실을 알게 되면 비로소 끝나는 여정이다.

나는 법적인 싸움을 할 수 있었지만, 그 싸움은 1년 이상 지속될지도 몰랐다. 1년이나 기다릴 여유는 없었다. 내가 경찰에 전화를 하지 않더라도 로빈은 이곳에 죽어 있을 것이다. 하지만……

화장대에 놓인 로빈의 지갑을 열고 운전면허증을 들여다봤다. 색상이 과포화된 사진 옆에 적힌 '레이철 브릴런드'라는 이름이 나를 똑바로 마주했다. 성인이 된 로빈은 꽤 예뻤다. 내 기억으로는 어렸을 적 로빈은 피부가 희었는데, 이곳의 햇볕에 그을어서인지 아니면 인쇄 문제인지 사진 속에서는 살짝 오렌지빛을 띠었다. 얼굴 옆에는 '키: 175센티미터', '눈동자: 갈색'이라고 적혀 있었다.

지갑 안은 물론이고 이 방 안 어디에서도 진짜 이름인 '로빈'을 찾을 수 없었다. 이것저것 물건이 많긴 했지만 대부분 옷이었다. 옷장에 가득 쌓여 있었고 바닥 여기저기에도 널브러져 있었다. 바퀴벌레를 신경쓰면서 옷마다 주머니 속을 뒤져보았지만 오래된 영화표와 주유소 영수증을 찾아낸 게 고작이었다. 벽에는 영화 포스터와 코르크판이 걸려 있었다. 코르크판에는 빨간 플라스틱 컵을 든 친구들 사진, 꾀죄죄한 오렌지색 고양이 사진, 오래전에 사귄 듯한 남자 친구와 함께 찍은 사진 등이 덕지덕지 붙어 있었다. 남자 친구와 찍은 사진은 남자가 카메라 든 손을 앞으로 쭉 빼서 '셀카'로 찍은 것인데, 사진 속 로빈은 체중이 꽤 나가는지 남자 친구의 옆구리가 짓눌린 것처럼 보였다. 화장대 서랍 안에는 변질되어가는 매니큐어 수십 개, 한가운데가 푹 팬 아이새도 따위가 들어 있었다. 50벌은 넘어 보이는 속옷을 옷걸이를 써서 옆으로 밀어 치운 뒤 서랍 아래쪽을 훑어봤지만 딱히 나오는 것은 없었다.

로빈의 신발들, 카우보이 부츠와 탐스 슈즈, 끈 없는 스니커즈도 하나 하나 거꾸로 들고 흔들어 확인했다.

신발 하나에서 무언가가 툭 떨어졌다. 로빈의 진짜 신분증이거나 조그만 비닐 백이겠거니 했는데, 전혀 다른 물건이라 놀랐다. 진주 귀걸이 한 쌍이었다. 워낙 가벼워서 카펫이 깔린 바닥에 떨어질 때 소리도 거의 나지 않았다. 순간 나는 로빈의 신발 속에 살고 있던 곤충이나 나방이 떨어진 줄 알았다. 바닥에 떨어졌다 튀어 오르며 그린 궤적이 꼭 정신없이 움직이는 벌레의 그것처럼 보였기 때문이다. 눈을 감았다 뜬 후에야 그것이 생물이 아님을 알 수 있었다.

몇 초가 흐른 뒤, 나는 내가 그걸 멍하니 바라보고 있다는 사실을 깨달았다. 손톱으로 카펫을 긁어가며 재빨리 귀걸이를 집어 들었다. 어머니의 귀걸이였다. 다섯 군데가 뾰족한, 별 모양의 귀걸이. 금으로 된 조그만 집게발이 작은 진주알을 붙잡고 있는 형태였다. 어렸을 때 이후로는 본 적이 없는 물건이었다. 돌아가신 어머니와 함께 매장됐거나, 아니면 아버지가 팔아버린 줄 알았다. 그런데 라스베이거스에 있는 로빈의 비좁은 셋방에 있었다니.

아버지가 나 모르게 로빈에게 주셨던 걸까?

그랬을 리 없었다. 로빈은 이 귀걸이를 가질 자격이 없었다. 아버지의 주치의들과 진료 약속을 잡고, 아버지가 음식을 삼키게 돕고, 일요일마다 아버지를 모시고 영화관에 간 사람은 나였다. 로빈은 열여섯 살에 집을 나간 후 어쩌다 한 번씩 전화만 걸어왔을 뿐이다.

아버지가 이 귀걸이를 로빈에게 줬을 리 없었다. 아마 집을 나가면서 훔쳐 간 것일 테다. 그날 밤 내 가방에서 40달러를 빼 갔듯이 말이다.

진주 표면을 엄지로 문질러보니, 한 알의 둥근 부분에서 몇 군데 흠집이 있는 게 느껴졌다. 눈에는 보이지 않았지만 분명히 있었다. 진주는 상처 나기 쉽다. 할머니는 섀미와 올리브 오일로 진주에 윤을 내는 방법을 우리에게 가르쳐주셨다. 손톱 끝에 천을 씌워 진주알이 박힌 안쪽 구석까지 잘 닦아야 한다고. 하지만 로빈은 이 진주 귀걸이를 아무렇게나 방치했다.

귀걸이를 손안에 쥐었다. 귀걸이의 뒷면이 어린아이의 치아처럼 손바닥을 파고들었다. 내가 경찰에 연락하지 않으면 로빈 보이트는 이대로 레이철 브릴런드로 남게 된다. 라스베이거스시는 가족 없는 헤로인 중독자 레이철 브릴런드를 알아서 묻어줄 것이다. 열여섯 살 로빈이 선택한 삶의 길 그대로. 고소하게 느껴지기도 했다. 그렇게 땅속에 홀로 묻혀 있기를.

하지만 그런 건 중요하지 않았다. 어느 쪽을 선택하든, 이대로라면 나는 로빈에게서 필요로 하는 것을 얻어낼 수 없었다.

그러면 로빈도 고소해하겠지.

거의 5분 동안 로빈의 시신과 한방에 있었다. 현관 포치에서 서성이던 발소리가 멈췄다. 이케르가 2층으로 다시 올라올지 고민하고 있는 듯했다.

그때 녹슨 계단이 삐걱대는 소리가 희미하게 들렸다. 건물 뒷벽에 설치된 외부 계단의 위쪽 층대를 누군가 밟는 소리였다. 그 계단은 뒷마당에서 위층으로 연결되어 있었다. 누군지 몰라도 계단을 다 올라오더니, 작은 방으로 들어가 문을 쾅 닫았다.

로빈의 룸메이트인 것 같았다. 그렇다. 이케르는 이 집에 또 다른 세입자가 산다고 했다.

작은 방에서 누군가 빠르게 움직이는 소리가 조그맣게 들려왔다. 룸메이트가 포치로 나오면 나와 로빈의 시신을 보게 될 것이다. 경찰은 어디에 있고, 나는 누구이며, 이케르가 왜 신고를 하지 않았는지 궁금해할 것이다.

현관문이 열리고, 계단 아래에서 이케르의 목소리가 들렸다.

"저…… 레슬리 양? 레슬리 양 거기…… 있죠?"

나는 끝내 휴대전화로 손을 뻗지 못했다. 진주 귀걸이를 핸드백에 넣고 뒷문으로 빠르게 빠져나갔다. 누가 나를 보기 전에, 최대한 소리 내지 않고 철제 계단을 내려갔다.

차에 시동 거는 소리가 들리자 이케르는 현관 포치로 달려 나와 내게 멈추라며 팔을 흔들었다. 그가 무어라 소리쳤지만 나는 곧장 출발했다.

2 _____

레슬리

다시 백미러를 흘끗 쳐다봤다. 아까부터 파란색 세단 한 대가 계속 내 뒤를 따라오는 느낌이었다. 나는 고속도로로 들어가, 토요일 밤을 즐기러 도시를 향해 나아가는 차들의 행렬에 합류해 슬쩍 모습을 감췄다. 저 세단에 탄 사람이 이케르일 것 같지는 않았다. 내가 알기로는 이케르의 차는 검은색이었다.

둔하게 윙윙대는 소리에 점점 귀가 쫑긋 섰다. 컵 홀더에 담아둔 동전들이 달그락거리는 소리인가 했는데, 알고 보니 내 휴대전화가 진동하는 소리였다. 핸드백에서 전화기를 꺼내 확인했다. 부재중 전화 두 통. 그리고 이케르가 또다시 전화를 걸어오고 있었다. 잠시 후 그가 남긴 문자메시지가 화면에 떴다.

나는 왜 황급히 그 집을 떠났을까? 마치 내가 로빈을 죽이기라도 한 것처럼, 도망치듯 빠져나왔다. 멍청하고…… 또 멍청했다.

생각해보니 귀걸이 때문이었다. 숨을 들이마신 다음, 도로에 시선을 고정한 채 한 손으로 차 안을 이리저리 더듬어 귀걸이를 찾아보았다. 핸드백 안에는 없었다. 어딘가에 떨어뜨렸나? 손으로 얼굴을 쓰다듬다가 내 귀에 있음을 알아차렸다. 언제 귀에 걸었는지 기억도 나지 않았다.

로빈은 이 귀걸이를 신발 속에 처박아뒀다. 그게 왜 그렇게 화가 났는지 모르겠다. 15년 넘게 그 귀걸이에 대해 생각하지 않고 살았는데. 로빈은 가출하면서 멋대로 어머니의 보석함에서 귀걸이를 꺼내 갔고…… 제대로 관리도 하지 않았다.

진주의 흠집 난 표면을 강박적으로, 가려운 곳에 손을 대듯이 자꾸만 쓰다듬었다. 로빈은 어떻게 이런 짓을 했을까?

신호에 걸려 차를 세웠다. 살집이라곤 없이 뼈만 앙상하던 로빈의 시체가 눈앞에 어른거렸다.

로빈은 어쩌다 그렇게 됐을까?

세단을 따돌리고 의기양양하던 기분이 점차 사그라졌다. 아침에 로빈이 사는 도시로 가는 내내 마치 파도에 떠밀려 가는 느낌이었다. 혼자서 그렇게 멀리까지 차를 몰고 가본 것도 처음이었다. 뉴멕시코주와 네바다주를 잇는 고속도로. 주기적으로 나타나는 거대한 메사(미국 남서부 지역에 흔한, 꼭대기는 평평하고 등성이는 벼랑으로 된 언덕) 옆을 지날 때마다 이 고속도로가 한없이 작게 느껴졌고, 오가는 차량이 너무 드문 탓에 어쩌다 한 대씩 지나가는 차들은 흡사 거대한 바윗덩어리들 사이로 흐르는 가느다란 급류 같았다. 로빈의 집으로 가는 내내 생각했다. 가서 이야기하고 설명을 하자, 그러면 다 괜찮을 거다, 라고.

다음번 고속도로 출구로 빠져나가 제일 먼저 보이는 탁 트인 주차장에 진입했다. 나무 한 그루가 드리운 그늘을 차량 세 대가 전부 차지하고 있었다. 선바이저 바로 앞까지 햇빛이 쏟아지는 까닭에, 먼지 잔뜩 붙은 앞 유리가 불투명해져서 그 너머가 잘 보이지 않았다. 남들도 나를 보지 못할 거라는 착각에 살짝 안도감을 느끼며, 나는 이케르에게 전화를 걸기 위해 휴대전화를 집어 들었다.

손이 바르르 떨렸다. 운전대를 꽉 잡은 채 여기까지 운전을 해 와서인지 손가락이 뻣뻣해 전화기의 '홈 버튼'을 제대로 누를 수가 없었다. 더듬거리다가 휴대전화를 허벅지에 떨어뜨리고 말았다.

이를 악물고 쓰읍, 하는 소리를 내뱉었다. 배가 고파서일 수도 있었다. 아침을 먹은 후로 통 입에 댄 게 없었다. 시간은 벌써 오후 5시가 넘었다.

여기가 어디인지 보려고 목을 길게 빼고 건물에 붙은 간판을 확인했다. 조지 식당. 스테이크 전문점이었다. 마카로니그릴(이탈리아 음식점 프랜차이즈)처럼 바깥벽이 조잡한 석재로 되어 있었다. 창문마다 블라인드가 내려가 있고, 바깥문은 열린 채였다.

주차장을 가로지르는 동안 신발 바닥이 뜨끈해졌다. 비좁은 통로를 지나 안쪽 문을 밀고 들어갔다. 내부는 시원했다. 천장 쪽에 외부로 노출된 채 설치된 대형 환기장치가 쉭쉭 소리를 내며 돌아가고 있었다. 공업 시설 같은 환기 설비만 빼면 대체로 20세기 중반에 유행한 남성 전용 클럽 느낌이 났다. 진한 목재 패널 벽과 창문 앞에 드리워진 묵직한 커튼 때문인지도 몰랐다. 실내 가장자리에는 플러시로 꾸민 널찍한 부스들이 있었는데, 외투와 모자를 걸 수 있는 금색 못걸이도 붙어 있었다. 홀 중앙에는 흰 식탁보를 씌운 테이블들이 있었다. 그 테이블 위에 물컵 여러 개가 거꾸로 뒤집힌 채 놓여 있었다. 식당 안에는 아무도 없었다. 심지어 직원도 보이지 않았다. 환기장치를 제외하면 이 안에서 숨을 쉬는 존재는 나뿐이었다.

호스트 스탠드(주로 고급 레스토랑에서 손님 응대를 위해 운용하는 1인용 혹은 2인용 카운터) 앞으로 걸어가면서, 바지와 블라우스를 입은 내 간소한 옷차림이 이 식당 분위기와 어울리지 않는 게 아닐까 생각했다.

"저기요, 지금 영업하나요?"

주방 쪽에서 달그락거리는 소리가 나더니, 쥐 같은 콧수염을 기른 10대 소년이 양쪽으로 여닫는 문을 빼꼼히 열고 고개를 내밀었다. 어쩐지 그의 머리가 허공에 떠 있는 것처럼 보였다.

"잠시만 기다려주세요."

나는 호스트 스탠드 뒤쪽으로 가 메뉴판을 집어 들었다. 값이 꽤 비싼 편이었다. 라스베이거스의 물가를 생각하면 당연했다. 평소 같으면 먹지 않았을 것이다. 붉은 고기 요리가 이 식당의 주메뉴였다. 손이 계속 떨려서 메뉴판이 펄럭거렸다. 기절할 것 같은 기분이 들 때는 단백질을 섭취해야 한다고 어디서 들었더라?

좀 전의 10대 소년이 다시 나타나 내 옆을 지나가더니, 냅킨에 싼 나이프와 포크로 손을 뻗으면서 물었다.

"한 분이신가요?"

"네."

메뉴판을 원래 있던 자리에 도로 꽂으려다 다른 메뉴판들을 툭 치는 바람에 죄다 바닥에 우르르 쏟아지고 말았다. 소년은 재빨리 나 대신 허리를 굽히고 메뉴판들을 주웠다.

"스테이크 하나 주세요. 고급 비프스테이크로요. 와인 한 잔도요. 아니, 운전을 해야 하니까 와인 말고 그냥 물로 주세요."

"포장해드릴까요?"

소년이 이마에 주름을 잡으며 물었다.

"아뇨." 나는 호스트 스탠드 가장자리를 손으로 잡았다. "먹고 갈게요."

"알겠습니다. 음…….."

그는 나를 부스로 안내해주고 의자 너머로 손을 뻗어 블라인드를 올려주었다. 늦은 오후의 햇살이 니스를 칠한 식탁에 와 닿자, 나는 그 반사광에 시린 눈을 껌벅였다.

"그릴을 작동시키는 중이니 조금만 기다려주세요."

나는 고개를 끄덕였다. 물러가는 그의 모습을 바라보았다. 몸에 비해 지나치게 큰 옥스퍼드 셔츠가 어깨 아래로 늘어져 있었다. 나는 의자에 앉아 두 손으로 머리를 감쌌다.

하루만 일찍 왔어도 로빈은 지금 살아 있을 것이다.

또 다른 옥스퍼드 셔츠 차림의 직원이 시야에 들어왔다.

"물 여기 있습니다. 저는 손님의 서빙을 맡은 셰러드입니다. 다른 음료가 필요하신가요?"

나는 창문으로 시선을 돌렸다. 한 남자가 주차장에 SUV를 세우고 내리더니 뒷문을 열고 그 안에서 작고 하얀 복서 강아지를 안아 내렸다. 그는 개를 아스팔트 바닥에 내려놓고 옆에다 물그릇을 놓아주었다. 그런 다음 작은 물병에 든 물을 그릇에 따른 뒤 쭈그리고 앉아, 물을 마시는 강아지의 귀를 쓰다듬었다.

"손님?"

나는 움찔해서 셰러드를 보다가 물컵을 쓰러뜨려 물을 쏟고 말았다. "미안해요."

"아뇨, 제가 치우겠습니다." 셰러드가 내 물컵을 집어 들었다. 그는 허리춤에 차고 있던 행주를 꺼내 들고 물이 뚝뚝 떨어지는 식탁을 닦았다. "다른 음료는 필요 없으신가요? 주문하신 요리는 곧 나올 겁니다."

"아뇨, 괜찮아요."

다시 고개를 드니 웨이터는 옆에 없었다.

로빈의 소재를 파악하기까지 두 달이 걸렸다. 로빈의 전화번호를 알아내 전화를 해보니 안드레라는 남자가 받았다. 그는 로빈이 라스베이거스로 이사를 간 것 같긴 한데 확실히는 모르겠다며, 로빈을 찾으면 뒈져버리라는 말을 전해달라고 했다. 나는 로빈 보이트라는 이름 말고도 로빈이 채권자들을 피하기 위해 사용한 가짜 이름으로 그 애의 행방을 이리저리 찾아봤지만 성과는 없었다. 그러던 어느 날 누군가 내 아버지의 자동 응답기에, 아버지의 집 주소로 등록된 새 신용카드가 있다는 메시지를 남겨놓았다. 그 카드의 소유주가 레이철 브릴런드였다. 그 이름으로 찾아보니 주소가 나왔다. 스위트홈스 부동산 임대 회사 소유로 되어 있는 집이었다. 전화를 걸자 이케르가 받았다. "여동생을 찾으려고 전화드렸어요. 레이철 브릴런드요. 아버지가 유언장을 통해 레이철 앞으로 큰돈을 남겼거든요."

그러자 그가 대답했다. "예, 예. 브릴런드 양이요. 알죠. 헨더슨에 삽니다."

내가 그리로 간다는 걸 알리면 로빈이 그 동네를 떠나버릴 것 같았다. "같이 거기 가주실 수 있나요? 내일 온다는데, 그 집에 가서 기다리려고요. 전화 연결이 되지 않네요. 무슨 일이 있나 걱정이 돼요."

다음 순간, 내 뇌는 침대 위에 누워 있던 시신과 후텁지근하고 비좁은 방에서 풍기던 냄새를 떠올리고 있었다.

"주문하신 음식 나왔습니다."

셰러드가 돌아와 내 앞에 접시를 내려놓았다.

나는 돌아가는 그의 등에 대고 말했다.

"고마워요."

붉은 육즙을 흘리는 스테이크가 도자기 접시에 담긴 채 내 앞에 놓였다. 요리는 마치 감자와 아스파라거스로 만든 침대에 고기를 올려 예술적으로 표현한 무언가처럼 보였다. 으깬 감자 사이의 도랑을 타고 흐른 핏물이 접시 가장자리에 고였다.

나이프와 포크를 집어 들었다. 몇 번의 칼질 끝에 스테이크 가장자리에서 고기 한 조각을 잘라냈다. 한 입 먹는 순간 손 떨림이 그쳤다. 신경이 너무 곤두선 데다 점심까지 거른 탓에 그랬던 듯싶었다. 거의 10년 만에 로빈을 만나게 되는 자리라서, 그 애에게 할 말을 몇 번이나 연습했었다. '몇 달 전에 아버지가 돌아가셨어. 우리 앞으로 재산을 좀 남기셨는데 네가 집에 와서 서류 작업을 해줘야 해.'

그러면 로빈은 이렇게 말할 것이다. '왜 미리 말 안 했어?' 또는 '얼마나 되는데?'라고.

'널 찾느라 얼마나 고생했는지 몰라. 엄청 오래 걸렸어.'

로빈은 남의 표정을 잘 읽었다. 특히 내 표정은 귀신같이 읽어냈다. 동물적인 육감이라도 있는 건지 괴상할 정도로 빠르게 포착했다.

'애초에 알려줄 생각도 없었겠지. 나한테 필요한 게 있으니까 여기까지 온 거잖아. 뭐가 필요한데, 레슬리?'

로빈을 마음에서 줄기차게 밀어내면서도 머릿속으로는 그런 대화를 끝없이 되풀이했다.

바깥 주머니에 넣어둔 휴대전화가 진동하자 심장이 철렁했다. 이케르에게 전화를 걸 때 쓴 선불 전화기가 아니라 내 진짜 전화기라서 더 긴장됐다. 휴대전화를 꺼내 들고 전화를 받을까 말까 망설였다. 전화를 걸어온 사람은 데이브였다.

수신 거부를 하면 그는 내가 일부러 음성 사서함으로 넘겼다는 걸 알아챌 것이다.

나는 아무것도 하지 않기로 했다. 그냥 휴대전화를 들고 가만히 앉아 있었다. 어느새 진동이 멈췄다. 나는 전화기를 도로 핸드백에 집어넣었다.

강아지에게 물을 주던 남자는 사라졌다. 길 건너에 있는 타깃 소매 체인점의 매장이 훤히 내다보였다. 그 뒤편, 도시로 향하는 길 양옆으로 치아 미백 젤과 아동 병원을 홍보하는 옥외 광고판이 보였다. 라스베이거스로 가는 길 끝에는 뚜렷한 소실점이 보이지 않았다. 열기가 만들어낸 일종의 신기루로 인해 내 눈은 초점을 몇 번이고 다시 맞춰야 했다. 시각적 진공상태라고 해야 할까. 나는 차를 몰고 라스베이거스를 지나 아마고사강으로, 늦은 오후의 햇살 속에 희미하게 반짝이는 그 강으로 달려가는 상상을 했다.

집으로 가는 상상 따윈 하지 않았다.

"천천히 계산하세요."

셰러드가 내 접시 옆에 계산서를 내려놓았다. 어느새 스테이크는 사라졌다. 나는 한 손에 나이프를 들고 몇 분 간 멍하니 창밖을 내다보았다.

나이프를 내려놓고 음식값을 계산했다.

문을 열고 눈부신 햇살 속으로 걸어 나가면서, 헨더슨에 다시 가봐야겠다고 생각했다. 로빈의 시신을 수습해야 했다.

스카이라인이 나를 빨아들이는 듯했다.

이대로 어디로든 사라져버릴 수도 있었다.

하지만 그러지 못한 이유는, 내 차에 누군가 앉아 있었기 때문이다.

3 _____

레슬리

그 여자는 한쪽 발목을 다른 쪽 발목에 걸쳐놓고 내 차 보닛에 걸터 앉아 있었다. 제 몸에 비해 한참 큰 기능성 재킷 주머니에 손을 넣고 뒤적거리면서. 가까이 가서 보니 기껏해야 스물두 살이나 됐을까 싶은 애송이였다. 사막에 사는 '빨강 머리'들이 으레 그렇듯 피부가 남들보다 두 배는 더 그을어 있었다. 가슴팍과 드러난 어깨 군데군데에 주근깨가 뭉텅이로 뿌려져 있고, 재킷의 어깨를 드러낸 쪽은 옷깃이 팔꿈치까지 내려와 있었다. 여자는 주머니에서 꺼낸 라이터로 담배에 불을 붙이더니, 한 손으로 보닛을 짚고 눈을 지그시 감으며 담배를 빨았다. 멀리서 봤을 때는 얼굴에 비해 이목구비가 지나치게 크다는 느낌이었는데, 가까이서 보니 화장 때문이었다. 여자가 눈을 떴다. 속눈썹의 마스카라도 진해서, 부드러우면서도 축 늘어진 인상이었다. 내가 다가가자 여자는 담배를 입에서 빼고 말했다.

"아안녀엉! 무슨 일이에요?"

나는 그녀를 열 걸음쯤 앞에 두고 걸음을 멈췄다.

"그거 내 찬데."

여자는 보닛을 짚고 있던 손을 떼고 자국을 확인하려는 듯 차를 내려다보았다.

"당신 차라고요?"

"응, 나 이만 가야 하니까……."

여자가 성질이라도 부릴까 봐 나는 멈칫했다.

여자는 고개를 갸웃했다. 느슨하게 묶어 올린 정수리의 '똥 머리'가 고갯짓을 따라 이쪽저쪽으로 움직였다. 여자의 표정이 밝아지더니 웃음이 피었다.

"어머, 이런." 그녀는 보닛에서 내려와 몸에 묻은 먼지를 떨었다. "미안해요. 당신 차인지 몰랐어요. 난 메리라고 해요." 여자는 먼지 묻은 손을 내밀었다. "'남친' 차인 줄 알았어요. 같은 차라서 헷갈렸네요."

"난 레슬리야."

나는 여자와 짧게 악수를 나누었다. 여자는 나와 키가 비슷했지만 뼈대는 가는 편이었다. 어깨도 좁고 손도 작아서 전체적으로 나보다 면적이 좁아 보였다.

"난…… 그저……." 나는 운전석 쪽으로 가다가 걸음을 멈추고 물었다. "담배 한 개비 얻을 수 있을까?"

여자는 입에 담배를 도로 물고, 다문 입술 사이로 물었다.

"이거요?"

나는 고개를 끄덕였다.

"돈 줄게."

핸드백 안을 뒤져보았다. 언젠가 핸드백 밑바닥에 25센트 동전이 있는 걸 본 기억이 있었다.

"아, 됐어요."

말투로 보아 텍사스 사람 같았다.

"돈은 무슨, 불도 빌려줄까요?"

"그래주면 고맙지."

여자는 담뱃갑에서 담배 한 개비를 꺼내 내게 건네고 라이터도 내밀었다.

받아 들고 보니 버튼식 라이터였다. 엄지로 버튼을 눌렀지만 불이 켜지지 않았다. 세 번째로 시도했는데도 되지 않자 울컥해서 나도 모르게 한숨을 쉬고 말았다.

메리가 움찔하는 것을 보고 나는 얼른 말했다.

"미안. 미안해. 미안. 이게 되질 않아서……."

메리가 내게서 라이터를 받아 들었다.

"아니에요. 내가 할게요. 괜찮아요?"

"괜찮아."

손쉽게 담배에 불을 붙인 그녀는 섬세한 두 손가락으로 내게 담배를 건넸다.

"고마워."

나는 연기를 빨아들인 후 기침을 하지 않으려고 애썼다. 담배는 처음이었다. 남들이 피우는 걸 보니 마음을 차분하게 해주는 효과가 있는 듯해서 한번 해봤을 뿐이다.

그런 나를 그녀는 유심히 보았다.

"정말 담배가 필요했나 보네요? 끊으려는 중인가 봐요?"

"술을 마시고 싶은데 운전을 해야 해서."

"아, 마셔도 돼요. 남친이 늘 이곳에 오거든요. 그래서 내가 그이 차 보닛에 아니, 그이 차라고 생각한 이 차 보닛에 앉아 있었던 거예요. 지나가다 이 차가 보이길래 남친을 깜짝 놀라게 해주려고 했어요." 메리는 고개를 살짝 숙이며 덧붙였다. "혹시 진 좋아하시면, 여기 진짜 괜찮은 마티니 파는 데가 있으니 가서 마셔봐요."

나는 고개를 저었다.

"많이 마시지는 않아."

"술이 약한가 봐요."

잠시 정적이 흘렀다. 그녀는 곧장 이 자리를 떠날 것처럼 보이지 않았고, 나도 담배를 다 피우지 않았다. 나는 침묵을 깨려고 물었다.

"근처에서 일해?"

"아뇨, 지나가는 길이었어요. 난 저기서 일해요."

그녀는 담배로 도시 쪽을 가리켰다. 지붕 너머로 태양이 넘어가며 건물들의 윤곽을 뚜렷하게 만들어서, 불과 몇 발자국 떨어진 곳에 있는 무대배경을 보는 것 같았다.

메리는 쭈그리고 앉아 보도에 담배를 비벼 껐다.

"카지노에서 일하나 봐?"

"비슷해요." 메리는 일어서며 덧붙였다. "카지노에 붙어 있는 식당에서 일하죠. 랍스터를 엄청 많이 서빙해요." 그녀의 표정이 어두워졌다. "난 서빙 일이 진짜 싫지만 다른 여자애들이 싫어하는 만큼은 아니라서 계속해야 될 것 같아요. 무슨 뜻인지 알죠?"

메리가 흘긋 쳐다보자 나는 고개를 끄덕였다.

잠시 후 내가 물었다.

"달리 하고 싶은 일이라도 있어?"

"'엘에이이'로 가고 싶어요." 메리는 재미있게 들리라고 일부러 길게 늘여 발음했다. "연기를 하고 싶거든요. 가서 끝까지 버텨보려고 돈을 모으고 있어요. 돈을 많이 벌고 싶어요. 그래서 혹시 서비스업에 다시 종사하게 되더라도 그때는 일터를 고를 수 있게요. 물론 기껏 LA까지 갔는데 스트립(라스베이거스의 중심가이자 최대 유흥 지역)에서보다 돈을 못 벌면 말짱 꽝이겠지만요."

"잘할 수 있을 거야." 나는 친절하게 대답하려고 노력했다. "넌 배우처럼 보여."

"무슨요." 메리는 싱긋 웃었다. 입가에 보일 듯 말 듯 잔물결 같은 주름이 잡혔다. "무슨 일 해요? 도시에는 도박하러 갔다가 오는 거예요?"

깜짝 놀랄 정도로 거친 웃음소리가 내 입에서 튀어나왔다. 나는 마음을 진정시키려 노력하며 대답했다.

"여동생을 만나러 갔다가 오는 길이야."

"아, 그래요? 어떻게 됐어요?"

"죽었더라고." 나는 멍청하고 초조한 미소가 새어나오는 걸 꾹 참았다. "내가 도착하기 몇 시간 전쯤에."

"어머, 세상에. 유감이네요. 어휴."

"응. 내가 몇 시간 늦은 거지. 웃기지 않아? 사실…… 사실 걔를 꼭 만나야 했어." 담배를 한 입 쭉 빨았는데 연기가 코로 올라오는 바람에 눈물이 핑 돌았다. "걔한테 받을 돈이 있어서."

메리는 그 말을 곧이곧대로 받아들였는지 아까보다는 말투가 덜 상냥해졌다.

"아, 음. 유감이에요."

30

"아니, 내가 유감이지. 이런 얘길 할 필요는 없었는데. 담배 고마워."
나는 손에 쥔 담배를 들어 보였다. "덕분에 잘 피웠어."

"네. 뭐, 폴한테 메시지 보내서 지금 어디에 죽치고 있는지 물어봐야겠어요. 오늘 저녁에 라스베이거스의 르터노에 들르게 되면 절 찾아요. 술 두 잔 정도는 공짜로 줄 수 있어요."

"네 일터로 놀러 오라고?"

"네. 하면 사거리 근처예요. 분홍색 건물이라 눈에 잘 띌걸요. 잘 안 보이더라도, 꼭 찾아와요."

메리는 친근하게 내 팔을 톡톡 두드렸다.

"못 가. 난……."

나는 애매한 손짓을 했다.

메리는 내 손을 보며 말했다. "그냥, 혹시 들르게 되면요……." 그녀도 나처럼 말끝을 흐렸다.

나는 차에 타 시동을 걸었다. 손가락 같은 무언가가 다리에 닿기에 내려다보니, 내 손에서 떨어진 담배꽁초였다.

4 _____

로빈

왜 더 많은 사람들이 집을 떠나지 못할까? 늘 궁금했다. 매몰 비용 때문일까, 아니면 어둠에 대한 막연한 공포 때문일까. 어쩌면 죄책감 때문일 수도 있다. 어떤 가족들은 마치 휘발유처럼 죄책감을 연료로 해서 굴러가니까.

아니, 남자들은 집을 떠나는 방법을 안다. 평생 그러지 않는 남자들도 방법만은 알고 있다. 방법은 간단하다. 담배를 피우러 나갔다가 돌아오지 않으면 된다. 그리고 플로리다에서 두 번째 가족을 만들고 트로피카나 호텔에서 아이들을 키우며 사는 거다. 그러다 당신이 죽을 때쯤 마지막 선물로 손자들이 서로에 대해 알게 해주면 된다. 그러면 손자들은 사랑이라는 것이 봉인된 상자 속 고양이와 같다는 걸 알게 되고, 아내는 남편의 머리통을 자르고 그 속을 들여다봐도 그저 텅 빈 공간 속으로의 끝없는 추락만이 있음을 깨닫게 될 것이다.

이렇게 질문을 바꿔야 할 것 같다. 왜 더 많은 여자들이 집을 떠나지 못할까?

내가 가출하던 날 밤, 비가 막 그친 참이었다. 대학에 다니는 레슬리 언니는 마침 주말을 보내러 집에 와 있었는데, 그 시각에 옆방에서 잠들어 있었다. 다른 방에서는 아버지가 수면제에 취해 뻗어 있었다. 병을 진단받은 지 2년째 되는 해였다. 아버지는 그때 이미 젖은기침을 하고 있었고, 기침을 참으려면 온 힘을 쥐어짜야 했다. 아버지는 거의 종일 잠만 잤지만, 나는 거의 잠을 자지 못했다. 한밤중에 눈을 뜨면 예언된 미래를 향해 당장 나아가야 할 것 같은 기분이 들었다. 그 미래가 나를 기다리고 있는 것만 같았다. 뉴멕시코주의 중소 도시에 위치한 이 집의 침대에 누워 있는 건, 시간만 질질 끄는 짓같이 느껴졌다.

나는 눈부시게 아름다운 열여섯 살이었다. 열여섯의 몸뚱이로 세상에 나가는 것은 훔친 고급 차를 타고 멋대로 돌아다니는 것이나 마찬가지였다. 청춘의 육신을 가지고 있다는 것만으로도 당장 행동에 나서야 마땅한 양 느껴졌다. '젊은 나이니 뭐든 해봐야지'라고 몇 번이나 스스로에게 되뇌었다. 몸이 정신과 따로 노는 것 같았다. 열여섯의 나를 만난 30대 남자들은 그 몸을 가진 나라는 인간에게 분노하는 듯했다. 마치 BMW 차를 모는 열한 살짜리 꼬마를 못마땅하게 여기는 것처럼. 그들의 입은 "자기야, 이리 와봐……"라고 말하고 있었지만, 그들의 표정은 '넌 그 몸을 가질 자격이 없어'라고 말하고 있었다.

하지만 내 특별한 점은 바로 이것이었다. 내가 이 몸을 가질 자격이 있음을 잘 안다는 것. 그리고 그날 밤, 내 방의 창을 통해 밖으로 나가 창문을 닫은 뒤, 작별 인사처럼 유리에 젖은 손자국을 남겨놓고 그곳을 떠났다.

안에서 언니가 자고 있었다. 어렸을 때 함께 썼던 침대에 언니를 남겨두고 집을 떠나며, 나는 언니를 그 집에 묻는다고 생각했다. 언니는 아버지가 돌아가실 때까지 아버지를 돌볼 것이다. 그리고 남편을 만나 죽을 때까지 남편을 돌볼 것이다. 그러다 운이 좋으면 다른 누군가가 언니를 돌봐주면서 언니가 요강을 걷어찰 때까지 소변보는 걸 도와주겠지. 불쌍한 레슬리 언니. 그날 밤 나는 뒷마당을 가로지르고, 이웃집의 현관 조명등이 뿌린 빛 웅덩이를 통과해, 평범한 죽음을 향해 달려갔다.

5 _____

메리

차는 주차장에 하나뿐인 나무 그늘 아래 세워둔 채였다. 운전석으로 돌아가 백미러를 살짝 왼쪽으로 돌리자 그 여자가 보였다. 레슬리. 그 여자는 차를 공회전시켜놓고 앉아 있었다. 한쪽 귀걸이를 손으로 잡고 이리저리 꼬아가면서.

왜 저기에 저러고 앉아 있을까?

휴대전화를 꺼내 폴에게 문자메시지를 보냈다.

나 할 말 있어⋯♡

전화기를 앞뒤로 까딱까딱 흔들자 케이스 속에 담긴 반짝이들이 밀물과 썰물이 드나들 듯 이쪽으로 쏠렸다가 저쪽으로 쏠리기를 되풀이했다. 폴의 답장을 기다리는 동안 들을 만한 방송을 찾아 라디오 채널을 이리저리 돌렸다. 광고 열두 개에 기독교 설교 방송까지 거치고 난 뒤에야 P.P. 아널드(미국의 흑인 여성 가수)의 〈아침의 천사〉를 들려주겠다는 남자 아나운서의 목소리가 나왔다. 〈아침의 천사〉는 가히 인간이 만든 최고의 노래였다. 나는 그 노래를 처음부터 끝까지 다 알았고 특히 아널드가 "그건 제가 원했던 거예요"라고 노래하기 전에 잠깐 쉬는 부분을 제일 좋아했다.

어느새 휴대전화 케이스의 반짝이들이 전부 바닥으로 가라앉았다. 백미러를 보니 레슬리의 혼다 차는 사라지고 없었다.

평소 나는 교대 근무를 시작하기 전에 선셋 대로와 이스턴 대로 근방에 있는 파크2000 쇼핑센터를 찾곤 했다. 르터노에서 일하는 마흔네 살의 버스보이(식당에서 테이블 치우는 일을 하는 사람) 셰이와 함께. 셰이는 세금 문제 때문에 직업을 가져야 한다고 닦달하는 부모에게 등을 떠밀리다시피 하여 르터노에서 일하고 있었다. 내가 그와 어울려 다니는 이유는, 내 얼굴을 가까이서 30분 동안 보게 해주는 대가로 대마초를 얻을 수 있기 때문이었다. 가끔 그는 내 사진을 휴대전화로 찍어서, 차에 함께 타고 있는 나 대신 그 사진을 뚫어져라 바라보곤 했다. 나는 이유를 묻지 않았다. 우리는 대마초에 취한 채 길 건너 맥캐런 공항에서 날아오르는 비행기들을 구경하곤 했다. 우리가 차를 세워놓은 자리에서는 비행기가 날아오르며 바퀴를 몸통 안으로 집어넣는 모습을 볼 수 있었다. 셰이는 우리가 꼭 조류학자 같다고 했다.

오늘 나는 폴을 만나야 했다. 휴대전화를 집어 들자 케이스 안에서 작은 반짝이의 쓰나미가 일었다. 다시 문자메시지를 보냈다.

지금 어디야♡ 할 얘기 있어...^^

내가 앞서 보낸 문자메시지 일곱 개에도 그는 답장을 하지 않았다. 화면을 엄지로 밀어 올리자 그가 내게 보낸 마지막 메시지가 보였다.

오늘 저녁에 봐, 자기야.

아마 그는 집에 있을 것이다. 그는 프리랜서 사무실에서 시간을 더 많이 보냈지만, 가끔 집에서 일할 때도 있었다. 넓고 햇볕이 잘 드는 창고, 즉 프리랜서 사무실의 책상들 가운데 하나를 임대하여 모르는 사람들과 함께 커피 머신 앞에서 소소한 이야기를 주고받으면서 일했다. 그곳은 칸막이가 쳐진 진짜 회사 사무실 같아 보이기도 했다. 한번은 레이크스에 있는 방 세 개짜리 멋진 집을 놔두고 왜 그런 데서 일하느냐고 물어본 적이 있었다. 그는 형에게서 그 집을 싸게 임차해 쓰고 있었다. 그는 그 집이 너무 편해서 싫다고 했고, 나는 어이가 없어서 웃었다. 그러자 그는 웃었다며 내게 화를 냈다.

백미러를 조정하고 얼굴의 화장을 확인했다. 눈가에 뭉친 아이라이너를 손톱으로 살짝 닦아냈다. 차에 시동을 건 뒤 고개를 살짝 숙여 제트기류 같은 에어컨 바람을 얼굴에 똑바로 맞았다. 이가 시리도록 차가운 바람을 맞으며 P.P. 아널드의 노래를 따라 불렀다. "나를 아침의 천사라고…… 불러줘요. 내 사랑……." 차를 몰고 순환도로로 나가며 나지막하게 흥얼거렸다.

아름다운 풍경을 가진 레이크스는 밸리 서쪽에 위치한 동네로 별도의 우편번호를 갖고 있었다. 말 그대로 거대한 인공 호수 주변에 조성된 동네였다. 물에 청록색 염료를 풀어놓은 듯 푸른 빛깔의 호수 덕분에 그곳의 집들은 꼭 플로리다주의 어느 이름 모를 동네 집들처럼 보였다. 집집마다 작은 부두는 물론이고, '사막의 장미'나 '낙타' 같은 이름을 가진 보트까지 있었다. 폴의 형 바비는 그 동네에 집을 한 채 사서 폴에게 결혼 선물로 주었다. 이혼 후 폴의 전 부인은 아이들을 데리고 덴버로 이사했고, 폴은 그 집을 팔지 않고 계속 갖고 있기 위해 형에게 한 달에 500달러씩 지불했다.

진입로에 폴의 빌어먹을 혼다 차가 세워져 있는 게 보였다. 그 옆에 테슬라 차가 있었다. 폴이 외제 차인 혼다를 산 것을 상쇄하기 위해 국산 차인 테슬라를 샀거나, 아니면 테슬라를 좋아하는 민주당 지지자와 친구라도 된 모양이었다. 진입로에 차를 댈 자리가 없어서 나는 길 건너에 차를 세웠다. 안전벨트를 풀려는데, 마침 문이 열리더니 폴이 밖으로 나왔다. 운동복 차림의 그는 피부가 벌게져서 땀을 흘리고 있었다. 겨드랑이 밑에 큼직한 땀자국이 선연했다. 1990년대 영화에 나오는 남자들처럼 야구 모자를 거꾸로 돌려 쓴 채였다. 지금은 1990년대가 아닌데도 그런 식으로 모자를 쓰는 그가 어쩐지 늙어 보였다. 그래도 그의 밝은 파란 눈은 여전히 마음에 들었다.

그는 집 쪽으로 몸을 돌려 무어라 말하고 있었다. 한 여자가 서둘러 계단을 내려오면서 목에 걸친 헤드폰을 조작하는 게 보였다. 여자는 팔의 이두박근이 도드라졌고 몸이 몹시 탄탄해 보였다. 이마 선에서부터 곱슬곱슬한 머리칼을 두 갈래로 땋아 내린 모습이었다. 나처럼 빨간 머리였다. 폴은 여자의 입술에 짧게 입을 맞췄다. 빠르고 본능적인 키스였다. 이미 저 여자와 키스를 수차례 해본 듯했다. 어둠 속에서도 저 여자의 입술을 찾을 수 있을 것 같았다.

그들을 바라보는 잠깐 동안 몸이 붕 뜨는 기분이었다. 폴은 테슬라의 조수석 문을 열면서 길 건너를 슬쩍 돌아봤고, 나와 눈이 마주쳤다.

얼른 몸을 뒤쪽으로 움츠렸다. 나는 길 건너편에서, 선팅을 한 유리 너머로 폴을 노려보았다.

노래가 끝나고 아나운서가 다시 떠들기 시작했다. "*P.P. 아널드의 〈아침의 천사〉였습니다. 이 노래를 부른 1967년 당시에 P.P. 아널드의 나이는 스물한 살이었죠. 믿겨지십니까? 잠시 쉬었다 돌아와서 광고 없는 특별한 시간을 함께하겠습니다. 다이나 쇼어의 최고의 노래로 시작하죠*"

내가 눈을 껌벅이는 동안 폴은 시선을 돌렸다. 그 여자는 내 쪽은 쳐다보지도 않았다. 그들은 테슬라에 함께 올랐고, 운전석에 앉은 여자는 차를 신중하게 후진시켜 진입로를 빠져나간 뒤 넓고 매끄러운 도로로 내려갔다. 이윽고 그들은 길을 따라 시원하게 달려갔다.

잠시 백미러 속 내 화장 상태를 확인했다. 이쪽 눈, 그리고 저쪽 눈의 눈가 아래에 맺힌 눈물을 손톱 끝으로 문질러 닦았다. 만약 당신에게 진실을 알고 싶은 마음이 있다면, 나는 이렇게 말해야겠다. 그가 문자메시지를 씹었을 때 벌써 감을 잡았다고. 하지만 막상 눈으로 보니 상상만 할 때와는 다른 감정이 솟구쳤다. 늘 그렇듯이.

르테노는 스트립 근처, 파스텔 톤의 중급 호텔들이 모여 있는 구역 한가운데 위치해 있었다. 상점과 술집들이 모여 있는 지역보다는 UNLV, 즉 네바다 주립대학교 라스베이거스 캠퍼스 쪽에 더 가까웠다. 외벽은 연한 분홍색이었고, 앞문에는 하트 모양 네온사인 외에 다른 표식은 없었다. 프레디는 그런 간판이 여자들한테 잘 먹힌다고 주장했지만, 나는 스트립 클럽에나 어울리는 간판이라고 받아쳤다. 안으로 들어가 실내를 둘러보면 오하이오주에서 놀러왔다가 돈을 잃고 낙담한 촌것들을 두루 볼 수 있었다. 그래도 그 촌것들은 언제나 현금을 갖고 있었다.

내부는 대부분이 카지노로 이루어져 있는데, 2000년대 초에 한쪽에 식당을 추가했다. 스테이크와 랍스터 요리가 그럭저럭 잘 팔리는 편이었다. 나는 직원 화장실로 들어가 청반바지와 스니커즈를 벗어 사물함 속 더플 백에 집어넣은 뒤, 근무복인 검은색 벨벳 랩 원피스로 갈아입었다. 귀에는 심하게 긴 가짜 진주 귀걸이를 했다. 가짜지만 얼핏 봐서는 진짜 진주처럼 보였다. 작년에 내 자신에게 준 생일 선물이었다. 버나는 내가 몸을 앞으로 기울이다가 손님 음식에 몇 번이나 귀걸이를 빠뜨리지 않았느냐며 하지 말라고 타박했지만, 이 귀걸이를 하고 일하면 항상 팁을 많이 받는 편이라서 나는 아랑곳하지 않았다. 이 귀걸이를 보고 싫어할 손님은 없을 것 같았다.

매장으로 나가자마자 프리티가 쓱 다가와 말했다.

"누가 남자 화장실에 토해놨더라."

"청소하려면 8분은 걸릴 텐데."

프리티는 어깨를 으쓱했다.

"알아서 해. 난 지금부터 30분 휴식이거든."

나는 프리티가 여닫이문 너머로 사라지기를 기다렸다가 지나가는 셰이의 셔츠 뒤쪽을 붙잡았다.

"누가 남자 화장실에 토해놨대. 너도 다른 사람한테 떠넘기든가."

셰이는 접시와 은식기가 담긴 쟁반을 들어 올려 내 앞에 대고 왈각달각 소리가 나게 흔들면서 말했다.

"이 소리 들리지? 버스보이 언어로 '엿 먹어'란 뜻이야."

나는 아랫입술을 내밀며 말했다.

"어머, 셰이."

"넌 나를 바람맞혔어."

"폴을 만나야 해서 어쩔 수가 없었어." 나는 주변을 빠르게 둘러보고 덧붙였다. "폴이 또 바람을 피우고 있더라."

셰이가 귀를 쫑긋 세웠다. "안 됐네." 그는 의사가 환자를 보듯 냉철한 눈으로 나를 훑어보며 말했다. "너, 오늘 꽤 멋져 보이는걸."

"고마워, 셰이." 나는 잠시 뜸을 들이다가 슬그머니 아까 했던 말을 되풀이했다. "누가 남자 화장실에 토해놨대."

그는 내 앞에 대고 쟁반을 또 한 차례 흔들고는 주방으로 들어갔다.

나는 호스트 스탠드에 있는 조딘에게 갔다. 내가 르터노에서 가장 좋아하는 인테리어가 호스트 스탠드였다. 크롬으로 된 앞면 중앙에는 하트 모양의 네온사인이 있고, 플렉시 유리로 된 상판은 어찌나 매끄러운지 조딘의 분홍색 샤피 펜으로 추잡한 그림을 그려도 될 정도였다. 하지만 르터노의 나머지 부분은 치즈케이크팩토리 체인점처럼 싸구려 티를 물씬 풍겼다. 커다란 대리석 바 상판, 어느 곳에서든 걸리적거리는 아르 데코 스타일의 기둥들, 화장실에 가려고 자리에서 빠져나갈 때마다 최대한 불편하도록 설계된 구깃구깃한 벨벳 소재의 부스들.

오늘 저녁의 테이블 현황판을 위아래로 훑고 있던 조딘은 내가 호스트 스탠드 상판에 몸을 기대자 비로소 시선을 들었다. 호스트 스탠드 앞면의 하트 모양 네온사인이 핫 핑크 빛깔의 모닥불처럼 그녀의 얼굴 밑을 비추었다.

"프리티 대신 일할 거예요. 30분 휴식이래요."

조딘은 캘빈클라인의 'CK' 라벨이 더 잘 보이도록 스포츠 브라를 위로 슬쩍 밀어 올렸다.

"그래. 걔가 아까 2인 테이블 둘에 4인 테이블 하나를 맡았어. 8번,

10번, 14번 테이블. 남자 화장실에다가 누가 토를 해놨다더라."

"내가 한 거 아니에요."

조딘은 코를 찡그렸다.

"그런 뜻으로 한 말은 아니거든."

"알아요."

나는 호스트 스탠드의 선반에서 새 메모 패드와 펜을 집어 들었다.

한 커플이 서로 몸을 딱 붙인 채 킥킥대며 호스트 스탠드 쪽으로 걸어왔다. 조딘이 손님맞이를 하도록 내가 돌아서려는데, 그녀가 내 팔에 손을 얹었다.

"바에 너를 찾는 여자 손님이 있어. 빨간 머리 여자를 찾는다고 하더라. 너를 말하는 것 같던데."

나는 대리석 상판으로 된 바를 흘끗 돌아보았다. 야구 모자를 쓴 남자들이 잔뜩 앉아 있었다. 카지노에 오는 사람들은 모자를 즐겨 쓴다. 밤에도 실내에서 쓰고 다닌다. 그 모자들 사이에서 길고 창백한 달 같은 얼굴이 실내를 이리저리 두리번거리고 있었다.

내가 바로 옆 스툴에 털썩 앉자 레슬리가 나를 돌아보았다. 아까 입고 있던 구겨진 라벤더색 블라우스와 바지 차림 그대로였다. 옷을 입은 채로 자다가 왔는지 땀에 젖어 후줄근해 보였다.

"왔네요."

"어머, 너구나."

그녀가 고개를 옆으로 살짝 기울였다.

"놀랐나 봐요." 나는 바텐더인 헤더에게서 쿠에르보 한 병을 건네받아 잔에 따랐다. "나를 찾는 줄 알았는데, 여기서 일하는 다른 빨간 머리라도 만난 적 있어요?"

"네 이름이 생각이 안 나서." 그녀는 불그레해진 자기 얼굴을 손으로 만지다가 내가 술잔을 밀어 보내자 고개를 저었다. "와인을 계속 마셨어. 아무래도 그건 안 마시는 게……."

"마셔요. 내가 사는 거예요. 여동생 일은 진짜 유감이에요."

레슬리는 입술을 꼭 다물고 술잔을 내려다보다가 잠시 후 잔을 집어 들더니 술 한 모금을 입에 흘려 넣었다.

"테킬라 처음 마셔요?"

"마셔봤어." 레슬리는 한 모금을 더 마셨다. "목이 탈 때는……." 그녀는 술잔을 들지 않은 손을 휘저으며 덧붙였다. "마시기가 괴로워서 그래."

"내가 방법을 가르쳐줄게요. 요가를 하듯 숨을 쉬어야 해요. 마음을 괴롭게 하는 대상을 생각하면서 숨을 들이마시고……." 나는 술을 한 입에 털어 넣고 한숨을 쉬며 말했다. "봤죠? 근심이 다 사라진 거. 나는 이제 새롭게 태어난 거예요."

레슬리는 소리 내어 웃다가, 그런 자신에게 놀란 듯 얼른 손으로 입을 가렸다.

나는 바 쪽으로 몸을 기울여 헤더의 말총머리를 잡아당겼다. "내 앞으로 달아놔"라고 입 모양으로만 말하면서 레슬리의 머리를 손으로 가리키자 헤더가 고개를 끄덕였다. 나는 레슬리를 돌아보며 말했다.

"일하러 가야 해요. 이따가 다시 올게요. 내 이름, 잊어버렸다고 했죠? 메리예요."

"난 레슬리야."

그렇게 말하며 그녀는 손을 내밀었다. 거의 네모로 보이는 커다란 손이었다. 손톱에는 끝이 둥그런 젤 매니큐어가 붙어 있었다. 그녀는 무슨 말을 더 하려고 입을 벌렸다가 그냥 다물어버렸다. 나는 그녀가 마음을 정하기를 기다리면서 잠시 그곳에 서 있었지만 어색한 침묵만 흐를 뿐이었다.

"화장실에 가야겠다."

그녀는 돌연 이렇게 말하며 일어서서 저 끝의 복도를 향해 휘청휘청 걸어갔다.

밤 10시가 되면 주방은 바 스낵을 주메뉴로 내기 시작했고 그때부터는 서빙도 느긋해졌다. 나는 켄터키주에서 온 중년 백인 남자 다섯 명이 앉은 테이블의 시중을 들고 100달러나 되는 팁을 받았다. 그 손님들이 카지노로 돌아간 뒤 다시 바로 간 나는 레슬리 옆자리 스툴에 앉아 헤더에게서 술 한 잔을 더 받았다.

"같이 마셔요." 나는 레슬리에게 어깨를 슬쩍 갖다 댔다. "오늘 진짜 웃기는 하루를 보냈어요. 그쪽만큼이나요."

레슬리는 잠이 쏟아지는 눈으로 휴대전화를 집어 들었다.

"아직 아무도 나한테 전화를 안 했어."

"무슨 전화요?"

"여동생과 관련된 전화."

"그 일로 전화가 오기로 돼 있어요?"

"올 수도 있다고 생각했는데……." 레슬리는 고개를 저었다. "모르겠어. 넌 정말 상냥하구나. 고마워…… 음, 술 사준 것도 고맙고……."

"언제든 말만 해요."

핸드백을 집어 든 레슬리는 손으로 안쪽을 훑기만 하고 아무것도 꺼내지 않았다.

"이제 집에 가야겠다."

"이 근처에 살아요?"

"아니, 뉴멕시코. 앨버커키에 살아."

나는 눈썹을 치켜세웠다.

"여기서 엄청 먼데."

그녀는 신경질적으로 킥킥댔다.

"근처 모텔에 방을 잡아놨어. 집에 간다고 한 건 그 뜻이야. 진짜 집이 아니라."

"음, 나는 지금부터 10분 휴식인데. 같이 나갈래요? 술도 깰 겸 담배나 피울래요?"

레슬리는 잠시 내 얼굴을 뚫어져라 쳐다보았다.

"난 담배 안 피워. 오늘만 피워본 거야."

"그럼, 그냥 옆에 앉아 있기만 해요."

나는 몸을 옆으로 틀고 신발 뒤축 안쪽에 손가락을 넣어 발뒤꿈치를 만져보았다. 물집이 잡혀 있었다.

레슬리는 또 고개를 저으면서 몸짓과 모순되는 대답을 내놨다.

"좋아. 그러지, 뭐."

나는 레슬리를 데리고 미로 같은 기둥과 부스 사이를 빠져나가, 검은색과 보라색 벽지 위에 어중간한 유명인들 포스터가 붙어 있는 곳을 지나갔다. 르터노가 사무실로 쓰였던 과거에는 포스터들이 붙은 저 자리에 창문이 나 있었는데, 카지노로 바뀌면서 창을 없앴다. 창문도 없고 조명도 어둑해야 손님들이 줄곧 밤이라고 생각하기 때문이었다. 저녁때나 입는 칵테일파티용 복장으로 카지노에 입장해, 그 복장 그대로 브런치 서비스 시간에 건물 밖으로 나가는 손님들을 숱하게 봐왔다.

어떤 남자 손님은 카지노 안에 시계가 없어서 비행기를 놓쳤다며 돈을 돌려달라고 떼를 쓰기도 했다.

"지금부터 10분 휴식이요."

나는 뒤쪽 복도의 사무실 앞을 지나며 버나에게 말했다. 버나는 고개도 들지 않았다. 레슬리는 철제 사물함들을 손가락으로 훑었다. 그러다 내 사물함의 숫자 조합식 자물쇠에 달린 분홍색 토끼 발을 꽉 그러쥐었다.

나는 밖으로 나가 문 옆의 흡연자용 벤치에 앉은 뒤 옆자리를 손으로 톡톡 쳤다. 벤치 주변에 떨어진 담배꽁초들을 피해 조심스럽게 다가온 레슬리가 내 옆에 앉아 다리를 꼬았다. 나는 발끝까지 팔을 한 번 쭉 뻗어 스트레칭을 한 다음 앞치마 주머니에서 담뱃갑과 라이터를 꺼냈다.

"정말 안 피워요?"

나는 입에 담배를 문 채 물었다.

레슬리는 고개를 저었다. 나는 어깨를 으쓱하고는 라이터를 도로 앞치마 주머니에 넣었다. 곁눈으로 보니 레슬리는 두 손을 깍지 껴 무릎 위에 올려놓고 있었다.

"아까 했던 말이요. 여동생한테서 받을 돈이 있다고 하지 않았어요?"

레슬리가 고개를 들었다. "아, 아버지가……." 그녀는 헛기침을 하고 말을 이었다. "아버지가 유언장에 우리 둘을 위해 돈을 남겼다고 쓰셨어. 그래서 여동생을 만나 앨버커키로 데려가려고 온 거야." 그녀가 손깍지를 풀었다. "그런데……."

"어머나."

레슬리는 고개를 끄덕였다.

"아버지는 우리가 다시 대화도 하며 살기를 바라셨어. 우리가 서로 말을 안 하고 사는 걸 마음 아파하셨거든."

"언니가 여동생을 집으로 데려오길 바라셨겠네요?"

나는 가로등 불빛을 받아 반짝이는 레슬리의 결혼반지를 눈여겨보았다. 뒤쪽 주차장은 왼쪽에 모여 있는 차 여남은 대 말고는 거의 비어 있었다.

"아버지는 우리가 유산을 받으려면 변호사 사무실로 직접, 같이 와야 한다고 유언장에 명시하셨어. 우리 둘이 함께 오길 바라신 거야. 내가 개를 찾아내기까지 시간이 너무 오래 걸렸지만." 레슬리는 나지막하게 덧붙였다. "간발의 차이로 놓치고 말았지……."

그녀는 멍하니 허공을 응시하며 입을 벌리고 있다가 얼마 뒤 입을 닫았다.

"언니가 유산을 다 받으면 되잖아요? 동생이 죽었으니……."

레슬리는 특이한 무채색의 눈으로 나를 돌아보았다.

"그 얘기는 더 이상 하고 싶지 않아."

"미안해요. 멍청한 말을 하고 말았네요. 기분 나쁘게 생각하지 말아요."

그녀는 넋이 나간 듯 텅 빈 얼굴로 나를 줄곧 바라보았다. 그런 눈으로는 그만 쳐다보면 좋겠다는 생각이 들었다.

"나를 멍청이라고 생각하죠?"

내가 불쑥 물었다.

"뭐?"

그녀는 멍한 상태로 있다가 갑자기 정신이 든 표정이었다.

나는 담배를 쭉 빨며 말했다.

"사람들은 나를 멍청하다고 생각하거든요. 인상이 좀 그래 보이나? 모르겠네요."

레슬리는 쉰 목소리로 조그맣게 웃었다.

"아닌데." 그녀는 잠깐 숨을 돌리고 나서 덧붙였다. "전혀 안 그래."

나는 미간을 찌푸렸다.

"맞을 수도 있어요. 나를 잘 모르잖아요."

"누구나 재능을 갖고 있어."

레슬리는 잠시 긴장을 푸는 것 같았다.

"이것도 재능으로 쳐주나요?"

나는 담배를 입에서 빼 손에 들고, 혀를 꽃양배추처럼 말아 그녀에게 보여주었다. 레슬리가 웃었다. 나는 담배를 도로 물었다.

"농담이고, 난 손금을 볼 줄 알아요. 꽤 잘 보는 편이에요. 그쪽 손금도 봐줄게요."

레슬리가 손을 모아 쥐더니 자기 가슴팍에 붙였다.

"아니, 싫어."

"어서요." 나는 레슬리의 손을 잡아 내 무릎으로 당겼다. "안 아파요."

레슬리는 이내 수그러들었다. 내 쪽으로 몸을 기울여 내 허벅지에 자기 손바닥을 펼쳐놓았다. 나는 땅바닥에 담배를 비벼 끈 후, 벤치 근처에 동그란 고리 모양으로 쌓여 있는 꽁초 더미에다 그걸 툭 던졌다.

"음, 손바닥의 금성구 부분이 통통하네요." 내가 엄지로 그 부분을 꾹 누르자 레슬리가 얼굴을 찌푸렸다. "이건 좋은 거예요. 병에 대한 저항력이 좋다는 뜻이거든요. 중지가 손가락 중에서 제일 기네요. 이건 당신이 기대 이상의 성공을 거둘 사람이라는 의미죠."

"손금을 읽어야 되는 거 아니야?"

"그렇죠." 나는 레슬리의 손가락을 살짝 구부려 손바닥의 주름진 곳이 잘 보이게끔 했다. "이게 생명선이에요. 그런데 생명선이 진짜 흐릿하네요."

"그건 어떤 의미야?"

레슬리가 몸을 앞으로 기울였다.

"손으로 하는 일을 많이 안 한다는 뜻이죠, 뭐. 사무실에서 일하나 봐요."

레슬리가 소리 내어 웃었다.

"애정선은 어때? 이게 애정선 맞나?"

"그건 감정선이에요." 레슬리의 감정선은 마치 상처 자국처럼 짧고 곧았다. "결혼했어요?"

"응. 4년 됐어."

"좋겠다. 남편 이름은 뭐예요?"

"데이비드. 줄여서 데이브라고 불러."

이 말을 하는 동안 레슬리의 입안에서 살짝 구부러진 송곳니가 얼핏 드러났다.

나는 그녀의 손을 놓고 두 번째 담배를 꺼내 물었다. 레슬리는 곁눈으로 내 손을 보며 물었다.

"네 손금은 어때?"

나는 우리 둘 사이, 벤치 위에다 내 손바닥을 펼쳐놓고 설명했다.

"가운데 이 긴 선 보이죠? 이건 내가 유명해질 거란 뜻이에요." 텅 빈 주차장에 내 목소리가 울려 퍼졌다. "전에 초능력자를 찾아가 만난 적이 있는데, 이렇게 긴 선은 처음 봤다고 하더라고요."

나는 손을 거둬들여 앞치마 주머니에 찔러 넣었다. 주머니에 넣어
둔 지폐를 손으로 꼭 잡고 코로 숨을 들이쉬었다.

"이제 그만 가야겠다. 시간이 늦었네."

"옆에 있어줘서 고마워요."

그때 차 한 대가 주차장으로 들어오면서 밝고 단조로운 헤드라이트
빛을 우리에게 뿌렸다. 그쪽으로 고개를 돌렸다. 다시 옆으로 시선을
돌리니 레슬리는 벌써 소지품을 챙기는 중이었다.

"일이 잘 풀리길 바랄게요. 여동생 일도 그렇고, 전부 다요."

"걔 이름은 로빈이야." 그녀는 베일을 쓴 것 같은 멍한 표정이었다.
"고마워."

레슬리는 물건을 마저 챙기다가 멈칫했다. 그녀의 시선을 따라가
보니, 방금 전 들어와 주차한 차에서 한 남자가 우리 쪽으로 어기적거
리며 다가오는 게 보였다.

"가게 안으로 들어가요. 얼른요."

"아는 남자야?"

레슬리가 핸드백에 손을 반쯤 넣은 채 물었다.

"조금요."

레슬리는 그 자리에서 움직이지 않았다.

나와 비슷한 키에 대머리, 불그스름한 염소수염을 기른 그 남자는
샘이었다. 그의 귀와 뺨도 수염처럼 불그레했다.

"옆에 네 친구야?"

그가 연석에 올라서며 물었다.

나는 휴대전화를 떨어뜨렸다가 집어 드는 도중에 집게손가락을 무

언가에 베이고 말았다. 그 바람에 담배를 보도에 떨어뜨렸다.

"아니." 나는 사방으로 피가 튀지 않도록 손가락을 입에 넣었다. "손님이야."

레슬리가 우리 둘을 번갈아 쳐다보며 무슨 말을 하려는 듯 입을 벌렸다.

"손님이라…… 그래." 샘은 레슬리에게서 시선을 떼고 내 휴대전화를 향해 고개를 끄덕였다. "뭘 보고 있었어?"

"시간 확인했어." 나는 앞치마에 손을 대고 문지르며 자리에서 일어섰다. "그만 들어가야 해."

샘이 느긋하게 내 쪽으로 다가왔다. 그가 입은 카키색 버튼다운 셔츠의 단추가 두툼한 가슴팍 때문에 팽팽하게 당겨져 있었다. 그에게서 딸기 사탕 냄새가 났다. 공장에서 만든 싸구려 사탕 냄새. 에어헤드 사탕 같은 거라도 주워 먹은 걸까.

"오늘 또 폴의 집에 갔다고 들었어." 그가 내 귓불을 잡아당겼다. "대체 왜 그래?"

그때 레슬리가 나서서 말했다.

"안으로 들어가자. 쉬는 시간 끝났잖아."

샘은 레슬리를 무시하고 내 귀를 툭 치며 말했다.

"그새끼 다시는 만나지 말라고 했지."

"그만해."

나는 그의 손을 쳐내며 반사적으로 살짝 웃었다. 아마 겁먹은 해골 같은 표정이었을 것이다.

그는 나를 두 팔로 안았다.

"그만하길 원해? 그럼 사과 표시부터 해야지." 그는 내 앞치마 주머니에 손을 쑥 넣어 지폐를 한 움큼 꺼냈다. "오늘 일을 꽤 잘했구나, 자기야." 그는 가로등 불빛에 지폐를 비춰 보느라 뒤로 약간 물러섰다. "200달러나 벌었네."

샘이 내 돈을 자기 지갑에 넣는 동안, 나는 내게로 쏟아지는 레슬리의 시선을 느낄 수 있었다.

"이제 일하러 들어가야 해."

"시간 있잖아. 아무도 너 못 잘라. 나랑 춤이나 추자."

그는 두 팔을 앞으로 뻗었다.

나는 잠시 굳어 있다가 쭈뼛쭈뼛 걸어가 뜨뜻하고 두툼한 목에 팔을 둘렀다. 그리고 거친 소재의 셔츠에 얼굴을 대고 1분 정도 그와 함께 몸을 흔들었다. 샘은 노래를 흥얼거렸고 그 진동이 두꺼운 가슴을 통해 내게로 전해져왔다. 묘하게 익숙한 그 노래가 귀를 파고들었다. 잠시 뒤에는 가사의 낱말들도 귀에 들어왔다. "우린 예배당으로 가서…… 결혼할 거예요(1960년대에 활동한 미국의 걸 그룹 딕시컵스가 1964년에 발표한 곡 〈사랑의 예배당〉의 한 소절)." 그는 나를 놀리고 있었다. 나는 주춤주춤 뒷걸음질을 쳤다.

샘은 헛기침을 하면서 내 허리를 감싸다가 멈칫했다.

"자, 이제 미안하다고 말해야지. 난 그 말을 듣고 싶거든."

나는 레슬리를 흘끗 돌아봤다. 레슬리는 핸드백을 손에 꼭 쥐고 여전히 벤치에 앉아 있었다.

나는 샘에게 고개를 돌리고 조용히 내뱉었다.

"미안."

"거기 다시는 가지 마."

나는 알았다는 뜻으로 고개를 저었다.

"꽤 좋은 직장을 잡았네. 그 옷도 멋져. 이제 여기로 널 보러 오면 되겠다. 토요일엔 거의 근무를 하는 모양이던데."

"응."

"좋아. 즐거운 저녁 보내, 자기야."

그는 내게 미소를 지었다. 그대로 얼어붙은 나는 어색하게 선 채로 그를 향해 미소 지었다. 남들 눈에 이 모습이 어떻게 보일지 뻔했다.

그는 한 번 더 내 허리를 꽉 안은 뒤에 돌아서서 자기 차로 걸어갔다. 나는 벤치에 무겁게 주저앉았다. 그의 발소리에 이어, 차가 쿨럭대며 시동 걸리는 소리가 들려왔다.

"괜찮아?" 레슬리가 내 쪽으로 몸을 기울이고 물었다. 샘이 주차장을 빠져나가면서 그의 차 헤드라이트 불빛이 또다시 우리를 훑고 지나갔다. "누구야?"

그때 식당 문이 벌컥 열리더니 버나가 문밖으로 고개를 내밀고 물었다.

"계속 밖에 있었어?"

"왜요?"

"휴식 시간은 10분이잖아. 전화기에 시간이 뜨니 알 텐데. 이 사람은 누구야? 손님이니?"

그러자 레슬리가 말했다.

"내 차로 가려던 참이에요."

버나가 다시 내 쪽으로 시선을 돌렸다.

"시간을 잘 쪼개 쓰는 방법을 배워야지." 그녀는 짧은 코를 움찔거리며 덧붙였다. "안타깝지만 네 평점을 낮게 주는 수밖에 없겠어. 더는 못 봐줘."

"알았어요."

"따라와. 우선 서류 양식부터 받아 와야겠다. 세 번째로 걸렸다는 걸 네가 인정했다고 적을 테니까 거기다 서명해."

버나는 문 안으로 들어갔고, 나는 그녀 뒤를 따르기 위해 일어섰다.

내가 건물 안으로 발을 들이는 순간 레슬리가 조그맣게 중얼거렸다.

"여기 오지 말걸."

버나는 건물 안에 있는 자기 사무실을 향해 또각또각 구두 굽 소리를 내며 걸어갔다. 나는 사물함이 늘어서 있는 곳에서 걸음을 멈췄다. 형광등 아래서 보니 모든 게 현실 같지 않았다. 조금 전에 밖에서 일어난 일도 내 상상에 불과한 게 아니었나 싶었다.

사물함의 자물쇠를 돌려 열고 최대한 조용히 더플 백을 꺼냈다. 그 안에 손을 넣어 럭키벨라도라 양초가 잘 있는지 더듬어보았다. 양초 안에 그동안 모아둔 돈이 들어 있었다.

샘은 내 돈을 전부 털어가지 못했다.

더플 백을 어깨에 메고 서둘러 복도를 지나 조용히 문을 열었다.

레슬리는 아까 그 자리, 문설주 옆 벽에 기대서 있었다. 우리 둘 사이의 거리는 30센티미터밖에 되지 않았다. 놀란 레슬리가 고개를 획 돌렸다.

레슬리는 어깨 너머로 흘러내린 어두운 금발을 손가락으로 훑어 내리며 말했다.

"메리, 괜찮아?"

나는 그녀의 질문에는 대답하지 않고 내 할 말만 했다.

"여기 일, 때려치웠어요."

"혹시……."

54

"아까 그 남자, 샘이라는 이름의 그 남자요. 내 전 남친이에요. 그놈이 내가 일하는 곳을 알아냈어요. 안 들키려고 조심했는데……. 아까 그놈이 가져간 돈, 내가 받은 팁이에요. 그놈은요…… 레슬리……."

레슬리는 내 손을 잡고 건물 벽 모서리 쪽으로 잡아당겼다.

"고마워요."

나는 속삭이듯 말했다. 힐을 신고 아스팔트를 밟으며 레슬리와 함께 걸어갔다.

우리는 앞쪽 주차장으로 향했다. 레슬리가 자동차 키의 버튼을 눌렀고, 나는 그녀의 혼다 차에 올랐다. 차 안에서 파인솔 살균제와 비슷한 좋은 냄새가 났다. 나는 신발을 벗어서 어색하게 무릎 위에 올려놓았다.

"뭘 어떻게 해야 좋을지 모르겠어요."

백미러로 보니 버나가 가게 앞문을 열어젖히고 있었다. 하트 모양 네온사인이 격하게 흔들렸다.

"오늘 밤은 나랑 같이 있자." 레슬리는 차를 후진시켰다. "객실 침대가 두 개라 문제없어."

레슬리는 하먼 사거리 쪽으로 차를 몰았다. 우리 앞 차의 미등 불빛을 받아 그녀의 하얀 피부가 진한 빨강으로 물들었다. 조용한 차 안에서 그녀가 말했다.

"'전 남친' 일은 유감이야."

"로빈 일도 유감이에요."

한동안 우리는 아무 말도 없었다.

6 _____

레슬리

"위스콘신주 시보이건은 이 독일 소시지의 수도라고도 하죠."

텔레비전 화면 속에서 앨릭스 트레벅(미국의 텔레비전 퀴즈 쇼 〈제퍼디!〉의 진행자)이 말했다.

메리가 답했다.

"프랑크푸르트 소시지. 프랑크부르스트."

"프랑크부르스트가 아닐 텐데."

내가 훈수를 두는 중에 퀴즈 쇼 참가자 중 한 명이 말했다.

"브라트부르스트?"

"어휴. 저거일 줄 알았어." 메리가 한쪽 눈을 내 쪽으로 치켜떴다. "나는 단어의 끄트머리는 기억하는데 앞대가리는 자꾸 잊어버려요."

"끄트머리는 중요하지 않아. 독일 소시지는 전부 '무슨 무슨 부르스트'로 끝나잖아. 부르스트는 소시지라는 뜻이고."

메리는 작은 크기의 슈냅스 진을 또 한 병 꺼내 내 손에 쥐어 주었다.

"마셔요. 독일어 얘긴 그만하고."

"과일과 견과류로 속을 채운 달콤한 빵으로, 발음은…… '훔치다'라는 뜻을 가진 영어 단어와 비슷합니다."

앨릭스 트레벡이 다음 퀴즈를 냈다. 참가자들은 입을 벌린 채 그를 쳐다보기만 했다. 아무도 버저를 누르지 않자 결국 앨릭스 트레벡이 정답을 말했다.

"정답은 슈톨렌입니다, 슈톨렌."

웃음이 났다. 메리가 나를 힐끔 돌아봤다. 레깅스를 입은 메리는 무릎에 베개를 올려놓고 책상다리를 한 채 더블 침대에 앉아 있었다. 메리와 함께 있으니 방 안 분위기가 좀 더 안정적으로 느껴졌다. 혼자 있으면 어쩐지 영혼이 육체에서 분리되는 느낌이었다. 두꺼운 초록색 펠트 커튼과 산업용 에어컨이, 내 숨소리를 비롯해 방 안의 자잘한 소음을 전부 빨아들이는 탓인지도 몰랐다. 조지 식당에 들렀다 온 뒤 이 객실에서 잠을 청하려고 했었다. 침대에 가만히 누워, 이케르에게 그곳을 박차고 나온 이유를 어떻게 해명할지 궁리했다.

'미안하게 됐습니다. 너무 슬퍼서 정신이 없었어요. 이해해주시기 바랍니다.'

'충격이 커서 잠시 혼자 있을 시간이 필요했어요.'

'그 애의 모습을 차마 더 볼 수가 없더라고요. 그 방에 더 있을 수가 없었어요.'

이윽고 〈제퍼디!〉의 전반부가 끝나고 중간 광고가 나오기 시작했다.

"나 혼자 이렇게 멀리 와보는 게 이번이 처음인 거 알아?"

메리는 침대에서 훌쩍 내려오더니 비틀거리며 보드카를 한 병 더 가지러 갔다. 그녀는 내 말을 무시하고 자기가 하고 싶은 말부터 했다.

"있잖아요. 아무래도 내 입이 평소보다 침을 더 많이 만들어내는 것 같아요. 당신도 그런 적 있어요? 맞다, 방금 전에 뭐라고 말하지 않았어요?"

"네가 침을 질질 흘린다고?"

메리는 술병을 따려고 안간힘을 쓰다가 뜻대로 되지 않자 맞은편 침대로 병을 획 던졌다.

"그건 좋은 징조가 아닌데."

"침을 질질 흘린다는 뜻이 아닌데. 그런 뜻은 아니에요. 세수 좀 하고 올게요. 아까 하던 얘기나 계속해봐요."

나는 베개에 등을 기댔다.

"이렇게 혼자 여행을 해보는 게 처음이라고 했어."

화장실 밖으로 머리를 쏙 내민 메리가 입에 문 칫솔 사이로 물었다.

"몇 살이에요? 서른?"

"서른하나."

메리의 머리가 화장실 안으로 도로 들어가고 세면대에 침 뱉는 소리가 났다.

"대박."

"고향 말고 다른 데는 가본 적이 없어. 데이브가 결혼식 직전에 취업을 하는 바람에 우린 신혼여행도 못 갔어. 데이브를 만나기 전에는 편찮으신 아버지를 돌봐드려야 해서 여행 같은 건 꿈도 못 꿨고. 어렸을 때 여행을 했는지는 기억이 안 나. 한 번쯤은 그랜드캐니언에라도 갔겠지, 하고 있어."

나는 손으로 코를 쓰윽 문질렀다.

짧게 물소리가 나더니 메리가 화장실에서 나왔다. 화장을 지운 메리의 얼굴은 전과는 상당히 달라 보였다. 가슴 부위는 햇볕에 갈색으로 그은 데다 주근깨가 잔뜩 박혀 있었지만 얼굴은 피부가 대리석처럼 매끈했고, 연필로 과장되게 그린 아치형 눈썹 대신 자연스러운 곡선의 풋풋한 소녀 같은 눈썹이 눈 위에 자리하고 있었다.

"수건에 검은 게 잔뜩 묻어버렸어요. 크리넥스를 못 찾겠더라고요."

"내 수건 아니야."

그러자 메리는 어깨를 으쓱했다.

그때 〈제퍼디!〉가 다시 시작됐고, 메리는 그 퀴즈 쇼의 주제가를 흥얼흥얼 따라 부르며 내 침대 옆자리에 털썩 앉았다.

"혼자 오는 게 무서웠을 수도 있을 텐데, 남편은 왜 같이 안 왔어요?"

버저 소리와 함께 화면에 '점수 두 배 찬스'라는 글씨가 떴다.

내 대답은 간단했다.

"남편과 걔를 만나게 하고 싶지 않았어."

메리는 땅콩을 씹으며 물었다.

"여동생을요?"

나는 고개를 끄덕였다.

메리는 내가 더 자세히 설명하기를 기다렸지만 내가 아무 말도 하지 않자 다시 물었다.

"왜요?"

텔레비전 속 〈제퍼디!〉 참가자가 대답을 망설이는 동안 에어컨 바람이 침묵을 메웠다. 나는 에어컨의 윙윙대는 숨소리 너머로 대답했다.

"걔가 마약을 심하게 했거든. 최근에는 헤로인을 했고, 그러다 죽은 거야."

"아."

메리는 입속에 땅콩을 더 집어넣었다.

나는 자세를 바꿔 앉았다. 허리띠 위로 접혀 올라온 살을 가리려고 블라우스 자락을 아래로 끌어 내렸다.

"넌 걔와 많이 닮았어. 화장을 지우니까 정말 비슷하네. 걔 머리색은 내 머리랑 똑같았지만."

"답은 〈리턴 투 센더〉(2015년에 제작된 미국 범죄 영화)!" 메리가 입에서 땅콩 가루를 뿜으며 소리쳤다. "그럴 줄 알았어요. 꽤 예뻤나 봐요?"

메리가 나를 돌아보지도 않고 말해서 나는 그녀가 누구를 말하는지 한참 뒤에야 이해했다.

"로빈 말이야?"

"네, 여동생이요. 예뻤어요?"

"응."

그 점만큼은 나도 알고 있었다.

"원래 예쁜 사람들은 서로 비슷해 보여요." 메리는 텔레비전 화면에 눈을 꽂은 채 쑥스러워하는 기색도 없이 말했다. "적어도 내 생각엔 그래요. 나도 늘 누구랑 닮았다는 얘기를 듣거든요. 딸이니 조카니…… 에이미 애덤스니……." 그러고는 소리 없이 활짝 웃으며 덧붙였다. "젊은 시절의 멀라니 그리피스를 닮았다고 한 사람도 있었어요."

그때 앨릭스 트레벡이 특유의 어조로 말했다.

"'8인회'로 알려진 화가들은 '쓰레기통 화가들'이라고 불리기도 했죠."

"팔라펠(병아리콩을 으깨 만든 작은 경단을 납작한 빵과 함께 먹는 중동 지역 음식)이나 지로(납작한 빵에 구운 고기와 양파, 토마토, 차지키 소스 등을 올려 말아 만드는 그리스식 샌드위치)를 먹고 싶어."

내 느닷없는 말에 메리는 조용히 땅콩 봉지를 내밀었다.

"그건 땅콩이지 팔라펠이 아니잖아."

"우리한테는 이것뿐이에요."

메리가 땅콩 봉지를 내 볼에 갖다 대자 나는 인상을 썼다. 잠시 후 메리는 포기하고 내 옆에 앉더니 봉지에 남은 땅콩을 바닥에 휙 뿌렸다.

"레슬리."

메리는 내 이름을 부르며 무슨 말을 하려다가, 그새 무얼 말하려 했는지 잊어버린 듯했다.

나는 메리가 혼자만의 생각에 빠져 있는 것 같아 이렇게 물었다.

"혼자서 여행 많이 다녀봤니?"

"음, 여기랑 텍사스요. 개에 대한 단편영화를 찍으러 비행기를 타고 플로리다주에도 한 번 가봤죠. 그런데 그 영화는 상영되지 못했어요."

메리가 하품을 하자 치약 광고에 나올 법한 희고 고른 치아가 드러났다.

나는 웅얼거리며 물었다.

"아까 내 칫솔 썼어?"

메리는 들은 척도 않고 신세 한탄을 늘어놓았다.

"폴이 나를 사람들한테 소개시켜주겠다고 했어요. 폴의 형이 예전에 제임스 캐머런 감독 밑에서 제작 보조를 했거든요. 오늘도 아까 그 식당 앞에서 폴을 기다리던 거였어요. 그런데 나를 아무한테도 소개시켜주지 않았어요. 그리고 오늘 그에게 새 여친이 생긴 걸 알았죠."

"유감이야."

메리는 고개를 끄덕였다.

"다른 방법은 모르겠어요. 중요한 사람과 연줄이 닿지 않으면 어떻게 배우 활동을 시작할 수 있겠어요?"

나는 공단 소재의 부드러운 이불을 끌어당겨 발을 덮었다.

"일단 돈부터 모은 다음에 에이전트를 찾아보는 방법도 있지 않아?"

메리는 베개에 얼굴을 묻은 채 세차게 고개를 저었다.

"그러다 보면 꼭 일이 틀어져버려요. 난 정말 재수 옴 붙게 태어난 것 같아요, 레슬리. 진심이에요."

나는 손을 올려 입가에 떠오른 미소를 가렸다.

"아직 제대로 연기를 해본 적이 없으니 그렇다는 거야?"

메리는 눈에 힘을 준 진지한 표정이었다. 그녀의 등 뒤 텔레비전 화면에 코로나 맥주 광고가 뜨면서 가느다란 세로줄 무늬 벽지를 푸른 빛으로 물들였다.

"일이 잘 풀린 적이 없어요."

"그렇구나. 그럼 때를 기다리는 수밖에 없지."

"아뇨." 메리는 한쪽 입꼬리를 비딱하게 올리면서 반박했다. "운이 좋은 사람들도 있어요. 운을 타고난 거죠. 전생에 좋은 일을 하도 많이 해서 신도 그 사람들한테 보상을 해주고 싶은가 봐요. 나와는 다르게요. 폴은 나를 두고 바람을 피웠어요. 나는 그럭저럭 괜찮게 일을 하고 있었는데 샘이 나를 찾아냈고, 결국…… 또 일자리를 잃고 말았죠. 그놈이 어떻게 할지는 뻔해요. 내가 어디서 일하는지 알아냈으니 매일 찾아올 거예요."

할 말이 없었다. 메리는 손가락으로 느슨한 실 한 가닥을 감았다가 천천히 풀기를 되풀이했다. 그러다 갑자기 물었다.

"저기요. 남편이랑 인연이라는 걸 어떻게 알았어요?"

갑작스러운 화제 전환에 나는 당황했다.

"음, 그냥 알게 됐어."

메리는 내 팔을 툭 쳤고, 그 바람에 자기 손가락에 감고 있던 실을 침대로 떨어뜨렸다.

"어휴. 난 그렇게 말하는 거 싫더라."

분위기가 돌연 바뀌자 내 입에서 웃음이 새어 나왔다.

"그게, 달리 표현할 방법을 몰라서 그래."

실은 도저히 소리 내서 말할 수 없는 일이기 때문이었다. 그 일이 일어났을 때, 나는 두려워서 어쩔 줄을 몰랐다. 그때까지 사랑에 빠져본 적이 없었다. 막상 그런 일이 내게 일어나자 그게 어떤 의미인지도 이해하지 못했다. 데이브 플로러스와 사귀던 초기에 나는 '그가 어느 날 갑자기 죽으면 어떻게 하지' 하는 상상을 하기 시작했다. 자다가도 그와 관련된 꿈을 꾸다가 얼굴이 식은땀에 흠뻑 젖을 정도로 공포에 질린 채 잠에서 깨어나곤 했다. 그런 꿈을 열 번도 넘게 꿨는데, 그와 사이가 깊어지면서 두려움은 더욱 커져 나중엔 거의 미쳐버릴 지경이 되었다. 데이브와 사귀면서 그 전에는 어느 누구와도 해본 적 없는 일도 저질렀다. 수업을 땡땡이치고 종일 침대에 누워 있는 것이나, 사귄 지 2주 만에 그의 집에서 동거하는 것 등. 그를 만난 뒤로는 내 아파트에서 한 번도 잠을 자지 않았다. 그때는 그게 당연하게 느껴졌다.

터무니없고, 우습고, 아름다운 나날이었다. 그러다 밤이 되면 망상 속에서 그의 시체를 몇 번이나 보았다. 일상에서 행복을 맛볼 때마다 내 뇌는 그 행복이 사라질 때 얼마나 두려울지를 내게 미리 보여주려는 듯했다.

나는 그를 위해 무엇이든 할 수 있을 것 같았다. 그래서 그가 내 인연임을 알았다.

"남편이 계속 전화를 해. 여동생을 만나기로 한 일은 어떻게 됐는지 알고 싶은 거겠지."

메리는 인상을 쓰며 물었다.

"남편한테 아직 말 안 했어요?"

"어떻게 말해야 할지 몰라서. 다 끝장나버렸단 말이야. 나는…… 우리는 그 돈이 정말 필요했는데."

메리는 고개를 끄덕였다.

"그런데 어차피 받게 될 돈 아닌가요? 시간이 지나면요."

나는 고개를 저었다.

"당장 그 돈이 필요해서 그래. 유언장에 적힌 구절을 놓고 라스베이거스를 왔다 갔다 하면서 법정 다툼으로 수 개월을 보내게 될지도 모르잖아. 1년이 걸릴 수도 있어. 그렇게는 못 기다려. 유산을 바로 받을 수 있을 줄 알았단 말이야. 못해도 이번 주 안에는 받을 거라고 생각했는데."

메리는 그 이야기를 들으면서 입을 살짝 벌린 채 생각에 잠겼다.

"결혼반지를 전당포에 맡겨서 돈을 빌리도록 알선해줄 수 있어요."

"그런 뜻이 아니야."

"제안해본 거예요. 난 온갖 물건들을 전당포에 맡겨봤거든요. 바로 현금을 손에 쥘 수 있어요."

나는 보석 부분이 손바닥 쪽으로 가도록 반지를 돌렸다.

"아니. 고맙지만 사양할게."

"아니면 우리 같이 기도나 해요."

메리는 별안간 허리를 세우고 앉아 책상다리를 했다.

"우린 취했어. 술에 취했는데 무슨 기도를 해."

메리는 나무라는 눈빛으로 나를 쳐다보았다.

"왜 못 해요. 내 친구 중에는 토할 것 같다는 생각이 들 때마다 묵주를 돌리는 애도 있어요. 묵주를 돌리면서 기도를 하면 구토가 멎는다더라고요."

"넌 무슨 기도를 할 건데?"

"우리가 원하는 걸 이뤄달라는 기도죠."

일어나서 다른 침대로 건너간 메리는 더플 백에서 들쭉날쭉한 모양의 분홍색 석영 조각을 꺼냈다. 그리고 두 침대 사이에 놓인 협탁 위, 알람 시계 앞에 그것을 내려놓았다.

나는 그걸 손으로 가리키며 물었다.

"그게 뭐야?"

"이름은 '팝록'이에요. 석영 가족들 중에 제일 몸집이 커서 아빠 역할을 맡은 거죠. 내 아파트에는 얘보다 작은 애들도 있는데, 사실 얘가 최고예요. 자, 이제 나처럼 아래로 내려와봐요."

메리는 침대에 놓인 쿠션 하나를 집어서 바닥에 내려놓은 뒤 손으로 툭툭 쳤다. 나는 비틀거리며 침대를 빙 돌아가 메리 옆에, 그녀처럼 경건한 자세로 무릎을 꿇고 앉았다.

"자, 시작할게요. 눈 감았어요? 레슬리, 눈 감아요. 하느님과 성령님께 기도합니다. 오늘 저희에게 일어난 모든 좋은 일을 감사드립니다. 저희는 진심으로 고마워하고 있어요." 메리가 팔꿈치로 나를 툭 쳤다. "좋았던 일들을 말해봐요."

"음……." 나는 웃지 않으려고 애쓰며 말했다. "네가 일을 그만둔 거.

슈냅스를 마신 거. 퀴즈 쇼를 본 거."

"좋아요. 이제 내가 인생에서 원하는 것에 집중할 때 쓰는 방법을 보여줄게요. 원하는 바를 머릿속으로 상상하는 거예요. 상상 속에서 나는 가난뱅이가 아니에요. 나는 라스베이거스를 벗어나 나를 사랑하는 사람, 진심으로 나를 사랑해주는 사람을 만나요. 그 사람은 내가 목표를 이룰 수 있게 도움을 주죠."

"멋진 상상이네." 나는 어깨로 메리를 슬쩍 쳤다. "좋은 방법이야. 네가 왜 이렇게 하는지 이유를 알 것 같아."

"그럼, 당신 차례예요."

나도 눈을 감았다. 무언가를 머릿속에 떠올리기까지 한참이 걸렸다. 옆에서 메리가 쿠션을 만지작거리는 게 느껴졌다. 마침내 나는 입을 열었다.

"내일 눈을 뜨면 무엇을 해야 할지 알고 싶어. 계획이란 게 있으면 좋겠어."

"완벽해요. 이제 기분이 좀 좋아지지 않았어요?" 메리는 팝록을 집고 침대 쪽으로 걸어가 그걸 더플 백에 도로 집어넣었다. 나는 쿠션을 손으로 짚고 일어서다 살짝 미끄러졌지만 무사히 침대에 앉았다.

내 옆에 다시 와 앉은 메리는 무슨 변덕인지 또 일어섰다.

"오줌 누고 올게요."

그러고는 조용히 화장실로 향했다.

메리는 텔레비전 앞을 지나가다 말고 서서, 발바닥에 붙은 으스러진 땅콩 조각들을 떨어냈다. 텔레비전에서 흘러나온 빛을 받은 메리는 마치 어린아이를 그린 초상화 같은 2차원적인 무언가로 보였다. 이마의 윤곽이 어쩐지 낯익었다. 순간, 진짜 로빈을 보는 듯했다. 실제보다 완벽한 로빈. 로빈이 또 다른 삶을 살았다면 아마도 저런 모습일 것이다.

어수선한 머릿속으로 흘러든 생각은 또 다른 상상으로 이어졌다. 해결책. 바로 이 난관을 뚫을 방법이었다.

7 _____

메리

"이거 계속 볼 거예요? 다른 거 봐도 될 텐데."

발가락 사이에 낀 땅콩 조각을 빼내며 내가 어깨 너머로 말했다.

"너 보고 싶은 거 봐."

침대 옆 스탠드의 희미한 빛을 받은 레슬리의 눈은 초점을 반쯤 잃은 채였다. 레슬리가 빌린 모텔 객실에서 하룻밤을 같이 지내기로 했을 때만 해도 나는 친구 집에서 자고 오는 것처럼 다정하고 즐거운 시간을 보내게 될 줄 알았다. 처음에는 그런 분위기였던 것도 같은데, 술을 진탕 마시고 나니 레슬리는 축 늘어져버렸다. 나는 그녀에게 여전히 낯선 사람이었고, 모텔 방에는 우리 둘뿐이었다. 그래도 조금씩 친해지고 있다고 생각했다. 레슬리는 스트레스 해소용 장난감을 다루듯 이불을 손가락으로 쥐었다 풀었다 하고 있었다.

리모컨을 집어 채널을 돌렸다. 풋볼 경기 채널 하나, 만화영화 채널

두 개를 지나치자 다음 채널에서 〈청춘 낙서〉(1973년에 제작된 조지 루카스 감독의 영화)가 방영 중이었다. 마침 토드와 캔디 클라크가 〈내 눈은 너만 바라봐〉를 부르는 장면이 나오고 있었다.

"와, 이 채널 좋네."

애써 명랑한 척하면서 화장실 쪽으로 돌아섰다.

바로 앞에 레슬리가 서 있었다. 나는 뒤로 주춤 물러섰다. 침대에서 일어나는 소리도 듣지 못했는데. 우리는 코가 맞닿을 정도로 가까이 서 있었다.

"메리." 레슬리가 내 팔을 붙잡았다. 그녀에게서 시큼한 냄새가 풍겼다. 술 냄새와 지나치게 오래 자고 일어났을 때 나는 퀴퀴한 구취가 섞인 냄새였다. "나랑 같이 뉴멕시코로 가지 않을래?"

나 역시 술에 취한 상태였지만, 식당에서 웨이트리스로 일하면서 몸에 익은 버릇이 바로 나왔다. 손가락을 움츠리면서 내 공간을 침범한 그녀와 거리를 둔 것이다.

"무슨 소리예요?"

나는 웃어넘겼다. 술에 취해 해본 말일 것이다.

"아직 아무도 로빈이 죽은 걸 몰라. 네가 로빈인 척하면 돼."

나는 얼굴의 웃음기를 완전히 지우지 못한 채 그녀를 빤히 쳐다보았다. 등 뒤의 텔레비전에서는 〈청춘 낙서〉의 소리가 계속 흘러나오고 있었다.

레슬리는 내 팔을 놓고 나를 설득하기 시작했다.

"일종의 연기잖아? 배우가 되고 싶다며. 연기 연습처럼 생각해. 며칠만 해주면 돼. 로빈인 척하고 변호사 사무실에 같이 가주면 되는 거야. 유언장에 그렇게 적혀 있어. 그런 다음 네가 절반을 가져가."

"무슨 절반요?"

"5만 달러. 로빈이 받기로 한 유산이야. 로빈은 죽었으니 그 돈을 쓸 수도 없어. 그러니 네가 가져. 전부 다. 현금으로 줄게. 그 돈이면 로스 앤젤레스에서 멋지게 시작할 수 있지 않겠어?" 레슬리는 고개를 옆으로 살짝 기울이며 이렇게 덧붙였다. "전 남친도…… 다시는 널 찾지 못할 거야."

나는 큰 소리로 웃었다.

"많이 취했나 봐요. 누워서 잠이나 자요."

그러고 나서 화장실 쪽으로 가는데 레슬리가 뒤따라왔다. 그녀의 붉게 상기된 뺨에 머리칼 몇 가닥이 붙어 있었다.

"넌 로빈과 닮았어, 메리. 충분히 비슷해 보여. 앨버커키 사람들은 로빈이 10년 전에 가출한 뒤로 로빈을 본 적도 없어. 넌 그냥 나랑 같이 변호사 사무실에 가서 서류에 서명만 하면 돼. 나한테 로빈의 예전 여권이 있으니까 누가 신분증을 요구하면 그걸 보여주면 되고."

나는 레슬리의 비위를 거스르고 싶지 않아서 "으음", "글쎄요" 같은 애매한 말을 흘렸다. 그리고 초조해하는 개를 달래듯 그녀의 매끈한 머리카락을 살짝 쓰다듬었다.

레슬리가 내 손을 덥석 잡았다.

"메리, 로빈은 채권자들을 피하느라고 가짜 이름을 쓰며 살았어. 레이철 브릴런드. 그 이름으로 살다가 죽은 거야. 레이철 브릴런드와 연관된 사람들 중에 내 연락처를 가진 사람은 집주인 한 명뿐이야. 하지만 그 남자는 내 진짜 이름을 몰라."

"그 사람이 당신 진짜 이름을 모른다고요?"

나는 그녀의 설득에 말려들고 있었다.

"그 애를 찾으려고 그 남자한테 연락해서 내 이름을 레슬리 브릴런드라고 했거든." 레슬리의 회색 눈은 도톰한 아랫입술보다 약간 더 돌출된 것처럼 보였다. "그랬더니 그 애 방에 들어가게 해주더라고. 내일 그 사람한테 전화를 할 생각이었어. 하지만 만약 내가 전화를 하지 않으면…… 그 애는 집주인을 비롯해 주변의 모든 사람들에게 레이철 브릴런드로 기억되겠지. 그러면 로빈 보이트는 여전히 살아 있게 되는 거야. 법적으로."

"경찰이 조사를 해서 당신을 감옥으로 보내기 전까지는 그렇겠죠."

나는 카펫에 발가락을 대고 문질렀다.

"경찰이 조사를 왜 하겠어. 사인이 약물 과다 복용인데. 로빈은 마약 중독자였어. 혹시 경찰이 조사를 하더라도 그때쯤 넌 멀리 떠나 있을 테고, 경찰이 앨버커키에서 찾아내는 건 나뿐일 거야. 그리고 난 네 이름만 알지 성은 몰라."

내가 입을 열려는데, 레슬리가 손으로 막았다.

"나한테 네 성을 말하지 마."

내가 바보인 줄 아는 모양이었다.

나는 내 입을 막은 그녀의 두툼하고 부드러운 손에 대고 말했다.

"은 흘그니끄 승근웁스요."

"뭐라고?"

그녀의 손을 밀어내고 입을 쓱 닦았다.

"당신 여동생인 척 안 할 거니까 상관없다고요."

다시 생각해봐도 어이가 없어서 웃음만 나왔다.

"넌 돈이 필요하잖아. 그리고…… 나도 돈이 필요해. 이의 제기를 하고 기다릴 여유가 없어. 난 실직했고, 우리 부부는 집을 잃게 될 판이야. 데이브는 그런 상황 못 견뎌. 견뎌낼 사람이 못 돼. 그는 자기가 문제를 해결할 수 있다고 생각하지만……." 레슬리는 감각이 마비되는 느낌이 드는지 손가락을 구부렸다. "5만 달러면 이 문제를 해결할 수 있어." 그녀는 나지막하게 물었다. "그 정도 돈이면 네 문제도 해결할 수 있지 않겠니?"

샘의 노래가 귓가를 맴돌았다. '우린 예배당으로 가서…… 결혼할 거예요…….' 내 허리를 잡고 있던 그의 불그레한 두 손도 떠올랐다.

"며칠이면 돼. 길어야 일주일이야."

나는 입술에서 미소를 거둔 채 그녀를 가만히 바라보았다.

"부탁이야, 메리. 생각해봐줘."

레슬리는 자신과 나 사이에 초조한 침묵이 오랫동안 흐르게 놔두었다. 그녀가 의도한 대로 분위기가 거북해졌다. 내가 "알았어요!"라고 외치며 자기 품에 안기도록 유도하려는 것일 터였다.

하지만 나는 "오줌 누고 올게요"라고 말하고 침대 쪽으로 걸어가 더플 백을 집어 들었다. 그리고 레슬리 옆을 지나쳐 화장실로 들어간 다음 그녀의 면전에 대고 문을 쾅 닫았다.

8 _____

메리

오줌을 눠야 하기는 했다. 하지만 일을 보고 나서도 화장실 밖으로 나가기가 싫었다. 문을 닫으니 잠시나마 마음이 안정됐다. 레슬리의 몸짓에는 묘한 구석이 있어서 보고 있으면 나까지 덩달아 초조해졌다. 어서 그녀가 정상으로 돌아오기를. 조금 전까지만 해도 나는 레슬리와 친구가 된 것 같은 기분이었는데. 그녀도 그저 나와 친구가 되고 싶어 했더라면 분위기가 쭉 괜찮았을 것이다.

화장실에서 볼일을 보는 것처럼 들리게끔 샤워기를 틀었다. 하지만 샤워를 하는 대신에 전신 거울 앞의 지저분한 타일 바닥에 웅크리고 앉아 더플 백에서 벨라도라 양초를 꺼냈다. 양초 속 빈 공간에 넣어두었던 돈을 꺼내 세어보았다. 처음에는 빠르게, 두 번째는 똑바로 셌는지 확인하기 위해 천천히. 내가 평생 모아온 돈이었다. 룸메이트가 도벽이 있어서 아파트에는 이 돈을 둘 수 없었다. 545달러. 나는 그 돈을 손에 들고 거울 앞에 멍하니 앉아 있었다.

샘이 한 말이 떠올랐다. '꽤 좋은 직장을 잡았네. 그 옷도 멋져. 이제 여기로 널 보러 오면 되겠다. 토요일엔 거의 근무를 하는 모양이던데.'

거울 속 나를 바라보는데, 거울 표면이 허옇게 변해갔다. 처음에는 형광등 아래 내 익숙한 얼굴의 일부가 보였다. 입가에 영원히 새겨진, 머리핀에 긁힌 자국. 그리고 비대칭인 눈썹. 그러다 마침내 거울에 부옇게 서린 수증기에 내 모습이 흐릿해졌다.

거울을 보고 있으니, 다른 사람이 될 수도 있을 것 같다는 생각이 들었다. 머리색만 좀 바꾸면 될 듯했다.

술이 거의 깰 때까지 화장실에 머물다가 다시 한번 내 모습을 바라보았다. 그러다 화장실 밖으로 나오니, 방 안이 얼어붙을 만치 추웠다. 침대에 모로 누운 레슬리는 〈청춘 낙서〉의 엔딩 스태프 롤이 화면에 죽 올라가는 것을 보면서 발을 까딱거리고 있었다. 그 바람에 침대가 리듬에 맞춰 삐걱대며 짜증을 일으키는 소리를 냈다. 내가 가까이 다가가는데, 갑자기 레슬리가 벌떡 일어나 앉는 바람에 깜짝 놀랐다. 레슬리는 가는 세로줄 무늬 벽지에 등을 기대고 앉아 지나치게 큰 목소리로 말했다.

"나왔구나. 기분은 어때?"

"괜찮아요."

나는 옆의 침대에 앉아 텔레비전 쪽으로 몸을 돌렸다. 스태프 롤이 끝나고, TNT채널에서 방송될 다음 영화의 제목이 화면에 떠올랐다. 〈트랜스포머〉였다.

레슬리는 나를 힐끔힐끔 쳐다보면서 무슨 말을 하고 싶은 듯 입을 뻐끔거리다가 다물었다. 그녀가 네 번이나 그러자 참다못한 내가 물었다.

"뭐예요?"

"아무것도 아니야. 괜찮지?"

"괜찮다고 했잖아요."

손톱 밑에 땅콩 조각이 끼어 있어 다른 손으로 그걸 파냈다.

"메리……."

나는 쿠션을 머리로 내리찍었다.

"아, 젠장! 〈트랜스포머〉 좀 보게 내버려두면 안 돼요?"

침대와 벽 사이의 좁은 틈새에 팔을 집어넣어 내 더플 백을 찾았다. 그 안에 담배가 들어 있었다.

내가 스피릿 담배를 꺼내자 맞은편에 앉은 레슬리가 타일렀다.

"방 안에서 피우면 안 돼."

"그럼 나가서 피우면 되겠네요."

"아니…… 굳이 그럴 건 없고……."

슬쩍 보니, 레슬리는 입을 다물고 창가로 가 블라인드를 한쪽으로 밀더니 창문을 열려고 낑낑댔다. 하지만 창문은 꿈쩍도 하지 않았다. 그녀는 하는 수 없이 옆으로 가 문을 당겨 열었다. 자동차 경적과 착륙하는 비행기 소음이 방 안으로 밀려들었다.

"속이 메슥거려."

담배에 불을 붙이려는데 레슬리가 느닷없이 말했다. 그녀는 침대에 앉으려다가 한 차례 휘청하더니, 몸을 좀 더 위로 올려 겨우 자리를 잡는 듯했다.

"술에 취해서 그래요. 괜찮아질 거예요."

레슬리는 눈을 감았다.

"그럴 것 같지가 않아."

레슬리를 가만히 바라보았다. 거친 삼 같은 빛깔의 머리카락 절반이 얼굴을 내리덮고 있었다. 스탠드 불빛 아래서 보니 얼굴의 화장 때문에 피부의 흠집과 주름이 한층 눈에 띄었다. 나이가 들어간다는 증거였다. 꼬락서니가 엉망이었다. 마음 한편으로는 레슬리가 어서 잠들기를 바랐다.

그녀가 잠이 들면, 여기를 떠나야 할까?

맞은편에 문이 열려 있었다.

"레슬리." 나는 맞은편 침대로 걸어가 그녀의 어깨를 쿡 찔렀다. "레슬리?"

레슬리는 한숨을 쉬었다.

"새벽 4시가 다 됐어." 그녀가 눈을 뜨고 중얼거렸다. "그만 자자."

나는 담배를 들어 올리며 고개를 끄덕였다.

"티브이 꺼줄까?"

"괜찮아요. 켜놓는 게 좋아요."

나는 열린 문 쪽으로 걸어갔다. 담배를 마지막으로 몇 모금 더 빨고 바깥 통로에 꽁초를 휙 던진 다음 문을 닫았다. 얼어붙을 만큼 추운 방에서 레깅스를 벗어 바닥에 아무렇게나 놓아두고 이불을 끌어당겨 덮었다. 레슬리도 침대에 눕더니 팔을 뻗어 스탠드를 껐다. 옷을 입은 채 뒤돌아 누운 그녀의 모습은 어둠 속에서 시커먼 덩어리로 보였다.

텔레비전 소음에 한동안 귀를 기울였다. 뇌 속에서 무언가가 날카롭게 윙윙대는 느낌이었다.

도저히 잠이 오지 않아 입을 열었다.

"어떤 사람이었어요?"

이불을 덮고 누운 레슬리가 꼼짝도 하지 않기에 내 말을 못 들었나 했다. 그런데 갑자기 그녀가 대답했다.

"걔는…… 우리 집 막내였어." 레슬리는 눈을 감은 채 똑바로 누워 천장에 대고 말을 이었다. "관심받는 걸 좋아했지. 늘 아버지 머리 꼭 대기에 앉아 있었어. 10대 때 가출을 했는데, 그 후 수년 동안 아버지에게 전화를 해서 자기 생활에 대해 거짓말을 늘어놓았어. 대학에서 경영학 학위를 받을 거라면서 학비를 보내달라고 하고는 그 돈을 받아 마약을 사는 데 썼어. 워낙 예쁘고 매력적이어서, 걔를 아는 사람들은 다들 걔가 커서 대단한 일을 할 거라고 생각했어. 어쩌면 가능했을 수도 있겠지. 만약 본인이 좋아하는 일을 찾았다면, 자기가 우러러보는 사람들을 따라 해보면서 그들과 비슷해지려고 노력했을 수도 있을 거야. 노력이 일주일을 못 가는 게 문제였지만. 걔는 내 물건을 멋대로 가져가놓고 자기가 한 게 아니라고 우기곤 했어. 가끔은 참 상냥하기도 하고, 또 사려 깊을 때도 있었는데. 나한테는 거의 그렇지 않았지만."

"보고 싶어요?" 레슬리가 곧바로 대답을 하지 않아 나는 계속 말했다. "가까운 사람이 죽은 적은 없거든요. 그래서 자매가 죽는 게 어떤 기분일지 상상이 안 가요. 뭔가 괴상한 기분이에요?"

어둑어둑한 방 안에서 레슬리의 가슴이 올라갔다 내려가는 게 보였다.

"걔랑 10년 동안 말을 하지 않았어. 그래서인지 딱히 다를 것도 없어."

9 _____

로빈

4월이었다. 부활절이 코앞으로 다가와 예수상이 저 아래 마당에 나른한 모습으로 서 있는데도, 크리스마스 때 달아놓은 플라스틱 루미나리에 조명과 끈 조명 따위가 여전히 여기저기 걸려 있었다. 그날 밤에는 눈이 내렸다. 아무리 앨버커키라지만 4월에 눈이 내리다니 충격이었다. 레슬리 언니와 나는 이불을 질질 끌고 창가로 가 눈 내리는 풍경을 내다보았다. 눈송이 아래서, 이웃 집 마당의 덤불들이 분홍색과 초록색의 섬뜩한 빛을 발하고 있었다.

아침이 되자 텔레비전이 휴교령이 내려졌음을 알렸다. 아버지는 이미 출근한 뒤였고, 어머니는 비단 잠옷을 입고 침대에 엎드려 자고 있었다. 나는 그 잠옷을 호시탐탐 노리다가 어머니가 바닥에 벗어두면 얼른 주워 입어보곤 했다. 레슬리 언니와 나는 신발장에서 눈 신발을 꺼내 신고 밖으로 나갔다. 이미 기온은 영상 9도에 이르렀고 계속 오르는 중이었다. 해가 눈을 향해 계속해서 볕을 내리쏘았다. 우리는 오가는 이들의 발에 눈이 다져진 보도를 밟고, 인디언스쿨로[註] 부근의 소협곡으로 향했다. 차들은 거의 다니지 않았고 오가는 사람 또한 한 명도 없었다. 온 세상에 살아 있는 사람이라곤 우리뿐인 듯해서 기분이 무척 좋았다. 산디아산맥에서 흘러 내려오는 물은 4월에도 소협곡을 채우기에 충분했다. 눈까지 녹아내리자 물이 도랑의 콘크리트 둑에 넘실거렸다. 스티로폼 재질의 웬디스 매장 컵이 빨대를 혀처럼 내민 채 도랑의 물을 타고 고개를 까딱거리며 흘러갔다. 우리는 난간을 붙잡고 서서 그 컵이 흘러 내려가는 모습을 지켜보았다. 둑 난간을 밟고 선 발이 미끄러지자 레슬리가 요란한 물소리 너머로 외쳤다. 예전에 자기 또래 남자아이가 바로 이 자리에서 떨어져 죽었다고. 가로대 사이로 떨어져 도움을 요청할 새도 없이 급류 속으로 빨려 들어갔다고. 그 아이의 시체는 나중에 로스루너스(뉴멕시코주 밸런시아카운티에 있는 도시)에서 발견됐다. 그게 20년 전 일이었다. 사람들은 20년의 세월이면 물이 다시금 그 아이와 같은 여섯 살짜리 아이의 목숨을 요구할 거라고 했다. 일종의 제물로 말이다.

언니는 내가 눈을 휘둥그렇게 뜨고 물을 내려다보길 기다렸다가 내 옆구리를 쿡 찔렀다. 나는 깜짝 놀라 비명을 지르며 가로대 뒤로 나자빠졌다. 팔을 허우적대다가 예수 그리스도처럼 두 팔을 양옆으로 벌린 채 눈 더미에 누워버렸다. 언니는 킥킥 웃음을 터뜨렸다.

잠시 후 울음을 그친 내가 말했다.

"난 죽기 싫어."

"나도. 미안."

나는 언니의 사과를 받아들였다. 언니가 하려고 했던 말은 '난 널 사랑해'였을 테니까. 언니는 그런 말을 소리 내서 한 적이 없었다. 나는 늘 두 번씩이나 말하는데.

"사랑해, 사랑해, 레슬리 언니."

집으로 돌아가면서 언니는 손모아장갑을 낀 내 손을 꼭 잡았다.

10 _____

메리

햇빛이 블라인드 사이사이로 밀려들기 시작할 무렵 잠에서 깨어났다. 레슬리의 얼굴에 길고 뜨끈한 빛의 줄무늬가 그려지고 있었다. 그녀는 입을 벌리고 매트리스 너머로 한쪽 팔을 늘어뜨린 채 완전히 곯아떨어진 모습이었다.

나는 맞은편 침대에 누워 레슬리의 얼굴을 바라보았다. 이불을 덮고 누운 내 피부에 땀이 송골송골 맺혀 있었다. 배를 따라 개미가 스멀스멀 기어 올라오는 듯한 기분이었다.

정신이 들고 뇌가 다시 활성화되면서 아드레날린이 솟구쳤다. 벌떡 일어나 앉는데 매트리스 용수철이 격하게 삐걱대는 소리를 냈다. 레슬리가 자다가 인상을 쓰자 나는 그 자리에 얼어붙는 느낌이었다.

어제 레슬리는 뭔가 이상했다. 내 팔을 붙잡고 늘어지는 그녀에게서 강렬하고 역한 냄새가 풍겼다. 아직도 내 목 뒤쪽에 그 냄새가 붙어 있는 것 같았다.

그 냄새의 정체가 무엇이었는지 몰라도 지금은 사라졌다. 자고 있는 레슬리의 모습은 라스베이거스에 주말을 즐기러 왔다가 술에 거나하게 취해서, 구겨진 앤테일러 브랜드의 옷을 입고 잠들어버린 여느 중상류층 여자일 뿐이었다. 마른 숨을 들이쉬는 그녀의 목에서 '그릉그릉' 소리가 났고, 가슴이 천천히 오르내렸다.

이 여자는 내 친구가 아니었다. 그게 사실이었다.

문득 떠오르는 생각이 있었다. 이대로 이 여자의 핸드백을 어깨에 메고 이 여자의 차를 타고 떠나면 어떨까. 내가 사라졌다는 걸 이 여자가 알아차렸을 때쯤이면 나는 로스앤젤레스를 향해 벌써 반쯤은 달려갔을 것이다.

레슬리가 자고 있는 동안 나는 천천히 침대에서 일어나 옷을 입고 그녀의 핸드백이 있는 곳으로 갔다. 레슬리는 핸드백을 벽에 기대어놓았다. 핸드백의 지퍼를 열고 지갑을 꺼냈다. 베라브래들리 브랜드의 손목 지갑이었다. 그 안에 신분증과 보험증 외에 신용카드 예닐곱 장이 들어 있었다. 레슬리는 실업자가 됐다고 했으니 아마 이 신용카드를 한 장씩, 최대한도까지 쓰면서 생활하고 있을 것이다. 지갑 안쪽에는 현금이 꽤 있었다. 20달러 지폐 네 장, 5달러 지폐 한 장, 그리고 1달러 지폐 여러 장.

레슬리의 예쁜 결혼반지와 새 차 냄새를 풍기는 멋진 차가 눈앞에 아른거렸다. 복잡하고 엿 같은 법적 절차를 거치면, 그녀는 바라는 만큼 빨리는 아니더라도 언젠가는 5만 달러라는 유산을 받을 수 있을 것이다. 어제 얘기를 들으면서 나는 레슬리가 기다려서라도 그 돈을 받아 챙겨야 마땅하다고 생각했다. 그녀가 "걔한테 받을 돈이 있어"라고 이야기한 것만 들어봐도 충분히 알 만했다.

나는 현금을 전부 꺼내 내 더플 백에 쑤셔 넣었다. 그리고 최대한 소리 나지 않게 객실 문을 닫았다.

밖으로 나와 모텔 입구의 차양이 드리운 옅은 그늘에 서서 또다시 문자를 보냈다.

자기야,
우리 할 얘기가 많잖아 😀😀😀😀
나 데리러 와줄 수 있지?
여기는

주변을 휙 돌아보았다. 모텔은 볼더 고속도로 근처의 어느 차도 모퉁이에 위치해 있었는데, 도로 표지판을 찾을 수가 없었다. 저 멀리 도로변에 블루베리힐이라는 이름의 식당이 보였고, 그 옆의 길모퉁이에는 드러그스토어 체인인 월그린 매장이 있었다. 식당 간판을 보니 몹시 배가 고파졌다.

볼더 고속도로변에 있는 블루베리힐 식당이야. 내가 아침 사줄게 😊

식당 안은 벌써 손님들로 붐볐다. 다이어트 콜라를 후루룩 마시며 카운터 앞, 드러그스토어 스타일의 스툴에 몇 분 동안 앉아 있었더니 나 자신에 대해 긍정적인 기분이 들기 시작했다. 엄청난 양을 자랑하는 칠라킬레스(달걀 프라이, 소스, 치즈, 토르티야 칩 등으로 만든 멕시코의 전통적인 아침 식사)부터 주문했다. 아무도 관심을 보이지 않는 캐나다 민요 〈당신은 내 마음에 있었죠〉가 실내에 흐르고 있었다. 가만히 들어보니 가사가 마치 나와 폴의 이야기인 듯했다. 휴대전화를 꺼내 〈후르츠 닌자〉게임을 하기 시작했다.

누가 내 팔꿈치를 건드린 것 같아 고개를 돌렸다. 내 칠라킬레스를 가져온 종업원인 줄 알고 고맙다는 인사를 하려고 보니, 아니었다.

샘이 내 옆자리에 앉은 남자의 어깨를 툭 치며 말했다.

"옆으로 좀 비켜줄래요? 여자 친구 옆에 앉으려고요."

남자는 한 칸 옆으로 옮겨 갔다. 그가 남긴 엉덩이 자국이 선연한 비닐 쿠션 위에 샘이 훌쩍 올라앉았다.

"내가 친구한테 얘기한 그대로네." 나는 샘의 어깨 너머에 앉은 남자를 흘끗 보고는 샘에게 시선을 고정했다. "널 폭력적인 남친이라고, 나를 스토킹하고 때리는 놈이라고 말했거든."

샘이 킥킥 웃었다.

"그래? 그렇게 표현하니까 내가 꽤 대단한 놈 같네."

"거짓말은 아니잖아. 지금도 날 스토킹하는 것 같은데." 내가 콧방귀를 뀌며 말했다. "그 부분에 대해서는 내가 지금 좀 감정적이야. 이 식당에 있는 아무나 붙잡고 무서운 남자가 쫓아다닌다고 울면서 호소하고 싶거든. 네가 날 혼자 내버려두지 않는다면 그럴 수도 있다는 얘기야."

카운터 뒤에서 다가온 웨이트리스가 내 앞에 칠라킬레스를 내려놓았다. 그 여자는 샘을 보더니 반색을 하며 말했다.

"오랜만이야, 샘! 요즘 잘 안 보이더라. 필요한 거 있어? 마실 거는?"

"메이지! 잘 지냈지? 나는……." 샘은 목을 길게 빼고 칠라킬레스 밑에 깔린 플라스틱 메뉴판의 가장자리를 내려다보며 주문했다. "버터크림 와플이랑 커피 한 잔. 고마워."

그는 내게 한쪽 눈을 찡긋하고 말했다.

"네가 아침 사는 거다, 알았지?"

나는 힘이 쭉 빠졌다.

"알았어. 돈 더 가져가려고? 그래서 이러는 거야?"

"네가 아직도 폴한테 직접대고 있는 게 문제야." 샘은 내 칠라킬레스를 멋대로 먹었다. "이제 그만해야 하지 않겠냐." 그는 손으로 턱을 괴고 잠시 나를 조용히 바라보았다.

나는 애써 무표정하게 그를 마주 처다보았다.

"어차피 그놈이랑 다시 잘되긴 글렀어. 아직 여기로 그 사실을 받아들이지 못한 것 같아 보이지만."

그는 두툼한 손가락 두 개로, 불편할 정도로 세게 내 가슴팍을 툭 쳤다.

나는 그의 조그맣고 동그란 파란 눈과 분홍색을 띤 둥그런 얼굴을 보면서, 여기서 조용히 빠져나가려면 과연 어떻게 하는 게 최선일지 궁리했다.

마침내 나는 치아를 확 드러내며 한껏 따뜻한 미소를 지어 보였다.

"내 걱정 말고 다른 일을 하는 게 낫지 않겠어, 샘?"

나는 이렇게 말하며 그의 팔에 손을 얹었다.

"솔직히 말하면, 그래." 그는 내 칠라킬레스를 한 입 더 우적거리며 먹었다. 그러고는 혼자 고개를 끄덕거리면서 덧붙였다. "맞아. 그런데 내가 너한테는 좀 약하잖아. 넌 얼굴도 예쁘고 각선미도 끝내줘. 폴보다 좋은 남자를 만날 자격이 있다고 봐. 일하러 다니지 않아도 될 자격이 있다고. 넌 인생을 제대로 살 수 있는 여자야, 알아? 지금보다 더 잘

살 수 있어."

그때 웨이트리스가 커피 한 잔을 가져와 그의 앞에 내려놓자 샘은 그녀에게 미소를 지어 보였다. 그리고 다시 나를 돌아보는데, 그의 통통한 얼굴에서 그새 미소가 싹 걷혀 있었다.

"안타깝게도 넌 폴 같은 남자들 때문에 잠재력을 낭비하고 있어. 그런 부자 놈들은 널 몰디브로 데려가줄 것처럼 구슬리지만, 실은 네 등 뒤에서 다른 예쁘고 멍청한 여자들한테도 똑같은 소리를 지껄이고 다녀. 넌 딱 그런 여자야. 결국 슬퍼하고 괴로워하다가 그 잘난 외모를 소진해버리지. 날씬한 몸매를 유지하려고 메스암페타민도 할 테고. 그러다 마흔 살쯤엔 약물에 찌든 껍데기만 남게 될 거야. 그리고 그제야……." 그는 커피에 설탕을 넣고 휘저었다. "눈을 낮추고 내 애인으로 정착하게 되겠지, 안 그래?"

몇 초 동안 숨도 쉴 수 없었다. 나는 강박적으로 턱에 힘을 주었다 풀기를 되풀이하다가 기어이 입을 열었다.

"하, 샘. 네 고추가 내 암을 치료해준다고 해도 난 너랑 섹스 안 해." 나는 스툴에서 일어나 더플 백을 움켜쥐었다. 그리고 카키색 셔츠를 입은 그의 가슴팍을 손가락 두 개로 두드렸다. "아직 여기로 그 사실을 받아들이지 못한 것 같지만."

샘은 웃으면서 내 손을 잡았다.

"난 진실을 말해주는 거야. 진실을 들을 기회가 많지 않다는 거, 알잖아."

나는 그에게 잡힌 손을 빼냈다.

"다음 주 토요일에 보자. 팁 잘 받아놔."

그가 말했다.

나는 앞으로 몸을 기울여 그의 귀에 대고 속삭였다.

"넌 다시는 날 못 봐."

그는 낄낄 웃으며 커피를 향해 돌아앉았고, 나는 문을 향해 걸어갔다.

11 _____

레슬리

누가 플러그를 뽑았던 걸까, 아니면 정전이 되었던 걸까. 침대 옆에 놓인 시계가 숫자 대신 '―:―'를 표시하고 있었다. 옆에서는 매트리스에 놓인 내 휴대전화가 드르르 진동을 해댔다. 화면에 뜬 초록색 통화 버튼을 손가락으로 밀고 조용히 전화를 받았다.

"여보세요?"

"이런, 내가 잠을 깨웠나 보네." 데이브였다. 나와 한 침대에 누워 있는 것처럼 목소리가 무척 가깝게 들렸다. "미안."

나는 일어나 앉았다.

"아니, 아니야. 괜찮아."

입을 살짝 벌리고 하품을 하는데 턱에서 딱 소리가 났다. 옆 침대를 돌아봤다.

비어 있었다.

심장이 쿵쾅거리기 시작했다.

"지금 몇 시야?"

"10시 조금 넘었어. 아니다, 라스베이거스는 태평양 시간(미국과 캐나다 서부 연안에서 사용하는 표준시)이지? 그럼 9시겠네."

"벌써 9시라고?"

방에서 시큼한 냄새가 났다. 옷을 입은 채로 잠든 내 몸에서 나는 냄새일지도 몰랐다. 아니면 메리가 어젯밤에 피운 담배 냄새이거나.

메리의 더플 백이 보이지 않았다.

"어젯밤에 당신한테 전화했는데 안 받더라고." 데이브가 말했다. 수화기 너머에서 무언가 달각거리는 소리가 들리는 것 같았다. "열 시간을 내리 잔 거야?"

"그런가 봐." 침대에서 기어 내려간 나는 메리의 침대와 그 옆벽 사이의 틈을 들여다봤다. 더플 백은 사라지고 없었다. "힘든 하루였거든."

침대를 뒤로 하고 화장실 쪽으로 비틀거리며 걸어갔다.

입안이 끈적거렸다. 땅콩 조각들이 두 침대 사이 카펫과 화장실 문앞에 떨어져 있었다. 문을 열고 불을 켰다.

"처제는 찾았어?"

입에서 대답이 나오기까지 시간이 너무 오래 걸렸다. 나는 구겨진 옷을 입은 채, 화장실 거울에 비친 나 자신을 바라보며 서 있었다.

나는 혼자였다.

다 끝나버렸다.

"응."

"그래, 잘됐네! 처제가 헨더슨에 있는 거 맞지?"

나는 침대 옆 탁자에 휴대전화를 내려놓고 스피커폰 모드로 바꾼 뒤 핸드백을 가져와 안을 들여다보았다. 어젯밤에 내가 닫지 않았는지 지갑이 입을 반쯤 벌린 채 가방 안 맨 위쪽에 놓여 있었다. 핸드백을 바닥에 던져놓고, 집에서 챙겨 온 원피스와 위아래 속옷 한 벌을 꺼냈다. 원피스는 다림질이 필요 없는 것이었다.

"아니."

수화기 너머로 텔레비전 소리가 들렸다. 스피커에서 데이브의 목소리가 쨍쨍 울렸다.

"무슨 뜻이야? 그 주소지에 없었어?"

나는 뜻대로 움직이지 않는 손가락으로 블라우스 단추를 풀고 구겨진 옷을 벗었다.

"내가······."

달각달각하는 소리가 나더니 뒤이어 모텔 객실 문을 똑똑 두드리는 소리가 들렸다. 나는 머리부터 원피스에 집어넣고 얼른 옷을 아래로 당겨 내린 뒤 서둘러 문 앞으로 갔다.

문을 열자 메리가 어제 입었던 청반바지에 기능성 재킷 차림 그대로, 맨얼굴인 채로 문 앞에 서 있었다. 그녀는 월그린 로고가 찍힌 봉투를 들어 보였다.

"걔가 금발이라고 했죠?"

그러자 침대 옆 탁자에서 데이브의 목소리가 물었다.

"처제야?"

내 몸에서 단박에 모든 숨이 빠져나간 듯했다. 얼른 휴대전화를 집어 들고 스피커폰 모드를 해제했다.

"응, 나랑 같이 그리로 갈 생각인 것 같아." 목소리가 자꾸 떨렸다.

"오늘 밤늦게 집에 도착할 거야. 이따 메시지 보낼게."

나는 이 말을 하면서 메리를 살폈다. 메리는 내 옆을 지나 퀴퀴한 냄새를 풍기는 방 안으로 쑥 들어가더니 월그린 봉투 안을 뒤적거렸다.

"그래." 잠시 침묵이 흐르고 데이브가 말했다. "보고 싶어, 여보."

"나도." 자동으로 대답이 튀어나왔다. "데이브, 내가……."

수화기 너머로 들리던 텔레비전 소음이 사라지더니 데이브가 웃으며 말했다.

"일라이 말이……."

"뭐?"

"일라이가 하는 말이……."

메리는 민소매 티셔츠 밑단을 끌어 내리면서 나를 돌아봤다. 그리고 침대에 걸터앉아 다리를 꼬았다. 입을 열고 무슨 말을 하려다가 그만 두는 모습이었다. 그녀의 표정에서 뭔지 모를 불확실한 감정이 느껴졌다. 몸의 근육에서도 힘이 좀 빠진 듯했다. 나는 전화기에 대고 말했다.

"이따가 다시 전화할게. 우선 얘기를 좀 해야 해서……."

"로빈이랑?"

데이브가 물었다.

"응."

나는 나지막이 대답했다.

12 _____

메리

"남편 전화예요?"

레슬리는 고개를 끄덕였다. 지금 그녀는 맵시라곤 없는 감청색 시프트 원피스 차림이었고, 귀에는 여전히 진주 귀걸이가 걸려 있었다. 잘 때 매트리스에 눌린 탓인지 귀걸이 주변의 피부가 벌겋게 화를 내고 있었다.

레슬리는 휴대전화를 손에 쥐고 그 자리에 가만히 서 있었다. 나는 염색약 상자를 집어 그녀를 향해 살짝 흔들어 보였다. 상자에는 '클레오파트라 단발'을 백금색으로 물들이고 나름 멋스럽게 미간에 주름을 잡은 여자 사진이 있었다.

"로빈이 금발이라고 하지 않았어요?"

레슬리는 숨을 후 내쉬었다.

"정말 할 생각이야?"

나는 어깨를 털어 재킷을 벗은 다음 의자에 걸쳐놓았다.

"일주일이면 된다면서요."

"맞아."

레슬리는 내 말이 끝나기 무섭게 대답했다.

"그 후에 우린 다시는 볼 일 없는 거고요."

"그래. 선불 폰을 사줄 테니까 떠나자마자 버려."

레슬리는 무슨 말을 더 하려다가 입을 닫았다. 눈언저리가 붉었고 눈 양끝의 화장이 뭉쳐 있었다.

"여길 벗어나고 싶어요. 샘이 없는 곳으로 가야겠어요."

"부모님은 어쩌고? 네 차는? 네가 일주일이나 없어지면 누가 널 찾으려고 하지 않겠어?"

"어머, 레슬리."

갑자기 그녀의 낯빛이 해쓱해졌다.

"내 말뜻 오해하지는 마."

"오해 안 해요." 나는 시선을 내렸다. "날 찾으려는 사람은 없을 거예요. 그러니까…… 내가 걱정돼서 찾으려는 사람은 없을 거라고요." 그리고 어깨를 으쓱했다. "난 내가 알아서 챙겨요. 당신도 있잖아요."

우리는 잠시 그 자리에 서서 서로를 바라보았다. 난데없는 동료 의식이 우리를 보이지 않는 끈으로 묶어주는 듯했다. 레슬리는 비틀거리며 방을 가로질러 내게로 다가왔다. 두 팔을 들어 그녀가 가까이 오지 못하게 막을 수도 있었지만, 그렇게 하지 않았다. 레슬리가 내게 기대도록 그냥 두었다. 나를 붙잡고 매달린 레슬리에게서 어제 마신 슈냅스와 랑콤 파우더, 그리고 땀 냄새가 났다. 그녀는 마치 내 덕분에 살았다는 듯 나를 품에 꼭 안았다.

레슬리가 샤워를 하는 동안 그녀의 지갑에 현금을 도로 넣어두었다. 레슬리가 화장실에서 나왔을 때, 나는 매트리스에 염색 도구를 늘어놓고 텔레비전으로 푸드 프로세서 광고를 보고 있었다.

"이게 열리질 않아요." 나는 산화제가 담긴 병을 집어 들고 말했다. "이런 거 써본 적 있어요? 이런 염색약이요. 제대로 염색이 되기는 하려나?"

레슬리는 내게서 병을 받아 들고 뚜껑을 당겨보았다.

"다 잘되지는 않더라. 어떤 염색약은 색이 잘 드는데, 어떤 건 화끈거리기만 하고. 우선 화장실로 가자. 염모제랑 섞었다가 터질 수도 있으니까. 사기꾼이 만든 약이면 그럴 수 있어."

나는 나머지 염색 도구를 챙겨 들고 순순히 레슬리 뒤를 따라 답답한 모텔 화장실로 들어갔다.

레슬리가 산화제 병뚜껑을 비틀어 열려고 애쓰는 동안 내가 불쑥 물었다.

"동영상이라도 미리 봐둬야 하는 거 아니에요?"

"뭐?"

고개를 드는 레슬리의 젖은 머리카락 사이로 귀가 비쭉 튀어나와 있었다.

"로빈처럼 행동하려면요." 그 이름을 입에 올리려니 어쩐지 껄끄러웠다. "그 사람인 척하려면 미리 동영상 같은 거라도 봐둬야 하지 않겠어요?"

레슬리는 인상을 쓰면서 다시 병뚜껑을 비틀었다. 마침내 뚜껑이 열리자 그녀는 안도의 한숨을 내쉬었다.

"우린 홈 비디오 같은 거 찍은 적 없어. 오래된 앨범에 사진이 몇 장

있기는 한데⋯⋯ 넌 그냥 가서 개 이름으로 서명만 하면 돼. 서명은 미리 연습해둬. 물론 그걸 자세히 들여다볼 사람은 아마 없겠지만." 레슬리는 마른침을 삼키며 염모제 병을 내게 돌려주었다. "평소처럼 행동해. 나를 좋아하는 척 연기할 필요는 없어. 로빈도 나를 별로 안 좋아했으니까."

"그러다 들통나면 어떻게 해요?" 화장실의 푸르스름한 형광등이 거울 속 우리 두 사람에게 빛을 뿌려대고 있었다. "내가 그 여자가 아니라는 걸 사람들이 알아내면요?"

"앨버트 변호사는 로빈을 고작 두 번 봤을 뿐이야. 그것도 10년도 더 전에. 내가 너랑 같이 가서 로빈이라고 하면 그걸로 되는 거야. 나야말로 개를 가장 잘 아는 사람이니까. 다른 가까운 친척은 없어. 데이브도 개를 만나본 적 없어. 그러니까 들통날 가능성은 거의 없다고 보면 돼. 물론 위험성은 있지. 5만 달러를 받아내야 하는데, 그게 실제로 네 돈은 아니니까."

나는 산화제를 염모제 병에 넣고 뚜껑을 닫은 뒤 흔들었다.

"로빈이 죽은 걸 아무도 모른다 이거죠? 앞으로도 쭉 레이철 어쩌고 하는 이름으로 라스베이거스시 기록에 남아 있게 되는 거고요?"

"레이철 브릴런드. 맞아, 나 말고는 아무도 모를 거야. 확실해. 라스베이거스로 거처를 옮겨 간 후로 개는 줄곧 그 가짜 이름으로 살았으니까."

나는 비닐장갑을 손에 끼고 염색약을 이마 선까지 들어 올렸다.

레슬리는 내가 두피를 따라 머리카락에 염색약을 바르는 모습을 지켜보면서 물었다.

"넌 어쩌다가 라스베이거스에서 살게 됐니?"

나는 망설이다가 대답했다.

"남자 때문에요." 그러면서 나는 '남자'라는 말을 조금 길게 끌었다. "그 남자가 여기 살았어요. 나보다 나이는 조금 많았고요. 이사를 비롯해서 모든 일에 도움을 줬어요. 자기 아파트에서 살 수 있게 해주기도 했고요. 좋게 끝나지는 않았지만, 사귀는 동안에는 괜찮았어요."

나는 레슬리가 나를 꽃뱀으로 생각하지 않도록, 좀 더 낭만적으로 들리게끔 덧칠을 했다.

"그 전에는 어디 살았어?"

"우리 가족은 텍사스주에 살아요. 댈러스 외곽에요. 요즘은 가족들이랑 얘기도 안 해요. 가족들은 내가 남자 때문에 라스베이거스로 떠나버린 걸 탐탁지 않아 했어요." 나는 이 사이로 공기를 쓰읍, 하고 들이마시면서 뒤통수에 염색약을 조금 더 펴 발랐다. "어우, 따가워! 이렇게 따끔거릴 줄 몰랐어요."

거울을 통해 내 뒤에 선 레슬리를 올려다봤다. 레슬리의 넓은 어깨와 길고 창백한 얼굴이 눈에 들어왔다. 콧날이 괴상할 정도로 평평했다.

"어서, 아무 얘기라도 들려줘요. 당신에 대한 얘기도 좋고요. 로빈이라면 알 만한 이야기로요."

레슬리의 이마가 씰룩거렸다. 그녀는 젖은 모래색 타일에 몸을 기대고 팔짱을 꼈다.

"내 중간 이름은 엘리자베스야. 할머니의 이름을 따서 붙였어."

"으음." 나는 머리카락 속에 손가락을 넣고 쓱쓱 비볐다. "할머니랑 친했어요?"

레슬리는 고개를 저었다.

"당신이랑 로빈은요? 아까는 로빈이 당신을 별로 좋아하지 않았다고 했잖아요. 당신이 언니잖아요, 그렇죠?"

"네 살 많은 언니지." 레슬리는 벽에 붙어 선 채로 몸을 움츠렸다. "어렸을 때는 친했던 것 같아. 방도 같이 쓰고, 생활을 거의 함께 했으니까. 그러다 내가 중학교에 가고 로빈이 방을 따로 쓰게 되면서부터 그 애가 갑자기 나를 미워하기 시작했어."

"어머, 아무 이유 없이요?"

레슬리는 한쪽 어깨를 으쓱했다.

"이유에 대해서는 특별히 생각해보지 않았어. 로빈은 어린애였으니까. 어린애가 어떤 행동을 한다고 해서 비난할 수는 없잖아."

나는 머리카락에 염색약 비비기를 멈추고 타일 바닥에 쪼그려 앉았다. 1분쯤 지난 뒤 레슬리가 벽에 몸을 붙인 채 스르륵 미끄러져 내려와 내 옆에 앉았다.

"이대로 두고 기다리래요. 20분. 얘기 더 해줘요. 부모님의 첫 만남은요?"

나와 어깨를 나란히 붙이고 앉은 레슬리의 목소리에 약간의 활기가 더해졌다.

"아버지가 연상이었어. 두 분이 처음 만났을 때 아버지는 마흔네 살, 어머니는 스물여섯 살이었어. 아버지는 변호사라 데이트할 시간이 정말 없었다고 하셨지. 어머니가 일하던 백화점에서 직원들을 위해 식당을 잡고 크리스마스 파티를 열었는데, 그 식당에서 두 분이 처음 만났어. 아버지께 들은 건데, 어머니는 그 이야기가 나올 때마다 당시에 감기를 앓는 바람에 그 파티에 못 갈 뻔했다는 말을 하시곤 했대. 어머니가 구석진 곳에 앉아서 콜록거리고 있는데 아버지가 물 한 잔을 가져다주고 데이트 신청을 했어. 그러자 어머니는 새해 첫날까지 감기가 다 나으면 데이트를 하겠다고 했다는 거야. 아버지는 감기약과 크리넥스, 그리고 비누를 꾸려서 어머니가 일하는 백화점으로 부쳤어. 그렇게 해서 어머니는 아버지와 데이트를 하게 된 거지."

레슬리가 미소를 짓자 비뚤어진 치아가 드러났다.

"사랑스러운 이야기네요."

"그렇지."

"어머니는 어떻게 됐어요?"

레슬리의 얼굴에서 미소가 걷혔다.

"돌아가셨어. 내가 열두 살 때."

"유감이에요."

"그래."

"아버지는 언제 돌아가셨어요?"

"몇 달 됐어. 갑작스럽게 돌아가신 건 아니야. 갑상샘암을 앓고 계셨거든. 마지막 7년 정도는 거의 활동을 못하고 사셨어."

두피가 가려웠다. 레슬리는 내가 염색하는 모습을 찬찬히 지켜보았다. 그녀의 흐릿한 눈동자는 피부색이나 머리색과 마찬가지로 채도가 낮은 색을 띠고 있었다. 그런 그녀가 크림색 타일을 배경으로 서 있으니 마치 모텔 장식의 일부처럼 보였다.

잠시 후 레슬리가 말을 이었다.

"아마 로빈이 가출한 이유 중 하나일 거야. 로빈은 집안 상황을 감당하고 싶어 하지 않았어."

나는 레슬리 옆에 쪼그려 앉은 채 아무 대꾸도 하지 않았다.

"처음 몇 년 동안 아버지와 나, 그러니까 우리는 로빈이 어디에 가 있는지도 몰랐어. 곧 돌아올 거라고만 생각했지. 그러다가 다시는 못

볼 수도 있겠다는 생각이 들더라. 열아홉 살 무렵에 로빈이 집으로 전화를 걸어와서는 플로리다주에 있는 경영 대학원에 갈 거라면서 학비가 필요하다고 했어. 아버지는 무척 기뻐하면서 곧장 돈을 부쳤지. 그런데 두 달 정도 아무 소식이 없는 거야. 그 애가 말한 학교에 전화해서 물어봤더니 그런 학생은 등록한 적이 없대. 얼마 뒤에 루이지애나주의 어느 채권자가 우리한테 연락을 해왔어. 로빈이 돈을 빌린 뒤 갚지 않고 튀어버렸다는 거야. 그 후 로빈은 뉴올리언스에서 몇 번 더 전화를 걸어와 돈을 보내달라고 했고, 그때마다 아버지는 송금을 해줬어. 한 번은 어떤 남자랑 결혼을 하려고 하는데 아버지의 축복을 받고 싶다면서, 그 남자를 집에 데려와 우리한테 보여주겠다고 했어. 하지만 그 애는 결국 오지 않았어. 내가 결혼을 하게 됐을 때 로빈은 아버지를 돌봐주던 방문 간호사더러 나한테 전해달라며 메시지를 남겼어. 메시지 내용은 횡설수설이었지. 간호사는 술에 취한 것 같은 목소리였다고 했어. 그 뒤로는 아무런 연락이 없었어."

나는 머리카락을 한 뭉치씩 옆으로 넘겨가며 혹시 안쪽에 염색약이 제대로 묻지 않은 부분이 있는지 살펴보았다.

"그래도 로빈한테 화가 난 것 같지는 않네요."

레슬리는 깍지 낀 두 손을 무릎에 얹은 채 한동안 말이 없다가, 마침내 입을 열었다. "죽었으니까. 죽은 사람한테 화를 내봤자 무슨 소용이겠어." 그리고 나를 돌아보았다. "이제 그만 헹궈야겠다."

10분 가까이 머리를 헹구고 나서야 더 이상 물에 염색약이 섞여 나오지 않았다. 린스를 두 번이나 했는데도 머리카락은 여전히 뻣뻣했다. 거울을 들여다보면서 머리카락 끄트머리를 손가락으로 빗어 내리고 있는데, 레슬리가 문 너머로 화장실 안을 들여다보았다.

나를 보는 그녀의 표정이 이상했다.

"어때요? 지금은 좀 노란 기운이 돌지만 마르면 없어질 것 같아요."

레슬리는 믿기지 않는다는 듯 눈을 껌벅거렸다.

"메리, 너 정말…… 그 애처럼 보이는구나."

"로빈, 이제부터는 나를 로빈이라고 불러야죠."

"그래." 하지만 레슬리는 바로 내 호칭을 고쳐 부르지 않고 반쯤 열린 문 너머에 서서 중얼거리기만 할 뿐이었다. "우리가…… 그렇게 부르는 연습을 해야겠지."

"어서요." 나는 거울을 통해 그녀의 눈을 응시했다. "나중에 실수하지 말고요."

레슬리의 낯빛이 창백해졌다.

"지금부터 그렇게 부르자고?"

"안녕, 레슬리 언니." 나는 레슬리의, 음의 높낮이가 별로 없는 뉴멕시코주 억양을 흉내 냈다. "나야, 로빈."

그녀가 움찔하는 것 같았다.

"괜찮죠?"

나는 레슬리와 직접 마주 보려고 몸을 돌렸지만, 그녀는 문 뒤로 얼굴을 감춘 채 조그마한 소리로 대답했다.

"그래, 괜찮네. 짐을 쌀게. 곧 출발할 수 있을 거야."

나는 거울을 들여다보며 미소 짓는 연습을 하다가 이내 관두었다. 혼자 미소를 짓는 것이 영 괴상하게 느껴졌다.

13 _____

로빈

우리는 그 자동차에 완전히 매료됐다. 1978년식 핀토. 내가 "70년대식 오렌지색"이라고 불렀던 색깔로, 1970년대 특유의 탁한 색감을 고스란히 보여주고 있었다. 그래서인지 부모님이 결혼하고 몇 년이 지나자 그 차는 도로를 달리는 1980년대 모델들에 비해 우중충해 보이기 시작했다. 1980년대 모델들은 잡지 광고보다는 텔레비전 광고에 맞춰 노랑과 빨강의 색조를 한층 선명하게 조정했다. 어쨌든 그 차의 내부는 아버지의 서류 가방과 똑같은 코냑색 가죽으로 꾸며져 있었고, 아버지는 그 차를 출퇴근용으로 쓰셨다. 나는 아버지가 마치 가방에 담긴 중요한 서류처럼 핀토에 담긴 채 일터를 향해 씽 달려가는 모습을 상상하곤 했다.

우리는 핀토의 후방 유리창을 무척 좋아했다. 지붕에서부터 번호판에 이르기까지 강화유리 한 장으로 길게 이루어진 창은 여느 전망용 창만치나 큼직했다. 우리는 저 뒤로 사라져가는 광고판과 주유소를 내다보느라 뒷좌석을 밟고 서서 차창 너머를 바라보곤 했다. 혹여 다른 차가 그 차의 뒤쪽을 들이받았다면 우리 몸이 박살 날 수도 있었겠지만, 다행히 그런 일은 일어나지 않았다. 광고판과 주유소는 내 시선이 닿기도 전에 빠르게 미끄러져 사라져갔다. 흡사 애써 기억하려 할수록 빠르게 잊히는 과거의 단편들처럼.

그랜드캐니언에 놀러 가기 전까지 우리가 핀토에 타본 것은 몇 차례 되지 않았다. 나는 겨우 네 번밖에 타보지 못했는데 레슬리 언니는 여섯 번이나 타서, 나는 그게 부당하다고 생각했다. 어쨌든 둘 다 핀토를 타고 고속도로를 달려본 적은 없었다. 당시 나는 시속 100킬로미터 정도로 달리는 건 날아가는 것과 거의 맞먹는 속도일 거라고 생각했다. 그때 나는 네 살, 레슬리 언니는 여덟 살이었다. 내가 나이를 얼마나 먹든 언니의 나이는 늘 내 나이의 두 배였다. 나는 내가 너무 어려서 언니를 실망시키는 것 같아 몹시 가슴이 아팠다. 내가 두 살만 많았어도 언니에게 이 세상 전부인 존재가 될 수 있었을 텐데. 언니가 내게 세상의 전부이듯. 언니가 속에 품은 비밀스러운 생각을 털어놓기에는 내가 너무 어리고, 얕은 그릇이었다. 언니와 방을 따로 쓰게 되면서, 바로 옆방인데도 함부로 다가갈 수 없게 되어 더 괴로웠다.

나중에 언니는 이렇게 말하곤 했다.

"우리가 예전에 떠났던 휴가 여행 기억나?"

언니가 그 여행에 관해 재미있었던 부분을 들려주면 나는 기억이 나는 척 고개를 끄덕였다. 하와이안 셔츠에 밑단을 접어 올린 카키색 바지를 허리띠 없이 입고, 그랜드캐니언의 가장자리가 뱃머리라도 되는 양 덱 슈즈(미끄럼 방지 고무 밑창을 댄 가죽 신발)를 신었던 아버지. 맨살을 드러낸 아버지의 발목은 한참 만에 깁스를 푼 것처럼 희디희었다. 그 옆에는 머리를 막 자른 어머니가 나무 단추가 달린 오래된 셔츠 드레스를 입고 서 있었다. "당신 카메라 좀 줘봐요, 워런. 저 사진을 찍고 싶어요." 어머니는 아버지에게 이렇게 말하며 해 질 녘 하늘을 가리켰다. 하늘에는 켜켜이 쌓인 침전물 같은 줄무늬 구름이 퍼져 있었다. 아버지가 카메라를 건네자 어머니는 전망대 난간에 기대 30분 정도 햇볕에 그을어가며 카메라로 이곳저곳을 찍었고, 레슬리 언니와 나는 좀이 쑤셔서 투덜거렸다. 마침내 일몰의 마지막 햇살마저 사그라지자 어머니는 저녁을 먹으러 가자는 데 동의했다. 어머니는 카메라를 아버지에게 내밀었는데, 아버지가 재빨리 받지 못한 탓에 카메라가 안전 펜스 아래로 굴러떨어지고 말았다. 협곡 가장자리 너머로 추락한 카메라는 이내 탁 하고 부서지는 소리를 냈다.

언니와 나는 눈치껏 침묵을 지켰다. 어머니는 아버지에게 사과하기 시작했다. 아버지의 값비싼 카메라를 잃고 말았으니까. 하지만 맨발목을 드러낸 아버지는 기분이 한껏 좋은 상태였다. "그깟 카메라 누가 신경 써." 아버지는 이렇게 말하며 어머니를 두 팔로 안았다. 그리고 사교댄스를 추듯 어머니의 허리를 뒤로 젖히며, 마법 같은 그랜드캐니언의 풍경을 배경으로 키스를 했다. 기분 좋은 휴가 여행이 으레 그렇듯 우리는 그 순간 진실한 우리의 모습이 드러났다고, 일상의 껍데기에 갇혀 있던 어머니도 활기차고 낭만적인 내면을 표출했다고 믿었다.

물론 나는 여행 중에 그런 일이 있었는지 기억하지 못했다. 언니가 다 지어낸 거라 해도 나는 언니 말을 믿었을 것이다. 하지만 굳이 그런 이야기를 지어냈을 것 같지는 않다. 언니는 더 멋지게 들리도록 덧칠도 하지 않은 채 똑같은 이야기를 몇 년이나 들려줬으니까. 언니에게 그 여행은 완벽한 행복의 표상이었다. 나도 언니의 행복감을 공유하고 싶어서 "응, 기억나" 하고 거짓말을 했다. 그 여행에 관한 내 기억은 언니가 내게 허니 번을 줬고 내가 커다란 전망용 창 같은 차창으로 밖을 내다보며 그 빵을 먹었다는 것, 아버지가 아끼는 서류 가방 같은 자동차 시트에 설탕 섞인 기름을 묻혔다는 것, 그리고 핀토가 비행기처럼 이륙할 때 손가락을 하나씩 핥았다는 것 정도였다. 언니는 내 옆에, 어머니는 언니 앞에, 아버지는 운전석에 앉아 있었다. 카메라 없이. 그리고 우리 모두는 각자가 감당할 수 있을 만큼의 행복을 느끼고 있었다.

14 _____

레슬리

차에 휘발유를 넣고, 메리에게 새 선불 전화기를 사주고, 황설탕 계피 맛 팝타르트 과자(메리 얘기로는 장거리 자동차 여행을 할 때 지켜야 하는 전통처럼 꼭 먹어야 하는 음식)를 사기 위해 몇 번씩 멈춰 섰다. 하지만 집으로 돌아가는 여정은 라스베이거스로 올 때에 비해 절반 정도에 불과한 거리인 것처럼 느껴졌다. 앨버커키 시내로 진입하자 초조해진 나는 마른침을 연신 삼켰다.

"생일은?"

"5월…… 22일?" 메리는 잠시 후 좀 더 자신감 있게 덧붙였다. "음, 1992년이요."

"좋아. 아버지의 이름은?"

"월터 노이트."

"워런이야."

운전대를 잡은 내 손에 힘이 들어갔다.

"워런, 맞다." 메리는 허리를 굽혀 더플 백의 지퍼를 열고 딸기 향 챕스틱 튜브를 꺼냈다. "바를래요?" 아랫입술에 챕스틱을 문질러 바르며 그녀가 물었다.

나는 고개를 저었다.

"어머니의 결혼 전 성은?"

"그건 아직 말 안 해줬어요."

메리는 챕스틱 뚜껑을 닫아 더플 백에 집어넣었다.

"스텟슨이야."

속이 메슥거렸다.

"스텟슨(미국의 남자 모자 브랜드)의 그 스텟슨이요?"

나는 대충 짓는 미소로 대답을 대신했다.

운전을 하기에는 최악의 시간대였다. 고원지대로 진입하자, 강렬한 햇살 탓에 한쪽 눈이 거의 보이지 않을 지경이었다. 가끔 각도가 안 좋게 맞아떨어지면 먼지 탓에 전면 차창이 아예 불투명하게 보였다.

"라스베이거스에선 뭘 하면서 살았어?"

메리는 멍한 표정이었다.

"웨이트리스 일이요. 알잖아요."

"아니, 로빈 말이야. 데이브가 물어볼 텐데."

메리는 어깨를 으쓱했다.

"로빈도 같은 일을 했겠죠."

"그렇겠네."

고개를 돌린 메리는 엠버도 소협곡에서 흘러 내려오는 가느다란 물줄기를 바라보았다.

"난 괜찮아요. 흥분해서 멋대로 지껄이는 짓은 안 해요."

"그래." 나는 찬찬히 숨을 내쉬었다. "도착하면 어떻게든 방법이 나오겠지."

메리는 거울을 보며 연습한 미소, 로빈의 미소를 내게 보여주고는 다시 차창 쪽으로 고개를 돌렸다.

나는 라디오를 켰다. 〈당신은 내 인생의 등불〉이라는 노래가 흘러나와 차 안 분위기를 한층 가라앉게 만들었다.

곁눈으로 메리를 볼 때마다 머리 색깔 때문에 흠칫 놀라곤 했다. 팔걸이에 올려놓은 분홍빛 도는 통통한 팔 때문에도 그랬다. 로빈과 달리 메리는 적당히 살집이 있는, 살아 있는 사람이었다. 머리카락 색깔이 조금만 더 옅었다면, 내 어린 시절 기억 속 로빈의 머리카락 색깔에 좀 더 가까웠다면, 어쩌면 메리는 로빈보다 더 로빈 같은 모습이었을지도 몰랐다.

"저건 뭐예요?"

"린우드? 공원이야."

"코네티컷주에서 뚝 떼어다가 저기 떨어뜨려놓은 것 같네요."

우리는 얕은 산들을 따라 천천히 북쪽으로 향했다. 태양이 어도비 양식으로 꾸민 지붕 너머로 가라앉고 있었다.

"줄곧 여기서만 살았어요?"

"거의. 좋은 동네야."

"남편이 소방관이라고 했던 것 같은데."

"화재 안전기사야. 소방관이랑은 달라."

"그렇겠네요."

메리는 손가락을 입에 넣고 손톱으로 어금니를 긁었다.

나는 우리 동네 쪽으로 방향을 돌려 하이캐니언 길로 차를 몰았다. 메리가 차창을 내리고 담배에 불을 붙였다. 땅거미가 지면서 공기가 시원해지고 있었다. 팔뚝의 솜털이 곤두섰다.

"차 안에서 담배 피우지 말아줘."

메리는 나를 쓱 돌아보더니 바람에 재를 떨었다.

"거의 다 온 거 맞죠?"

나는 대답하지 않았다. 침묵 때문인지 메리는 담배를 껐다.

몇 분 뒤에 우리는 집에 도착했다. 타이어로 진입로의 모래를 뽀드득뽀드득 밟으며 집 앞으로 나아갔다. 여덟 시간이나 엔진 소음에 시달린 탓에 양쪽 귀가 솜으로 틀어막은 듯 먹먹했다. 내가 운전석에 멍하니 앉아 있는 동안 메리는 신발을 신고 집을 올려다보았다. 잠시 동안 우리는 말없이 집을 바라보기만 했다.

처음 이 집을 샀을 때, 나는 집을 볼 때마다 기뻐서 어쩔 줄 몰랐다. 내 집, 아니 우리 집. 몹시 깨끗하고, 건물 전면에 흰색에 가까운 치장 벽토를 발랐으며, 재생 목재로 만든 현관문 위에서 아치형 창문이 반짝이는 데다, 여기 사는 사람들은 시간이 남아돈다는 걸 보여주려는 양 현관문에서 진입로까지 개울처럼 굽이굽이 이어지는 길고 여유로운 콘크리트 길을 깐 집.

현관 포치의 전등이 몇 차례 깜박이다 켜졌다. 잠시 후 데이브가 현관문을 열고 서둘러 밖으로 나왔다. 그는 깔끔한 인상을 주려는 듯 새 청바지를 입고 있었지만, 트위티버드 그림이 있는 낡고 얇은 티셔츠와 칠떡거리는 스니커즈가 그런 의도를 무색하게 만들었다. 남편을 보자 익숙한 온기가 손끝으로 온몸에 밀려들었다. 그는 여전히 아름다왔다. 현관 전등 불빛이 그의 얼굴 주름을 부드럽고 완곡한 면으로 밀어 펴는 느낌이었다. 그가 내 쪽으로 다가오자 익숙한 메스꺼움이 밀려왔다.

별안간 도저히 못 하겠다는 생각이 들었다. 그는 곧바로 알아챌 것이다.

차에서 내릴 수가 없었다.

"조명." 갑자기 옆에서 메리가 말했다. 터무니없게 들리는 그 말에 나는 눈을 휘둥그레 뜨고 메리를 쳐다보았다. "카메라. 액션!"

메리는 내게 미소를 지어 보였다. 그녀는 입술에 립스틱까지 바른 뒤였다. 도대체 언제 바른 걸까?

데이브가 운전석 문 쪽으로 다가왔다. 그는 문손잡이를 한번 잡아당겨보더니, 차창을 두드리고 내게 손을 흔들었다. 나는 더듬거리며 잠금장치를 풀었다. 그는 문을 열고 내 입술에 가볍게 키스를 한 뒤 말했다.

"어서 와. 기분은 어때?"

집에 혼자 왔다면 그가 무슨 말을 했을까 생각했다.

"피곤해." 그의 뺨을 손으로 쓰다듬자 까칠하게 돋은 수염이 손바닥을 긁었다. "배도 고파."

"잘됐다. 칠리 요리를 만들어놨어. 그쪽이 로빈 처제구나."

그는 차를 빙 돌아 조수석 쪽으로 가서 메리의 더플 백을 받아 들었다.

"안 그러셔도 돼요." 메리는 아까 거울을 보며 연습할 때처럼 억양이 거의 없는 어조로 말했다. 내가 듣기에는 이쪽 말투를 흉내 낸다는 티가 났지만, 데이브는 신경 쓰지 않는 듯했다. "데이브 형부시죠? 드디어 언니의 남편을 만나게 돼서 기뻐요."

"그래." 데이브는 더플 백을 어깨에 멨다. "어서 들어가서 식사하자. 여행은 어땠어?"

그는 현관문을 향해 앞장서서 걸어가며 어깨 너머로 물었다.

나는 긴장했지만, 메리는 아무렇지 않게 대답했다.

"할 얘긴 별로 없어요. 팝타르트는 실컷 먹었죠. 집이 정말 고급스럽네요."

메리는 문지방을 넘어 안으로 들어가면서 감탄했다.

"고마워. 우리도 이 집을 참 좋아해."

나도 그들을 따라 집 안으로 들어갔다. 현관 복도를 지나가며 처음으로 연철 샹들리에를 흘끗 올려다봤다. 오랫동안 이 집에 살면서 고급스럽다는 생각은 한 번도 해본 적이 없었다.

"레슬리가 처제를 찾는 데 시간이 꽤 걸렸다고 했어."

데이브는 계단을 내려가 주방 쪽으로 향했다. 데이브의 말투는 평상시와 같았다. 찬장 문을 여는 어깨 너머로 살짝 그의 표정이 보였다.

"와인이 있네요?"

메리가 물었다.

데이브는 잠시 멈칫하다가 메리의 시선을 좇아 찬장을 바라보았다. 그 안에 비오니에 와인 잔들이 줄지어 놓여 있었다.

"어. 그래, 있지. 화이트 와인, 괜찮아?"

"좋아요."

메리는 긴 식탁으로 가 앉았고, 데이브는 냉장고 앞으로 갔다. 나는 아일랜드 조리대 상판에 몸을 기대며 입을 열었다.

"로빈이 라스베이거스 외곽의 어느 외진 동네에 살고 있더라고. 휴대폰도 없이. 그래서 집주인한테 전화를 해야 했어."

"아, 정말 웃겼어요." 메리가 와인 잔을 받아 들고 데이브의 팔을 잡으며 불쑥 끼어들었다. "글쎄, 언니가 우리 집에서 종일 나를 기다린 거예요. 그러다 지쳐서 뭐라도 먹고 오자 싶어 찾아간 식당이 어디였는지 맞혀보세요."

"처제가 일하는 식당이었겠네."

데이브는 잔 두 개를 더 가지러 카운터 쪽으로 향하며 내 옆을 스쳐 지나갔다.

"거의 맞아요! 정확히는 아니지만요. 내 남친이 일하는 식당이었고, 그때 마침 내가 남친이랑 거기 같이 있었던 거죠. 식당 밖에서 언니랑 마주친 거예요. 그때 언니 얼굴을 형부가 봤어야 하는데."

메리는 데이브를 위해 내 표정을 재현해 보였다.

데이브는 나를 흘긋 쳐다봤고, 나는 애써 미소를 지었다.

"둘이 재미있는 시간을 보냈구나? 같이 술도 마셨어?"

"아 진짜, 형부가 언니를 봤어야 하는데. 언니가 집에서도 술을 많이 마셔요? 아니죠? 그런데 집에 와인 잔도 있고 이것저것 다 있네요. 어쩐지 언니가 나 못지않게 술 먹기 게임을 잘하더라."

메리는 평소와 다르게 거친 목소리로 웃었다. 일부러 여자답지 않은 웃음소리를 내는 것이었다. 립스틱을 바른 얼굴과 대조되도록. 문득 메리가 로빈인 척하고 있는 게 아니라는 느낌이 들었다. 메리는 웨이트리스가 손님을 대하듯 편안하게 대화를 하고 있었다. 단순하게.

어깨의 긴장이 스르르 풀렸다.

데이브가 내게 와인 잔을 건네면서 싱긋 웃었다. 그리고 메리 옆에 가 앉으며 자기 잔에 남긴 술을 한 모금 마셨다.

"아니, 난 레슬리가 술 마시기 게임을 하는 걸 딱 한 번 봤어. 대학 시절부터 알고 지냈는데 말이야."

나는 그들 옆으로 다가가며 반박했다.

"대학원에서부터 알고 지냈거든?"

"맞다, 당신이 2009년도 테킬라 챔피언이었나? 당신이 파티에 미쳐 살던 시절이었지, 아마?"

그 말에 나는 웃음을 터뜨렸다. 메리는 우리를 번갈아 쳐다보았다. 그리고 나와 눈이 마주쳤을 때, 나는 메리의 눈이 의기양양하게 빛나는 것을 보았다. 메리의 그 눈빛은 데이브가 다시 입을 여는 순간 사라졌다.

"휴대폰이 없다고? 기술 문명에 반대하는 주의야?"

"기술이 나를 반대하는 거죠." 메리는 잔을 들지 않은 손을 가슴팍에 대고 말했다. "제가 모바일 기기를 오래 갖고 있지를 못해요. 툭하면 떨어뜨리고, 세탁기에 넣어버리기도 하고, 변기에 떨어뜨리고 물을 내려버리기도 하고…… 뭐, 그래요." 메리는 와인을 홀짝였다. "언니가 새 휴대폰을 사줬어요." 그녀가 방금 생각난 듯 덧붙였다. "여기로 오는 길에요. 너무 고맙지 뭐예요."

"스마트폰은 아니야." 데이브가 쳐다보자 내가 설명했다. "구식 폴더 폰이라 얼마 하지도 않아."

"그렇다니까요!" 메리가 목청을 높였다. "내가 진짜로…… 아, 죄송해요!" 데이브가 손가락을 입에 대고 조용히 하라는 신호를 하자 메리가 멈칫하더니 물었다. "집에 또 누가 있어요?"

"일라이 때문에 그래." 데이브가 목소리를 낮춰 대답했다. "깨우고 싶지 않거든."

"일라이가 누구예요?"

메리가 나와 데이브를 번갈아 보며 물었다.

데이브가 웃었다.

"레슬리가 일라이 얘기를 안 했나 보네."

메리가 미간을 찌푸렸다.

데이브가 내게 물었다.

"일라이 얘기를 안 해줬어?"

"그럴 시간이 없었어."

메리가 다시 물었다.

"일라이가 누군데요?"

데이브가 말했다.

"우리 아들이야. 잘 시간이 지나서……."

메리는 또다시 침묵했고, 나는 길게 술을 들이켰다.

마침내 메리가 다시 물었다.

"둘 사이에 아이가 있어요?"

나는 고개를 끄덕였다.

메리가 물었다.

"몇 살인데?"

"한 살. 2주 전에 생일이 지났어."

"어머." 메리는 의자 등받이에 등을 기댔다. "세상에, 전혀 몰랐네."
그녀는 살짝 발그레해진 얼굴로 나를 쳐다보았다. "아예 생각도 못 했
어."

데이브가 나섰다.

"처제는 이모가 된 거야. 물론 생각도 안 해봤겠지만."

그가 조금 몰아붙인다는 느낌이 들어 나는 그의 무릎에 손을 얹어

제지했다.

"뭐 어때. 내 말은, 어차피 알게 될 거였잖아."

"대박. 그러니까, 축하한다고요. 어떤 아이에요?"

데이브가 긴장이 풀린 표정으로 대답했다.

"음, 이제 막 '헉'이라는 말을 배웠어. 어떻게 그 말을 알았는지 모르겠어. 안 그래도 전화로 당신한테 얘기하려고 했는데." 그는 나를 돌아보며 말을 이었다. "당신이 가르치지 않은 거면 어머니를 통해 배웠겠지. 아까 내가 칠리 요리를 만들고 있었거든. 빨간 칠리 고추를 넣고 있었지. 주방에서 냄비랑 팬을 가지고 놀던 일라이가 그걸 보더니 하나 달라고 하더라고. 안 된다니까 떼를 써서 결국 하나 줬는데……."

데이브가 일라이의 비명을 흉내 내자 메리는 손으로 입을 막으며 웃었다.

"다시는 칠리를 달라고 안 하겠네요."

"또 달라고 할걸. 이대로라면 일라이가 처음으로 내뱉는 단어가 '칠리'가 될 수도 있어." 데이브는 기지개를 켜다가 멈추고 물었다. "아, 먹어볼래? 칠리 요리? 완전히 잊어버리고 있었네, 미안."

나도 모르게 말이 나왔다.

"맙소사, 어서 줘. 배고파 죽겠어."

데이브가 의자에서 일어섰다.

"그래. 로빈 처제도 먹을래?"

그 이름을 듣자 나는 또 흠칫했지만 메리는 아무렇지 않게 대답했다.

"주세요."

"두 그릇. 아니, 나도 좀 먹을 거니까 세 그릇 준비할게."

데이브는 이렇게 말하며 주방을 가로질러 갔다.

메리가 목소리를 낮추고 내게 물었다.

"나 어때요?"

바짝 마른 메리의 머리에서 정전기가 일어나, 잔머리가 얼굴을 둘러싼 채 마치 후광처럼 뻗쳤다.

나는 식탁 매트에 놓인 메리의 손을 꼭 잡았다. 메리가 빙그레 웃었다.

주방 저쪽에 가 있는 데이브에게 속삭이듯 외쳤다.

"내 칠리에는 사워크림 얹어줘."

15 _____

메리

지금까지 해본 일 중에 가장 쉬웠다.

워런.

스텟슨.

5월 22일.

데이브는 그런 건 하나도 물어보지 않았다.

"왜 하필 라스베이거스였어?"

그는 의자 등받이에 몸을 기대며 물었다. 시간은 밤 11시를 넘었다. 와인에 나른하게 취한 레슬리가 화장실에 다녀오겠다고 했다.

그럴듯한 얘기를 꾸며낼 수도 있었다. 그러고 싶기도 했다. 좀 더 흥미롭고 구체적인, 그럴듯한 이야기. 르터노에서라면 그렇게 했을 것이다. 그래야 손님이 나를 기억하고 다시 가게를 찾을 테니까. 적어도 나를 안타깝게 여기는 그에게서 추가로 팁을 더 받을 수는 있었다. 하지만 거짓말쟁이들은 언제나 구체적으로 이야기를 읊어댄다. 진실을 말하는 이들은 굳이 상대를 설득하려 애쓰지 않는다.

"지루해서요."

나는 청재킷 소맷동의 느슨하게 풀린 실을 잡아 뜯으며 대답했다.

"루이지애나에도 있었지?"

그는 자세한 사정을 캐묻고 있었다. 레슬리는 남편에게 여동생에 대해서 거의 말해주지 않은 듯싶었다. 그는 내게 호감을 느꼈지만 그런 쪽으로 감정을 키우고 싶어 하지는 않는 듯 보였다. 그는 추레하고 충성스러운 남자였다. 마치 개처럼. 그는 레슬리의 편에 있고 싶어 했다. 나를 싫어할 만한 이유를 하나 던져주면 안심할 것이다.

나는 미소를 지었다.

"네. 거기서도 얼마간 있었죠."

"그렇지? 뭐 하면서 살았어?"

"그러니까, 일적으로요?"

"어."

그는 나를 유심히 바라보았다.

"대부분 레스토랑에서 일했어요. 자주 잘렸지만요."

"나도 예전에 서빙하는 일을 했어. 대학 시절에 아르바이트로. 워낙 엿 같은 일이라 하다 보면 사람에 대한 감 같은 게 생기더라."

"맞아요. 제가 그래서 자주 잘렸어요."

그는 소리 내어 웃었다.

"두 분 사이에 아이가 있잖아요." 나는 그의 관심을 다른 데로 돌렸다. "언니가 엄마 노릇을 잘하리라고는 생각도 못 했어요."

"레슬리는 좋은 엄마야."

내가 민감한 부분을 건드린 듯했다.

"제 말은 그게 아니고……."

"괜찮아. 우린 늘 부모가 되고 싶었어. 항상 염두에 두고 살았지."

"언니가 요즘 애랑 집에 있어요?"

"일라이랑? 아니." 그는 와인을 한 모금 마셨다. "평일에는 어린이집에 맡겨."

나는 미간을 찌푸렸다.

"제 생각에는……."

그때 레슬리가 돌아와 데이브 옆자리에 조심스럽게 앉았다. 그리고 뺨이 발그레한 채로 몸을 기울여 데이브의 눈썹에 입을 맞췄다. 그는 얼굴을 살짝 찡그렸다가 이내 미소를 지었다.

"어, 여보. 잘 준비를 한 모양이네."

"응."

"나도 그만 자야겠다. 언니, 손님방으로 안내 좀 해줄래?"

"아, 그래."

레슬리가 일어나 그릇과 잔을 모아 들고 싱크대로 가져갔다.

"형부, 저녁 식사 고마워요." 나는 자리에서 일어났다. "이렇게 만나게 돼서 얼마나 기쁜지 몰라요."

"나도 마찬가지야."

그의 얼굴에 빠르게 나타났다가 사라진 미소를 나는 하마터면 놓칠 뻔했다.

함께 복도로 나와 데이브가 우리 이야기를 듣지 못하는 곳에 이르자, 레슬리가 목소리를 낮춰 말했다.

"메리, 고마워. 정말 잘해주고 있어."

나는 그녀를 따라 흰색 벽토를 바른 복도를 지나 계단을 밟고 위층으로 올라갔다. 마침내 손님방(책상 위에 뉴멕시코주의 풍경이 담긴 사진 액자들이 줄지어 놓여 있는, 부자연스러울 정도로 깨끗한 방)으로 들어간 나는 방문을 닫고 문손잡이의 잠금 버튼을 눌렀다.

"벽장 안에 선반이 있어."

레슬리는 데이브가 벽장문에 기대어 놓은 내 더플 백을 손으로 가리켰다.

"실직했다는 얘기, 남편한테 안 했나 봐요?"

나는 심드렁하게 말을 꺼냈다.

레슬리는 바로 대답하지 못했다. 거울에 비친 그녀의 얼굴이 보였다. 쭉 뺀은 머리카락 사이로 비죽 튀어나온 두 귀가 붉으락푸르락했다.

"네가 상관할 일이 아니야. 욕실 수납장 안에 깨끗한 수건이 있어."

레슬리는 돌아서서 나가려고 했다.

"말 안 해줬는데 내가 어떻게 알고 대처를 해요?" 나는 나지막하게 따지며 그녀의 어깨로 손을 뻗었다. "그것 때문에 내가 일을 망쳤으면 어쩔 뻔했냐고요."

"그래서 망쳤니?"

"아뇨."

"망치지 않게 잘해, 그럼. 알았지?"

"당신이 이 집을 잃게 되리란 거, 남편도 알아요?"

"유산을 받으면 이 집을 잃을 일도 없어." 레슬리가 턱에 힘을 주는 게 보였다. "그러니까 지금 걱정할 문제는 아니야."

나는 그녀를 빤히 쳐다보다가 침대에 앉았다. 몸이 천천히 가라앉는 걸 보니 메모리 폼 매트리스인 듯했다.

"애가 있다는 얘기는 왜 안 했어요?"

"네가 알아야 할 필요가 있는 정보는 다 말해줬어. 넌 그냥 우리와 소소한 대화를 하고 서류에 사인을 한 뒤 돈을 챙겨서 사라지면 되는 거야. 내 사생활에 대해 내 남편과 토론을 할 필요는 없어."

"그래도 나한테 얘기를 안 해준 건 멍청한 짓이에요." 나는 목소리를 한층 더 낮췄다. "앞으로 또 내가 곤란해질 일이 없길 바랄 뿐이에요. 당신 사생활에 대해 남편이 알아채길 바라지 않는다면 판단 잘하라고요."

레슬리의 입술이 가늘어졌다. 더 이상 술에 취한 것처럼 보이지 않았다.

"넌 잘해주고 있어. 앞으로도 그렇게만 해."

레슬리는 침대로 다가와 내 쪽으로 손을 뻗었다. 그녀의 길고 차가운 손가락이 내 재킷에 붙은 가격표를 깃 안쪽으로 밀어 넣었다.

나는 그녀를 바라보았다. 그녀는 코로 숨을 길게 내쉬며 방을 나갔다. 그녀의 등 뒤로 방문이 딸깍하며 닫혔다.

16 _____

레슬리

안방에서 홀로 옷을 벗은 뒤 옷 뭉치를 빨래 바구니에 집어넣었다. 그리고 욕실로 타박타박 걸어가 세수를 했다. 레티노이드 크림이 거의 다 떨어졌다. 눈가에 얇게 원을 그리며 크림을 바르고, 구겨진 종이처럼 얇게 잡힌 이마의 주름살에도 줄무늬 모양으로 크림을 바른 뒤 문질렀다. 세면대에 데이브의 면도용품이 늘어놓여 있었다. 그의 면도칼을 살펴본 뒤 쓰레기통에 던져 넣었다. 데이브는 면도칼을 제때 교체하는 걸 잊어버리곤 했다. 세면대 밑에서 새 면도칼을 하나 꺼내 수납장 안, 면도 크림 캔 옆에 놓아두었다.

다시 안방으로 돌아오니 속옷 차림으로 침대에 반쯤 누운 데이브가 안경을 낀 채 태블릿을 들여다보고 있었다. 침대 옆 스탠드에서 나온 불빛의 반사광을 받은 장딴지 근육이 길고 뚜렷한 선을 드러냈다. 내가 그의 몸에서 제일 좋아하는 부분은 왜 저런 자연적이고 유전적인 요소일까. 내가 내 몸에서 제일 좋아하는 부분은 정성 들여 관리한 피부, 매니큐어를 바른 손톱 같은 인공적인 요소인데.

잠시 후에야 내 존재를 알아차린 그가 태블릿을 이불 위에 내려놓고 나를 향해 두 팔을 벌렸다.

"이리 와, 화장 지운 꼬마 아가씨."

나는 침대로 올라가 옷을 벗고 그의 목에 얼굴을 가져다 댔다. 그에게서 커민(미나리과에 속하는 식물인 커민의 씨를 이용해 만든 향신료)과 와인 향이 났다.

"보고 싶었어."

내 말에 그가 조그맣게 웃었다.

"겨우 이틀 떨어져 있었잖아."

"알아. 하지만 모든 상황이……." 나는 허리를 세우고 앉아 덧붙였다. "모르겠어. 그냥 다 괴상했어."

"여동생을 다시 만난 게?"

나는 고개를 끄덕였다. 로빈의 시체를 봤을 때는 끔찍하면서도 안심이 됐다. 다시는 로빈에 대해 걱정할 필요가 없겠구나 싶었다. 돈을 필요로 하지는 않는지, 내 전화기에 속 긁는 메시지를 남겨놓지는 않는지 같은 걱정.

"여태껏 여동생 얘기는 한 번도 얘기한 적 없잖아."

데이브는 별로 관심이 없는 척, 태연히 물었다.

"걔는 내 삶의 일부가 아니니까." 나는 그렇게 말하고 잠깐 멈칫했다가 좀 더 부드러운 어조로 말을 이었다. "걔는 주변 사람들을 편하게 두는 스타일이 아니거든. 당신이 우리 집안의 그런 부분에 말려들게 하고 싶지 않아."

"배려 고마워." 그가 손으로 내 등을 쓰다듬었다. 나는 이불 속으로 파고들었다.

잠시 후 그가 물었다.

"이젠 여동생을 용서할 수 있겠어? 그러니까 내 말은…… 로빈의 상태가 멀쩡해 보이잖아, 안 그래?"

그는 개가 마음에 드는 모양이었다.

나는 단호하게 대답했다.

"아니."

그는 내 표정을 살폈다.

"알았어."

나는 옆으로 약간 물러나며 물었다.

"당신은 뭐 하고 지냈어? 나 없는 동안에."

데이브는 기지개를 살짝 켜며 찌뿌드드하다는 양 끄응, 하는 소리를 냈다.

"카리스마 넘치는 우리 아들이랑 실컷 놀아줬지, 뭐. 어머니도 좀 만났고. 브로디랑 같이 놀라고 일라이를 데리고 일레인네 집에도 다녀왔어."

"둘째?"

"응. 확실히 브로디가 놀이를 주도하는 편이긴 하지만, 둘이 꽤 잘 놀아. 우리 아들은 정말 아름다운 아이지만 추종자 기질을 타고났어. 그런 의미에서 미래의 대통령이 될 것 같지는 않아. 개인 비서라면 몰라도. 브로디가 달라니까 제 쪽쪽이까지 내주더라고. 저항 한 번 없이. 타고난 자선가야."

나는 억지로 미소를 지었다.

"일레인은 어떻게 지내?"

"여전히 인터넷 '셀럽' 엄마로 살고 있지."

일레인은 데이브의 직장 동료이자 그가 4년 전 일을 시작했을 때 처음으로 사귄 친구들 중 하나였다. 당시 일레인의 큰아들 태너가 한 살이었는데 일레인은 태너의 첫 걸음, 아이가 처음으로 한 말 등 성장기를 기록하는 블로그를 운영해 소소한 인기를 끌었다. 그러다 2년 전, 둘째인 브로디를 임신한 지 7개월 됐을 때 남편이 집을 나갔다. 비슷한 사연을 가진 블로거들이 인기를 끌던 시절이라 일레인 블로그의 구독자 수도 점점 늘어갔다. 그러다 블로그의 자료들을 대부분 인스타그램으로 옮긴 뒤에, 거의 전문가급 실력으로 찍은 자신과 아이들의 사진을 하루에도 몇 차례씩 올렸다. 재미있으면서도 담담한 글에 꿈같으면서 목가적인 사진을 더한 포스팅이었다. 데이브의 말에 따르면, 팔로워 수가 꽤 많아져서 이제는 광고가 붙을 정도라고 했다.

데이브는 휴대전화를 집어 들고 일레인의 인스타를 찾아 내게 보여주었다.

"봐봐, 일레인이 일라이의 사진도 올렸어. 잘 나왔지?"

사진 속 일라이는 타일 바닥에 앉아 일레인이 기르는 고양이들 가운데 한 마리를 보고 있었다. 배경에 고양이가 살그머니 돌아다니는 모습이 흐릿하게 찍혀 있었다. 일라이의 얼굴이 카메라가 아닌 다른 곳을 향하고 있어서 숱 많은 검은 속눈썹의 길이가 강조돼 보였다. 일라이는 고양이에게 완전히 매료됐는지 살짝 벌린 입 밖으로 작은 분홍색 혀를 조금 내민 모습이었다. 데이브가 무언가에 집중할 때의 표정과 영락없이 닮았다. 내가 데이브와의 사이에서 늘 꿈꾸었던 아기의 모습 그대로였다.

일레인이 사진에 설명을 달아놓았다. '고양이 미스티에게 뽀뽀를 시도하기 3초 전. 하지만 결과는 실패. #고양이를좋아하는소년 #귀여운아기 #꼬맹이플로러스 #브로디의친구 #놀이친구'. '좋아요'가 654개였다.

"우와, 사진 잘 찍네."

"내가 자식을 낳은 걸 일레인이 엄청 좋아하는 것 같아. 뭐, 인스타그램에 새로운 내용을 올릴 수 있게 됐으니 그렇겠지. 똑같은 애들 사진을 엄청 올려대다 보면 사람들도 '지겨우니 그만 좀 해라' 할 테니까."

"어쩌면 다른 어른들과 좀 더 어울릴 기회를 만들고 싶은 걸 수도 있어. 외로워 보이네."

데이브는 소리 내어 웃었다.

"설마. 밤이고 낮이고 그 집은 사람들로 북적여. 마사 스튜어트 잡지 같은 데라도 실리고 싶은 모양이야. 그 집에 가자마자 나한테 직접 만든 레모네이드 한 잔을 건네더라고."

나는 베개에 뺨을 묻고 누웠다.

"그래도. 남편이 없으면 기분이 달라."

"그럴 수도 있겠네." 그는 침대 옆 탁자에 전화기를 도로 내려놓았다. "어쨌든 일라이는 그 집에서 즐거운 시간을 보냈어. 친구들을 좀 더 사귀게 해야겠어. 당신도 이제 장인어른 집 문제를 해결할 수 있게 된 것 같으니까, 남는 시간에 일라이와 좀 더 놀아줄 수 있겠네. 다음 주에 어린이집에 다니는 아이 하나가 생일이라 파티가 있거든. 31일 금요일이야. 당신이 일라이를 데리고 다녀오면 어떨까 싶어."

나는 꼼짝 않고 누워 대답했다.

"개랑 같이 일을 처리해야 해서 시간이 얼마나 걸릴지 모르겠어. 로빈이랑 말이야."

"당신 시간 되면 해." 그가 자세를 바꿔 눕자 매트리스가 한쪽으로 기울었다. "뭐라도 볼래?"

그는 내 머리카락을 지나치게 부드럽게 쓰다듬었고, 나는 그가 그러도록 내버려두었다. 아마도 사과의 뜻일 것이다.

"앤서니 보데인(미국의 요리 연구가 겸 방송인)이 나오는 프로그램이 넷플릭스에 있나?"

"찾아볼게, 여보."

그는 텔레비전을 켰다.

앤서니 보데인이 나오는 프로그램의 '하노이' 편이 시작되고 15분도 되지 않아 데이브는 잠이 들었다. 나는 방송이 끝나기를 기다렸다가 일어나서 티셔츠와 반바지를 입고 불을 껐다. 그리고 다시 침대로 기어들어 그의 옆에 누워 억지로 잠을 청했다.

그의 팔을 당겨 내 어깨에 걸치게 하고 그의 손목을 내 얼굴에 얹었다. 손목의 맥박이 마치 살아 있는 벌레처럼 내 뺨을 타고 움직이는 것 같았다. 평소에도 그의 맥박은 늘 나보다 빨라서, 한 침대에 누워 있으면 그의 피부 아래 자리한 기관들의 기능을 의식하게 되었다. 어둠에 시야가 가려지면 그의 아름다운 내부가 더 잘 보이는 듯했다. 보라색으로 따뜻하게 빛나는 흉강, 전기처럼 푸른색 빛을 내는 위장, 피부를 수놓으며 고동치는 붉은 혈관……. 그는 이불 속에, 매트리스에 열기를 흘려 넣었다. 그는 너무나 적극적으로 살아 있는 존재라서, 옆에 있는 나까지 살아 있게 했다. 나는 그를 꼭 붙잡았다.

어젯밤 로빈에 관한 꿈을 꿀 줄 알았는데, 꿈에 나온 건 데이브였다. 결혼하기 몇 달 전에 함께 애비쿼우 자치구로 갔던 캠핑에 관한 꿈이었다. 그는 여동생의 아내에게서 낡은 캠핑 장비를 빌렸다. 천장이 투명 비닐로 된 천막도 그중 하나였다. 반짝이는 하늘을 올려다보며 누워 있는 동안, 데이브는 내가 한 번도 들어본 적 없는 사막의 다양한 포식 동물들에 대해 효과음까지 넣어가며 이야기해주었다.

"저건 코네히요라는 동물이야. 스페인 이름이라 당신은 아마 모를 거야. 저 소리 들려?"

얼마 후 그는 잠꼬대를 했다.

"일어나. 보고 싶어."

"나 여기 있어."

나는 졸음에 취한 목소리로 대꾸를 하고는 여전히 밝게 빛나는 밤하늘의 별을 올려다보았다.

잠들지 못한 채로 얼마 동안 침대에 누워 있었을까? 한 시간? 침대 옆 시계를 확인했다. 하지만 앤서니 보데인이 나오는 프로그램이 언제 끝났는지 기억도 나지 않았다.

귓속에 데이브의 심장박동 소리가 들려왔다.

나는 잠자기를 포기하고 일어나 앉았다.

복도로 나가 빛이 약한 조명을 켜자, 어둠 속에서 확대돼 있던 동공이 다소 축소됐다. 복도 건너편, 메리의 방문은 완전히 닫혀 있었다. 그 옆방의 문은 살짝 열린 상태였다. 그 문을 열고 안으로 조용히 들어갔다.

아기 침대에서 일라이가 자고 있었다. 무릎을 굽힌 채 엎드린 자세인 걸 보니, 일어나 놀다가 그대로 쓰러져 잠든 모양이었다. 나는 우리

아들 일라이의 모습을 가만히 바라보면서 아이의 작고 빠른 숨소리에 귀를 기울였다.

얼마나 오래 거기 서서 상념에 잠겨 있었을까. 일주일이면 모든 문제가 해결될 터였다.

일주일이면.

17 _____

로빈

내가 이런 말을 하면 레슬리 언니가 성자처럼 보일까? 적어도 그 시절 나에게 언니는 성자였다. 언니는 내게 신발 끈 묶는 방법과 가스레인지로 수프 데우는 방법을 가르쳐주었다. 학교에서는 쉬는 시간에 찾아와 글자 읽는 방법을 알려주었다. 집에서는 미용실에서 훔쳐 온 오래된 《새시》잡지 한 권을 앞에 놓고 나와 나란히 앉아, 내 통통한 검지로 '벤 스틸러, 귀여운 소년 감독'이라는 제목의 기사를 한 줄 한 줄 짚어가며 읽게 해줬다.

그리고 거짓말하는 방법도 가르쳐주었다.

어머니는 또 집에 없었다. 어머니의 핸드백은 여전히 현관 안쪽 못걸이에 걸려 있는데, 어머니가 없었다. 베티 할머니가 찾아와 우리를 돌봐주었다. 우리는 누군가의 감시를 받는 것에 익숙하지 않았다. 어머니가 곁에 있을 때 나는 밤 9시에 잠자리에 들었다. 레슬리 언니의 도발에도 불구하고 말이다(언니는 나보다 몇 시간이나 늦게까지 깨어 있었는데, 그래서 나는 언니를 몹시 시기했다. 언니가 나 없이 수십 명의 친구들과 함께 모닥불 앞에서 신나게 춤을 추는 모습이나 내가 좋아하는 치즈잇 과자를 마음껏 먹는 장면을 상상하면서 괴로워하기도 했다). 그런데 베티 할머니는 아이들은 저녁 8시면 반드시 잠자리에 들어야 한다고 믿는 사람이었다. 할머니는 우리가 자는지 확인하려고 노크도 없이 방에 불쑥 들어오기도 했다.

그날 밤, 평소보다 일찍 잠자리에 든 나는 한밤중에 눈을 떴다. 옆을 보니 언니의 침대가 비어 있었다. 또 나 몰래 뭘 하고 있는 모양이었다. 화가 치밀었다. 차고에 있는 작은 텔레비전을 몰래 보고 있거나 부모님 방에 들어가 어머니의 물건을 만지작거리고 있는 게 틀림없었다. 문손잡이를 흔들어봤더니 밖에서 잠겨 있었다. 내가 자기를 방해하지 못하게 하려고 언니가 종종 쓰는 방법이었다.

나는 언니가 올 때까지 기다리기로 결심했다. 언니의 침대 발치에서 이불을 덮고 웅크린 채로 있다가 언니가 돌아와 침대에 누우면 발가락을 확 잡아 놀라게 할까 싶었는데, 전에 한 번 쓴 방법이라 별 효과가 없을 것 같았다. 그래서 이번에는 침대 밑으로 들어가 숨어 있기로 했다. 내 침대보다 약간 높아서 어깨가 넓은 다섯 살짜리가 숨기에 적당했다. 언니가 내 빈 침대를 보면 기겁하겠지. 언니가 나 몰래 비밀스러운 모험을 하고 돌아온 걸 후회하면서 다시 착하게 굴면, 그때 나오리라고 마음먹었다.

침대 가장자리의 주름 장식 밑으로 기어 들어가자마자 두 팔이 나를 붙잡았다. 나는 놀라 비명을 질렀다. 언니가 나를 가까이 끌어당기고 입을 틀어막았다. 언니 품에 안긴 나는 힘이 쭉 빠졌다.

"침대 밑에서 뭐 하고 있어?"

나는 언니의 손가락 사이로 물었다. 침은 흘리지 않았다. 너는 왜 침대 밑으로 들어왔느냐고 언니가 묻지 않기를 바랐다.

언니는 침대 밑 카펫에 엎어놓은 물컵을 턱 끝으로 가리켰다. 그 안에 든 무언가가 결혼식 피로연에서 축사라도 하려는 것처럼 물컵을 땡, 땡, 땡 두드리고 있었다. 물컵 안에서 돌아다니는 그것의 형태가 유리의 굴곡진 면을 지날 때마다 늘어났다 줄어들었다 했다. 내가 그리로 손을 뻗자 언니가 내 손을 찰싹 쳐냈다.

나는 화가 났지만, 작은 목소리로 물었다.

"저게 뭐야?"

언니는 컵을 주시하며 대답했다.

"쥐."

"아." 나는 고개를 돌려 언니를 바라보았다. "저걸로 뭐 하려고?"

"기다리고 있어."

"뭘?"

"저게 죽기를."

"왜?"

"밤마다 내 침대 밑에서 찍찍댔거든. 덫을 놔서 잡아야겠다고 생각했는데……."

내 몸이 침대 가장자리의 주름 장식을 툭 치는 바람에 침대 옆 스탠드의 불빛이 흘러들었다. 언니가 눈을 빠르게 깜박이자 속눈썹이 덩달아 파닥거렸다. 내 몸에 닿은 언니의 몸은 석탄처럼 뜨거웠다.

문손잡이가 덜걱거리더니 문이 열렸다. 나는 놀라서 그 자리에 얼어붙었다.

"로빈?" 베티 할머니가 불을 켰다. "레슬리? 그 아래서 뭣들 하고 있니?"

침대 가장자리 장식이 펄럭이는 바람에 내 위치가 탄로 난 것이었다. 나는 마지못해 기어 나갔고 언니도 곧 뒤따라 나왔다. 쥐는 그 자리에 그냥 두었다.

"둘 다 왜 안 자고 있어? 이게 무슨 소란이야?"

내가 불쑥 말했다.

"쥐가 있었어요."

"쥐 놀이를 한 거예요. 로빈이 쥐인 척하면서 내 침대 밑으로 기어들어가고, 내가 로빈을 잡는 놀이요."

언니의 변명에 베티 할머니가 숨을 크게 들이쉬었다.

"아버지 아침에 일 나가야 하는데."

"알아요. 다 제 잘못이에요. 제가 잠이 안 와서, 동생이랑 놀고 싶었어요."

베티 할머니는 반투명한 재질의 잠옷 옷깃을 여몄다. 잠옷 안쪽으로 보이는 면 속옷의 허리 밴드 부분에 레이스가 달려 있었다.

"내일은 주방 바닥이랑 은식기를 닦아, 레슬리. 또 시끄럽게 굴지 말고 어서 자라."

할머니는 방을 나가 문을 걸어 잠갔다. 어둑한 종야등 불빛 속에 우리는 오도카니 있었다.

"언니?"

내가 속삭였다.

언니는 자기 침대에서 나와 내 침대로 올라와서 내 머리카락을 쓰다듬어주었다. 나는 무슨 말을 하려고 했는지 잊어버린 채, 언니의 침대 밑에서 들려오는 '땡, 땡, 땡' 소리를 들으며 스르르 잠이 들었다.

다음날 아침, 내가 눈을 뜨기도 전에 언니는 벌써 샤워를 하고 있었다. 나는 바닥에 엎드려 언니의 침대 밑으로 기어 들어갔다. 유리컵이 그대로 있었다. 언니도 너무 겁이 나서 이걸 어쩌지 못했구나 싶었다. 내가 툭 치자 컵이 카펫 위로 쓰러졌다. 쥐의 모습이 똑똑히 보였다. 회색과 크림색의 몸통에 긴 은색 수염을 가진 암컷 쥐였다. 쥐는 너무 기진맥진해서 도망치지도 못하고 카펫에 발톱을 박은 채 움찔거리기만 했다. 나는 꼬리를 잡고 쥐를 들어 올려 내 책가방 속에 넣었다. 학교에 데리고 갈 계획이었다.

전날 밤, 다시 침대에 누웠을 때였다. 언니가 물었다.

"그걸 어떻게 하려고?"

"뭘?"

언니는 입을 다물어버렸다. 그 후로 나는 언니가 침대 밑에 들어가 있는 것을 다시는 보지 못했다.

18 _____

메리

어이없게도 나는 함박웃음을 지으며 잠에서 깨어났다. 어쩔 수가 없었다. 레슬리의 엄청나게 널찍한 메모리 폼 매트리스 침대에서 나는 너무나 잘 잤고, 벽장 안에는 내 옷 다섯 벌을 걸어둘 나무 옷걸이도 준비돼 있었으며, 침대 옆 탁자에는 장미 향이 나는 화장지도 있는 데다가…… 무엇보다 나는 자유였다. 아침에 일하러 갈 필요도 없었다. 남자 친구도 없었다. 누군가 불러대는 내 이름에 대답할 필요도 없었다.

침대에서 꼼지락대며 정말 어떤 자세를 취해도 편안한지 시험해보고 있는데, 내 의식 속으로 레슬리의 목소리가 흘러들었다. 그녀는 계단참에서 누군가와 이야기 중이었다. 데이브의 나지막한 목소리가 들렸다.

"확실해?"

"그래, 확실해. 어서 출근이나 해."

키스. 이어서 데이브가 계단을 밟고 내려가는 소리. 그리고 레슬리의 목소리가 다시 들렸다.

"안녕하세요, 디에고. 오늘 몸이 좋지 않아서 전화했어요. 오늘은 집에 있어야겠어요." 잠시 후 그녀의 목소리가 이어졌다. "네, 약효가 나타나기 시작하면 오늘 오후에는 해볼게요. 그래요, 다음에 봐요."

나는 인상을 찌푸렸다. 현관문이 반쯤 열려 있어 레슬리의 목소리가 집 밖까지 들릴 터였다. 그녀는 데이브가 밖에서 듣고 있을 경우에 대비해 혼자 저렇게 연극을 하고 있는 것이었다.

또 다른 방에서 아기가 울기 시작했다. 다시 잘까 하다가 포기했다. 어젯밤에 귀찮아서 샤워도 하지 않고 잤더니 몸이 끈적거렸다.

침대에서 일어나, 담배를 꺼내려고 더플 백을 놓아둔 곳으로 터벅터벅 걸어갔다. 방 안에서 담배를 피우면 분명 레슬리가 좋아하지 않을 테지만, 기껏 에어컨을 틀어놓은 방에서 창문을 열어 더운 공기를 들이고 싶지 않았다. 그래서 벽장 속으로 들어가 니코틴에 몸이 충분히 절 때까지, 2분가량 담배를 피웠다.

그러고는 방에 딸린 욕실로 들어가 변기에 앉았다. 세면대 위에는 레슬리가 엄선한, 동물 실험을 거치지 않고 개발된 세면용품들이 줄지어 놓여 있었다. 그 뒤의 바구니에는 고이 접어놓은 수건, 그리고 잔뜩 부풀린 마카롱처럼 보이는 무언가가 담겨 있었다.

'샤워 밤'이라고 적혀 있었다.

와, 완벽하네. 나는 나무 계단까지 있는 빌트인 욕조에 물을 받고 그 안에 마카롱처럼 생긴 샤워 밤을 떨어뜨렸다. 쉭 하는 기분 좋은 소리와 함께, 수면이 파랑과 분홍 별들이 동동 떠 있는 진한 보라색 거울로 바뀌었다.

나는 은하수에 몸을 담그고 가만히 별을 내려다보았다.

조그맣게 문 두드리는 소리가 들렸다.

"메리?"

로빈을 부르는 거겠지? 소방서에서 일하는 남편이 들으면 어쩌려고 저래?

"메리?"

"들어와요."

방문이 딸깍 열리고 이어서 욕실 문도 열렸다.

"아!"

내가 이 안에서 납세 신고라도 하고 있을 거라고 생각했는지, 레슬리는 나를 보자마자 얼른 문지방 뒤로 물러섰다.

"괜찮아요." 나는 미소를 지었다. "린스 좀 건네줄래요? 아니, 됐어요. 내가 가져오죠, 뭐."

내가 별과 반짝이를 뚝뚝 떨어뜨리며 일어나 작은 나무 계단을 내려가자 레슬리는 손으로 눈을 가리고 돌아섰다.

"이제…… 됐어?"

나는 다시 욕조 안으로 들어가 별이 가슴에 붙을 만큼 몸을 낮췄다.

"목욕용품이 참 좋네요."

레슬리는 경재로 된 바닥에 생긴 반짝이는 물웅덩이를 멍하니 바라보다가 애써 정신을 다잡는 것 같았다. 화가 난 걸까?

"앨버트 변호사와 만나기로 약속을 잡았어. 신탁을 맡은 사람 말이야. 오늘은 시간이 안 된대."

레슬리의 고급 욕조에서 시간을 더 보내도 된다는 뜻이다.

"안타깝네요."

"이따가 아버지 집에 같이 가는 게 어떨까. 짐을 정리하고 있거든."
내가 대답하지 않자 레슬리는 잠시 뜸을 들이다 덧붙였다. "와서 뭘 하란 얘긴 아니야. 그냥 같이 가줬으면 해서."

"나를 여기 혼자 두고 싶지 않은 거겠죠."

나는 반쯤 묻듯이 대꾸했다.

침묵이 흘렀다.

"30분 후에 아래층으로 내려와."

"내가 도망가거나 할 일은 없어요." 나는 욕조에 몸을 더 깊게 담그고 눈을 감았다. "그게 걱정되는 거 아니에요?"

하지만 레슬리는 옆에 있지 않았다. 열린 문 너머에서 그녀가 계단을 내려가는 소리가 들렸다.

19 _____

레슬리

"어떻게 애를 데려가지 않을 생각을 할 수가 있어요?"

메리가 달걀 치즈 비스킷을 베어 물며 말했다. 그녀가 도중에 맥도널드에 들르자고 해서 산 것이었다.

나는 유아용 카시트에 앉혀둔 일라이의 몸에서 안전띠를 풀었다.

"아. 아. 아!"

일라이가 고집을 부렸다. 입에 쪽쪽이를 물려주고 옆으로 안았다.

"아버지 물건을 정리하는 데 집중해야 하니까."

"내가 봐주면 되죠." 메리는 비스킷을 한 입 더 먹고 입안에서 그걸 씹어 삼키며 덧붙였다. "일라이는 귀엽잖아요."

메리의 시선은 내 귀걸이를 잡으려고 손을 뻗는 일라이에게 가 있었다.

"아기 돌보는 일 해본 적 있어?"

나는 운전석 문을 닫고 아기용품이 담긴 가방을 다른 쪽 어깨에 멨다.

조수석에 앉은 메리가 운전석 쪽으로 몸을 뻗어 차창을 내리고는 일라이에게 다정하게 속삭였다.

"로빈 이모야. 어서, 아가. '로빈 이모'라고 말해봐."

"안 웃기거든."

나는 목소리가 떨리지 않게 하려고 애썼다.

메리는 곧 뉘우치는 말투로 말했다.

"미안해요, 레슬리. 농담한 거였어요."

나는 메리를 가만히 쳐다보다가 돌아서서 일라이를 어린이집으로 데려갔다.

일라이를 맡겨놓고 나오니, 메리가 입으로 손가락을 빨면서 다른 손으로 은박지를 구기고 있었다.

"진짜 미안해요."

"괜찮아."

나는 기어를 'D(주행)'에 놓고 커맨치 시내를 향해 서쪽으로 차를 몰았다.

몇 분 뒤 우리는 리비에라의 아버지 집 앞에 도착했다. 진입로를 올라가는 중에 메리가 차창 밖을 내다보더니 입술을 잘근잘근 씹으며 물었다.

"여기예요?"

"응."

아버지 집은 1920년대에 유행했던 1층짜리 어도비 양식의 건물이었다. 차고 위쪽으로 뻗어나간 노출된 전나무 들보들이 벽에 줄무늬를 그리고 있었고, 청록색으로 페인트를 칠한 대문은 살짝 열려 있었다. 걸쇠가 고장 난 상태였지만, 나는 아직까지도 고쳐놓지 않았다. 원래는 잔디가 있어야 할 자리에 깔려 있는 다채로운 색깔의 돌멩이들 사이로 현관까지 난 길이 있고, 그 옆으로 몇몇 다육식물이 자라고 있었다. 이웃집의 사막버드나무가 다육식물들 위로 잔물결 같은 그림자를 드리웠다. 여기 올 때면 언제나 그렇듯이, 앨버커키 집들의 마당은 물이 채워지기를 기다리는 수족관 같다는 생각이 다시 뇌리를 스쳤다. 열두 살 때 마당에 누워 양쪽 귀를 손으로 틀어막고 하늘을 올려다보던 기억이 났다. 밀물과 썰물 같은 내 숨소리에 귀를 기울이며, 태양을 가로지르는 수염상어처럼 구름을 뚫고 날아가는 비행기를 바라보던 기억.

대문을 지나 현관문 너머 복도로 들어설 때까지 메리는 줄곧 말이 없었다. 사막지대의 어두컴컴한 집들이 대개 그렇듯 집 안에서 퀴퀴한 냄새가 났다. 한 달 전 내가 타일을 청소할 때 쓴 레몬 향 소독제 냄새도 간간이 풍겼다. 세정제 냄새가 아직까지 빠지지 않은 걸 보니 그동안 아무도 오지 않은 모양이었다.

바닥이 움푹 꺼진 거실로 들어가 아버지의 레이지보이 의자 옆에 상자들을 내려놓았다. 그리고 문 옆의 못걸이에 핸드백을 걸었다. 어머니가 핸드백을 걸어두던 바로 그 자리였다. 그때 나는 어머니가 집을 떠나면서 두 손가락으로 핸드백을 들어 올리는 모습이 무척 우아하다고 생각했었다.

"레코드판이랑 책들을 정리해서 치워야겠어. 멀지 않은 곳에 중고 서점이 있거든."

"몇 개라도 보관 안 해요?"

나는 고개를 저었다.

"여기 뭐가 있는지 난 알지도 못해. 아버지는 수집만 하셨지 음악을 튼 적도 없으셔."

"그래도, 요즘 레코드판으로 음악 듣는 게 다시 유행인데." 메리는 소나무로 만든 책장 앞 카펫에 앉아 색 바랜 음반 재킷의 모서리를 손으로 쓸었다. "인터넷 같은 데서 몇 개는 팔아도 될걸요."

"원하는 게 있으면 가져가."

나는 메리 옆에 쪼그리고 앉아 고개를 옆으로 기울였다. 눈에 익은 책들이었지만, 이 책들이 여기 있는 내내 나는 어느 것도 읽어본 적이 없었다. 어떤 책은 내 나이보다도 오래되었을 것이다.《인식》(미국 작가 윌리엄 개디스가 1955년에 발표한 소설)의 낡아빠진 빨간색과 초록색 대문자들로 가득한 표지,《아침의 붉은 하늘》(리처드 브래드퍼드가 1968년에 발표한 소설)의 연푸른색 표지, 그리고《완다 히키의 소중한 추억의 밤》(미국의 작가이자 배우인 진 셰퍼드의 1971년작 코믹 소설)의 보기 싫게 황백색으로 변한 표지…… 나는《마이러 브레킨리지》(고어 비달의 1925년작 소설)를 집어 들고 책장을 훌훌 넘겨 보았다.

"아버지가 책 읽는 걸 좋아하셨나 봐요?"

나는 메리를 흘끗 쳐다보았다.

"난 잘 몰라. 본인이 읽으려는 게 아니라 다른 사람들이 읽도록 모아두는 걸 좋아하신 것 같아. 아버지가 이 책들을 펼치는 걸 본 적이 없어."

"언니는 읽어본 적 있어요?"

메리는 지나치다 싶을 정도로 신중하게 레코드판을 골라 한 장씩 상자에 담았다.

"아니, 한 번도. 난 책을 잘 안 읽어."

데이브가 차에서 들으라고 오디오 북을 사주기는 했다. 나는 책보다는 잡지 기사나 뉴스, 그리고 페이스북에 올라오는 글들을 읽는 편이었다. 진짜 책을 펼치는 것이나 침대에 앉아 책을 들고 있는 것은 어쩐지 고결한 척하는 우스운 행위같이 느껴졌다. 내가 책을 좋아하는지, 아니면 내가 그린 그림만 좋아하는 건지 나로서는 알 수 없었다. 문득 이대로 가만히 있는 건 예의가 아니라는 생각이 들었다. 나는 헛기침을 하고 물었다.

"넌? 책 많이 읽어?"

메리는 손에 든 음반을 뚫어져라 바라보며 미소 지었다.

"그럼요. 가끔 읽어요."

"어떤 종류의 책을 좋아해?"

메리는 입을 오므렸다.

"1년에 주요 도서 다섯 권 읽기를 목표로 정하고 실천하는 중이에요. 자기 개발을 위해서죠. 작년에는 《미들섹스》를 읽었어요. 이번 달엔 '메리 카슨', 아니 '메리 카'라는 여자가 쓴 책을 읽다가 말았어요."

"여기서 읽고 싶은 책 있으면 얼마든지 가져가." 나는 책을 한가득 들어 보드상자에 집어넣었다. "나머지는 전부 메놀 중고 서점에 갖다 줄 거야."

"내 더플 백에 자리가 없을 것 같은데요." 메리는 손가락으로 책등을 훑었다. "나중에 한 권만 챙겨 갈게요. 내가 예쁘기만 한 깡통이 아니라는 걸 보여주려면 크고 오래된 책장에 책을 꽂아둬야 하니까." 그녀는 싱긋 웃으며 상자에 음반을 한 장씩 집어넣었다. "아버지는 어떤 분이셨어요?"

"음, 점잖은 분이셨어." 그렇게 말하며 책을 집어 드는 순간 손톱 끝부분이 부러졌다. 나는 움찔해서 손가락을 입에 넣었다. 그리고 웅얼대며 말을 이었다. "내가 10대였을 때 아버지는 이미 60대에 가까워서 아버지와 친하게 지내기가 힘들었어. 그 후에는 쭉 편찮으셨고. 오랫동안 아버지를 보살피며 살았지." 나는 다시 책 정리를 했다. 이번에는 좀 더 신중하게, 상자 맨 아래에 제일 무거운 책부터 넣었다.

"어떻게 생겼어요?"

"잠시만."

나는 다리를 펴고 일어나 거실 맞은편에 있는 서재로 건너갔다. 낡은 서랍장 겸 책상 위에 부모님의 결혼식 사진이 있었다. 사진 속 아버지는 훌렁 까진 머리에 텁수룩한 금색 콧수염을 기른 모습이었다. 어머니는 다이애나 왕세자비 스타일로 자른 깃털 같은 단발을 부풀리듯 빗어 넘겼고, 목깃이 높다란 연청색 잠옷 같은 웨딩드레스를 입었다. 아버지 옆에 선 어머니가 어찌나 젊어 보이는지, 꼭 사교댄스를 처음 추러 나온 소녀 같았다.

나는 그 사진을 메리에게 들고 갔다. 사진을 손에 쥐여주자 메리는 웃음을 터뜨렸다.

"아버지가 꼭 론 버건디(1970년대에 활약한 뉴스 앵커로, 영화 '앵커맨' 시리즈는 이 인물의 실화를 소재로 하고 있다)처럼 생겼네요."

"그게 누군데?"

메리는 고개를 절레절레했다.

"영화에 나오는 캐릭터예요. 신경 쓰지 말아요. 어머니는 귀엽네요. 이때 어머니가 몇 살이셨죠?"

"스물여섯." 메리의 침묵에 떠밀려 나도 모르게 주절거렸다. "이 사진을 찍었을 때 나를 임신 중이셨어."

메리는 깜짝 놀라 눈을 들었다.

"정말요? 우와, 속도위반으로 급하게 치른 결혼식이었나 봐요?"

"확실히는 나도 몰라. 그때 임신한 지 한두 달째여서 어머니도 나중에 아셨을 거야."

"언니는 어머니랑 많이 닮았네요."

메리는 그 사진을 카펫에 내려놓았다.

"아버지도 그렇게 말씀하시곤 했어."

첫 수술을 받은 뒤 아버지는 쭉 진통제를 달고 사셨다. 목의 노출된 상처로 인한 통증, 그리고 음식조차 삼키기 어렵게 만드는 끈질기고 지독한 기침을 잠시나마 멈추는 데 도움이 되었기 때문이다. 하지만 진통제 때문에 아버지는 만화경 같은 망상 속으로 빠져들었고, 툭하면 나를 "크리시(크리스틴의 약칭)"라고 부르곤 했다. 그렇게 불리면 나는 애달팠고, 어쩔 때는 화도 났다. 아버지는 멍한 눈으로 나를 어머니의 이름으로 부르며 이런저런 지시를 했다. "의자 가져와, 크리시"나 "나를 간호사한테 맡겨, 크리시" 같은. 몸이 아픈 아버지는 어머니와 나를 혼동했다. 나는 아버지가 어머니에게 그런 식으로 말하는 걸 들은 기억이 없었다. 나는 점차 깨닫게 됐다. 아버지가 그동안 얼마나 가족들을 옥죄고 통제하며 살았는지, 우리 모두 얼마나 침묵하고 살았는지를.

방을 둘러보았다. 가늘고 긴 창살 같은 햇살이 블라인드 틈새로 흘러들어 벽에 그린 무늬가, 정오가 다 되어감을 우리에게 알려주고 있었다.

"정리나 마저 하자. 이 책장은 얼추 다 됐네. 다음은 서재를 정리해야겠다. 그거 정리 끝나면 나 좀 도와줘."

나는 마지막 책 몇 권을 되는대로 박스에 넣으면서, 잘 들어가지 않는 부분이 있으면 페이지 일부를 접은 다음 집어넣었다.

"알았어요."

메리의 시선은 여전히 바닥에 놓아둔 사진에 가 있었다. 나는 그 사진을 집어 들고 서재로 가 접혀 있던 상자 하나를 더 펼쳤다.

서재는 비좁고 어두웠다. 천으로 장정을 한 1960년대 교과서를 집어 상자에 담을 때마다 먼지가 풀썩였다. 아버지의 졸업 기념 반지가 담긴 시가 상자를 어떻게 처리할지 고민하는데, 다른 방에서 바스락대는 소리가 나더니 이윽고 음악 소리가 복도로 흘러나왔다.

"메리?"

거실로 다시 가봤다. 메리는 그곳에 없었다. 음악 소리를 따라 복도로, 그리고 열린 문으로 다가가는데 점점 속이 울렁거렸다.

메리는 로빈이 예전에 썼던 방 한가운데 서 있었다. 내게 등을 돌린 채, 의자에 올려둔 레코드플레이어를 바라보는 중이었다. 내가 문을 더 밀어서 여는 소리가 나자 그제야 메리는 고개를 돌리고 싱긋 웃었다. 그리고 마치 배너 화이트(미국의 영화배우)처럼 두 팔에 안은 음반 재킷을 내게 들어 보이며, 음악 소리 너머로 말했다.

"내가 뭘 찾았는지 봐요! 아버지가 옛날 물건을 엄청 많이 갖고 계셨네요. 진짜 좋아요. 로라 니로라는 가수, 알아요?"

"아니."

재킷 사진 속 여자는 길쭉한 얼굴을 찌푸린 채 손으로 검은 머리카락을 잡아당기고 있었다. 얇고 동그랗게 내린 앞머리. 내가 기억하는 어머니의 모습과 비슷했다.

"거실로 다시 와."

"이 방에는 거의 안 와봤나 봐요. 우와, 나를 보는 시선이 느껴져요."

내 시선을 말하는 게 아니었다. 방 안에 붙은 포스터 이야기였다.

로빈의 방에는 얼굴이 잔뜩 있었다. 벽과 천장이 온통 사진 속 얼굴들이었다. 뭉크의 〈절규〉에 나올 법한 얼굴을 하고 있는 로커 이기 팝, 으르렁거리는 표정의 가수 그레이스 존스, 목을 움츠린 브리트니 스피어스, 페니 레인 역할의 배우 케이트 허드슨, 본연의 모습을 드러낸 애바 가드너, 링컨 대통령, 화가 프리다 칼로, 귀스타브 쿠르베의 〈위기의 남자〉……. 빼곡히 붙은 포스터들 뒤로 연청색 벽지와 단정한 흰색 징두리 벽판이 살짝 보였다. 양옆에는 거울 두 개가 서로를 마주 보게끔 놓여 있었다. 그 사이에는 큼직한 서랍장 하나와, 칙칙한 플라스틱 히비스커스 조화 화관으로 장식된 좀 더 작은 크기의 세 번째 거울이 있었다. 어울리지 않는 탁한 검은색 이불 위에는 옷가지들이 널려 있었다. 옷들은 이불 위뿐만 아니라 바닥의 깔개 위에도 놓여 있고, 서랍장의 열린 서랍에도 걸쳐 있었다. 텔레비전에 나오는 여느 10대 여자아이의 방처럼 너저분했다. 로빈이 언제든 돌아와 다시 지내도 될 것 같은 분위기였다. 아버지는 로빈이 떠난 후 이 방에는 손도 대지 않았다.

지금, 메리가 로빈의 얼굴을 하고 로빈의 방에 서 있었다.

"내가 이 방에 있는 게 싫죠?"

메리는 로빈처럼 이마를 찡그리며, 로빈의 입으로 물었다.

어지러웠다.

"짐이나 마저 싸자."

"알았어요. 그래도 이 노래는 좀 들어봐요. 다시 틀게요."

메리는 레코드플레이어를 챙겨 복도로 가지고 나갔다. 나는 그녀의 등 뒤에서 로빈의 방문을 단단히 닫았다.

"스트레스가 쌓인 얼굴이네요, 레슬리."

메리는 레코드판에 바늘을 맞춰 올린 뒤 움푹 꺼진 거실 한가운데

드러누워 눈을 감았다. 그리고 스노 엔젤(눈 위에 누워서 팔다리를 위아래로 휘저으면 생기는 천사 모양의 자국)처럼 팔다리를 쫙 뻗었다.

"여기 와서 같이 누워요. 아까 로빈의 방에 들어간 건 미안해요. 걔 방인 줄 몰랐어요."

나는 메리 옆에 앉았다.

"괜찮아." 잠시 후에 덧붙였다. "아, 아는 노래다. 이 노래 알아."

"누워요."

메리가 눈도 뜨지 않고 말했다.

"왜?"

메리는 대답하지 않았다. 잠시 후 나는 그녀 옆에 누웠다.

로라 니로가 몽롱한 목소리로 노래했다.

"당신 목소리에서 회전목마의 합창이 들려요. 아, 내 결혼식의 종소리를 언제 들을 수 있을까요?"

카펫에서 이 집이 품은 냄새가 풍겨 났다. 레몬 향 소독제 냄새가 아닌, 담배와 쌉쌀한 와인과 오래된 라자냐 냄새.

"윌! 너무나 사랑해요, 언제까지나……."

20 _____

로빈

    그 사진은 아버지가 진열해놓은 유일한 어머니의 사진이었다. 어렸을 때 레슬리 언니는 사진 속 어린 신부, 즉 어머니를 가리키며 내게 말했다.

    "이 귀걸이 보이지? 아버지가 어머니한테 결혼 예물로 준 거야."

    진주 다섯 알로 이루어진, 다섯 군데가 뾰족한 별 모양의 귀걸이였다. 아버지는 어머니가 그 귀걸이를 하고 있지 않으면 키스하지 않았다. 그건 두 분 사이의 애정 가득하고 낭만적인 농담이었다. '달로 가버려, 앨리스!(1955년부터 1956년에 걸쳐 CBS에서 방영된 시트콤 〈신혼여행자〉에서 남편 랠프 크램든이 아내 앨리스에게 즐겨 하던 말)'라는 말처럼. 어머니는 잘 때 그 귀걸이를 빼서 침대 옆 탁자에 놓인 그릇에 담아두었는데, 가끔은 깜박 잊고 귀에 단 채로 잠들기도 했다. 이튿날 아침 어머니의 귓불은 귀걸이에 쓸려 빨갛게 되어 있었고, 아버지는 그 부분을 손으로 잡았다가 어머니가 움찔하면 가만히 문질러주었다. 그럴 때면 어머니는 입술을 비쭉거렸는데, 언니는 그런 어머니의 표정에 익숙했다. 어머니는 재채기를 하고 난 후라든지, 만족스러운 감정을 감추고 못마땅한 척할 때 그런 표정을 짓곤 했다.

나는 언니처럼 어머니에게 화가 나 있지는 않았다. 어쩌면 어머니에게 아무 기대가 없어서였는지도 모르겠다. 크리스마스가 왔다가 지나가는 동안, 언니가 매일 나를 목욕시켜주는 게 자연스러운 일과였다. 어린 시절 어머니는 한 번에 몇 달씩, 세 번을 사라졌다. 아버지는 어머니가 여행을 떠났다고 말씀하셨다. 그리고 어머니가 돌아올 때마다 아버지는 어머니에게 노란 장미꽃 다발을 내밀었다. 그것으로 우리는 아버지가 어머니를 그리워했음을 알 수 있었다. 나는 어머니의 여행이 아버지의 출장과 비슷한 것이라고 생각했다. 나중에야 어머니가 직업이 없고, 따라서 출장을 다닐 일도 없었다는 걸 알게 되었다. 나는 그저, 어머니가 종종 볼일을 보느라 온종일 나갔다 오는 것과 그런 '여행'을 비슷한 외출로 여겼다. 어머니는 집을 나가 텅 빈 공간 어딘가로 사라지는 것 같았고, 그럴 때면 나는 어머니가 돌아올 때까지 어머니에 대한 생각은 하지 않았다.

그런 태도 덕분이었을까. 어느 날, 언니가 아니라 내가 어머니와 함께 그 텅 빈 공간 속으로 떠날 수 있었다. 1학년 중반 무렵이었으니 여섯 살 때였다. 몇 달 동안 사라졌던 어머니 크리스틴이 막 집에 돌아왔다. 나는 학교 수업이 끝나기 직전에 교장실로 불려 가 어머니를 만났다. 나는 어머니를 바로 알아보지 못했다. 어머니는 파마라도 한 것처럼 머리를 바짝 말았고, 광대뼈 위쪽에는 진한 블러셔를 바른 채였다. 편안하고 부드러운 옷감으로 만든 카디건 대신 연청색 치마 정장에 조끼까지 갖춰 입고, 안에는 목과 손목을 꽉 조이는 하얀색 시폰 블라우스를 입었다. 화장 때문인지 어머니의 얼굴이, 마치 텔레비전에서 부연 화면 효과를 넣은 것같이 느껴졌다.

"엄마잖아!"

어머니는 특유의 비딱한 송곳니를 드러내며 미소 지었다. 레슬리언니가 최근에 영구치가 나면서 어머니에게 물려받은 바로 그 송곳니였다.

"그래, 나야. 엄마랑 같이 파티 갈까?"

그동안 어머니의 '볼일'이란 게 파티에 다니는 거였나? 대단한 비밀을 공유하게 됐다는 사실에 나는 전율하며, 어머니가 〈춤추는 열두 공주〉(그림 형제가 쓴, 매일 밤 아버지 몰래 춤추러 나가는 열두 공주의 비밀에 관한 동화)'처럼 남몰래 수십 개의 공식적인 행사에 참석하는 상상을 했다.

"아빠도 알아요?"

나는 차 안에서 어머니의 신발을 흘끔거리며 물었다.

"아니."

어머니가 차를 너무 천천히 세운 탓에 뒤에 오던 차가 경적을 울렸다. 어머니는 자주 운전을 하는 편이 아니었다. 당시 어머니에게 운전면허가 있었는지도 기억나지 않는다. 어머니는 길게 늘인 속눈썹을 깜박거리며 나를 보았다.

"아빠한테는 얘기하지 마, 알았지? 우리만의 비밀이야."

나는 숙련된 조수처럼 윙크를 했고, 어머니는 소리 내어 웃었다.

우리는 차로 한참을 달렸다. 파티장이나 어딘가의 저택으로 가는 줄 알았는데, 어머니가 아로요델오소 근처에 있는 먼로 식당의 주차장으로 차를 몰자 나는 깜짝 놀랐다. 어머니는 차에서 내리려는 듯 백미러를 보며 머리를 매만졌다.

"다 온 거예요?"

어머니는 나를 흘끗 돌아봤다.

"그래, 다 왔어. 자, 치마 똑바로 입고."

어머니는 내 청치마의 허리띠 넣는 고리를 잡고 옆 솔기가 옆구리 선에 맞도록 돌려주었다.

식당 안으로 들어간 어머니는 내 손을 잡고 구석 자리로 갔다. 테이블 여러 개를 한쪽으로 밀어 모은 그곳에는 처음 보는 사람들이 앉아 있었다. 머리가 반백인 여자가 외쳤다.

"크리시! 여기야!"

나는 어머니를 흘끗 올려다보았다. 어머니는 입고 있는 옷만큼이나 낯선 환하고 명랑한 표정을 지어 보였다.

"예, 예, 안녕하세요."

어머니는 그 여자의 뺨에 입을 맞췄고, 다른 낯모르는 이들과도 몇 년 만에 보는 것처럼 포옹을 나눴다.

"메리 크리스마스!"

어머니의 인사에 사람들이 합창하듯 외쳐 답했다.

"메리 크리스마스!"

반백 머리의 여자가 내게 물었다.

"넌 누구니?"

"제 이름은 로빈 보이트예요."

나는 여자에게 한 손을 내밀었다.

여자는 내 손을 잡는 대신 어머니를 돌아보며 말했다.

"애가 너무 귀엽다! 자기가 이렇게 하라고 가르친 거야?"

어머니는 살짝 당황한 표정으로 나를 쳐다봤다.

"아뇨, 하지만 마음에 드네요."

"아줌마는 누구세요?"

내 물음에 반백 머리 여자가 대답했다.

"아! '수전'이라고 부르면 돼. 예전에 네 엄마랑 메이시스 백화점에서 같이 일했어. 그게 언제였더라, 크리시?"

"생각도 하기 싫은데요. 너무 오래됐어요!"

그들은 웃음을 터뜨렸고, 나는 의아한 눈으로 어머니와 여자를 번갈아 쳐다보다가 물었다.

"엄마가 메이시스 백화점에서 일했어요?"

"그랬지." 어머니는 나를 쳐다보지도 않고 말했다. "결혼하기 전에 몇 년 동안 거기서 일했어. 너도 알잖아."

나는 몰랐다. 그 뒤로 45분 동안 어머니는 와인 두 잔을 마셨고, 공용 바구니에 담긴 얇은 감자튀김을 살사 소스에 찍어 먹었으며, 텔레비전 쇼에 나오는 사람들처럼 "다 얘기해봐요, 속속들이!"나 "내가 짐작하기엔 말이죠"나 "음, 다루기 힘든 여자네요!" 같은 말을 했다. 어머니는 내가 몇 학년인지 알고 있었고, 지갑 안에는 레슬리 언니의 사진을 넣고 다녔다. 어머니가 지갑을 가지고 있는 걸 그날 처음 보았다. 평소에 내가 본 건 낡은 분홍색 핸드백뿐이었는데. 어머니는 아버지의 직업에 관한 얘기와 그랜드캐니언으로 놀러 갔던 이야기를 늘어놓았고, '수전'이 손님을 피해 직원용 화장실에 세 시간이나 숨어 있었다는 이야기를 할 때는 고개를 뒤로 젖히며 웃기까지 했다.

집으로 돌아가는 길에 우리는 KFC 매장에 들러 치킨을 샀다. 어머니는 내가 처음 보는 그 지갑에서 꺼낸 돈으로 계산을 했다.

"집에서 나가 있을 때 엄마는 이렇게 크리스마스 파티에 가는 거였어요?"

"매년 가."

어머니는 손바닥에 놓인 잔돈을 크기별로 나누면서 멍하니 대답했다.

나는 어머니의 손바닥에서 1센트 동전 하나를 챙겨 신발 속에 넣었다. 어머니는 놀란 표정이었다.

"레슬리 언니는 늘 내가 1센트 동전을 갖게 해줘요."

"알았다."

"엄마는 어떻게 그렇게 멋지게 차려 입었어요?"

크리스마스 파티의 수다스러운 분위기가 남긴 여운이 가라앉기 전에 얼른 물어보았다.

어머니는 자신의 옷차림을 흘끗 내려다보았다.

"전에는 매일 이렇게 입었어. 이렇게 입지 않으면 회사에서 일을 못하게 하거든."

집으로 돌아오니 언니는 거실에서 텔레비전을 보고 있었다. 우리가 현관문으로 들어서자마자 언니는 깜짝 놀라 벌떡 일어섰다. 어머니가 치킨을 식탁에 놓고 식탁 매트마다 냅킨을 하나씩 놓는 동안 언니는 입을 딱 벌린 채 쳐다보기만 했다. 나는 으스대며 언니 등 뒤로 걸어간 다음 언니와 눈을 맞추며 속으로 말했다. '그래, 맞아. 엄마는 비밀 여행에 나만 데려간 거야.' 우리가 치킨을 먹는 동안 어머니는 잠을 자러 침실로 갔다. 어머니는 그 후 이틀을 내리 잤고, 마침내 방 밖으로 나왔을 때는 다시 예전 모습으로 돌아가 있었다. 부드러운 재질의 옷과 부드러운 목소리, 그리고 이것저것 캐물어 당신을 화나게 만들면 안 된다는 뜻이 담긴 단호한 표정으로. 자존심이 강한 언니는 내게 자세한 이야기를 들려달라고 요구하지 않았고, 나는 또 나대로 어머니의 '변신'을 이해하려고 애쓰느라 바빴다. 어머니가 1년에 한 번만 낯선 사람이 되는 것인지, 아니면 내내 낯선 사람이다가 1년에 딱 한 번 본래의 모습으로 돌아가는 것인지 나는 알 수 없었다.

21 _____

메리

어서 그 집에서 나가고 싶었다. 비좁고 어두운, 사막 한가운데 있는 진흙 덩어리 같은 그 작은 집이 흡사 굴처럼 느껴졌다. 그 집에 살던 노인은 자기가 모아놓은 책을 읽지도 않았고, 음반도 듣지 않았으며, 서재의 커튼 또한 열지 않았다. 그저 집 안에 머물면서 서서히 죽었다. 마치 그것 자체가 어떤 '활동'이라도 된다는 듯이. 그런 종류의 슬픔은 흔적을 남긴다. 그 흔적이 집 전체에 퍼져 있었다. 시선이 머무는 곳곳에, 마치 포르노 영화처럼.

음악을 틀어 분위기라도 좀 가볍게 해보려 했지만, 딱 노래가 지속되는 동안만이었다. 노래가 끝나자 다시 어둑한 기운이 밀려와 우리 둘을 감염시켰다. 이 집에 너무 오래 머무르면 누구든 유령으로 변해버리고 말 거라는 끔찍한 생각이 들었다.

어떤 면에서 나는 이미 유령이었다. 죽은 여자의 집에서 죽은 여자의 얼굴로 돌아다니고 있으니까. 이따금 레슬리가 나를 보는 표정에서도 그것이 느껴졌다. 그럴 때면 레슬리에게 나는 메리가 아니라, 로빈이었다.

그날 밤 플로러스 가족이 잠자리에 들고 난 뒤, 담배와 익명성을 향한 그리움에 시달리던 나는 슬그머니 뒤편 포치로 나갔다. 아이들이 사는 동네라고 하기에는 괴상할 정도로 조용했다. 소음에 관한 조례 같은 게 있는 것인지, 아니면 단순히 부자 동네라 집 벽이 두꺼워서인지는 알 수 없었다. 숲이 있는 여느 주州에 가면 들을 수 있는 묵직하고도 잔잔한 느낌의 윙윙거리는 소리가 이곳에는 없었다.

뒤쪽 포치로는 처음 나와보았다. 내 방 창문으로는 거리만 내다보일 뿐이라, 뒤뜰에 깔린 잔디를 보니 새삼 놀라웠다. 손질한 지 얼마 안 된 두툼한 초록색 잔디였다. 뒤뜰 전체에 잔디가 깔려 있는 것은 아니고 바위 정원과 일렬로 자란 로코풀(미국에 서식하는 유독성 콩과 식물) 덤불에 둘러싸인 곡선형의 잔디밭일 뿐이었지만, 이 정도로 관리하려면 돈이 꽤 들 것이다. 나는 쪼그려 앉아 잔디를 만져보았다. 금방 물을 준 것처럼 살짝 젖어 차가웠다.

아무도 없는 노란 조명이 켜진 뒷문을 흘끗 돌아보고는 신발을 벗었다. 풀밭이라 아마도 모기가 많을 테지만, 발바닥에 닿는 잔디의 감촉이 몹시 좋았다. 이렇게 풀을 밟아보는 건 정말 오랜만이었다. 라스베이거스에서는 골프 코스가 아니면 이런 잔디는 구경하기 어려웠다. 한 손에 스니커즈를 들고 히죽거리며 뒤뜰을 왔다 갔다 하는 내 모습을 누군가 본다면, 분명 나를 모자란 사람으로 생각할 것이다. 하지만 보는 이가 아무도 없는 지금 이 순간이 너무나 즐거워서, 나는 도저히 멈출 수가 없었다.

그러나 '아무도' 없는 게 아니었다. 이 집 가장자리, 옆집과 경계선을 이루는 곳의 어둠 속에서 개똥벌레처럼 천천히 깜박이는 오렌지색 불빛이 보였다. 나는 곧 그것의 정체를 알아차렸다.

　　"주무시는 줄 알았어요."

　　"젠장."

　　데이브는 깜짝 놀라 피우고 있던 대마초를 떨어뜨릴 뻔했다.

　　그 모습에 웃음이 났다.

　　"담배가 아니네요, 형부."

　　어둠에 가려져 표정을 읽을 수는 없었지만, 그의 얼굴에서 치아가 한 차례 확 드러났다.

　　"내가 예의를 잊었군. 처제가 말 안 하면 나도 언니한테 말 안 할게."

　　그는 엄지와 검지로 들고 있던 대마초를 내게 내밀었다.

　　"말해도 상관없는데요." 나는 신발을 내려놓고 대마초를 받아 들었다. "형부는 월요일 밤 10시만 되면 집 밖에 나와 이러고 서 있는 거예요? 언니는 형부가 욕실에서 별나게 오래 씻는다고만 생각하겠네요?"

　　"잔디에 물을 주는 줄 알겠지." 그는 내게서 대마초를 받아 들었다. "처제는 여기 나와서 뭐 해?"

　　억양이 별로 없는 단조로운 말투였다. 마치 그가 식당 손님인 것처럼, 내 입에서 자동으로 대답이 나왔다.

　　"형부를 찾으러 나왔죠." 나는 그의 옆으로 가 벽에 기대섰다. "제가 살던 곳에서는 새벽 3시는 돼야 잠자리에 들곤 했거든요."

　　"처제가 몇 살이지? 스물 몇 살인가? 옛날에는 나도 그게 가능했는데."

　　"이 동네에서요?"

나는 집 모퉁이 너머, 고요한 동네 진입로를 돌아보는 시늉을 했다.

그가 빙그레 웃었다.

"밤의 유흥은 여기보다는 뉴멕시코 대학 쪽이 더 활발하지."

"그 '밤의 유흥'이라는 게 술 마시는 거 말고 지금 우리처럼 이러고 있는 걸 뜻하는 거라면 맞겠네요."

"라스베이거스 생활이 처제한테 고약한 버릇을 들인 것 같은데." 그는 대마초를 훅 빨아들였다. "앨버커키 토박이처럼 산에 올라가 환각제도 한번 해봐야 제 맛이구나 할 텐데."

"전 여기가 싫어요." 진심이었다. "왜 여기 사시는지 모르겠어요. 차라리 대마초가 합법인 콜로라도주 같은 데로 이사 가서 언제든 편하게 피우지 그래요?"

그는 뒤로 고개를 젖히고 생각에 잠겼다.

"어머니가 여기 살고 계시는 것도 이유 중 하나야. 일라이의 할머니지. 우리가 이사를 가버리면 어머니가 화내실 거야. 게다가 여긴 언제 먹어도 맛있는 음식들이 많아. 하지만 진짜 이유는 지난 10년 동안 레슬리가 장인어른을 돌봐야 했기 때문이었어."

그는 나를 돌아보았다. 나더러 죄책감을 가지라고 한 말은 아니었을 것이다. 그는 의도하지 않았지만 어쨌든 그 말을 내뱉었고, 내 반응을 기다렸다. 나는 대답하지 않았다.

1분가량 침묵이 흐른 뒤 그가 말을 이었다.

"장인어른 댁에 방문 간호사가 있었지만 레슬리는 늘 그 집에 가 있었어. 장인어른이 그렇게 돌아가셔서 나도 정말 마음이 아파."

나는 불쑥 물었다.

"언니한테 대마초를 피운다는 얘기는 왜 안 했어요?"

"뭘 그런 걸 물어, 처제."

그는 대마초를 손가락으로 툭 팅기고 떨어진 불씨를 살핀 뒤 발로 짓이겼다.

"진심으로 묻는 거예요." 나는 그가 로코풀 뒤쪽에 대마초 꽁초를 숨기는 것을 지켜보았다. "애를 재우고 뒤뜰에 나와서 한 대 빨겠다는데, 언니가 왜 상관하겠어요?"

그는 눈을 가늘게 뜨고 나를 쳐다보았다. 처음으로 보는 부정적인 표정이었다. 그를 한 방 먹인 것 같아 살짝 전율이 일었다.

"처제는 똑똑한 것 같으니까 직접 이유를 알아내봐."

그는 잔디밭을 가로질러 뒷문으로 향했다. 나는 그의 등 뒤에 대고 말했다.

"잘 자요, 형부."

그는 나를 돌아보았다. 뒷문의 조명이 뿌리는 환한 직사각형 빛 때문에 그는 납작한 윤곽으로만 보였다. 그가 옆을 돌아보면서 눈을 깜박이자 검은 속눈썹이 팔락거렸다.

"잘 자."

22 _____

메리

화요일 아침, 잠에서 깨어 나가보니 방문 앞에 쪽지가 놓여 있었다.

수요일 오후 4시30분에 만나기로 약속 잡았어.
냉장고에 남은 음식 넣어놨어.
오늘 저녁 7시에 같이 저녁 먹자!

그러니까 그들이 집으로 돌아올 때까지 나더러 이 집에 갇혀 있으라는 뜻이었다. 제기랄. 벽장에 들어가 무릎을 가슴에 붙이고 웅크린 채 아침 담배를 피웠다. 레슬리는 어디 갔을까? 실직했으니 직장에 나가는 것도 아닐 텐데 애는 왜 어린이집에 맡겨놓고, 또 나는 왜 이 집에 홀로 남겨둔 걸까? 어제 내가 그녀의 화를 돋우기라도 했나? 어제 있었던 일들을 머릿속으로 찬찬히 곱씹어봤다. 내 생각에는 레슬리에게 엄청 잘해준 것 같은데. 애를 봐주겠다는 제안도 했고 친정아버지 집의 짐도 깔끔하게 쌀 수 있게 도와주었다. 거의 책장 하나 분량의 책도 함께 정리했다. 나는 얼굴들로 가득한 방에서 이것저것 조금 더 살펴보고 싶었지만, 레슬리가 토할 것 같은 표정을 하고 있기에 하는 수 없이 곧장 나와서 그녀가 진정할 수 있게끔 도와주었다.

이대로 떠나버릴까도 싶었지만 차가 없었다. 게다가 현관문을 나섰는데 혹시라도 문이 저절로 잠겨버린다면? 꼼짝없이 종일 집 밖에 있어야 할 것이다.

담배를 손에 들고 여분의 외투와 세탁소 비닐들 사이에 우두커니 앉아 그것들에 불이 붙지 않도록 조심하면서 이런 상상을 했다. 수중의 550달러와 함께 버스에 몸을 싣고 로스앤젤레스나 유타주로 떠나는 상상. 레슬리와 데이브의 집에는 좋은 것들이 잔뜩 있었다. 뭐든 집어다가 전당포에 맡기고 현찰을 빌리면 그 돈으로 며칠 밤은 그럭저럭 보낼 수 있을 것이다. 하지만 그다음은…… 상상은 거기서 박살이 났다. 나는 벽의 굽도리에 댄 널빤지에 담배를 비벼 끈 뒤 손을 더듬어 문을 찾았다.

예비 열쇠가 있을 것이다. 어느 집에나 여분의 열쇠는 있게 마련이다. 레슬리가 이 넓은 고급 주택에 나를 가둬놓았으니, 그동안 염탐이라도 해보자 싶었다. 그 정도 권리는 누려도 될 테니까.

1층으로 내려가 주방으로 들어갔다. 단서가 될 만한 잡동사니를 찾아 주방의 서랍이란 서랍은 죄다 열어 봤다. 하지만 '잡동사니'를 대충 처박아둔 서랍 따윈 없었다. 서랍마다 맞춤형 플라스틱 정리 케이스가 들어 있었다. 일반 은식기, 고급 은식기, 주걱, 피자 칼…… 패트릭 베이트먼(2000년에 개봉한 영화 〈아메리칸 싸이코〉의 주인공 캐릭터로, 상류층 출신의 엽기적인 살인마)의 주방을 보는 듯했다. 찬장 안도 마찬가지로 깔끔했다. 냄비와 팬까지 세트별로 구분되어 있었는데, 잡지에서나 보던 반짝이는 구리 팬을 비롯해 세 종류의 세트로 이루어진 요리 도구들도 보였다. 주방에서 유일하게 정돈되어 있지 않은 곳은 아기용품을 보관하는 찬장이었다. 그 안에는 만화 캐릭터가 그려진 플라스틱 컵과 스푼 따위가 너저분하게 모여 있었다. 나는 그것들을 뒤지면서, 레슬리가 완벽한 주방에 이런 티를 허용했다는 점이 그저 놀라울 따름이라고 생각했다.

주방의 구석진 곳, 복도 입구 옆에 간이 책상이 놓여 있었다. 그 위쪽 벽에 와인 선반과 작은 램프가 걸려 있는 게 보였다. 간이 책상 위에는 가족이 함께 쓰는 매킨토시 데스크톱컴퓨터가 있었는데, 와인 선반의 한 칸을 차지한 담쟁이 화분이 진짜 덩굴을 그 위로 멋스럽게 드리우고 있었다. 마우스를 이리저리 움직여 화면을 깨웠다. 비밀번호 입력 창에 'flores(플로러스)'라고 적었지만, 아니었다. 'floreshouse', 'Flores', 'password', 'password123'을 차례로 넣었지만 모두 아니었다. 앞으로 두 번 더 비밀번호를 틀리면 오류 횟수 초과로 기기가 잠긴다는 메시지가 화면에 떴다. 모니터 뒤쪽의 전원 버튼을 찾아 꾹 눌러 컴퓨터를 꺼버렸다.

주방 옆쪽에는 폭이 좁은 벽널을 댄 세탁실이 있었다. 세탁실에는 세탁기와 건조기, 빨래 건조대, 벽걸이형 수납 정리대가 있었다. 수납 정리대를 들여다보았다. 세제와 건조기용 섬유 유연제, 직물용 줄자, 신발 깔창 그리고 데이브의 야구 모자 두 개가 담겨 있었다. 그곳에서 어수선하게 느껴지는 것이라곤 한쪽 구석에 넣어둔 노끈과 곁에 '먹지 마세요'라고 적힌, 느슨해진 실리카겔 봉지뿐이었다.

거실에는 호두나무로 만든 커다란 텔레비전 장식장 외에는 자질구

레한 물건들을 수납할 만한 곳이 없었다. 아래쪽에 연철로 된 문짝 두 개가 붙어 있는 텔레비전 장식장은 현관 입구에 있는 샹들리에와 같은 스타일로 디자인된 것이었다. 샹들리에와 텔레비전 장식장을 세트로 판다는 걸 아는 사람이 과연 얼마나 될까? 바닥에 엎드려 장식장 선반을 샅샅이 훑어보았지만 전선과 수두룩한 디브이디, 비디오게임 패키지들, 큼직한 노란색 전화번호부, 아기용품 두 개, 플러시로 된 고양이 인형, 그리고 장난감 피아노뿐이었다. 상기된 얼굴로 물러나 앉는데, 문득 뇌리를 스치는 생각이 있었다. 이런 멍청이. 나는 얼른 현관문으로 향했다.

현관문이 혹시라도 닫히지 않도록 아래쪽을 신중하게 받쳐놓고 현관 매트 밑, 문 양옆에 놓인 다육식물 화분 밑을 확인했다. 유치원에 다닐 나이인 아이를 데리고 밖에 나와 있던 옆집의 곱슬머리 여자가 나를 쳐다보았다. 나는 까치발로 서서 손으로 문틀 위를 쓸었다. 여자가 손을 흔들자 나도 손을 흔들었다. 손가락에 잡히는 게 아무것도 없었지만 얼굴에는 대외용 미소를 장착했다.

집 안으로 들어가 서둘러 뒷문으로 향했다. 그곳에도 열쇠는 없었다. 열쇠를 찾고 있자니 문득 이상하다는 생각이 들었다. 이 집에는 무언가를 숨길 만한 곳이 없었다. 모든 게 거의 완벽하게 정리되어 있어서 어질러진 물건을 찾아보기 어려웠다. 평범한 집이라면 무분별하게 흐트러진 곳이 있을 법도 한데 말이다. 딩동(한국의 초코파이와 비슷한 미국 과자)을 숨겨두거나 크리스마스 선물 교환권을 대충 넣어두는 그런 곳 말이다. 사실 레슬리와 데이브는 보통 이상으로 무분별한 짓들을 하고 있었다. 레슬리는 집안 재정 상황과 여동생에 대해 남편에게 거짓말을 하고 있었고, 데이브는 며칠에 한 번씩 밤중에 슬그머니 집 밖으로 나와 대마초를 피우고 있었다. 그런데 무언가를 감춰둘 만한 구석진 곳, 책장 뒤쪽의 숨겨진 공간, 냉장고 위의 잠금 상자 같은 건 대체 어디에 있는 걸까?

불현듯, 바로 내가 이 집의 비밀이며 레슬리의 집이 내 잠금 상자라는 생각이 들었다.

뒷문을 닫고 문짝에 등을 기대고 앉아 에어컨 바람을 들이마셨다.

그때 집 전화기가 울리는 바람에 깜짝 놀라 뒷문 유리에 머리를 박고 말았다. 텅 빈 집안에 울려 퍼지는 전화벨 소리에 귀가 먹먹해졌다. 천천히 일어서서 전화기 앞으로 걸어갔다. 전화기는 주방 구석진 곳의 책상 위, 컴퓨터 바로 옆에 있었다.

전화벨이 세 번 울리고 나서 나는 수화기를 집어 들었다.

"여보세요?" 그러다 문득 여기가 어딘지 떠올랐다. "플로러스 댁입니다."

수화기 너머에서 숨소리가 들렸지만 상대는 아무 말도 하지 않았다. 내가 다시 말했다.

"여보세요?"

내가 "샘?" 하고 말하려는데, 상대가 전화를 끊어버렸다.

수화기를 내려놓았다. 샘일 리 없었다. 내가 여기에 있는지 그가 어떻게 안단 말인가? 그는 내 돈을 갈취하기는 했지만 내가 레슬리와 함께 떠나는 모습까지 보지는 못했다. 호텔까지 따라왔을 수는 있지만, 설마 앨버커키까지 따라왔을까?

그럴 리 없었다. 여기 있으면 나는 안전했다. 한쪽 콧구멍으로 숨을 들이쉬고 다른 쪽 콧구멍으로 내쉬는 프라나야마 요가 호흡법으로 마음을 진정시켰다.

이제 위층을 살펴볼 차례였다.

레슬리와 데이브의 침실에는 얇고 하얀 커튼이 드리워져 있었지만, 햇살이 들어서 실내가 환했다. 커다랗고 부드러운 감촉의 침대가 방 대부분을 차지했고, 방 오른쪽에는 욕실이 딸려 있었다. 20세기 중반 스타일의 유리블록을 통해 욕실에도 햇빛이 흘러들었다. 침대 발치를 덮은 붉은색 치마요 무늬 담요만 빼고 침구류도 커튼과 색깔을 맞췄다. 벽에는 그림 액자들이 걸려 있었다. 하나는 현대미술풍으로 오렌지색 물감을 흩뿌린 그림이고, 다른 하나는 반 고흐의 〈해바라기〉 복제화였다. 침대 옆 탁자에 놓인 결혼식 사진에, 흐릿한 얼굴들과 장식용 꼬마전구들 사이에서 춤을 추는 두 사람의 모습이 흑백으로 담겨 있었다. 침대 맞은편 화장대 위에는 거대한 텔레비전이 비스듬히 놓여 있었다.

웅크리고 앉아 침대 밑을 들여다보았다. 아무것도 없었다. 먼지 뭉치조차 보이지 않았다. 베개를 들어보았다.

거기에 내가 알아낸 첫 번째 비밀이 있었다. 은색 태블릿 기기. 화면이 꺼져 있긴 했지만 아직 작동 중인 것 같았다. 과열된 상태라 아랫부분에 손바닥을 대니 델 듯이 뜨거웠다. 태블릿을 집어 들고 전원 버튼을 눌렀다. 화면이 곧장 켜졌다. 비밀번호를 입력할 필요도 없었다.

데이브의 태블릿이었고, 페이스북에 로그인이 되어 있었다. 지금 그는 회사 컴퓨터로 페이스북에 로그인한 상태라 그가 입력하는 모든 내용이 전부 이 태블릿에 떴다. 데이브는 일레인 캠벨이라는 여자와 메신저로 채팅 중이었다. 일레인은 스노보드를 타고 있는 깨알만 한 사진을 프로필 사진으로 올려놓았다. 고글이 얼굴의 위쪽 절반을 가리고 있어서 웃는 입만 보였는데, 치위생사처럼 치아 상태가 완벽했다.

그들은 몇 분 전에 채팅을 시작했다. 나는 메신저 화면을 위로 스크롤해서 대화가 시작된 시간을 확인하고 거기서부터 읽어 내려가기 시작했다. 그들은 계속 대화 중이었다.

오전 9시 53분

나: 조애나가 널 먹음직스러운 음식 보듯이 계속 쳐다보네.

일레인: 지가 쳐다보면 뭘 어쩌겠어^^

나: 5분 내에 또 메일이 올 것 같은 분위기야. '다시 한번 말씀드리지만, 모든 직원은 복장 규정을 준수해야 합니다!!!'라고.

일레인: 저 여자가 나한테 반한 건가.

나: 결혼식엔 꼭 참석할게.

일레인: 저 여자랑 들판에서 글러브 없이 맨주먹으로 한판 붙어볼까. 강냉이를 많이 턴 쪽이 빠진 이빨을 기념품 삼아 집에 가져가는 걸로 하고.

나: ㅎㅎㅎ

일레인: 그런데 너 오늘따라 꽤 블링블링하다.

나: 복장 규정을 세련되게 따랐더니 그런가. 넌 그런 규정 따위 모르겠지만.

일레인: 하하. 네 머리도 마음에 들어. 오늘은 꽤 부드러워 보이네.

나: 덕분에 오늘 아침에 지각할 뻔했지.

일레인: 이번 주에 꼬맹이 플로러스 데리고 놀러 올 거지?

나: 아직 모르겠어.

일레인: 지난주에는 재밌었는데^^

나: ^^생각해볼게.

일레인의 프로필 사진 옆에 사용자가 타이핑하고 있음을 알리는 '…' 표시가 몇 초간 나타났다가 사라졌다. 대화가 끝났다. 나는 스크롤을 올려 좀 더 앞쪽의 대화를 읽어봤다. 지난 목요일 오후 2시 55분에 나눈 대화였다.

일레인: 내 노래가 좀 감상적이었지.

나: 대단하던데. 멋진 세레나데를 불러줬어.

일레인: 마음에 들었구나.

나: 누구나 마음에 들걸.

일레인: 나 지금 얼굴이 흉할 정도로 빨개졌어.

나: 어디 봐봐.

　그 전의 대화는 작업 중인 프로젝트에 대한 것이나 커피 머신에 관한 소소한 이야기, 그리고 비욘세의 사진 파일 교환 등이었다. 지루해진 나는 일레인의 프로필을 클릭해보았다. 맙소사! 친구가 1만 6,000명이나 되다니…… '담벼락'에 올라온 최근 글은 대부분 인스타그램 연동을 통해 자동으로 게시된 것이었다. 일레인은 그날 아침 차에서 찍은 사진을 올렸는데, 뺨에 치리오 시리얼 하나가 붙어 있는 모습을 찍은 것이었다. 사진에 달아놓은 설명은 이랬다. '오늘 화장한 사진을 찍기 전까지 브로디가 이렇게 장식해놓은 걸 전혀 몰랐네…… #아기의선물 #정말멋져 #나오늘예쁜듯 #아너무예뻐 #엄마의삶'.

　스크롤을 내렸다. 윤기가 흐르는 머리카락, 그리고 예쁜 집…… 플로러스 가족의 집보다 크기는 작지만 내부는 더 예쁘게 꾸며져 있었다. 구석진 곳에 밝은 색상의 소품으로 포인트를 줬고, 아이들 그림을 전문가용 액자에 담아 벽에 걸어두었다. 일레인은 아이가 둘이었다. 큰아이는 유치원에 다닐 나이였고, 작은 아이는 일라이보다 몇 개월 먼저 태어났다. 사진 어디에서도 남편의 흔적을 발견할 수 없었다.

　담벼락 중간쯤에 일라이의 사진이 있었다. 일라이는 카메라가 아니라, 멀찌감치 떨어져 있는 우스꽝스러운 얼굴의 고양이를 보고 있었다. 일레인은 레슬리가 집을 떠나 있던 지난 주말에 이 사진을 올렸다.

'지난주에는 재밌었는데'.

어젯밤 컴컴한 곳에서 데이브가 했던 말이 생각났다. 그는 나처럼 거의 반사적으로 시시덕대는 말을 늘어놓았다. 일레인과 채팅하는 그의 말투도 비슷했다. 그는 모든 사람들과 그런 식으로 말을 하는 걸까, 아니면 진지하게 끼를 부리는 걸까? 알 수가 없었다.

레슬리가 알고 있다면⋯⋯ 그의 페이스북을 전부 봤다면⋯⋯.

어쩌면 레슬리에게 5만 달러는 이혼 전문 변호사를 고용하기 위한 돈인지도 몰랐다.

문득 안도감이 들었다. 진짜 잔디가 깔려 있고, 주방 서랍 안이 완벽하게 정리되어 있으며, 맞춤 스타일의 샹들리에가 있는 플로러스 가족의 집은 소름을 돋게 만드는 데가 있었다. 그 집에서 혼자 돌아다니고 있자니 진열장 안의 마네킹이 된 기분이었다. 이 집에 손님으로 머무는 것이 이토록 괴상하게 느껴지는 이유가, 어쩌면 레슬리와 데이브가 헤어지기 직전이기 때문인지도 모른다는 생각이 들었다. 썩어버린 결혼 생활보다 더 불길한 건 없을 테니까.

나름 완벽한 가설이었다. 케이스의 덮개를 덮고 태블릿을 베개 밑에 도로 넣어두었다. 내 엉덩이에 눌린 이불을 손으로 툭툭 쳐서 자국을 없앴다. 만약 5만 달러라는 돈이 은행에 이 집이 넘어가지 않도록 막기 위한 것이 아니라 이혼을 위한 것이라면, 레슬리는 데이브에게만 거짓말을 한 게 아니었다. 내게도 거짓말을 했다.

23 _____

레슬리

어린이집 주차장으로 진입해 차를 세웠다. 내려서 곧장 안으로 들어가려 했지만, 오후의 햇살에 차 안 공기가 질척해지면서 뜨끈한 물이 담긴 욕조에 몸을 담근 것 같은 기분이 되었다. 얼굴이 달아올랐다. 몸이 마비된 듯 좌석 등받이에 기댄 자세로 가만히 앉아 있었다.

일어나. 머릿속에 대고 재촉했다.

하지만 몸은 움직여주지 않았다.

제기랄, 당장 일어나라고.

어린이집으로 들어가니, 바닥에 강력 접착테이프를 붙여 그린 선을 따라 아이들이 한 줄로 앉아 있었다. 일명 '조용히 앉아 있는 선'이었다. 앨마 선생이 아이들을 앞에 두고 작은 빈백 의자에 앉아《내 모자 어디 갔을까?》(그림책 작가 존 클라센의 대표작)를 큰 소리로 읽어주고 있었다.

일라이는 아이들 사이에 없었다.

내가 안으로 들어오는 걸 본 앨마는 아이들 머리 위로 눈썹을 치켜세우며 뒷문을 가리켰다.

내가 뒷문 쪽으로 걸어가는데, 앨마가 아이들에게 물었다.

"여러분, 어떻게 생각해요? 모자는 어디 있을까요?"

"저기요!"

아이들이 합창하듯 외쳤다.

뒷문 밖으로 나가자 글로리아 선생이 일라이를 한쪽 어깨에 반쯤 걸치듯이 안고 있었다. 일라이는 글로리아의 티셔츠에 콧물을 묻혀가며 우는 중이었다. 글로리아가 일라이를 달래려 몸을 살짝살짝 흔들면서 걷자, 일라이는 찻주전자에서 물이 끓을 때 나는 소리 같은 날카로운 울음을 내질렀다. 꼭 오토튠 기술로 끌어 올린 소리 같았다. 글로리아는 편평하고 널찍한 발에 펑퍼짐한 엉덩이를 가진 데다 무게중심까지 낮은 체형이라 스핑크스 같은 인상을 풍겼다.

"아, 일라이 어머님." 글로리아는 여전히 빽빽 울어대는 일라이를 내게 넘기며 빙그레 웃었다. "오늘 오후에 보니까 이가 나기 시작했더라고요. 위쪽 세 번째 치아예요!"

나는 일라이를 받아 들고 글로리아처럼 어깨에 걸치듯 안았다. 일라이는 내 뺨에 대고 악을 썼다. 〈벅스 바니〉 만화영화에서처럼 음파가 일으킨 바람에 내 귀가 펄럭거릴 것만 같았다.

"안고 걷느라 고생하셨어요."

"아뇨, 고생은요. 요즘 일라이가 수화를 잘 배우고 있어요. 동화 시간에 '위!'라는 뜻의 손짓도 했고요. 안에서는 안 우는데 밖에 나오니까 우네요."

나는 고개를 끄덕이며 미소 지었다.

"고맙습니다. 즐거운 저녁 보내세요."

글로리아도 고개를 살짝 기울여 인사했다.

"그럴게요. 어머님도요."

일라이를 뜨듯한 욕조 같은 차에 태우고 안전벨트를 채워주는데, 마치 내가 자기를 칼로 찌르기라도 한다는 양 악을 써댔다. 달래려고 고무로 된 열쇠고리를 줬더니 휙 던져버렸다. 열쇠고리를 주워 일라이의 무릎 위에 도로 올려놓았다. 일라이가 또 던져버리자 나는 포기하고 문을 닫은 뒤 운전석으로 향했다.

일라이가 악쓰는 소리와 라디오에서 흘러나오는 〈싸구려 스릴〉이라는 노래에 묻히지 않도록 나는 목청을 높였다.

"이가 나서 많이 아프구나, 그렇지?"

일라이가 운전석을 향해 또 한 차례 음파 공격을 했다.

나는 속으로 노래를 흥얼거렸다. 일라이가 내지르는 소리 때문에 어차피 라디오의 노래는 들리지도 않았다.

스프라우츠 농산물 직판장을 향해 큰 도로로 차를 몰고 나갔다.

"아아아아아아아아."

차 안의 소음에 나도 소리를 보탰다. 일라이 못지않게 점점 목소리를 높이다 보니 어느새 우리 둘 다 차 안에서 고래고래 악을 쓰고 있었다.

스프라우츠 농산물 직판장의 주차장에 도착할 무렵에야 일라이는 지쳤는지 색색 잠이 들었다.

백미러를 보면서 데이브가 여기 함께 있으면 좋겠다는 생각을 했다. 하다못해 글로리아라도 있으면 좋을 텐데.

엄마가 되고 나서 처음으로, 어머니가 곁에 있으면 좋겠다는 생각마저 들었다. 로빈, 아니 메리가 내 머릿속으로 파고들어 레코드판을 틀어놓은 것처럼 정신이 하나도 없었다.

하지만 솔직한 마음으로, 나는 어머니가 곁에 있는 걸 원치 않았다.

일라이가 어른이 되면 어떤 모습일지 떠올려보았다. 아기들은 올챙이처럼 형태가 두루뭉술해서 지금 모습으로는 상상이 쉽지 않다. 자연히 남편의 사촌 누나 마리아의 아들을 참고해서 성장한 일라이의 모습을 그려보게 되었다. 마리아의 아들은 곱슬머리에 어깨가 떡 벌어졌다. 일라이도 어른이 되면 주차장에서 제 아이를 차 뒷좌석에 앉혀놓고 지금의 나처럼 아이와 더불어 소리를 지를 날이 올까? 그때 일라이는 내가 곁에 있어주기를 바랄까? 아니면 내 어머니가 외할머니를 닮았듯 일라이도 나를 닮아서, 어머니의 품에서 도망치게 되어 다행이라고 안도할까?

집에 도착해 진입로로 올라가 차를 세웠다. 잠들어 축 늘어진 일라이를 들어 올려 한쪽 어깨로 안고 식료품이 담긴 봉투는 다른 손에 들었다. 현관문 쪽으로 걸어가는 동안 일라이는 조금 뒤척이기만 했을뿐 잠에서 깨지는 않았다.

현관문을 열면서 안에 대고 소리쳤다.

"메리?" 그러고 나서 생각하니 데이브가 누군가의 차를 얻어 타고 퇴근해 집에 일찍 왔을 수도 있겠다 싶어 얼른 이름을 고쳐 다시 불렀다. "로빈?"

내 목소리가 현관 앞 복도에 울려 퍼졌다. 봉투를 주방에 내려놓고 천천히 한 바퀴 돌았다. 찬장 문이 전부 열려 있었다.

"로빈?"

파티오(스페인식 중정中庭으로, 실내가 외부로 연장된 개념의 공간)에도 거실에도 없었다. 위층으로 올라가보았다. 손님방 문이 열려 있고 침대가 어질러져 있었다. 옷의 거의 절반이 바닥에 흩어져 있었다.

"메리?"

내 품에 안겨 있던 일라이가 잠에서 깨 텅 빈 집에 울음을 토해놓기 시작했다.

24 _____

메리

아침에 현관으로 기어 나갔을 때에 비하면 오후의 바깥은 훨씬 밝았다. 나는 쏟아지는 햇살에 눈 위쪽을 손으로 가리며 동네를 돌아다녔다. 오후 4시쯤 되었을 때 담배가 떨어졌고, 이만하면 충분히 오래 집에 갇혀 있었다는 생각이 들었다. 게다가 레슬리에게 나는 애완동물이 아니라는 사실을 분명히 알리고 싶기도 했다. 나를 집에 가둬놓고 나가서 내게 자기가 돌아올 때까지 얌전히 있어주기를 기대해서는 안 되는 것이다.

햇볕이 쏟아지는 시간대임에도 밖에 나와 돌아다니는 사람들이 놀라울 정도로 많았다. 대부분 날렵한 회색과 네온색 운동복 차림의 여자들이었다. 여자들은 널찍한 흰색 보도에서 조깅을 하거나 자전거를 탔다. 그들과 마찬가지로 집들도 맵시가 있었다. 특이한 목재 장식과 스페인 기와로 꾸며진 집들은 자기만의 개성을 한껏 드러내며 집주인의 라임빛 나이키 운동화와 조화를 이루었다. 그런데 집 안은 고사하고 여자들의 눈동자조차 들여다볼 수가 없었다. 여자들은 하나같이 반짝이는 거울 선글라스를 착용했고, 집의 판유리를 끼운 창문들도 햇빛을 받아 거울처럼 빛나고 있었다.

15분쯤 걸었더니 동네 입구였다. 거기서부터 주요 도로 가장자리의 보도가 점차 지저분해지기 시작했다. 크레오소트부시와 유카가 자란 탓에 보도블록 여기저기가 깨져 있었다. 길은 평평하고 곧아서 양방향이 길게 내다보였다. 오른쪽에 산이 있었고, 왼쪽은 또 다른 주거지였다. 주거지에는 1층짜리 어도비 양식의 집들이 드문드문 서 있었다. 그 너머에 쉘 주유소 간판이 있는 게 보였다.

주유소로 걸어가는데 가슴과 겨드랑이 아래에 땀이 차기 시작했다. 매점 냉장고에서 음료를 꺼낼 때 흘러나온 시원한 공기가 더위를 살짝 걷어 갔다.

카운터 너머의 여자에게 말했다.

"스피릿 두 갑이요."

"노란 거요, 파란 거요?"

"파란 거요."

여자는 천천히 눈을 껌벅이며 몸을 일으켜 담배를 집었다. 나는 여자에게 잔돈을 받고 돌아서며 말했다.

"고마워요."

뒤에 줄 서 있던 여자가 내 얼굴을 보더니 인사를 건넸다.

"엇, 안녕."

서른 살쯤 돼 보이는 여자는 교실 밖에서 교사를 만난 학생처럼 나를 보고 움찔했다.

"어, 안녕하세요……."

나는 주머니에 잔돈을 집어넣었다.

"나, 린디야." 여자는 핸드백 끈을 어깨에 고쳐 메며 말했다. "이제는 성이 세라노가 됐어. 미안, 너를 여기서 만나다니 정말 기분이 묘하다."

나는 혼란스러운 감정이 얼굴에 드러나지 않도록 조심했다. 예전에 알았던 손님인가? 친구? 넙데데한 얼굴에 둥글고 발그레한 볼, 들창코, 길고 부드러운 앞머리를 가진 이 아시아계 여자가 누구인지 아무리 생각해도 기억나지 않았다.

나는 슬쩍 미소를 지으며 여자의 이름을 입에 올렸다.

"린디."

여자는 겸연쩍어하며 코를 살짝 찡그렸다.

"기억 못 하는구나."

카운터 직원이 끼어들었다.

"저기요."

"아, 이거만 계산해주시면 돼요."

린디는 콜라 두 개를 직원 쪽으로 쓱 밀고는 다시 나를 보며 말했다.

"나는 낸시 코트니의 언니야. 앨버커키에서 널 다시 보게 될 줄은 몰랐다, 로빈."

문득 어떻게 된 상황인지 짐작이 갔다.

"아, 네. 바로 못 알아봐서 죄송해요. 잘 지내시죠?"

린디는 지갑을 열어 계산을 한 뒤 조심스러운 눈빛으로 나를 다시 돌아봤다. 내가 고개를 살짝 기울이자 그녀가 얼른 대답했다.

"그럼, 잘 지내지. 넌?"

이상하게 들뜨는 기분이었다.

"다시 돌아오게 될 줄은 나도 몰랐어요." 나는 카운터에 몸을 기댔다. "낸시는 요즘 어떻게 지내요?"

린디의 표정이 굳어졌다.

"경찰이 됐어. 결혼도 했고."

어딘지 모르게 방어적인 말투였다.

"결혼이라니! 어머, 누구랑요?"

"그건 네가 알 바……." 린디는 잔돈을 챙기고 콜라를 집어 든 뒤 문으로 향했다. "얼마 전에 했어. 넌 결혼했니?"

"저요?" 나는 그녀의 뒤를 서둘러 쫓아갔다. "아뇨, 안 했어요. 마땅한 상대를 못 만났죠."

우리는 밖에 나와 섰다. 얼굴에 열이 오르기 시작했다.

"이 동네엔 무슨 볼일이야?"

"아 그게, 언니가 아이를 낳아서요."

"축하해."

린디는 이 말만 하고는 입을 꾹 다물었다. 나는 그녀의 표정을 면밀히 살폈다. 스무고개를 하는 기분이었다. 주유소 매점에서 나오자 그녀는 약간 긴장을 푸는 듯했다. 나는 대화의 방향을 바꿔보기로 했다.

"여기 있는 동안 낸시를 만나볼까 해요." 나는 린디의 SUV로 함께 걸어가며 말했다. "그동안 밀린 얘기도 하고요."

"글쎄."

말끝을 흐린 린디는 핸드백에 손을 집어넣고 안을 뒤적거렸다. 자동차 키를 찾는 것 같았다.

'정답에 가까워지나 보네.'

압박을 살짝 넣어보았다.

"낸시 전화번호 좀 알려줄래요?"

자동차 키를 찾은 린디가 버튼을 급하게 여러 번 누르는 바람에 차가 빵빵거리는 소리를 냈다. 차 뒷좌석에서 명랑하게 재잘대는 목소리가 들려왔다.

"별로 좋은 생각이 아닌 것 같아." 린디는 내 눈을 쳐다보지도 않고 말했다. "낸시는 이제 제대로 살고 있거든. 네가 다시 주변에 얼쩡거려서 그 애를 흔들어놓을 필요는 없어."

점잖게 말하려고 애쓰는 게 보였다. 나는 린디의 차에 몸을 기댔다.

"10년이나 됐는데요. 안 그래요?"

"차 안에 애들이 있어."

린디가 날을 세웠다.

그게 대체 무슨 상관인지 알 수가 없었다.

"낸시가 어떻게 지내는지 알고 싶어서 그래요." 나는 미소를 지었다. "우리가 예전에 꽤 친했잖아요."

린디는 몇 번이나, 지나치게 빠르게 눈을 깜박이더니 운전석 문을 확 열어젖히고 버튼을 눌러 차창을 전부 올려 닫았다. 그리고 뒤로 물러나 차 문을 닫자 뒷좌석에서 아이들 떠드는 소리가 삽시간에 사라졌다. 린디는 내게 몸을 기울이며 속사포처럼 쏘아붙였다.

"동생이니까 낸시가 원하는 대로 해준 거야. 하지만 네가 낸시랑 붙어 다니면서 낸시를 '여친'이라고 부르기 시작했을 때부터 일이 꼬이기 시작했다는 걸 난 아직 잊지 않았어. 넌 낸시를 개떡같이 취급했잖니. 낸시가 널 다시 만날 필요는 없어. 네가 돌아왔다는 얘기도 난 낸시한테 안 할 거야. 그러니까 남의 가족을 망쳐놓고 싶으면 딴 데 가서 알아봐, 로빈."

린디는 운전석에 오르더니 단호하면서도 침착하게 차를 몰아 그곳을 떠났다. 그러는 동안 그녀는 창문 너머로 나와 눈 한번 마주치지 않았다. 나는 그 자리에 몇 초 동안 가만히 서 있다가 함박웃음을 지었다. 배를 잡고 소리 내 웃으면서 연석에 걸터앉았다.

동네에서 그런 사람을 만나게 될 줄은 전혀 예상 못 했다. 레슬리는 나를 집에 가둬놓다시피 했는데, 아마 이런 까닭인 듯싶었다. 그래야 내가 본인이 원하는 로빈의 역할을 얌전히 수행할 수 있을 테니까. 린디가 알고 있는 로빈, 주유소에서 우연으로라도 절대 마주치고 싶지 않은 로빈이 아니라.

하지만 낸시와 말을 섞지 않기를 바랐다면 린디는 낸시에 대해 내 앞에서 그렇게 주저리주저리 떠들지 말았어야 했다. 린디와의 예상치 못한 대화 덕분에 나는 낸시 코트니가 여전히 앨버커키에 살고 있으며 지금은 경찰관으로 일한다는 사실을 알게 되었다.

내 선불 전화기는 인터넷은 안 되고 전화와 문자메시지만 가능했다. 그렇다고 레슬리의 집으로 돌아가고픈 마음은 없었다. 연석 위로 올라선 나는 손가락으로 머리카락을 쓸어 넘긴 뒤 눈 밑을 문질러서 마치 눈물에 화장이 번진 것처럼 꾸몄다. 그리고 담배를 피우면서 적당한 대상을 물색했다.

노인이 한 명, 또 한 명 내 앞을 지나갔다. 두 번째 노인이 걸음을 멈추고 물었다.

"도움이 필요해요, 아가씨?"

허리띠에 차고 있는 휴대전화가 보였다. 구식 폴더 폰.

"아뇨."

나는 단칼에 자른 뒤 그가 주유소 매점으로 들어갈 때까지 다른 곳
으로 시선을 돌렸다. 어린아이 둘을 동반한 가족이 지나가고, 중년 여
자 커플이 지나갔다. 마침내 10대 소년 하나가 매점을 향해 걸어왔다.
밝은 오렌지색 케이스를 끼운 스마트폰을 손에 들고 있었다. 나는 담
배를 비벼 끄고 연석 위에 짝다리를 짚고 섰다. 그리고 내 목소리를 들
을 수 있을 만큼 가까이 오기를 기다렸다가 소년을 불렀다.

"얘."

소년이 고개를 들어 나를 쳐다봤다.

"저요?"

"미안한데, 내가 여기서 오도 가도 못 하게 됐거든. 나를 태워줄 사
람이 오질 않네. 전화 한 통만 쓸 수 있을까? 금방 쓰고 줄게."

"아, 네, 그러세요. 난 빈센트예요."

"어, 그래." 나는 머리카락을 뒤로 넘기고 손을 내밀었다. "난 메리
야."

너무 어려서 악수도 할 줄 모르는지 빈센트는 그 손에다 전화기를
쥐여주었다.

"만나서 반가워요. 어디서 왔어요?"

이미 휴대전화 화면을 들여다보고 있던 나는 '앨버커키시 카운티
경찰서 전화번호'를 구글로 검색하면서 멍하게 대답했다.

"텍사스."

"아, 그렇구나."

빈센트는 더 이상 말이 없었다.

검색 결과 제일 위에 샌도벌카운티 보안관서 번호가 있었다. 빈센
트에게 재빨리 미소를 지어 보이며 그리로 전화를 걸었다.

"안녕하세요, 코트니 경관님 자리에 계신가요?"

"누굴 찾으신다고요?"

"낸시 코트니 경관님이요."

전화기 너머에서 키보드 두드리는 소리가 들리더니 잠시 후 상대방이 대답했다.

"여기 그런 이름을 가진 분은 안 계시는데요."

"죄송해요. 전화를 잘못 걸었나 봐요. 다른 번호로 해볼게요."

빈센트는 전화기를 돌려달라는 말을 하지는 않았지만, 초조한지 발끝으로 돌멩이를 이리저리 차고 있었다.

다음 번호는 버낼릴로카운티였다.

"안녕하세요. 낸시 코트니 경관님과 통화하고 싶은데요."

"코트니 경관이요?" 전화를 받은 남자가 말했다. "알겠습니다. 무슨 일 때문이라고 전해드릴까요?"

"그게, 음, 제 이름은 로빈 보이트인데요. 제 이름을 말해주시면 될 거예요."

"알겠습니다."

잠시 부스럭거리는 소리가 들리고 딸깍하면서 연결이 되더니 벨이 울리는 소리로 이어졌다.

"코트니 경관입니다."

"나 로빈이야. 로빈 보이트. 조금 전에 너희 언니 린디를 우연히 만났어. 그런데 네 전화번호를 안 알려주려고 하더라. 그래도 동네에 왔는데 연락은 해보자 싶어서 전화했어."

"로빈?"

앳된 목소리였다.

"그래, 나야."

문득 아차 싶었지만 이대로 물러서기엔 늦어버렸다. 낸시는 경찰관이었다. 혹시 경찰 시스템으로 '로빈'이란 이름을 검색하면…….

갑자기 낸시가 전화기에 대고 숨을 후 내쉬었다.

"맙소사, 다시 네 목소리를 들을 날이 올 줄은 몰랐어."

"나도." 빈센트가 내 마음을 불편하게 만들려는 작정인지 나를 빤히 쳐다보았다. "저기, 지금 얘기 길게 못 하거든. 다른 번호 줄 테니까 전화해줘. 한번 만날래?"

"오늘?"

그건 예상치 못한 말이었지만, 내가 달리 무슨 할 일이 있을까?

"그래, 오늘."

나는 목소리에 약간의 열의를 실으며 내 선불 전화기 번호를 알려주었다.

"알았어. 전화할게."

나는 미소를 지으며 전화기를 귀에서 떼고 전화를 끊었다. 마지막 순간 낸시가 조그맣게 말하는 소리가 들렸다.

"정말 너라는 게 믿기지가 않아."

25 _____

로빈

그 애는 나를 원하면서도 그걸 알지 못했다. 그게 바로 낸시의 매력이었다. 그 무렵 나는 레슬리 언니를 잃었고, 베티 할머니는 돌아가셨으며, 아버지는 달팽이처럼 더욱 내면으로 침잠하고 있었다. 헛헛하던 그때 남자애들이 내게 접근하기 시작했다. 한 명씩 한 명씩. 나는 그들을 다시, 또다시 받아들였다. 12인분을 먹어도 배가 채워지지 않는 것처럼 탐욕스러워진 기분이었다. 남자애들이 가늘고 마른 팔을 바르르 떨고, 온실 같은 냄새를 풍기며 내 몸을 만지고 싶어 안달하는 게 좋았다. 하지만 그들의 눈빛은 하나같이 무언가 잘못되어 있었다. 마치 라쿤의 눈에 손전등을 비췄을 때처럼, 순간 헉하고 화들짝 놀란 눈빛. 그 이상의 무언가가 있어야 한다는 생각이 들었다.

그걸 처음 본 건 낸시의 눈에서였다. 운동장 바깥에서, 낸시는 나를 보며 자기도 모르게 인상을 살짝 찌푸렸다. 낸시는 나를 보았고, 나를 원했으면서도 그런 자신의 마음을 부정했다. 그리고 이내 혼란이 그 감정을 대체했다. '너는 왜 나를 그렇게 보고 있는 거니?' 나는 어쩔 수 없이, 그것에 완전히 매료되어 미소를 짓고 말았다. 짧은 순간이었지만 낸시는 그동안 내가 데리고 잤던 어떤 남자애들보다도 더 많은 것을 내게 주었다. 처음에는 낯선 존재였지만 다음 순간, 나는 낸시에 대해 그 애의 가족보다 더 잘 알게 되었다.

그제야 나는 그동안 나와 잤던 남자애들의 문제가 무엇이었는가를 알게 되었다. 남자애들은 자신의 욕구에만 눈이 벌게져 있었다. 그들은 나를 본 것만으로도 나를 이미 소유한 듯이 굴었고, 나를 차지할 자격이 있다고 믿었다. 그리고 마침내 내가 굴복하면, 예상했던 대로라는 양 행동했다. 나를 낸시에게 주었을 때 훨씬 더 큰 보람을 느꼈다. 낸시는 아무 여자나 원하는 삶을 살지 않았기에 나 역시 아무 여자가 아니었다. 낸시에게 나는 유일한 여자였고, 중요한 의미를 갖는 단 하나뿐인 존재였다.

낸시와의 관계는 수월하게 이루어졌다. 첫 만남 후 몇 주 뒤에 여자 화장실에서 손을 씻고 있는 낸시를 다시 보았다. 나는 바로 옆 세면대에 몸을 기대며 낸시에게 말을 걸었다.

"안녕."

"안녕."

낸시는 종이 타월로 손을 뻗으면서 몸을 약간 움츠렸다. 세면대 위 거울에 비친 우리 둘의 모습을 지나치게 의식하는 것 같기도 했다. 낸시는 키가 152센티미터 정도인 데다 소년처럼 깡말랐고, 교회에 갈 때나 입을 법한 카키색 치마를 빈약한 엉덩이에 어색하게 걸치고 있었다. 그 옆에 서 있으니 내가 꼭 거인 같았다. 심지어 나는 치아까지 컸다.

"난 로빈이야."

내가 손을 내밀었다.

"난 낸시야."

낸시는 악수를 하려 했지만 나는 그 애의 손을 그저 잡고만 있었다. 그리고 태어나서 지금까지 본 것 중에 가장 멋진 것이라는 듯, 우리는 서로의 손을 감싼 우리의 손가락을 내려다보았다. 우리를 둘러싼 공기가 순식간에 바뀌었다. 고개를 들어보니 낸시의 얼굴도 달라져 있다. 낸시는 나를 더 이상 두려워하지 않았다. 오히려 나, 그리고 우리의 미래를 걱정하는 듯했다. 짧은 순간 우리는 비밀을 공유한 공모자가 되었다.

낸시는 내가 원하는 모든 것을 주었다. 점심시간에는 여자 화장실 변기 칸에 들어가 키스를 했다. 나는 키스를 하다 말고 낸시의 얼굴에 드리워진 앞머리를 쓰다듬었다.

"잠깐만."

그대로 얼어붙은 낸시는 내 표정의 미세한 변화를 살피며 내 눈을 보았다. 내가 눈이라도 깜박이면 그대로 울어버릴 것만 같았다. 나는 낸시의 눈물을 핥는 상상을 했다.

낸시의 자매들은 우리 사이를 바로 알아채지 못했다. 아무도 몰랐다. 우리는 서로의 입을 손으로 틀어막고 섹스를 했다. 낸시는 거의 밤마다, 강박적일 정도로 나를 찾았다. 나를 간절히 원하는 낸시의 마음에는 도저히 싫증이 나지 않았다. 낸시는 나라는 여자애가 아니라, 남자애들 사이에서 도는 무시무시한 이야기 속의 그 여자애가 아니라, '나'라는 인간 자체를 원했기 때문이다. 낸시가 맛보는 나는 본연의 나였다.

나는 낸시가 동침한 첫 번째 연인이었다. 하지만 내게 낸시는 나와 싸운, 진심으로 싸운 첫 번째 파트너였다. 서로의 몸에 손가락을 집어넣고 한판 붙는다는 점에서 섹스와 싸움은 같은 의미일 수 있었다. 실제로 함께 해보기 전에는 상대가 침대에서 어떤지, 싸울 때 어떤지 정확히 알 수 없다. 그리고 막상 행위를 함께하고 나면 상대는 영원히, 심오하고 비밀스러운 방식으로 내 것이 된다. 상대는 나를 기쁘게 하기 위해 마음의 평안을 유지하려고 한다. 그러면 나는 올바른 방식으로 상대를 어루만져서, 한 마리의 작은 짐승처럼 내 앞에서 가르랑대며 몸을 긁게 만들면 되는 것이다.

얼마 후 낸시가 바로 그런 이유 때문에 나를 미워하는 것 같다는 느낌을 받았다. 그때 내가 낸시를 조심스럽게 대하지 않은 탓이라는 걸 이제는 알겠다. 그럼에도 불구하고 낸시는 여전히 나를 위해 옷을 벗고 또 벗었으며, 내게 사랑한다고 말했다. 그리고 자기 몸의 소금기를 내가 핥도록 놔두었다. 무언가 공허한 느낌이었다. 나로 인해 낸시가 반응을 보이기 전까지는 내가 세상에 존재하지도 않는 것 같은 기분이었다. 이런 기분을 낸시도 알았을까?

어쩌면 내 기억 속에만 존재하는 느낌일 수도 있었다. 나 역시 다른 유령들처럼 점점 희미해지고 있었다.

26 ——

메리

길 모퉁이의 팝팝스라는 이탈리안 아이스 가게에서 낸시와 만나기로 했다. 가게 바깥의 나무 벤치에 책상다리로 앉아 허벅지 안쪽을 햇볕에 그을리고 있는데, 낸시가 낡은 초록색 닛산 차를 몰고 다가왔다.

어떤 이유에서인지 몰라도, 막상 실제로 본 낸시의 모습은 예상과 달랐다. 전화상의 목소리 때문일 수도 있고, 언니 린디의 둥그런 얼굴과 들창코 때문일 수도 있었다. 키는 별로 크지 않았지만, 칼라 달린 셔츠에 앞 주름 없는 바지를 입은 낸시는 경관다운 절도 있는 태도로 문을 열고 순찰차에서 내렸다. 검은 머리를 아주 짧게 자른 모습이었다. 햇볕에 잘 그은 그녀의 얼굴에 초조한 미소가 떠오르며 보조개가 팼다. 낸시는 내가 앉아 있는 벤치로 걸어오면서, 나와 악수를 해야 할지 포옹을 해야 할지 모르겠다는 듯 어색하게 몸을 움직거렸다.

10년이나 지났는데도 여전히 불안해하는 모습이었다. 나는 실험을 해보기로 했다. 마치 내가 아직도 여자 친구인 것처럼 벌떡 일어나 그녀의 품에 안겼다. 내 한쪽 손에서는 이탈리안 아이스가 녹아 뚝뚝 떨어지고 있었다. 내 몸에 닿는 순간 낸시는 전율하듯 몸을 떨었고, 그 떨림이 잔물결처럼 내게로 전해졌다. 우리는 너무나 익숙하게, 잘 맞았다. 낸시는 두 팔로 내 허리를 안았다가 얼른 뒤로 손을 뺐다. 내 몸을 잘 아는 느낌이었다.

"이런." 낸시의 말과 함께 우리는 서로에게서 물러났다. 그녀가 작게 웃었다. "로빈…… 여기는…… 잠깐 놀러 온 거지? 무슨 일로 왔어?"

"언니를 만나러. 언니가 아이를 낳았거든. 굉장하지?"

"뭐가? 그 나이쯤엔 누구나 아이를 낳잖아."

나는 눈을 휘둥그렇게 떴다.

"너도 애가 있어?"

"아니, 난 아니야. 넌?"

"난 내가 애야."

낸시는 미소를 지었다.

"넌 예전이랑 똑같구나."

"넌 경찰처럼 보이네."

나는 그녀가 경관 노릇을 얼마나 잘하는지 궁금해졌다.

낸시는 손으로 목덜미를 문질렀다.

"내 머리 괜찮아? 네가 떠난 후로 늘 길지 않게 유지했어."

빨간 이탈리안 아이스가 녹아서 손으로 흘러내렸다.

"아, 젠장."

나는 얼른 혀로 손을 핥았다.

"무슨 맛이야?"

낸시가 물었다.

나는 싱긋 웃으며 대답했다.

"호랑이 피 맛."

"맛있는 거로 잘 골랐네. 잠깐만, 나도 하나 사 와야겠다."

낸시가 가게에 들어가 있는 동안 나는 손에 묻은 아이스를 마저 핥았다. 문을 열고 나오는 낸시와 함께 시원한 냉기가 밖으로 훅 쏟아졌다. 그녀는 벤치에 꼼짝 않고 앉아 있는 내 옆으로 와서 앉았다. 내 허벅지의 맨살이 그녀의 바지에 닿았다.

"그러니까, 음⋯⋯." 나는 자세를 바꿔 그녀의 다리에 내 다리를 슬쩍 비비며 물었다. "어쩌다 이 일을 하게 됐어?" 그러고는 순찰차를 손으로 가리켰다.

낸시는 스푼으로 아이스를 펐다.

"내가, 음, 군에 입대해서 두 번 해외 파병을 갔거든. 그 일이 있고⋯⋯ 여길 떠나고 싶어서. 그런데 결국 내 뿌리는 여기더라고. 그래서 돌아와 쭉 살기로 한 거야."

"그래, 주유소에서 내가 네 뿌리를 만나긴 했지." 나는 내 어깨 너머를 가리켰다. "네 언니가 날 안 좋아하더라."

낸시는 콧방귀를 뀌었다.

"린디 언니? 맞아, 그럴 거야."

"우리가 사귄 사이라서?"

낸시는 나를 흘끗 쳐다보았다.

"내가 아무하고나 사귀었다고 생각하니까."

"하지만 너한테 여자랑 사귄다는 아이디어를 준 건 나였잖아."

낸시는 소리 내어 웃었다.

"언니가 그렇게 말했어?"

"어쩐지 우쭐해지더라." 나는 고개를 좌우로 조금씩 흔들었다. "내가 누군가의 취향을 바꿔놓은 적이 없었거든."

"말도 안 돼."

낸시가 내 눈을 보면서 말했다. 눈가에 희미하게, 기분 좋은 잔주름이 잡혀 있었다. 나는 그 잔주름이 마음에 들었지만, 점잔을 빼며 시선을 다른 곳으로 돌렸다.

"그냥 그렇다고."

낸시는 호랑이 피 맛 아이스를 입에 넣었다. 그녀의 자세가 편안해진 걸 보니 내가 대화를 잘 이끌어가고 있는 듯했다. 잠시 후 낸시가 물었다.

"넌 어때. 무슨 일 하니?"

"지금은 놀아." 나는 낸시의 몸짓을 따라 하며 어깨를 축 늘어뜨렸다. "앞으로 뭘 할지 구상 중이야. 지난주까지는 웨이트리스였어."

"무슨 일 있었어?"

"그만둘 만한 사정이 생겼지. 언니가 당분간 와서 같이 지내자고 해서. 기분 전환도 할 겸…… 다시 여기 오게 된 거야."

"괜한 걸 물었나 보다."

낸시는 진심으로 미안해하는 말투였다.

애처롭게 보이고픈 의도는 전혀 없었다. 줄곧 낸시의 몸짓을 흉내 내던 나는 당황해서 손을 어떻게 해야 할지 알 수 없었다.

"일주일만 있을 거야. 지금 네 이가 분홍색으로 변한 거 알아?"

낸시는 혀로 이를 핥았다.

"지워졌어?"

"아니."

나는 빙그레 웃었다.

낸시가 내 입을 유심히 쳐다보았다.

"네 이도 분홍색이 됐는데."

나는 일부러 이를 드러내 보였다.

"귀신같이 보이겠다."

"넌 안 그래."

낸시는 냅킨을 가져와 이에 묻은 시럽 얼룩을 지웠다.

팝팝스에서 한 가족이 나오자 문에 걸린 종이 딸랑딸랑 울렸다. 어린아이 둘이 누군가의 생일 이야기를 큰 소리로 떠들어대고 있었다.

"어떻게 날 만나러 올 생각을 했어? 근무시간 아니야?"

"오늘은 서류 작업만 하면 되거든. 잠깐 쉬러 나온 거야." 낸시의 목에서 붉은 기운이 퍼져나갔다. "넌 어떻게 나와 있어? 언니는 지금 회사에 있니?"

"응, 언니가 날 집에 두고 일을 보러 나갔어. 그 크고 오래된 집에 처박혀 있자니 좀이 쑤셔서. 내가 떠나고 나서 그 집에 와 본 적 있어?"

낸시는 혀로 스푼을 핥았다.

"레슬리 언니네 집? 아니, 요즘 그 언니가 어떤 동네에 사는지도 몰라."

"혹시…… 언니에 대해 들은 얘기 있어? 언니가 어떻게 살고 있다든지……."

나는 캐묻는 것처럼 보이지 않으려고 애썼다.

낸시가 미간을 찌푸렸다.

"무슨 뜻이야?"

나는 자세를 고쳐 앉았다.

"아무래도 언니한테 무슨 일이 있는 것 같아. 데이브랑 관계가 있는 듯도 하고. 데이브는 언니의 남편이야. 형부가 바람을 피우고 있는 건지도 모르겠어."

"음, 그런 문제라면 나보단 네가 더 잘 알겠지." 낸시는 플라스틱 컵을 구겨서 휙 던졌다. 플라스틱 컵은 완벽한 곡선을 그리며 허공을 날아 근처 쓰레기통 속으로 들어갔다. "식료품점 같은 데서 우연히 몇 번 본 게 다야. 레슬리 언니랑은 제대로 대화를 해본 적도 없어." 낸시는 나를 곁눈질하며 덧붙였다. "난 네가 언니랑 말을 안 섞고 사는 줄 알았어. 가출한 뒤로 쭉. 다시는 여기로 돌아오지 않을 거라고 나한테 말했잖아."

"그러려고 했지." 심장이 쿵쾅거렸다. "다 오래전 일이야. 사람은 나이가 들면서 과거를 극복하게 마련이니까, 안 그래?"

"그런 경우도 있지만, 넌 안 그럴 줄 알았어."

"그래?" 나는 벤치 등받이에 팔을 올리고 머리를 기댔다. 낸시에게 공간을 내주어 그녀가 압박감을 받지 않게 하기 위해서였다. "어째서?"

"네가 네 언니에 대해 했던 얘기들 때문에. 넌 레슬리 언니가 너한테 못되게 굴었다고 했지만 언니도 그 시절엔 어린애에 불과했어. 너희 엄마가 그렇게 되신 것도 있고……. 어쨌든 너도 린디 언니랑 이야기해봤으니 알잖아. 자매란 원래 좀 짜증을 일으키는 존재야." 낸시는 미소를 지었다. "레슬리 언니는 우리 사이를 알고 있었던 것 같아. 내가 근처에 있을 때 언니의 태도를 봐도 그런 것 같았어. 네가 언니한테 우리 얘기를 했어? 아니면 내가 몰래 숨어드는 걸 언니가 보기라도 한 건가?"

나는 웃음을 터뜨렸다.

"몰래 숨어들었다고?"

낸시는 눈을 껌벅였다.

"그래, 늘 그랬잖아. 너 기억을 못 하는⋯⋯."

"아니야, 기억해. 다만⋯⋯." 나는 낸시를 향해, 목 부분의 단추를 푼 제복 셔츠를 향해, 그녀의 판판한 가슴과 햇볕에 그은 두 손을 향해 손을 흔들며 말했다. "지금 널 보면 도저히 상상이 안 돼서 그래."

낸시는 자기 몸을 흘끗 내려다보더니 미소 지었다.

"그럴 거야. 하지만 그땐 그랬어. 네 방 창문으로 기어 들어갔었지."

"그래."

나는 싱긋 웃었다

"응. 난 늘 엄청 무서웠어."

"무서웠다고? 법을 집행하는 경관님께서?"

낸시는 진지하게 내 눈을 응시했다.

"정말 무서웠어. 넌 나한테 장난을 치곤 했지만. 내가 처음 네 방 창문으로 몰래 들어갔을 때 기억나?"

나는 고개를 저었다.

낸시는 헛기침을 했다. 그녀에게서 좋은 냄새가 났다. 숨결마저 설탕같이 달콤했다.

"그때 넌 날 잘 알지도 못했는데, 내가 방으로 들어가자마자 네가 대뜸 '이리 와'라고 했어. 네 침대로 들어가 누웠더니 넌 벌써 홀딱 벗고 있더라. 날 당황하게 만들려고 작정했구나 생각했어."

"설마."

난 속으로 깜짝 놀랐다.

"정말 그랬다니까. 넌 내 팔을 잡으면서……." 낸시는 내 손을 잡았다. "이렇게 말했어. '하고 싶지 않아?'라고."

나는 우리의 깍지 낀 손을 바라보았다. 우리는 나란히 정면을 보고 앉아 있었다. 무대에 오른 배우들처럼, 주차장의 관객을 바라보면서. 나는 그녀의 손을 천천히 내 얼굴로 가져갔다. 다음 대사가 머리에 떠올랐다. 마치 누군가가 써준 대본처럼 눈앞에 대사가 펼쳐졌다.

"그랬단 말이지." 낸시가 손으로 내 뺨을 감싸자 나는 고개를 뒤로 살짝 젖혔다. "너도 하고 싶었지, 그렇지?"

"맞아."

낸시가 고개를 돌려 나를 바라보았다.

우린 그대로 꼼짝하지 않았다. 잠시 후 낸시가 손을 뒤로 빼면서 말했다.

"할 얘기가 있어."

나는 내 허벅지를 내려다보았다.

"그래."

"미리 말했어야 했는데. 사실 파트너가 있어."

나는 벤치 등받이에 등을 기댔다.

"괜찮아. 부담 가질 필요는……."

"작년에 그렇게 됐어. 그러니까 내 말은…… 어쩌다 보니 후딱 결혼을 하게 됐어."

"낸시, 괜찮다고."

어색한 정적이 흘렀다.

"이만 가봐야겠다." 마침내 낸시가 말했다. 나는 고개를 떨궜지만 낸시의 시선을 고스란히 느낄 수 있었다. "잠깐 쉬러 나온 거라서."

벤치에서 일어난 낸시는 자동차 키를 찾으려고 주머니를 툭툭 두드리다가 돌아서서 순찰차 쪽으로 향했다. 이때다 싶은 느낌이 가슴을 꾹 눌렀다. 낸시가 차 문에 손을 대는 순간, 나는 그녀를 불렀다.

"낸시!"

낸시는 마치 내가 불러 세우기를 바란 것처럼 곧장 돌아섰다.

내 방법이 먹힌 듯했다. 연극은 이렇게 흘러가야 마땅하다. 마지막 눈빛과 마지막 대화. 여기서 사람들은 으레 비밀을 털어놓게 마련이다.

"네 생각엔 어때? 레슬리 언니가 여전히 화가 나 있는 것 같아? 예전 일 때문에?"

나는 마른침을 삼키며 대답을 기다렸다.

낸시의 양 눈썹 사이에 두 줄로 깊은 주름이 팼다. 어쩌면 낸시는 내가 이 질문을 꺼내기 위해 이제껏 이런저런 이야기를 했다고 생각하는지도 몰랐다.

"그런 일이 일어나면 누구나 힘들 수밖에 없잖아. 다들 그걸 막기 위해 자기가 뭐든 했어야 했다고 생각하게 마련이니까. 부모님이 그렇게 되셨으니 더 그렇겠지. 그래도 레슬리 언니가 아직까지 널 탓하지는 않을 거야." 낸시는 고개를 저으며 덧붙였다. "그건 어느 누구의 잘못도 아니야."

"알았어. 우리 사이를 아는 사람이 많지 않은 것 같아서……. 너라면 대답을 해줄지도 모르겠다고 생각했어. 괜한 이야기 꺼내서 미안해." 나는 입꼬리를 올리며 덧붙였다. "널 다시 보고 싶었어."

차 지붕을 잡고 선 낸시의 눈빛이 어두워졌다. 다시는 보지 못할 사람을 마지막으로 눈에 담아두는 듯한 눈빛이었다.

"그래. 안녕, 로빈."

"안녕."

나는 의자에서 일어섰다.

어느새 순찰차는 도로를 미끄러지는 차들 사이로 사라졌다. 모텔 화장실에서 레슬리는 '열두 살 때 어머니가 돌아가셨어'라고 말했었다. 마치 어쩌다 그렇게 된 것처럼. 사고였던 것처럼.

앨버커키에 머무는 시간이 길어질수록, 죽음이 어떤 식으로 무대를 망치는지 점점 더 잘 알게 되는 기분이었다. 죽음은 그 사람이 있던 자리에 블랙홀을 만든다. 남은 이들은 그것에 빨려들지 않도록 조심해야 한다. 지금도 레슬리의 주변에는 무수한 블랙홀이 있었다. 로빈으로 사는 것은 무언가 석연치 않았다. 이 연극이 끝났을 때 과연 내가 여기서 쉽게 발을 뺄 수 있을지 의구심이 들기 시작했다.

27 ____

레슬리

데이브가 집에 왔을 때, 일라이는 주방에 놓아둔 바운서에 누워 있었고 나는 뵈프 부르기뇽(프랑스 부르고뉴 지방의 대표적인 요리)을 만드는 중이었다.

"나 왔어, 사랑스러운 아가씨."

소스에 레드 와인을 붓고 있는 내게 다가와 그가 키스를 했다. 나는 눈을 감고 스푼을 손에서 놓았다. 그의 얼굴을 두 손으로 잡으려고 와인 병도 내려놓았다.

"사랑해."

나는 그에게서 몸을 떼지 않았다.

"나도 사랑해." 그는 내 입가에 대고 웅얼거리며 습관적으로 내 셔츠 안으로 손을 넣어 위쪽을 더듬었다. 그러다 갑자기 멈칫하며 물었다. "처제, 집에 있어?"

"아니." 그의 손바닥에 내 심장박동이 느껴질 듯했다. 나는 얼른 물러났고, 그도 손을 뺐다. "아까 집에 왔을 때부터 없었어. 문자메시지를 열 통 넘게 남겨놨는데 전화를 안 받네."

"아, 다행이다." 그는 내 표정을 보더니 얼른 고쳐 말했다. "처제가 당신 전화를 안 받는 게 다행이란 뜻이 아니라, 내가 주방에서 당신이랑 이러는 걸 안 들키게 돼서 다행이라는 뜻이야." 데이브는 저쪽으로 걸어가 일라이를 바운서에서 안아 올리고 음식이 묻은 아이의 머리카락 냄새를 맡았다. "우리 아들 머리에서 맛있는 냄새가 나네. 이거, 정상이지?"

나는 스푼을 다시 쥐고 냄비를 저었다.

"처제는 곧 돌아올 거야."

나는 눈을 들지 않았다.

"전에도 누가 나한테 로빈에 대해 그렇게 말했는데 그 뒤로 10년 동안 못 봤어."

그는 일라이를 허공에 든 채로 움직임을 멈췄다. 일라이가 까르륵 웃었다.

"그래, 알겠어." 그가 팔을 아래로 내리자 일라이는 소리를 질렀고, 데이브는 또다시 심바 놀이(〈라이온 킹〉에서 라피키가 어린 심바를 두 팔로 들어 올리는 장면에 비유한 것)를 해주어야 했다. "그런 걱정은 나중에 하자. 일레인이랑 그 집 애들을 저녁 식사에 초대했는데, 괜찮지?"

"뭐?"

데이브의 표정이 어두워졌다. 우리는 손님 초대 문제로 꽤 오래전부터 갈등이 있었다. 나는 어렸을 때 부모님이 집에 손님을 초대하는 것을 한 번도 보지 못하고 자랐다. 그러다 데이브와 데이트를 시작하면서 그의 가족 행사에 초대받아 가게 됐을 때, 기분이 무척 좋았다. 그 후로 한 달에 한 번 이상 초대를 받곤 했는데, 그렇게 갈 때마다 그의 부모님 댁 뒷마당은 손님이 열다섯 명도 넘게 모여 북적거렸다. 우리가 이 집을 살 때 데이브는 부동산 중개업자에게 "모두를 만찬에 초대해야 하니까 넓은 공간이 필요합니다"라고 말했다. 하지만 막상 손님들을 우리 집에 초대하면서 사정이 달라졌다. 집들이를 하는 내내 모두가 나 때문에 신경이 곤두서 있는 눈치였다. 데이브의 누나 케이던스는 내가 사람들이 음식을 엎지를까 봐 전전긍긍하는 것처럼 보인다고 말했다. 사람들이 내 표정을 보고 속내를 읽어낼 줄은 몰랐다. "우린 괜찮아질 거야"라고 데이브는 말했지만, 속뜻은 '당신은 괜찮아질 거야'였다. 하지만 나는 괜찮아지지 않았고, 결국 사람들은 우리 집이 아닌 그의 부모님 집에서 모이게 되었다. 데이브는 그 문제를 다시 거론하지 않았다. 그는 내가 이대로 있기를 원한다는 걸 잘 알고 있었다.

"음식이 충분할까 모르겠네."

나는 아무렇지 않은 척 말했다.

"충분해. 큰솥에 했잖아. 별로 힘들지 않을 거야. 일레인이 8시에 오기로 했어."

"다음번엔 미리 얘기를 해줘. 도착할 때쯤엔 요리가 다 식을 텐데……."

"그럼 오븐에 데우면 되지. 오븐은 그러라고 있는 거잖아."

"내 말은……."

그는 일라이를 바닥에 내려놓았다.

"미안해." 그는 내 어깨에 손을 얹었다. "미리 말했어야 했는데. 다음에는 꼭 미리 말할게. 지난번에 일라이랑 내가 그 집에 놀러 갔을 때 답례로 우리 집에도 초대하겠다고 했거든. 혹시 일레인이 우리 집에 오는 게 싫어?"

"아니." 별안간 높아진 내 목소리가 거슬렸다. "괜찮아. 난 그냥……로빈 때문에 걱정도 되고 해서. 걔가 어디 있는지도 모르니까. 우리가 먹고 있는데 로빈이 돌아오면 어떡해?"

데이브는 나를 가만히 바라보았다.

"같이 먹으면 되지."

나는 냉장고 쪽으로 돌아섰다.

"일레인과 로빈을 만나게 하고 싶지 않아."

"어째서? 처제는…… 일라이, 이리 와. 처제는 상태가 괜찮아 보이던데."

데이브는 일라이를 바운서에 올려놓은 뒤 냄비에서 스파게티 면 두 가닥을 꺼내 일라이에게 주었다.

진입로를 올라오는 자동차 소리에 우리는 멈칫했다. 일라이는 손에 쥔 스파게티 면을 먹는 데 정신이 팔려 있었다. 냉장고 앞에 굳어 서 있는데, 자동차 시동이 꺼지는 소리에 이어 차 문 닫히는 소리가 들려왔다. 일레인이 노크를 할 새도 없이 데이브가 곧장 복도로 걸어가 현관문을 열었다. 데이브의 목소리가 들렸다.

"일찍 왔네."

"그러게. 좀 더 오래 걸릴 줄 알았는데. 아이들을 위해 마가리타 믹스랑 버진(무알코올 칵테일류)을 준비해 왔어."

"아이들을 위해서?"

"애들도 만찬에 끼고 싶어 해." 주방 쪽으로 걸어오는 일레인의 말소리가 점점 커졌다. "브로디, 태너. 데이브 아저씨한테 인사해야지?"

태너는 큰 소리로 "안녕하세요"라고 외쳤고, 브로디는 말없이 제 형 뒤에 숨었다. 둘 다 체크무늬 버튼다운 셔츠에 앙증맞은 청바지를 입었다. 브로디의 셔츠는 빨간색이고, 태너의 셔츠는 파란색이었다. 일레인은 유리 주전자 두 개를 들고 그 뒤에 서 있었다. 그녀는 머리카락을 두 갈래로 노끈처럼 땋아 내렸고, 선명한 색감의 자수가 들어간 튜닉에 레깅스 차림이었다. 나는 냄비를 젓느라 스푼을 쥔 채였다.

얼른 가스레인지 앞으로 돌아가 냄비에 스푼을 넣은 뒤 다시 일레인에게로 갔다. 일레인은 유리 주전자를 데이브에게 넘기고 나와 포옹했다. 그녀가 어깨에 걸치고 있던 핸드백이 주르륵 내려오다 팔꿈치 안쪽에 걸릴 때까지 튜닉의 어깨 부분을 함께 잡아 내렸다.

"레슬리, 안녕하세요." 일레인이 내 귀에 속삭이듯 말했다. "너무 반가워요. 이게 얼마만이죠?"

나는 고개를 끄덕였다.

"데이브, 그거 냉장고에 좀 갖다 넣을래? 이따가 마시게."

일레인은 포옹을 풀고 브로디를 붙잡았다. 브로디가 일라이의 손에서 남은 스파게티 면을 빼앗기 직전이었다. 일레인은 브로디를 어깨에 걸치듯이 안고서 말했다.

"아들, 지금 외출용 셔츠를 입고 있잖아. 여기 온 지 5분도 안 됐는데 음식을 묻히면 안 되지." 그리고는 일라이 앞에 놓인 반쯤 씹다 만 스파게티 면을 내려다보며 미소를 짓더니 나를 돌아보았다. "일라이가 작은 사고를 쳤네요."

"내가 할게."

데이브는 냉장고 문이 쾅 닫히게 내버려둔 채 재빨리 일라이를 안고 세탁실로 갔다.

"앉아요." 나는 일레인에게 말했다.

일레인은 태너를 주방 의자에 앉히고 팝업 북을 손에 쥐여준 뒤, 브로디를 자기 무릎에 앉히고 휴대전화의 게임 앱을 켜주었다.

"마실 거 드릴까요?"

"음, 내가 가져온 마가리타 마실게요. 보라색 뚜껑은 버진 칵테일이에요. 아이들용이죠. 브로디, 너도 마실래?"

얼굴이 그려진 거품들로 가득한 게임에 빠져 있던 브로디가 고개를 저었다.

"태너?"

태너가 한 손을 내밀어 잡는 동작을 취했다. 그러자 일레인이 웃으며 말했다.

"태너! 레슬리 아줌마한테 '주세요'라고 해야지."

"주세요, 레슬리 아줌마."

태너가 젖니를 드러내며 말하자 일레인은 내 쪽으로 눈을 굴렸다. 나는 유리 주전자에 담긴 버진 믹스를 플라스틱 컵에 따라, 태너가 엎지르지 않도록 조심하며 건네주었다.

우리 집에는 일레인의 잔 가장자리에 발라줄 마가리타용 소금이 없었다. 일레인은 괜찮다며 신경 쓰지 말라고 했다. 주방 창으로 흘러든 황혼이, 일레인의 왼쪽 땋은 머리에 섞여 있는 흰머리 몇 가닥을 비추었다.

"데이브한테 얘기 들었는데, 여동생이 동네에 와 있다면서요. 인사시켜줄 거죠?"

"이름은 로빈인데 서류 처리를 하러 잠깐 와 있어요. 아버지가 남긴 유산 때문에요. 그런데 아마 소개는 어려울 거예요. 거의 집에 없어서요. 오늘 저녁에도 외출했고요." 나는 애써 미소 지으며 물었다. "오늘 컨디션은 어때요?"

"덕분에 오늘 저녁에 요리를 안 해도 돼서 너무 좋네요. 레슬리는 천사예요." 그녀는 안고 있던 브로디를 옆에 앉히고 핸드백 안을 뒤지 더니 카메라를 꺼냈다. 허리를 낮춘 자세로 촬영할 수 있게 수직 뷰파 인더까지 단 진짜 카메라였다.

"사진 한 장 찍어도 괜찮죠? 일라이 사진은 많이 찍었는데, 사람들이 일라이가 누굴 닮았는지 궁금해할 것 같아서요."

"다들 일라이는 데이브 판박이라고 하던데요."

"딱 한 장만 찍을게요." 일레인은 카메라 끈을 목에 걸었다. "지금 조명이 레슬리한테 딱 어울려요."

나는 일레인이 카메라를 다른 쪽 손으로 옮겨 들고 렌즈 뚜껑을 돌려 벗긴 뒤 목을 길게 빼서 뷰파인더를 들여다보는 모습을 조용히 지켜보았다. 그녀가 첫 번째 사진을 찍는 동안에도 나는 여전히 그녀에게서 시선을 떼지 않았다.

"무슨 수로 레슬리가 카메라 앞에서 포즈를 취하게 만든 거야?" 데이브가 일라이를 한쪽 팔 아래 끼우고 주방으로 돌아왔다. "결혼식 때나 겨우 포즈를 취한 사람인데. 그것도 사진사한테 돈을 선불로 줘서 그랬을걸."

"사진 찍어도 된다고 말한 적 없는데요."

나는 조그맣게 내뱉었다.

일레인은 당황한 표정이었다. 데이브가 일라이를 바운서에 앉히자, 브로디가 일레인의 무릎 위에서 반가워하며 소리를 질렀다. 그녀가 말했다.

"미안해요……."

데이브는 나를 흘긋 쳐다보더니 주절거렸다.

"미안해할 거 없어. 원래 몰래 사진을 찍어야 하는 사람이거든. 그럴 수밖에 없어. 레슬리는 네시(스코틀랜드의 네스호에 출몰한다고 하는 괴물)라서. 요리는 잘되고 있어?"

거의 타버리기 직전이었다. 나는 불을 껐다.

"다 됐어. 잠시만. 접시 가져올게."

일라이가 브로디에게 자발적으로 주걱을 내주는 모습을 보며 일레인이 말했다.

"둘이 같이 있으니까 정말 귀엽네요. 이 집도 무척 예뻐요. 언제든 애 봐줄 사람이 필요하면 말해요, 레슬리."

데이브가 내게서 접시를 받아 들며 대꾸했다.

"남의 애 봐줄 시간이 되기는 해? 하루걸러 한 번씩 아이들 놀이 약속을 잡잖아."

"시간 내면 되지." 일레인은 자기 앞에 접시를 놓아주는 내게 미소를 지었다. "엄마들끼리 통하는 얘기야. 엄마들은 협력해야 하니까."

"엄마들끼리 통하는 얘기라는 게 있어? 그럼 아빠들끼리 통하는 얘기는?"

일레인의 볼에 보조개가 팼다. "그걸 내가 어떻게 알아? 하지만 엄마들끼리 통하는 얘기가 있다는 건 진짜야. 태너만 키울 땐 나도 그런 게 별로 필요 없었어. 태너는 얌전한 아이라서……." 책을 보고 있던 태너가 고개를 들자 일레인이 자기 옆자리를 손으로 톡톡 쳤다. "그런데 브로디를 키우면서는 다른 엄마들한테 엄청 의지했어. 온라인에서 찾은 네트워크가 나한테 얼마나 힘이 됐는지 몰라. 다들 가끔은 힘들어한다는 거, 하루쯤은 아이들 양치를 못 시켜도 큰일이 나진 않는다는 걸 아는 것만으로도 위안이 됐어."

"난 항상 이를 잘 닦아요."

태너가 의자에 올라앉으며 끼어들었다.

일레인이 웃었다.

"태너한테는 계피 향 치약을 줘야 해요. 그래야 곧장 먹어버리지 않으니까. 얘가 민트 향을 너무 좋아하거든요. 브로디는 무슨 향이든 다 싫어하죠."

나는 머뭇거리다 물었다.

"브로디도 면을 먹나요? 일라이한테는 당근이 들어간 스파게티를 먹이려고 하는데……."

"브로디는 어른들이 먹는 걸 먹어요. 우리 집에서는 까다롭게 가려서 먹이지 않거든요. 우린 뭐든 다 시도해요. 그렇지?"

태너가 고개를 끄덕였다.

"난 오징어도 먹어봤어요."

"에이, 설마."

데이브의 말에 태너는 곧장 응수했다.

"정말이에요. 살아 있는 걸 먹었어요."

"'인증샷' 없으면 무효야."

데이브가 태너에게 한 방 먹였다.

일레인이 내게 말했다.

"이제 엄마 1년 차네요. 잘해내고 있어요, 레슬리?"

"그럭저럭요."

나는 일라이를 식탁 앞으로 데려왔다. 스파게티 면과 당근이 담긴 그릇을 일라이 앞에 놓아주고 플라스틱 스푼으로 음식을 퍼서 입술에 가져다 대자 일라이가 오만상을 지었다. 데이브의 시선이 내게 꽂히는 게 느껴졌다. 일라이가 한 입 먹는 모습을 보며 내가 말했다.

"내년엔 좀 더 편해지겠죠."

주방에서 설거지를 했다. 파티오로 통하는 유리문 너머 보랏빛 덤불을 배경으로 데이브와 일레인의 모습이 검은 윤곽으로 보였다. 일라이, 브로디, 태너는 잔디를 밟고 돌아다니며 놀고 있었다. 나는 건조대 위에 냄비를 얹고 물을 잠갔다.

"아버지 등의 통증이 점점 심해지고 있어." 열린 문틈으로 데이브의 목소리가 흘러들었다. "그래서 낡은 레이지보이 의자에서만 주무셔. 그 의자에 누웠을 때만 등이 아프지 않다고 하시네."

"그 작자들이 한 짓을 생각하면 당신 아버님은 적어도 100만 달러는 보상을 받으셔야 한다니까."

일레인이 중얼중얼 대답하는 소리가 들렸다. 그들은 데이브의 아버지에 대해 이야기하고 있었다.

잔디밭에서 놀던 일라이가 울음을 터뜨렸다. 데이브가 일어서려는데, 일레인이 손사래를 치며 도로 앉혔다. 일레인은 직접 일라이를 안아 들고 머리를 쓰다듬어주었다. 두 사람의 윤곽이 하나로 합쳐졌다.

"잘 시간인가 봐."

일라이의 울음 너머로 일레인이 이렇게 말한 듯했다.

"아니, 이가 나기 시작해서 그래." 그렇게 말한 데이브가 파티오 문을 조금 더 열고 소리쳤다. "레슬리? 일라이 고무 열쇠고리 그거, 어디 있는지 알아?"

갑자기 대화에 끌려 들어간 나는 화들짝 놀랐다.

"일라이가 오늘은 찾지를 않아서 차에 뒀어. 줘도 던져버리던데."

"아직 차에 있다고? 좀 가져다줄 수 있어?"

"찾지 않을 거라니까."

데이브는 일레인의 품에 안긴 일라이를 달랬다.

"넌 많은 책임을 진 아주 중요한 사람이야. 네 열쇠를 늘 잘 챙기고 다녀야지. 차에다 두고 다니면 안 돼."

일라이는 계속 찡얼거렸다.

내가 주방에서 꼼짝 않자 일레인이 데이브에게 말했다.

"우린 이만 가야겠다. 대문 앞까지 배웅해주는 길에 차에 가서 열쇠고리를 챙겨. 태너, 집에 갈 시간이야."

태너는 돌담에 오르려다 관두었다.

일레인은 태너를 시켜 나와 포옹하며 작별 인사를 하게 했다. 브로디는 너무 수줍음을 타서 내 쪽으로 오지도 않았다. 데이브는 현관문을 열어둔 채 일라이를 안고 진입로까지 내려가 그들을 배웅했다.

"고마워요, 레슬리 아줌마!"

태너가 현관 입구 안쪽에 대고 소리쳤다. 드디어 일레인 가족이 우리 집을 떠났다. 파티오 유리문 앞에 조용히 서 있는데, 어떤 형체가 다가와 유리를 두드렸다.

문을 열자 메리가 나를 보며 빙긋 웃었다. 땀투성이가 된 그녀는 아래쪽 속눈썹 밑부분의 화장이 약간 번져 있었다. 의도적으로 흐트러진 모습을 연출한 듯했다. 어둑한 현관 복도에 걸린 전등이 메리의 헝클어진 머리 위로 어스름한 불빛을 떨어뜨렸다. 메리를 볼 때마다 가슴이 철렁했다. 그녀의 원래 생김새가 어땠는지 자꾸만 잊게 되는 것 같왔다.

"하루 종일 어디 있다 온 거야?"

내가 나지막하게 물었다.

일라이의 울음소리가 온 집에 퍼지기 시작하더니, 데이브가 안으로 들어와 현관문을 닫는 소리가 들렸다.

메리는 의아해하는 표정이었다.

"짜증 난 목소리 같네요."

나를 두고 말하는 건지 일라이 이야기를 하는 건지 알 수 없었다.

"집에 오니까 네가 없던데."

"갇혀 있으려니 답답해서요."

"갇혀 있다니, 어디에?"

"밖에 나가서 사람들을 만나고 다녔어요. 이 집에서 한 발자국도 나가면 안 되는 줄 몰랐네요."

"어떤 사람들?"

열이 확 올라 귀까지 달아오르는 기분이었다.

메리가 미간을 찡그리며 반격해왔다.

"그런데 종일 어디 있었어요? 먼저 얘기해주면 나도 말할게요."

"쓸데없이 싸돌아다니지 마." 나는 심호흡을 하며 말을 이었다. "내일은 집에 붙어 있어. 하루면 돼. 그다음엔 어디로 가든 맘대로 해." 그리고 돌아서서 주방으로 향했다. 메리가 뒤따라오자 나는 걸음을 멈추고 지시했다. "위층으로 올라가."

"주방에서 좋은 냄새가 나네요. 다들 벌써 식사했어요? 나 먹을 것도 있어요?"

그때 데이브가 일라이를 옆으로 안고 주방으로 들어왔다.

"당신 말이 맞았어. 일라이가 열쇠고리를 싫어하네. 왜 그러는지 모르겠어. 어제는 그렇게 좋아하더니. 처제, 왔어? 오늘 저녁에 바로 잠자리에 들 계획은 아니기를 바랄게."

"전 잠 안 자요. 그냥 박쥐처럼 거꾸로 매달려 있죠." 그러면서 메리는 내게 환한 미소를 지어 보였다. "둘 다 피곤해 보이네요. 제가 일라이를 좀 봐드릴까요?"

"바라던 바야." 내가 말리기도 전에 데이브는 일라이를 냉큼 메리에게 넘겼다. 메리에게 안긴 일라이는 금방 칭얼거림을 그쳤다.

"봤어?" 데이브가 고개를 돌려 내게 말하고는 메리에게 물었다. "대체 어떻게 한 거야, 처제?"

메리는 어깨를 으쓱했다.

"원래 아기들이 저를 좋아해요."

나는 일라이가 손가락 관절을 물어도 가만히 내버려두는 메리에게 말했다.

"네 손가락을 입에 넣게 하지 마."

"언니, 애기들은 온갖 세균에 노출되면서 살아야 돼. 그래야 면역 체계가 만들어져."

메리가 손가락을 꼼지락거리며 내게 말했다.

데이브는 내 표정을 보더니 눈치껏 장단을 맞췄다.

"그래, 이 정도로는 안 되지. 당장 애를 진흙탕에서 굴리자. 담요를 밖에 깔아두고 거기서 재우는 거야. 밤중에 배가 고프면 벌레라도 잡아먹겠지."

일라이는 메리의 눈을 가만히 들여다보았다. 무언가 혼란스러운 듯한 표정이었다. 메리가 애기 같은 말투로 일라이에게 물었다.

"계속 아빠를 힘들게 했쪄? 아빠 귀에 대고 소리를 질렀쪄? 그랬구나. 정말 못됐네."

일라이가 깔깔 웃었다.

목이 바짝 말랐다. 내가 보는 앞에서 메리는 일라이에게 〈나의 그리스식 웨딩〉을 보겠느냐고 물었다. 잠시 후 메리가 방에서 나를 불렀다.

"언니, 무슨 요리를 했는지 모르겠지만 나한테도 한 그릇 갖다 줄래? 일라이가 무릎에 앉아 있어서 꼼짝할 수가 없는데 배가 너무 고파."

데이브가 두 팔로 나를 감싸 안으며 말했다.

"처제가 집에 있어서 다행이야."

"그래."

순간 내 머릿속에, 침대에 누운 그 애의 시신이 떠올랐다.

그 자리에 가만히 서서 기다리다가, 데이브가 메리에게 줄 저녁을 가지고 방으로 건너가자 그제야 식탁에 홀로 앉았다. 휴대전화에 '알림'이 떴다. 나와 관련된 사진이 인스타그램에 떴음을 알려주고 있었다. 일레인의 말대로, 사진 속 조명은 나와 잘 어울렸다.

28 _____

메리

그날 밤, 데이브와 레슬리의 침실이 어두워지기를 기다렸다. 이윽고 불이 꺼지자 전화번호부를 들고 위층 손님방으로 올라가 택시를 부른 뒤, 뒷문을 통해 밖으로 나갔다.

진짜 잔디가 깔린 뒷마당은 낮 동안엔 여름의 열기로 뜨거웠으나 자정이 다 된 지금은 싸늘하게 식어 있었다. 신발을 벗고 맨발로 잔디를 밟으며 걷고 싶었지만, 그러는 대신 조용히 쭈그리고 앉아 손바닥으로 잔디를 쓸어보았다. 잔디는 바짝 깎은 머리처럼 까끌까끌했다.

집을 빙 돌아서 가로등 아래 연석에 걸터앉아 택시를 기다렸다. 동네에서 아직 불을 밝힌 집은 블록 아래쪽의 단 한 집뿐이었다. 불이 밝혀진 위층 창문으로 남편과 아내가 잘 준비를 하며 지나가는 듯한 모습이 보였다. 그 광경이 흐릿한 세 가지 색으로만 비춰지고 있어서, 구식 텔레비전 화면을 보는 것 같은 착각이 들었다.

차 한 대가 〈열 번째엔 일어나〉를 최대 음량으로 튼 채 지나갔다. 운전자가 연석에 앉은 나를 한 번 흘끗 돌아본 후 계속 내달렸기에 소리는 집들을 죽 훑으며 희미해져갔다. 그의 눈에 비친 내 모습이 어땠을지 그려보았다. 가로등 불빛을 받은 내 붉은 머리칼이 흡사 후광처럼 보이지는 않았을까? 아니다. 내가 지금 금발이라는 걸 깜빡했다. 금발에 팔까지 허연색이니, 영락없는 백인 여자로 보였겠지.

얼굴들로 둘러싸인 방을 떠나 이렇게 밖에 나와 택시를 기다리는 로빈의 환히 빛나는 잔상이, 그녀의 유령이 문득 내 머릿속에 그려졌다.

30분도 더 지나서야 마침내 택시 한 대가 내 앞에 와 섰다. 나는 택시 기사가 경적을 울릴까 봐 택시를 보자마자 벌떡 일어선 참이었다. 운전석에 모세혈관이 다 터진 듯 불그레한 피부를 가진, 늙수그레한 남자가 앉아 있었다. 라스베이거스에서 흔히 보던 부류였다. 사막의 태양에 너무 오래 노출된 아일랜드계 사람들.

뒷문을 열자 기사가 물었다.

"공항으로 간다 그랬죠?"

"네, 공항에 있는 '허츠 렌터카'로 가주세요."

"짐은요?"

"없어요."

기사는 '플로러스 댁'의 진입로 안에서 차를 빙 돌렸다.

"공항에 가는데 짐이 없어요?"

"가서 차만 빌릴 거예요."

그는 백미러로 나를 보았다.

"그래요? 차를 빌리기에는 늦은 시간 아닌가? 어디 여행이라도 가나 보죠?"

"밖에 나가 돌아다닐 때 쓰려고요. 언니 집에 잠시 와 있는데, 자기가 차를 계속 쓰면서 저는 집 안에 처박아두고 있거든요."

"언니가 밤중에도 차를 써요?"

"아뇨, 제가 차를 빌리는 걸 알면 이유를 캐물을 테고 다투게 될 테니까……." 나는 어깨를 으쓱했다. "담배 피워도 되죠?"

그는 굵은 손가락으로 운전대를 탁탁 두드렸다.

"좋은 생각이 있는데……." 그는 잠시 후 덧붙였다. "손님이 조수석에 와 앉아서 창문을 열어요. 대신 내가 음악을 틀게 해주고."

"좋아요."

나는 즉시 받아들였다.

그는 길가에 차를 대고 비상등을 켰다. 나는 보도로 내려섰다가 조수석으로 옮겨 타고 문의 버튼을 눌러 차창을 내렸다.

내가 담배에 불을 붙이자 그가 손을 내밀며 말했다.

"난 빌리라고 합니다."

나는 머뭇거리다 그와 악수했다.

"앨리스예요."

즉석에서 지어낸 이름이었다.

빌리는 기어를 바꾸며 물었다.

"완다 잭슨이란 가수 좋아하세요, 손님?"

"그게 누군지도 모르는데요."

사실이었다.

"록 음악을 어떻게 즐겨야 하는지 모두에게 알려준 가수죠."

그는 시디를 꺼내 한 손으로 케이스를 열었다. 재킷의 여자는 파란색 아이섀도를 눈썹 바로 아래까지 바르고 머리카락은 헬멧처럼 잔뜩 부풀린 모습이었다. 그는 시디를 자동차의 시디플레이어에 넣고 볼륨을 올렸다.

"*나를 영원히 사랑해줘……*."

그는 노랫소리 너머로 말했다.

"완다 잭슨을 만난 적이 있어요, 1965년에. 그땐 대중음악 같은 건 듣지 않던 시절이라 누군지도 몰랐죠. 그리고 몇 년 후에 멕시코 투쿰카리에서 공연을 하는 그녀를 다시 보게 됐는데, 여전히 예쁘더라고요." 그는 곁눈질로 나를 흘끗 보며 물었다. "앨버커키에 온 지는 얼마나 됐어요?"

"며칠요." 나는 담배를 입으로 빨았다. "워싱턴주에서 왔어요. 기사님은요?"

"난 여기서 자랐습니다."

그의 대답을 들으며 나는 열린 차창 밖으로 머리를 내밀었다.

"평생을 여기서 살았죠."

노랫소리는 점점 커지며 절정을 향해 치닫고 있었다.

내슈빌 공원에서 내지르는 완다 잭슨의 비브라토는 오페라의 그것처럼 웅장해서, 우리 목소리는 거기에 완전히 묻혀버리고 말았다. 빌리가 트램웨이를 따라 택시를 모는 동안 나는 어둠 속에서 빠르게 멀어져가는 불규칙한 모양의 아파트들을 바라보았다. 바윗덩어리처럼 보이던 작은 창고 건물이 우리가 다가가자 확 커졌다가 다시 멀어지며 사이드미러 안에서 오그라들었다. 차창에 비친 내 얼굴의 움직임에 시선이 갔다. 노래가 끝나자 나는 입술을 오므렸다. 그리고 짧은 침묵 속에서 질문을 던졌다.

"기사님, 유령에 대해 어떻게 생각하세요?"

"유령이요?"

빌리는 길에 시선을 고정한 채 내 말을 받았다. 그의 뺨에 길고 곧은 주름이 한 줄 나 있었다. 둥글둥글한 얼굴에서 유일하게 날카로워 보이는 부분이었다.

"네."

나는 진지하게 던진 질문이 아니라는 듯, 등받이에 몸을 기대며 어깨에서 힘을 뺐다.

"별로 생각해본 적 없는데요."

빌리가 빨간불이 켜진 신호등 앞에서 브레이크를 밟자 우리 둘의 몸이 동시에 앞으로 쏠렸다.

"유령을 본 적은 있어요?"

그가 손톱에서 거스러미를 뜯었다. 거스러미는 비누 조각처럼 너무나 쉽게 떨어져 나갔다.

"글쎄요."

신호가 파란불로 바뀌자 그는 다시 운전대에 두 손을 올렸다.

"'글쎄'라는 건, 본 적이 있다는 말처럼 들리네요."

나는 창밖으로 길고 예쁘게 담배 연기를 내뿜었다.

"그게, 외할머니와 관련된 일화가 있긴 해요. 어렸을 때 외할머니가 돌아가셨어요. 그 후로 몇 년 동안 잠이 들려고 할 때마다 외할머니가 곁에서 노래를 불러준 것 같아요. 라디오에서 들어본 적 있는 흔한 노래가 아니라 독일어로 된 노래였죠. 부모님은 내가 지어낸 얘기라고 하셨어요. 부모님도 들어본 적이 없는 노래였으니까요. 그런데 내가 10대 시절에 엘비스 프레슬리가 그 노래를 부르는 걸 들은 겁니다. '당신을 사랑하는 내 마음 모르시나요. 내 마음을 찢어놓지 마세요……' 그런데 나는 그 부분을 독일어로 따라 불렀어요. '무스 이 덴, 무스 이 덴, 춤 슈페텔레 히나우스, 춤 슈페텔레 히나우스…….' 엘비스가 부른 노래의 원곡이죠. 제목은 〈무스이덴Muß I Denn〉이고요. 나는 독일어를 할 줄 모릅니다. 외할머니도 어머니 앞에서 독일어를 한 적이 없으세요. 어머니가 영어를 배우는 데 방해가 될까 봐 그러신 거죠."

나는 두 손을 맞잡았다.

"외할머님의 유령이 기사님한테 노래를 불러주신 거잖아요. 상냥하시네요."

"그렇게 생각해요?"

"그렇게 생각하지 않으세요? 자장가를 불러주신 건데."

"음, 내 생각은 이래요. 난 우리가 죽으면 천국이나 지옥에 간다고 믿어요. 내가 알기로는 외할머니는 좋은 사람이었으니 천국에 가셨겠죠. 사랑의 하느님께서 외할머니의 영혼이 지상을 떠돌게 하셨을까요? 그렇진 않을 겁니다, 손님. 나는 외할머니가 천국으로 잘 떠나셨다고 믿고 싶어요. 그럼 어린 시절 내게 노래를 불러준 건 무엇이었을까요? 악마 아니면 그 졸개 중 하나였겠죠."

나는 차창을 올리고 두 손을 포개 무릎에 올렸다.

"어쩌면 기억하고 있었던 게 아닐까요. 아기 때 들은 자장가여서. 그렇게 생각하는 게 낫지 않겠어요?"

빌리는 미소 지었다.

"무엇을 믿을지 선택할 수 있다면 그렇게 했겠죠."

"선택할 수 있어요. 저는 늘 그렇게 해왔어요. 원하는 쪽으로 생각하면 돼요. 생각이 사람을 만든다, 라는 말도 있잖아요." 나는 그의 어깨를 손바닥으로 가볍게 두드렸다. "제가 무슨 일을 하는지 물어봐주세요."

빌리는 허츠 렌터카 부근에 택시를 세우고 입구 표지판을 찾느라 여념이 없었다.

"음, 여기서 어디로 들어가야 되는지 알아야 하는데. 입구는 보이질 않고…… 아, 저기 있네요." 그는 나를 돌아보며 아까 하던 대화를 이어갔다. "무슨 일을 하시나요, 손님?"

"저는 배우예요." 나 자신까지도 속이는 거짓말이었다. "이제 어디 출신인지 물어봐주세요."

"워싱턴주에서 왔다고 하지 않았어요?"

"제가 그곳 출신인 게 싫으면 바꾸는 거죠."

내가 웃자 그도 따라 웃었다.

"그렇군요. 어디 출신인가요?"

"캘리포니아요. 로스앤젤레스. 저, 운이 좋은 거죠?"

"글쎄요." 허츠 렌터카 사무소 앞에 택시를 세우는 빌리의 볼에 길쭉한 주름이 깊게 잡혀 있었다. "운이 좋은 분인가요?"

나는 그에게 요금을 지불하며 1페니를 얹어 주었다. 링컨 대통령의 얼굴이 위로 가도록.

"제가 기사님의 행운의 표식이 되어드릴게요."

빌리는 껄껄 웃으며 1페니 동전을 집어 컵 홀더에 넣었다.

"행운을 잘 간직하겠습니다. 손님은 이걸 가져가시죠." 그는 내가 낸 요금 20달러를 돌려주었다. "동행이 되어준 값입니다."

나는 그의 젊은 날을 상상해보았다. 노란 머리카락에 지금과 같은 파란 눈동자를 가진 청년의 모습으로. 여전히 매력적으로 보였다.

"기사님, 정말 친절하시네요. 정말 정말 고맙습니다."

"여행 잘해요. 가기 전에 뽀뽀나 한 번 해줘요."

그는 손으로 자기 볼을 톡톡 쳤다.

나는 그의 주름진 뺨에 입을 맞춘 뒤 차 지붕에 손을 얹고 잠시 그 자리에 서 있었다. 허츠 렌터카 사무소 간판이 내 등 뒤에서 불빛을 발하고 있었다. 이 정도면 내 헝클어진 머리카락에 불이 붙은 것처럼 보일 터였다. 합당한 이유로 누군가를 홀릴 수 있다면, 천사가 찾아온 것으로 여기게끔 만들 수 있다면, 그리해도 되지 않을까.

누군가의 향수 냄새가 남은 작고 하얀 쿠페를 몰고 플로러스 가족의 집으로 향했다. 자정까지만 해도 거리에 차가 드문드문 다녔는데, 새벽 2시에 가까운 시간이라 그런지 오가는 차량이 한 대도 없었다. 순찰차들도 먼지 깔린 갓길에 불을 끈 채 서 있었다. 갑작스레 선선해져서 히터를 켰는데도 몸이 떨렸다.

레슬리의 동네로 진입해 모퉁이에 차를 세웠다. 널찍한 두 집 사이에 애매하게 위치한 땅이었다. 바람 부는 소리에 귀를 기울이며 천천히 발을 옮겼다. 불을 밝힌 집은 없었다. 나는 폐에 온기를 채우려고 담배에 불을 붙였다.

뒷문은 여전히 열려 있었다. 어둑한 집 안으로 들어가 더듬거리면서 길을 찾았다. 담배 연기를 내뿜으며 위층으로 걸음을 옮겼다. 담배 연기에 화재경보기가 울리는 게 아닌가 했는데, 아무 반응이 없었다.

손님방으로 가려면 안방 앞을 지나가야 했다. 안방 문이 살짝 열려 있어 들여다보니 이불을 덮고 누운 데이브만 보였다. 그의 옆자리는 비어 있었다.

아까 몰래 집 밖으로 나가는 소리를 레슬리가 들었나?

살그머니 손님방으로 들어갔다. 침대에 걸터앉아 나를 기다리는 사람은 없었다. 안도의 한숨을 쉬며 등 뒤로 문을 잠그고 욕실에 들어가 세수를 했다.

욕실에서 나오니, 잠긴 방문 아래쪽과 카펫 사이의 틈새로 흘러드는 빛 속에 그림자가 있었다. 내가 지켜보는 사이에 그림자가 살짝 움직였다.

누군가 방문 앞에 서 있었다.

나는 가만히 서서 생각했다.

'레슬리.'

레슬리가 들어와 어디를 갔다 왔느냐고 물어볼지도 몰랐다. 빠르게 궁리했다. 담배를 사러 나갔다 왔다고 할까. 나갔다가 어떤 남자를 만났는데 그 남자를 따라서⋯⋯.

하지만 그림자는 그 자리에 서 있기만 할 뿐이었고, 문손잡이가 돌아간다거나 하는 일도 없었다.

너무 조용해서 방문 너머 숨소리까지 들릴 정도였다.

레슬리가 숨 쉬는 소리인가? 아니면 다른 누군가일까?

우리는 그렇게 방문을 사이에 둔 채 꼼짝 않고 자리를 지켰다. 시간이 얼마나 흘렀을까. 마침내 그림자가 그곳을 떠났고, 이윽고 부드러운 발소리가 복도 저편으로 희미하게 사라져갔다.

침대로 올라갔지만 누울 수가 없었다. 그 자리에 앉아 눈을 뜨고 한참 동안 허공을 바라보았다.

29 _____

메리

침대 헤드보드에 등을 기대고 몸을 앞으로 숙인 채 자다가 깼다. 어깨가 빠질 듯이 아팠다. 플로러스 가족은 이미 잠에서 깨어난 듯했다. 옷을 입고 화장을 하는데, 그들이 집 안을 돌아다니는 발소리가 들렸다. 데이브가 일라이를 어린이집에 데려다주기 위해 가장 먼저 집을 나섰다. 레슬리도 나갈 준비를 하는지 안방을 분주히 돌아다니고 있었다. 잠시 후 손님방으로 걸어오는 레슬리의 발소리가 들리더니, 방문 아래로 쪽지 하나가 쓱 들어왔다.

오늘 만나기로 약속이 돼 있으니 4시에 데리러 올게.
준비하고 있어.

두 번째 문장을 꾹꾹 힘주어 쓴 흔적이 보였다.

안방으로 돌아가는 레슬리의 발소리를 조용히 듣고 있다가 살그머니 아래층으로 내려가 소리 내지 않고 집을 나섰다. 혹시 몰라 뒷문 자물쇠 구멍에 씹던 껌을 조금 쑤셔 넣었다. 렌터카는 새벽에 주차해둔 그대로 모퉁이에 서 있었다. 교차로까지 차를 몰고 간 다음 엔진을 공회전하며 레슬리를 기다렸다.

초록색 픽업트럭 한 대가 천천히 내 뒤로 다가오더니 경적을 울렸다. 나는 옆으로 지나가라는 뜻으로 그 운전자에게 손을 흔들었다.

고개를 기울여 사이드미러에 내 모습을 비춰보았다. 머리카락을 똥머리로 묶어 올리고 그 위로 후드 티셔츠의 모자를 느슨하게 덮어썼다. 레슬리의 퉁방울눈 스타일 선글라스를 끼자 얼굴 대부분이 가려졌다.

또 다른 차가 내 뒤에 와 서자, 나는 이번에도 손을 휘저어 그 차를 앞으로 보냈다. 레슬리는 왜 이렇게 늦게 나오는 걸까. 선글라스를 찾느라 꾸물대고 있는지도 몰랐다.

라디오를 만지작거리며 채널을 이리저리 돌리는데, 대학 라디오 방송국 채널에서 스톤로지스(영국의 얼터너티브 록 밴드)의 노래가 나와 깜짝 놀랐다.

그때였다. 레슬리의 대형 은색 혼다가 달려와 내 옆을 지나치더니 동네 입구 쪽으로 좌회전했다. 나는 레슬리가 왼쪽으로 완전히 방향을 틀 때까지 기다렸다가 차 한 대를 사이에 두고 뒤를 쫓았다.

탐정 놀이를 하고 있자니 신이 났다. 한밤중에 차를 빌리러 공항을 왔다 갔다 하느라 지쳐 있던 몸에 아드레날린이 솟구쳤다.

경찰처럼 누군가의 뒤를 쫓는 게 이번이 처음은 아니었다. 폴은 예전에도 나를 두고 바람을 피웠다. 그럴 줄은 전혀 생각 못 했다. 처음 함께 잔 날, 폴은 나를 제대로 보고 싶다며 한 바퀴 돌아보라고 했다.

그리고 내 옷을 벗긴 뒤 한 벌 한 벌 섬세하게 개켜주었다. 나는 그에게 나와 사랑에 빠졌다는 말을 몇 번이고 해달라고 했다. 매번 그는 진심처럼 그 말을 해주었다.

"네가 아직 유명해지지 않았다는 게 믿기지 않아."

그는 내 손금을 쓰다듬으며 이렇게 말했다. 나는 그 손금의 의미를 그에게 말해준 적도 없었다. 그의 엄지가 내 손목을 쓰다듬자 움찔하며 맥박이 반응했다.

하지만 그 후 그는 별안간 연락을 끊었다.

내가 그를 잘못 파악했다는 게 믿기지 않았다. 대부분의 사람들은 속내가 쉽게 읽혔다. 옷을 벗었을 때는 특히 더 그랬다. 나는 그를 내 뜻대로 주무를 수 있게 됐다고 여겼다. 내년 이맘때쯤엔 힐스 지역에 있는 집에서 그와 함께 살게 될 줄 알았는데…….

그에게 일주일의 시간을 주었다. 정신을 차리고 나를 다시 찾을 기회를 준 것이다. 하지만 한 주가 다 지나도록 나는 여전히 내 아파트에 혼자 있었고, 그는 얼굴 한번 비치지 않았다.

결국 차를 몰고 그의 집으로 향했다. 집 앞에서 헤드라이트를 끄고 기다렸다. 토요일 밤이었다. 그는 토요일 밤에 집에 박혀 있는 사람이 아니었다. 얼마 뒤 그의 대형 픽업트럭이 집 앞 진입로로 들어섰다. 잠시 후 젖빛 유리창 너머로 그의 집 욕실 조명이 켜지는 게 보였다. 그는 샤워를 하고 다시 밖으로 나왔다. 2주 전에 내가 생일 선물로 준, 좀 더 멋진 청바지와 파란색 폴로셔츠로 갈아입고서.

차량들 사이로 20분을 달리며 그의 뒤를 쫓았다. 그가 알아채지 못하게 차들을 사이에 두고 일정한 간격을 유지하며 따라붙는 건 쉽지 않았다. 폴은 차선 변경을 하면서 깜박이를 한 번도 켜지 않았다. 그렇게 해야 다른 운전자들이 긴장하고 알아서 피한다고, 그가 전에 내게 말해준 적이 있었다.

폴은 길가에 차를 대고 태국 음식점 안으로 들어갔다. 나는 거리에서서 음식점 유리창 안을 들여다보았다. 폴이 안으로 들어가자 10대로 보이는 여자애가 자리에서 일어섰다. 그는 그 여자와 입을 맞추고 손을 잡은 뒤 손바닥을 쓰다듬었다. 여자는 뺨에 와 닿는 시선을 느끼기라도 했는지 창밖을 흘끗 내다보았다.

그때 내 나이는 겨우 스물다섯이었다. 실제로는 스물일곱이었지만 폴은 알지 못했다. 아는 사람은 아무도 없었다. 폴에게나 그 밖의 모든 사람들에게 나는 스물다섯이었고, 폴은 나를 스물다섯으로 취급했다.

나중에 알아낸 바로는, 태국 음식점 안의 그 여자는 스물두 살이었다. 그게 폴의 첫 바람이었다.

어쨌든 폴과 달리 레슬리는 착실하게 깜박이를 켜며 운전했다.

얼마 후 레슬리는 은행처럼 생긴 3층짜리 건물의 주차장으로 차를 몰고 들어갔다. 큰 상점 같은 분위기를 띠는 연철 간판에 '하그레이브 주택 관리 회사'라고 적혀 있었다. 나는 도로 맞은편의 던킨도너츠 드라이브 스루로 들어가 아이스 카페 라테를 주문했다. 레슬리는 커다란 유리문을 지나 건물 안으로 들어갔다. 나는 맞은편에 차를 주차한 뒤 시동을 *끄고* 그 건물을 주시했다.

입에 빨대를 물고 조용히 기다렸다. 10분이 지났지만 레슬리는 나오지 않았다. 30분쯤 지나자 나는 다시 차에 시동을 걸고 하그레이브 사 건물 주차장으로 들어갔다.

로비로 들어가 보니, 푹신한 소파들이 잔뜩 놓여 있고 벽에는 꽃무늬 벽지가 발라져 있는 등 마치 집처럼 꾸며져 있었다. 로비 중앙에 매킨토시와 스테인드글라스 램프가 놓인 커다란 마호가니 책상이 있었고, 그 뒤에 안내 직원이 앉아 있었다. 지나치게 두꺼워 발자국이 선연히 남는 카펫을 밟으며 내가 다가가자, 그녀가 물었다.

"안녕하세요, 무엇을 도와드릴까요?"

"안녕하세요. 레슬리 플로러스라는 분을 찾는데요. 여기서 일하시죠?"

"네, 플로러스 부인은 3층에 계십니다. 약속하고 오셨나요?"

"10시에 면접을 보기로 했어요. 담당자님을 만나야 하는데······." 나는 더듬거리며 덧붙였다. "그러니까 인사 팀 담당자요. 플로러스 부인이 담당자신가요?"

안내 직원은 내 청바지를 흘끗 쳐다보았다.

"아뇨, 플로러스 부인은 회계 팀장님이세요. 인사 팀은 2층입니다. 성함이?"

"아······ 앨리스요." 나는 그녀를 향해 환하게 웃어 보였다. "제가 좀 일찍 왔어요. 가서 핸드백을 가지고 올게요."

"그러세요."

안내 직원의 시선은 이미 컴퓨터 화면으로 옮겨 가 있었다.

차로 돌아간 나는 다 녹아버린 휘핑크림을 빨대로 빨아 먹은 후 하그레이브사 건물을 올려다보았다.

이제야 알았다. 레슬리는 실직하지 않았다. 나한테 거짓말을 한 것이다.

그 이유를 알아내야겠다.

30 _____

메리

고속도로를 타고 레슬리의 집으로 돌아왔다. 어젯밤 레슬리의 말투, 목소리에 담겨 있던 당혹감이 계속 머릿속을 맴돌았다. '쓸데없이 싸돌아다니지 마.'

레슬리는 5만 달러를 어디에 쓰려는 걸까? 집을 지키는 데 쓰려는 것 같지는 않지만, 아무튼 그 돈이 간절해 보이기는 했다.

동네로 진입해 새벽에 차를 댔던 장소에 주차했다. 운동복을 입은 여자가 지나가면서 손을 흔들었다. 내가 그 자리에 차를 대는 걸 평소에 보기라도 한 것처럼. 나는 마주 손을 흔들어줄 기운조차 없었다.

플로러스 가족의 집은 텅 비어 소리가 울렸다. 뒷문 닫히는 소리가 주방까지 들려올 정도였다. 그대로 침대로 돌아가서 레슬리가 데리러 올 때까지 기다릴 수도 있었다. 우리가 여전히 한편이라고 믿으면서.

하지만 나는 그렇게 하지 않았다.

안방에 있는 태블릿부터 다시 들여다보기로 했다. 데이브는 태블릿을 절전 모드로 바꿔 침대 위에 두었다. 케이스 덮개를 열어 보니 비밀번호가 걸려 있었다. 'password(비밀번호)'라고도 입력해보고 'eli(일라이)'라고도 적어봤지만, 아니었다. 한 번만 더 잘못된 비밀번호를 입력하면 기기가 잠긴다는 메시지가 떴다. 제기랄. 아래층으로 내려갔다.

주방에 있는 데스크톱컴퓨터는 전원이 꺼진 상태라 화면도 검었다. 일단 전원 버튼을 눌렀다. 비밀번호 입력 창에 'password'부터 입력해보려다가 문득 가족이 함께 쓰는 컴퓨터라는 생각이 들었다. 잡동사니를 숨겨둘 곳조차 마땅치 않은 집의 공용 컴퓨터.

엔터 키를 눌렀다.

로딩 화면이 나오기 시작했다.

진즉에 짐작했어야 했다. 이 시점에서 레슬리는 숨기는 게 아무것도 없는 척하고 싶을 것이다.

바탕 화면에 떠 있는 아이콘들을 둘러보았다. 아웃룩. 그래, 이메일부터 봐야겠다. 클릭하니 다시 비밀번호를 요구했다. 그냥 엔터 키를 눌러도 통하지 않았다. 키보드 아래쪽과 모니터 뒤쪽을 살펴봤지만 레슬리는 그런 곳에 비밀번호를 적어놓는 부류가 아닌 듯했다. 어쩌면 내가 못 찾는 것일 수도 있었다. 컴퓨터가 놓인 책상 서랍에는 타깃 소매 체인점, 스프라우츠 농산물 직판장, 화이트하우스블랙마켓 의류 매장 등에서 받은 영수증들이 잘 정리돼 있었다. 작은 주머니 안에는 쿠폰이 들어 있었고, 그 밖에도 헐렁한 고무 밴드나 작은 철사 끈, 볼펜, 낡고 먼지 낀 아기 장난감 따위가 보였다.

페이스북을 살펴보기로 했다. 레슬리가 자동 로그인으로 설정해놓은 덕분에 바로 들어갈 수 있었다. 담벼락을 보니 레슬리는 주로 남을 구경하는, 수동적이고 상호 작용이 없는 타입인 듯했다. 다층적 마케팅 계획을 홍보하는 고등학교 동창들, '5년 전 오늘'에 한창 신혼여행을 즐기는 모습이 떠 있는 대학 친구들 말고는 딱히 연결된 이들도 없었다. 메신저를 열어봤지만, 채팅에 사용하지는 않는 듯했다. 공식 행사 초대 메시지라든지, 플래닛 피트니스 클럽의 뱁스란 자가 보낸 회원권 갱신 시기 안내 메시지밖에 없었다.

레슬리가 '즐겨찾기'로 설정해놓은 웹 사이트를 뒤져보기로 했다. 검색창에 자동 완성 기능으로 뜨는 은행 사이트 이름은 따로 없었다. 일기예보, 요가 실습 영상, 신발과 블라우스 등을 파는 의류 사이트……. 바탕 화면으로 다시 나갔다. 나는 무슨 내용인지 알 수도 없는, 업무 관련 엑셀 파일과 워드 파일들을 레슬리는 바탕 화면에 어지럽게 늘어놓았다. 다시 브라우저를 열어 인터넷 검색 기록을 살폈다. 어린이용 유튜브 영상, 스포티파이(음악 스트리밍 서비스)의 '자장가' 재생 목록 등이 보였다. 옷에 묻은 식물성 기름 얼룩 지우는 법을 검색한 기록도 있었다.

지메일을 클릭했다. 'davetherover'라는 아이디로 자동 로그인이 됐다. 이제야 뭔가 쓸모 있는 정보가 나올 듯싶었다.

이메일을 쭉 살펴보았다. 그는 지메일이 자동으로 정리해준 것 말고는 따로 메일 정리를 하지 않았다. '받은 편지함'에 담긴 이메일은 무려 1,891통이나 됐다. 읽지 않은 메일 대부분은 데이브 본인이 메모용으로 자신에게 보내놓은 메일, 그리고 무수한 메일링 리스트로부터 발신된 메일이었다. '오후 4시 30분에 일라이를 데려올 것', '신용카드 사용 내역서가 도착했습니다', '앨버커키시 연례 맥주 및 와인 시음 행사에 참석하세요!' 등등.

케이던스라는 여자가 보내온 이메일을 그가 읽은 것으로 되어 있기에 클릭해봤다.

> 알았어. 이게 더 편하기도 하고, 너희가 문자에 답도 안 하니까 이 방법으로 하자. 아래 링크로 가서 참석 가능 여부를 표시해. 참석할 경우 뭘 가져올 건지는 답장으로 알려줘^^ 나랑 소냐는 상그리아~를 가져갈 거야.
> surveymonkey.com/poll/938882220

데이브의 답장은 이랬다.

> 아내 1명, 아기 1명, 포솔레 수프 1갤런 가져갈게. 요아킴이 노래방 기계 가져와? 엄마한테 〈가솔리나〉(푸에르토리코 가수 대디 양키의 노래) 불러달라고 해야지.

요아킴은 이렇게 답장했다.

> 어머니한테 그 말 전할게.

케이던스가 답장했다.

> 둘 다 초대 안 할래. 안녕.

다시 '받은 편지함'으로 돌아갔다. 데이브의 여자 형제인 케이던스와 마리아는 그에게 이메일을 엄청 많이 보냈고, 다른 나라에 사는 친구

몇몇도 자기네 사는 모습이 담긴 사진을 간간이 보내왔다. 그밖에도 여기저기서 그에게 클릭홀(미국의 풍자 및 패러디 전문 웹 사이트)의 기사나 유튜브 영상 링크를 보냈다.

600페이지나 되는 이메일 목록을 훑다가 문득 채팅 창을 봐야겠다는 생각이 들었다. 클릭하는 순간, 데이브가 직장 동료 여성들과 주고받은 대화가 산더미처럼 쏟아졌다. 데이브는 메신저보다는 행아웃 앱을 더 많이 사용했다. '에린'은 주로 허프포스트 스타일의 뉴스 기사를 보내면서 채팅 창에 없는 다른 동료들 뒷소리도 종종 했다. 그다음으로 채팅에 자주 등장하는 '세라'는 남자 친구와 자신이 기르는 구조견에 대한 이야기를 일주일에 몇 번씩 늘어놓았다. 짓궂게 놀리려는 의도인지 남자 친구와의 성적인 얘기도 일부러 꺼내는 듯싶었지만, 데이브는 'ㅎㅎ'라고 간단히 대꾸하거나 헛웃음이 날 정도의 진지한 조언으로 응수했다.

일레인이라는 여자와의 채팅 기록은 보이지 않았다. '일레인'으로 검색해봤지만 에린, 세라와의 채팅에서 일레인의 이름이 몇 번 언급되었을 뿐이었다. 그런데 검색 결과 화면의 하단에 조그맣게 한 줄로 떠 있는 글이 보였다.

'휴지통에 검색 조건과 일치하는 메시지가 있습니다.'

'메시지 보기'를 클릭했다.

일레인의 이름이 들어 있는, 삭제된 이메일 열여섯 통이 나타났다. 대부분이 '셔클'이라는 곳에서 보내온 확인 메일이었다. 맨 위의 메일을 클릭했다.

축하합니다! 일레인 캠벨 님에게 355.00달러를 성공적으로 지급했습니

다. 일레인 켐벨 님은 3~5영업일 이내에 귀하가 지급한 금액을 현금으로 받을 수 있습니다.

355달러를 이체했다고? 다음 메일을 클릭했다.

축하합니다! 일레인 켐벨 님에게 320.00달러를 성공적으로 지급했습니다. 일레인 켐벨 님은 3~5영업일 이내에 귀하가 지급한 금액을 현금으로 받을 수 있습니다.

이게 뭐지?

셰클이 보낸 나머지 확인 메일을 전부 열어 보았다. 데이브가 이런 식으로 일레인에게 돈을 보낸 기간이 1년을 넘었다. 100달러. 200달러. 지난 석 달 간 보낸 돈만 300달러가 넘었다.

휴지통에 행아웃 채팅 기록이 두 건 남아 있었다. 첫 번째 채팅을 클릭했다.

나: 메신저로 너한테 gif 파일을 연달아 다섯 번이나 보냈어.

일레인: ㅎㅎ 아직 못 봤는데. 왜?

나: 미치겠다. 다시 보내볼게.

그게 다였다. 다른 채팅을 클릭했다.

일레인: 휴대폰을 집에 두고 왔더니 너무 지루해.

나: ㅎㅎ 우리 같은 노땅들처럼 너도 구글토크를 써야겠네. 구글토크엔 재미난 이모티콘이 없어서 못생긴 노란 물방울 같은 이모티콘으로 감정을 표현해야 해.

일레인: 😶 이게 슬픈 얼굴이야.

나: 😶

일레인: 진짜 안 맞네. 비밀 지켜줄 수 있지?

나: 싫어.

일레인: 나 진지해. 이쪽으로 와봐.

나는 의자 등받이에 몸을 기댔다.

레슬리가 데이브의 이메일을 뒤져봤을까? 휴지통도 열어 봤으려나?

대체 데이브는 일레인에게 그 많은 돈을 왜 보내고 있는 걸까?

컴퓨터 속 다른 자료들을 살펴본 뒤 집 안을 좀 더 쑤석거려봤다. 욕실과 벽장, 속옷 서랍, 침대 옆 서랍장, 그리고 레슬리의 보석함까지. 아기방에는 장난감, 기저귀, 친구들에게서 받은 선물 교환권, 그리고 얼룩진 뉴멕시코 대학 로고 맨투맨 티셔츠가 있었다. 아래층으로 내려가 차고 안을 살펴보다가, 데이브가 낡은 주석 깡통에 넣어 공구 상자 뒤에 숨겨둔 대마초를 찾아냈다. 그쯤에서 포기한 나는 대마초를 말고, 피자를 주문했다.

　대마초에 취한 채(데이브한테 그 대마초를 판 놈이 누군지 몰라도 엉터리는 아니었다)로 토마토 올리브 피자를 세 조각째 먹다가 문득, 레슬리라면 이 집이 아니라 다른 곳에 자신의 비밀을 감춰뒀으리라는 생각이 들었다.

　데이브가 절대 가지 않을 장소에.

31 _____

로빈

내가 처음 약에 취한 건 2004년 매리솔 버레이고의 생일 파티에서였다. 그날 아버지는 일하러 나갔고 레슬리 언니도 차가 없어서, 나는 학교에서 매리솔의 집까지 걸어가야 했다. 그 집에 도착했을 때는 온몸이 땀투성이였고 얼굴도 벌겋게 상기돼 있었다. 매리솔을 만나려고 거기까지 간 건 아니었다. 매리솔은 사춘기가 됐는데도 어린아이로 남고 싶어 고집을 부리는 부류였다. 운동장에 인형을 안고 나오고, 학교에서 언니들이 섹스 얘기를 하면 귀를 틀어막는 그런 부류 말이다. 당나귀 꼬리 붙이기 게임, 바비 인형 그림이 있는 냅킨, 플라스틱 동물 모형 장난감을 넣은 컵케이크 등 생일 파티에도 매리솔의 취향이 십분 반영되어 있었다.

컵케이크 하나를 가방에 집어넣고 매리솔의 엄마에게 화장실이 어디냐고 물었다. 그녀가 가리키는 방향으로 복도를 따라 걸어가면서 문을 하나씩 밀어보았다. 화장실, 벽장, 매리솔의 방, 그리고 매리솔의 오빠인 케빈의 방. 케빈은 침대에 누워 헤드폰을 쓴 채 뷰글스(한국의 꼬깔콘 같은 과자)를 먹고 있었다.

슬쩍 그 방으로 들어가 케빈의 어깨를 툭 쳤다. 그는 깜짝 놀라 다리를 뻗치며 눈을 떴다.

"컵케이크 가져왔어."

나는 가방에서 컵케이크를 꺼내 케빈에게 내밀었다. 케이크가 살짝 뭉개져 있었다.

그는 허둥대며 일어나 앉았다.

"나 너 알아. 잘나가는 로빈이지. 매리솔이랑 친구야?"

나는 팔짱을 꼈다.

"내가 꽤 유명한가 봐. 나에 대해 뭘 알아?"

케빈은 콧방귀를 꼈다.

"뭐, 거의 신격화돼 있지." 그는 컵케이크 포장을 벗기면서 물었다. "파티 안 좋아해?"

나는 어깨를 으쓱하며 어른스럽게 말하려고 애썼다.

"내 취향은 아니야."

"하아." 케빈이 별안간 몸을 홱 굽혔다. 컵케이크 안에 든 플라스틱 돼지 인형을 씹은 것이었다. "아우, 씨! 좆같네!"

그는 입안에 손을 욱여넣어 피 묻은 케이크 조각을 끄집어냈다.

"아, 귀 부분을 씹었구나." 나는 그를 흥미롭게 바라보았다. "컵케이크 안에 동물 인형이 있다는 얘길 까먹고 안 했네. 맛은 괜찮지?"

"맙소사." 그는 블랙진 바지에 손바닥을 닦고 혀로 입술을 핥으며 물었다. "원하는 게 뭐야?"

케빈은 열네 살이었지만 벌써 가슴팍이 떡 벌어져 있었다. 팔다리는 길고 가늘었는데, 넙데데한 얼굴에 우울한 감성이 깃들어 있었다. 나는 그의 허벅지를 타고 앉았다.

별로 힘들이지 않고 케빈을 설득해 대마초를 얻어 피웠다. 최근에 사귄 첫 남자 친구 니키 치클리스에게 들은 바로는, 케빈의 형이 버널릴로카운티에 살면서 대마초를 팔고 있어서 케빈도 늘 대마초를 갖고 있다고 했다. 사실이었다. 침대에 비스듬히 누운 케빈이 말했다. "조용히 하라고 주는 거지. 형이 주말에 뭘 하고 다니는지 나는 엄마한테 말 안 하고, 형은 여기 올 때마다 나한테 이걸 조금씩 주고."

"입막음이네."

내 말에 그는 고개를 갸웃했다.

나는 다시 말했다.

"입막음 뇌물."

"아, 그래." 그는 고개를 끄덕였다. "기분은 어때? 생각한 대로야?"

"영화 속에 있는 기분이야. 목소리가 막 울리는 것 같아."

그는 지나치게 큰 소리로 웃었다.

"난 학교에서도 항상 약에 취해 있어. 안 그러면 견딜 수가 없거든. 나, 학교랑 잘 안 맞는 사람 같지 않아?"

"그래."

나는 그의 발목에 내 발목을 슬쩍 갖다 댔다. 손가락을 불에 살짝 스쳐 지나가게 하는 것 같은 묘한 흥분이 일었다. 케빈은 방어적으로 다리를 움츠려 두 팔로 감쌌다.

"나를 가까이에서 느끼고 싶지 않아?"

"난 너에 대해 아는 게 없어." 말은 그렇게 했어도 케빈은 눈가에 주름을 잡으며 슬며시 웃고 있었다. "오빠 있어?"

"언니는 있지. 이름은 레슬리야."

"아, 그 머리 길이가 여기까지 오는……."

그는 손으로 자기 턱을 가리켰다.

"그래, 단발머리."

"레슬리라면 나도 알지. 중등부 선배였어. 그런데 애처럼 보이더라고." 그는 나를 찬찬히 보며 덧붙였다. "넌 애처럼 안 보이는데."

"언니는 애가 아니야." 나는 숨을 훅 들이마셨다. "언니는 툭하면 날 감금해."

"어디에 감금하는데?"

그는 내게서 대마초를 받아 들기 위해 몸을 앞으로 숙였다.

"손님방에." 나는 눈을 감고 말을 이었다. "언니가 아빠 책상에서 손님방 열쇠를 훔쳤어. 나를 돌봐주는 게 지긋지긋해질 때마다…… 아니면 나랑 말하기 싫을 때마다…… 나를 손님방에 몇 시간씩 가둬놔. 그럼 난 천장만 올려다보고 있지."

"우리 형도 나를 벽장에 가둔 적이 있어. 무슨 통과의례 같은 건가."

나는 몽롱한 목소리로 대답했다.

"아니. 나한테는 한 번으로 끝나지 않았어. 계속 되풀이됐지. 언니는 나를 사람으로도 안 보는 것 같아." 나는 눈을 뜨고 이렇게 덧붙였다. "언니는 좋은 사람인 척하면서, 나를 손님방에 개처럼 가둬놔."

"맙소사."

나는 그의 손을 쓰다듬었다.

"이제 나를 가까이에서 느낄 마음이 생겨?"

그런 것 같았다. 그다음 해에 케빈의 형은 감옥에 갔다. 내가 고등학교에 올라갔을 때 케빈은 마약 거래를 하고 있었다. 내가 첫 고객이어서인지 그는 내게 할인까지 해주었다. 우리는 섹스를 한 적은 없었다. 그는 내 곁에 누워 나와 마주 보며 약에 취한 내 모습을 지켜보는 걸 좋아했다. 나는 그에게 그런 식으로 내 이야기를 들려주었다. 마치 그의 입안에 내 혀를 집어넣듯이 친밀하게, 딱 그만큼만. 케빈을 남자 친구라고 불러야 할까? 그에게만은 진실을 말할 수 있었으니 차라리 사제司祭라고 부르는 게 나을지도 모르겠다.

32 _____

메리

리비에라의 그 집은 흐린 눈을 하고서 길가에 웅크려 있었다. 전에 레슬리에게 이끌려 짐 정리를 하러 왔을 때 현관문 옆의 커다란 분홍색 돌을 눈여겨봐뒀다. 내 짐작이 맞았다. 발끝으로 툭 쳐보니, 흙 묻은 열쇠가 그 아래 숨겨져 있었다.

집 안으로 들어가자 사방에 붙은 노인 냄새가 났다. 병원용 소독 젤 냄새 아래로 썩은 채소 내와 담배 냄새가 흘렀다. 나는 코를 찡그리고 집을 뒤지기 시작했다.

레슬리의 방부터 시작했다. 예전 자신의 물건들 사이에 비밀을 숨겨뒀을 수도 있지 않을까? 복도 첫 번째 방이었다. 환하고 단정한 노란 색상의 페인트를 칠한 그 방에 있는 것은 흰색 침대 틀, 그리고 테이프로 붙여놓은 보드상자 몇 개가 전부였다. '장난감' 상자 한 개, '책' 상자 두 개, '빈티지 옷' 상자 한 개. 2000년대 옷을 빈티지라고 할 수 있나?

레슬리가 오래전에 입었던 라이더 재킷과 반짝이 장식이 있는 티를 대체 누가 사겠다고 할까?

굽도리에 닿아 있는 카펫의 일부를 손으로 긁어봤지만, 모서리를 철사 침으로 단단히 박아놔서 그 아래 바닥재를 확인해볼 길이 없었다. 이렇게 카펫을 고정해놓은 곳 아래 무언가를 숨겨놓았을 것 같지는 않았다. 바닥에 엎드려 침대 틀 아래를 확인했다. 죽은 거미와 먼지 덩어리뿐이었다.

집의 한가운데로 천천히 물러났다가 서재 쪽으로 방향을 돌렸다. 서재에는 구닥다리 IBM 데스크톱 컴퓨터가 한 대 있었다. 꺼진 모니터의 화면이 검은색이 아니라 회색인, 엄청나게 오래된 컴퓨터였다. 그래도 〈킹스퀘스트〉(1980년대에 큰 인기를 끈 비디오게임) 정도는 할 수 있을 듯했다. 전원 버튼을 누르자, 이륙하는 비행기처럼 컴퓨터가 윙 소리를 내며 조금씩 깨어났다. 모니터 화면은 여전히 회색이었다. 마우스의 버튼을 톡톡 눌러보고 끈적거리는 키보드의 키도 몇 개 눌러봤다. 컴퓨터 뒤쪽을 손으로 훑어 모니터 연결선도 찾아봤는데, 제대로 꽂혀 있었다. 본체는 작동하는데 화면에는 아무것도 뜨지 않았다. 전원 버튼을 꾹 눌러 껐다가 다시 켜보았다. 모니터는 여전히 먹통이었다.

할 수 없지. 서재를 죽 둘러보았다. 블라인드로 흘러드는 희미한 빛을 받아 허공에 떠다니는 먼지가 보였다. 책장은 대부분 비어 있었고, 상자들이 여기저기 놓여 있었다. 맞은편의 닫힌 문은 아마 두 번째 복도로 이어지는 듯했다. 오래된 지구본, 여기저기 흩어져 있는 사무용품 쓰레기, 플라스틱 보관함, 포스트잇 덩어리……. 결혼식 사진이 책상 뒤쪽에 놓여 있었다.

책상에는 작은 서랍이 잔뜩 있었다. 어쩌면 그 안에 내가 찾는 비밀스러운 정보가 있지 않을까. 하나씩 열어 봤다. 안에 든 것은 대부분 정리가 전혀 되지 않은 서류들이었다. 방 저쪽 서류 보관함에 있어야 마땅할 은행 서신, 세금 관련 서류, 수십 장의 수표 복사본 등등. 놀이용 카드, 연필, 오래된 예비 열쇠 같은 것들도 보였다. 그중 한 서랍에는 금속 고리가 달린 분유리 크리스마스 장식 하나만 달랑 들어 있었는데, 잘못 건드렸다가는 깨질 것 같았다. 또 다른 서랍에는 집과 고양이를 판지에 그린 유치한 그림 몇 장이 들어 있었다. 제일 길쭉한 서랍은 잠겨 있는지 잡아당겨도 열리지 않았다. 더 자세히 들여다봤다.

손잡이에 먼지가 없었다. 아니, 엄밀히 말하면 마치 누군가 손잡이를 엄지로 잡고 당긴 것처럼 그 부분에만 먼지가 없고 나머지 부분에는 회색 먼지가 쌓여 있었다. 아직까지 그 자국이 남아 있는 것으로 보아 최근에 여닫은 게 분명했다.

드디어 찾은 건가.

예비 열쇠들을 차례로 갖다 대봤지만 열쇠 구멍에 비해 열쇠가 너무 컸다. 혹시 이 집의 다른 곳을 탐색할 때 필요할 수도 있을 것 같아 열쇠 뭉치를 일단 주머니에 넣었다. 서재를 마저 둘러봤지만 다른 열쇠는 보이지 않았다. 책들은 대부분 상자 안에 담겨 있었는데, 그 상자 안에 서랍 열쇠가 들어 있을 것 같지는 않았다.

책상 밑으로 기어 들어가 목을 길게 빼고 둘러보았다. 책상 안쪽 옆 부분에 테이프로 붙여놓은 물건 따위는 없었다. 서랍 아랫부분을 잡고 밀어보니 안에서 달가닥거리는 소리가 났다.

일어서서 크리스마스 장식에 달린 금속 고리를 조심스레 떼어내 열쇠 구멍에 넣어보았다. 전에 두 번 정도 자물쇠를 따본 적이 있긴 하지만 그 방면에 전문가는 아니었다. 이 고리로 가능할지도 알 수 없었다.

금속 고리가 열쇠 구멍에 맞물려 들어가자, 텀블러(자물쇠 안에서 회전하는 쇠붙이)를 찾아 위아래로 금속 고리를 움직여보았다.

마침내 딸깍, 소리가 들렸다. 그제야 한숨을 돌렸다.

서랍을 쭉 당겨 열었다. 허술한 잠금장치였다. 이 정도면 세게 확 잡아당겨 열 수도 있었을 것이다. 하지만 그랬다가는 누군가 서랍을 강제로 연 것을 레슬리가 알게 되겠지. 이렇게 하기를 잘했다.

서랍 안에는 서류들, 빵 부스러기가 묻어 있는 호스티스 봉지, 품질 좋은 몽블랑 만년필, 그리고…….

휴대전화가 하나 있었다.

심장이 쿵쾅쿵쾅 뛰었다. 내 충전기를 꺼내 휴대전화와 연결한 뒤 화면이 켜지기를 기다렸다. 키패드가 있는 블랙베리 스타일의 휴대전화로, 베스트바이 매장에서 20달러면 살 수 있는 물건이었다. 비밀번호는 걸려 있지 않았다. 트랙패드로 화면의 화살표를 움직여 문자메시지 아이콘을 선택했다.

남아 있는 대화 목록은 하나뿐이었다. 주소록에 등록되지 않은 누군가와 주고받은 메시지였고, 상대방의 지역 번호는 '505'였다. 그걸 클릭했다.

이 집 노인이 아니라 레슬리의 휴대전화임이 분명했다. 마지막으로 문자메시지를 보낸 시기가, 노인이 죽고 난 후인 2월 말이었다. 레슬리가 보낸 메시지는 이랬다.

아까 오후에 만났던 사람이에요.
앞으로 저와 연락할 때는 이 번호로 해주세요.

몇 시간 후 답장이 왔다.

알겠습니다. 일요일에 현금 갖고 오세요. 프런트에 에드가 있으면 저를
불러달라고 요청하세요.

그 뒤로 상대방이 보내온 문자메시지는 없었다. 수 주일에 걸쳐 레
슬리가 보낸 메시지들뿐이었다.

확실하게 한 번만 더 확인해주세요.

확인요.

회신 기다립니다.

아무도 문을 열어주지 않는데요. 답장 좀 부탁합니다.

대답 좀 해요.

대답이요.

한 주 내내 가게 문이 닫혀 있던데, 무슨 일 있나요?

내 돈 돌려줘요.

내 돈 돌려달라고요.

제기랄, 내 돈 내놔.

휴대전화의 나머지 부분들을 하나씩 클릭하며 확인해봤다. 이메일 기록도 없고, 휴지통도 비어 있었다. 트랙패드를 눌러서 검색창 아래 뜨는 검색 기록을 살펴봤다.

'87047 뉴멕시코주 코랄레스 피에드라 로하로 31번지'.

주소를 복사하고 '홈 화면'으로 나간 다음 구글 검색창에 주소를 '붙여넣기' 했다.

검색 결과 주소지는 여성 전용 헬스클럽인 커브스의 한 체인점이었다. 커브스는 인포머셜 광고(정보를 자세히 전하는 방식의 텔레비전 광고)로 도배된 곳으로 유명했다.

하지만 레슬리가 다니는 헬스클럽은 커브스가 아니라 플래닛피트니스였다. 플래닛피트니스 측에서 레슬리에게 회원권 갱신 시기임을 알리는 페이스북 메시지를 보낸 것을 오늘 아침에 확인했다. 해당 커브스 체인점에 대한 고객 평가는 세 건이었다. 그중 하나는 이랬다. '4월에 개점했을 때부터 다니고 있는데, 친절한 트레이너 선생님들의 도움 덕분에 살이 5킬로그램이나 빠졌어요!'

고마워요, 캐럴 페르난데스 님. 나는 이 여자가 쓴 고객 평가에 익명으로 칭찬을 보냈다.

결론은, 레슬리가 그곳이 커브스 헬스클럽으로 바뀌기 전에 간 적이 있다는 것일 테다. 이 주소지에 관한 구글 검색 기록을 샅샅이 살펴봤지만, 커브스가 생기기 전에 무엇이 있었는지는 알아낼 수 없었다.

'예전에 어떤 사업소였는지 알아내는 방법'이라고 검색창에 입력했다.

'국립 문서 보관소', '역사적 건물 찾기', '신디리스트', '주변에 철거 중인 건물이 있는지 확인하기!', '주플라', '질로', '레딧스레즈', '구글 지도'······. 그중 질로, 그리고 두어 개의 부동산 매매 기록 사이트를 확인했다. 커브스 관련 매매 건은 어디에도 나와 있지 않았다. 너무 최근 기록이라 아직 온라인 문서 보관소에 기록되지 않았을 수도 있었다. 비슷한 질문이 이미 올라와 있나 싶어서 쿼라(소셜 네트워크 서비스 연동 질의응답 및 검색 서비스)도 뒤져봤다. 응답자들이 올려놓은 링크들은 내가 이미 구글로 본 것들이었다. 마지막에 이렇게 적혀 있었다. '역사적으로 유명한 건물이 아닌 개인 소유 주택을 찾고 있다면, 온라인에서는 매매 기록을 찾을 수 없습니다. 기록을 보려면 P. I.와 친구를 맺어야 합니다.'

나는 눈을 깜박였다. 나는 P. I.와 친구를 맺고 있지 않았지만, 아는 경찰은 있었다.

33 _____

메리

통화 연결음이 여섯 번이나 울린 끝에 낸시가 전화를 받았다.

"여보세요? 낸시? 나야."

한참 동안 침묵이 흘렀다.

"네, 잠시만요."

마치 다른 누군가에게 말하는 것 같은 무심한 목소리였다. 그러다 전화가 툭 끊겼다.

나는 잠시 눈을 껌벅이다가 다시 통화를 시도했다. 이번에는 곧장 음성 사서함으로 넘어갔다.

서재에서 나와 거실로 들어가면서 문자메시지 앱을 켰다. 무슨 이유에서인지 나는 낸시가 곧장 내 전화를 받을 거라고 생각했다. 낸시라면 당연히 그럴 거라고 확신했다. 우리가 서로에게 끌렸던 걸 생각하면 말이다. 우린 마치 몸이 기억하는 것처럼, 너무나 편안하게 서로에게 다가갔었다.

문자메시지 앱을 들여다보고 있는데 손바닥에서 휴대전화가 진동했다. 손가락으로 화면을 밀어 전화를 받았다.

"나야. 아까는 미안. 사무실에 있었거든. 건물 안에서는 사적인 통화를 편하게 할 수가 없어."

나는 멍하니 입을 벌리고 있다가 조심스럽게 말했다.

"로빈이야."

"알아."

전화기 너머에서 조그맣게 뭐라 말을 덧붙이는 소리가 들렸다. 낸시가 무슨 말을 하려다 마는 듯했다.

나는 낸시에게서 반응을 끌어내고 싶었다.

"다시 너랑 얘기하고 싶었어."

낸시가 헛기침을 하더니 나지막하게 말했다.

"너한테 전화를 할까 생각하던 참이었어. 생각해보니까…… 네가 언제 다시 떠나는지 내가 모르고 있더라고."

이상한 기분이 내 안에 스며들었다. 낸시는 나를 사랑하고 있었다. 그래서 이러는 것이다. 낸시가 아내를 껴안은 채 침대 옆 탁자에 놓인 휴대전화를 들여다보는 모습이 머릿속에 그려졌다. 그녀의 마음 안에는 지금의 내 얼굴이 담겼다. 지난 10년 동안 낸시는 마지막으로 한 번만 더, 로빈을 보고 싶어 했다.

그러던 참에 내가 온 것이다.

아름다운 이야기였다. 낭만적이기도 하고. 낸시가 레슬리 문제에 도움을 준다면 서로에게 좋은 일 아닐까?

나는 침묵으로 잠시 뜸을 들이다가 입을 열었다.

"원래 오늘 떠나려고 했는데, 안 갔어."

낸시는 안도의 한숨을, 내 귀에 들리지 않게 하려는 듯 조그맣게 내쉬었다.

"그래."

목이 멨다.

"무서웠어. 다시는 널…… 넌 이제…… 나도 모르겠다."

"무슨 뜻이야?"

"난 네 인생에 방해가 되고 싶지 않아. 그 어떤 것에도 훼방 놓기 싫어. 내가 뭘 원하는지도 잘 모르겠어."

"나도 내가 뭘 원하는지 잘 몰라."

낸시는 그저 나를 위로하려고 내가 한 말을 따라 하는 듯했다.

"요즘 우리 가족한테 이상한 일이 일어나고 있어. 내가 알아본 바로는 그래. 하지만 경찰에는 신고 못 해. 너랑 같이 고민할 사안은 아니야. 어쨌든 10년이라는 세월이 흘렀지만 내 감정은 예전 그대로야." 나는 휴대전화를 입 가까이 대고, 낸시의 귀에 보다 똑똑히 들리도록 빠르게 숨을 들이마셨다. "너도 마찬가지니?"

"아마도. 곤란한 일에 연루됐어? 무슨 일인데?"

"별거 아닐 거야. 그냥 좀 이상해서, 집으로 돌아가는 비행기 편을 취소했어."

"취소했다고?"

"너를 다시 보고 싶기도 했고."

나는 도저히 참지 못하겠다는 듯 말을 쏟아놓았다.

"난 잘 모르겠어."

낸시는 넘어오기 직전이었다. 목소리에서 그걸 느낄 수 있었다.

"제발, 낸시."

"지금 근무 중이야."

나는 휴대전화를 손에 꼭 쥐었다.

"내가 널 만나러 가도 되는데?"

낸시는 한참 대답이 없다가 이렇게 제안했다.

"예전에 우리가 만났던 라쿠에바 근처의 망루, 기억하지?"

"응, 물론이지."

나는 얼른 대답했다.

"거기서 보자. 이만 끊을게. 거기서 기다려."

"알았어." 나는 휴대전화에 대고 숨소리를 내며 덧붙였다. "기다리고 있을게."

신중하게 말을 골랐다. 낸시는 10년 동안 기다려왔다. 그러니 이번에는 내가 자기를 기다려주길 바랄 것이다. 흐릿하고 칙칙한 도시를 저 아래 두고 낸시의 순찰차에 기대선 내 모습을 그려보았다. 내 립스틱이 어디 있더라. 핸드백을 뒤적거렸다.

"이따 봐."

낸시는 남몰래 하는 약속의 수줍은 기쁨을 목소리에서 완전히 숨기지 못했다. 우리는 꼭, 밤새 친구 집에서 노는 파티에 참석해 마지막까지 깨어 있는 두 소녀 같았다.

"이따 봐."

나는 부드럽게 대답하며 낸시가 먼저 전화를 끊길 기다렸다. 그리고 서재로 돌아가 레슬리의 휴대전화에서 충전기 코드를 뽑고 검색 기록을 지웠다. 전화기를 원래 있던 책상 서랍의 서류 밑에 도로 넣어두었다. 그런데 그 서류 밑에 구겨진 봉투 하나가 비쭉 튀어나와 있는 게 보였다. 잡아당겨보니 무언가 덩어리진 물건이 담겨 있었다. 봉투가 구겨진 것도 그래서였다. 입구는 봉해져 있지 않았고, 중국 음식을 포장해올 때처럼 물건을 그냥 봉투 안에 넣어둔 채였다. 호기심에 봉투를 열어보았다.

귀걸이 한 쌍이 들어 있었다.

처음 주차장에서 만났던 날 저녁에 레슬리가 착용하고 있던 바로 그 귀걸이였다. 그 후로 레슬리는 귀걸이를 이 책상 서랍 안에 넣어둔 모양이었다. 레슬리 부모님의 결혼식 사진을 흘끗 올려다보았다. 사진 속 신부 크리스틴의 귀에 같은 귀걸이가 걸려 있었다. 크리스틴은 신랑의 팔을 잡고 쭈뼛대며 카메라를 바라보고 있었다. 저 날로부터 10여 년 후에 크리스틴은 세상을 떠났다. 그리고 수십 년 후 유일하게 살아남은 레슬리는 바닥에 무릎을 대고 앉아 가족들의 물건을 라벨 붙인 보드상자에 차곡차곡 정리했다.

귀걸이를 도로 봉투에 담아 서랍 속 휴대전화 밑에 밀어 넣었다. 세 번이나 시도한 끝에 서랍을 잠글 수 있었다. 레슬리가 휴대전화를 제대로 숨기고 싶었다면 다른 곳을 찾는 편이 나을 뻔했다. 하지만 그녀가 굳이 이 집에 끌리는 이유를 알 것도 같았다. 아이들의 그림, 크리스마스 장식. 여긴 그녀의 아버지가 인생의 사적인 순간을 함께한 물건들을 모아둔 곳이었다.

천천히 몸을 일으켰다. 어서 이 빌어먹을 집에서 나가야 했다. 레슬리의 집에는 비밀이라곤 없는데, 이 집은 비밀로 가득했다.

34 ____

메리

렌터카에 올라타 백미러에 비친 내 얼굴을 확인했다. 눈꺼풀이 붓고 무거워진 느낌이었지만 평소와 크게 달라 보이지는 않았다. 얼굴을 찬찬히 들여다보며 생각에 잠겼다. 낸시는 이 얼굴에서 무엇을 보게 될까. 가방에서 립스틱을 꺼내 신중하게 발랐다. 낮에 바르기에는 너무 짙은 색이었지만 원하던 바였다. 낸시에게 깊은 인상을 주려고 노력하는 것처럼 보일 테니까.

라쿠에바의 구불구불한 도로는 위로 뻗다가 골짜기에서 산발치를 향해 뚝 떨어지다시피 급경사가 진 길이었다. 정부는 그쪽 길가의 땅 일부를 '나들이 장소'로 지정해놓았다. 흙바닥에 차를 세우고 내렸다. 화창한 날이라 수 킬로미터 떨어진 곳까지 훤히 내다보였다. 그 너머로 흐릿하게 뭉친 지붕들이 보랏빛 지평선과 맞닿아 있고, 옆쪽으로는 여전히 군데군데 하얀 눈으로 덮여 있는 산꼭대기가 보였다. 눈의 상당 부분은 녹아서 소협곡으로 흘러들고 있었다.

10분 정도 차에 기대서서 도마뱀처럼 햇볕을 쬐었다. 피부에 좋지 않겠지만 상관없었다. 리비에라의 비좁고 어둑한 집에 들어갔다 나왔더니 어쩐지 햇빛을 흠뻑 받아야 할 것 같은 기분이었다.

얼마 후 순찰차가 타이어로 자갈을 짓이기며 달려와 내 옆에 섰다. 크라운빅토리아. 몇 년 만에 보는 차종이었다. 라스베이거스의 순찰차들은 죄다 SUV 아니면 코가 뭉툭하고 못생긴 카마로였다. 낸시가 크럽키 경관(뮤지컬 〈웨스트 사이드 스토리〉의 등장인물) 같은 모습으로 차에서 내리지 않을까 생각했는데, 그러기에는 제복이 너무 현대적이고 몸에 딱 맞았다. 검은 바지에 검은 칼라 셔츠, 소매에 붙은 경찰 패치. 오래된 사진 속 카키색 군복을 입은 젊은 군인들처럼 엉덩이에 살이 별로 없고 엄숙한 인상이었다. 침을 삼키는 낸시의 목이 꿀렁거렸다. 문득 그녀를 원하는 척을 해야 할지 그러지 말아야 할지 판단이 서지 않았다.

"낸시."

낸시는 성큼성큼 두 걸음 만에 다가와 나를 닛산 쿠페에 밀어붙였다. 두 손으로 내 머리를 잡아 젖히고 목에 자기 입술을 가져다 댔다. 낸시가 키스와 함께 손으로 내 몸을 더듬으며 엉덩이를 끌어당기자 입에서 저절로 헉 소리가 났다.

"괜찮지?"

낸시는 내 눈을 쳐다보지도 않고 조그맣게 물었다.

"으응."

성급하게 달려드는 그녀의 몸짓에 나도 덩달아 달아올랐다.

"차 안으로 들어가자."

낸시는 도로를 흘끗 쳐다보며 말했고, 나는 고개를 끄덕였다.

크라운빅토리아의 뒷좌석은 때가 쉽게 닦이는 가죽으로 되어 있었는데, 한나절 동안 받은 햇볕으로 표면이 델 것같이 달궈져 있었다. 에어컨이 작동 중이었지만 낸시에게 밀려 뒷좌석으로 들어가자마자 땀이 나기 시작했다.

"비행기를 취소했단 말이지."

낸시는 이렇게 말하며 아플 정도로 내 어깨를 세게 물었다.

나는 가쁜 숨을 내쉬며 그녀 제복의 단추를 찾아 손을 더듬거렸다.

"제발, 낸시."

낸시는 뜨거운 입술로 내 입술을 탐하며 나를 뒷좌석에 쓰러뜨렸다. 그리고 내 셔츠를 벗겼다.

"넌 날 그리워한 거야."

"그, 그래."

눈을 들어 그녀를 바라보았다. 낸시는 제복 셔츠 안에 스포츠 브라를 입고 있었다. 내가 두 손을 그 아래로 넣어 젖가슴을 더듬자 낸시는 속옷을 머리 위로 벗었다.

"얼마나 그리워했는지 보여줄게."

차 안은 비좁고 더웠다. 내가 좌석 시트 사이의 틈새에 끼자 낸시는 다소 날카로운 웃음을 터뜨렸다. 낸시를 다가오게 만드는 건 쉬웠다. 그녀는 몹시 민감해져 있어서 한 팔로 엉덩이를 감싸고 당기기만 하면 되었다. 나는 몇 번이나 그렇게 했고, 마침내 그녀는 두 손으로 얼굴을 가리며 흐느끼듯 탄식했다.

나는 낸시의 다리에 올라타 앉아 그녀의 심장박동이 느려지기를 기다렸다. 잠시 후 낸시가 눈을 뜨고 얼굴을 들었다. 이번에는 좀 더 느긋하게 그녀에게 입을 맞췄다.

"손 말고 다른 거로 네 안에 들어가고 싶어. 너도 좋아할 거야."

"그럴 것 같아."

입 밖으로 내뱉고 보니 진심이었다. 하지만 생각해보니 그럴 수는 없을 듯했다. 내가 여기를 떠나면 로빈도 사라지게 될 것이다. 묘하게 마음이 무거워졌다.

"그럼 다음에 해보자."

낸시는 손톱으로 내 등을 쓸어내리며 부드럽게 나를 만졌다. 최면을 거는 듯한 손길에 내 몸이 자연스럽게 따라갔다. 그녀는 정확히 어디를 만져야 하는지 아는 듯했다. 이윽고 낸시의 입술이 내 가슴에 와 닿았다.

"넌 정말 아름다워." 낸시는 내 가슴에 뺨을 갔다 댔다. "보는 것만으로도 미칠 것 같아."

"알아."

나는 다시 앞으로 몸을 기울여 그녀의 뺨에 코를 문질렀다. 이번에는 어쩐지 잘 알 수가 없었다. 나는 늘 나를 사랑하는 사람들에게 매료됐다. 사람들은 열병에 걸린 듯 나를 사랑했고, 땀을 흘리면서 필사적으로 나를 안았으며, 언제든 내게 무릎을 꿇을 준비가 되어 있었다. 그럴 때 내가 느끼는 감정은 배고픔이었다. 상대의 사랑을 먹어치우기만 하는데도 그걸 사랑이라 부를 수 있을까? 폴이 내게 "사랑해, 사랑해, 사랑해"라고 말하게 만들었던 방법을 돌이켜봤다. 그때 폴은 꼭 칠판에 글씨를 한 줄 한 줄 적어 내려가는 어린아이 같았다.

낸시와의 사랑은 이상할 정도로 편안했다. 죄책감을 느껴야 마땅함에도 이 사랑이, 이 친밀함이 좋았다. 낸시가 나를 보는 눈길, 진짜 사람을 보는 듯한 그 시선이 좋았다. 폴은 나라는 인간의 인구학적 특징을 분석하듯 나를 바라봤었다. 스물 몇 살에다 빨간 머리, 배우 지망생이니까, 합격. 문득 폴을 옆자리에 태우고 테슬라를 몰던 여자가 생각났다.

"혹시 샘이라는 사람에 대해 알아? 샘 드리스컬?"

낸시는 지나치다 싶을 정도로 느리게 고개를 저었다.

"그게 누군데?"

괜한 말을 꺼냈다 싶어 후회가 됐다.

"아니야. 신경 쓰지 마."

"너, 괜찮아?" 낸시가 내 얼굴을 손으로 쓰다듬었다. "통화할 때 네가 가족한테 문제가 생긴 것 같다고 말했잖아."

"그 얘길 너한텐 어떻게 하겠어. 하고 싶어도 못 해."

"뭔데?" 낸시의 눈빛이 날카로워졌다. "불법행위야? 너 무슨 말썽에 휘말렸니?"

"내가 아니라." 나는 낸시의 무릎에서 내려가 속옷을 주워 입으며 말을 이었다. "언니가. 아직 확실히는 몰라……."

"무슨 일인데?"

나는 손으로 얼굴을 문질렀다.

"괜히 말했다가 네가 언니를 체포할까 봐 겁나!"

"로빈." 낸시는 고등학생처럼 내 두 손을 잡고 위로 살짝 들어 깍지를 꼈다. 그녀는 우아한 동작으로 천천히 손을 움직였지만, 나는 그 움직임 속에서 망설임의 속내를 읽을 수 있었다. "네 언니잖아. 내가 네 언니를 왜 체포하겠어? 무슨 일인지 알고 싶은 것뿐이야."

"어쩌면 언니를 체포해야 하는 상황일지도 몰라." 나는 한숨을 쉬었다. "언니한테 휴대폰이 하나 더 있는 걸 알아냈어. 문자를 봤더니 언니가 어떤 남자한테 돈을 줘놓고는 그 돈을 돌려달라고 하더라고. 언니가 그 남자를 만나기로 한 주소를 찾아봤는데 최근에 팔려서 그 전 소유주가 누군지도 모르겠고, 언니가 만나기로 한 남자의 이름이 뭔지도 알 수가 없어."

"주소가 어딘데?"

"코랄레스에 있는 커브스 헬스클럽. 혹시, 예전에 거기가 뭐 하는 곳이었는지 알아봐줄 수 있어?"

낸시는 어깨를 으쓱하고 허리를 굽혀 셔츠를 집어 들었다.

"시스템으로 주소를 확인하는 건 어려운 일도 아니야. 그렇게 해서 네 마음이 편해진다면 해줄게. 내 생각엔 언니가 친구한테 돈을 빌려준 게 아닌가 싶은데. 네 언니는 범죄를 모의하는 타입도 아니잖아. 언니가 회계사지?"

"그런데 왜 별도의 전화기로 그 남자랑 연락을 주고받았을까?" 나는 눈을 크게 뜨고 물었다. "짐작 가는 거 있어? 내가 아는 언니라면 남편 몰래 휴대폰을 따로 두고 그럴 사람이 아닌데. 언니 부부는 컴퓨터도 같이 쓰거든. 언니는 페이스북도 자동 로그인으로 해놔."

"언니 부부 사이에 무슨 문제라도 있어?"

나는 고개를 저었다.

"모르겠어. 어쩌면…… 어쩌면 있을지도 모르지. 이혼할 생각일 수도 있고. 형부는 약간 그래 보이기도 해. 어쨌든 언니가 수상한 일에 휘말린 것 같아서 어떤 상황인지 알고 싶어. 언니랑 다시 말을 섞게 된 지 얼마 안 됐거든. 언니가 나처럼 인생을 망치지 않았으면 좋겠어."

눈을 꾹 감았다 떴더니 낸시가 입술을 잘근잘근 씹고 있었다.

"넌 인생을 망치지 않았어. 이렇게 잘 살고 있잖아, 안 그래?"

"그래."

어쩐지 용기가 났다.

"자."

낸시는 그 남자의 주소지와 전화번호를 저장하라며 자기 휴대전화를 건넸다. 전화기에 정보를 입력한 후, 그녀에게 천천히 다가가 목에 팔을 둘렀다.

"정말 고마워."

낸시는 내 팔을 툭 쳐냈다.

"그만 일하러 가야 해. 이러다 들통나겠어."

낸시의 얼굴이 발갛게 달아올라 있었다.

"들통 내지 않으려면 네 입가에 묻은 립스틱부터 지워야 할걸."

당장 그녀의 얼굴에 내 얼굴을 다시 비비고 싶어졌다.

"뭐? 진짜?" 낸시는 허리를 펴고 앞으로 몸을 기울여 백미러를 들여다보았다. "이런, 젠장." 그리고는 입가에 묻은 립스틱을 손으로 문질렀다.

"내가 해줄게. 내 차로 와."

어두워져가는 지평선을 배경으로 흙바닥에 내려선 낸시는 잠자코 내 뒤를 따라왔다. 이 시간에는 근처를 오가는 차량이 원래 없는 건지 사방이 고요했다. 저 높은 곳의 공기 주머니 안에 우리 둘만 오롯이 담겨 있는 듯했다. 가방에서 로션을 꺼내 낸시의 얼굴을 닦아주는 내 모습을 어느 누구에게도 보일 일이 없었다. 나는 로션을 묻힌 크리넥스로, 눈을 감은 낸시의 얼굴을 문질렀다. 잠시 후 산딸기색 립스틱이 잔뜩 묻어난 티슈를 들어 낸시에게 보여주었다.

"마법 같네. 고마워, 자기야."

'자기야' 라니. 나는 눈을 빛내며 말했다.

"이제 더는 키스 못 하겠다. 공들여 닦아놓은 얼굴을 망치면 안 되지."

낸시는 웃으며 내 입가에 입을 맞췄다. 키스를 받은 입꼬리가 슬며시 올라갔다. 부부처럼 친밀한 느낌이었다.

"언니 걱정은 하지 마. 별일 아닐 거야."

"일 언제 끝나?" 나는 낸시의 제복에 뺨을 갖다 대고 숨을 내쉬었다. "오늘밤에 볼 수 있어?"

"모르겠어."

낸시의 얼굴에서 표정을 읽어낼 수가 없었다.

"어쩌면 가능할 수도 있고. 이따가 메시지 보낼게."

"가지 마."

"가야 해."

낸시가 뒤로 물러섰다. 나는 자석처럼 붙어 있던 그녀에게서 애써 몸을 떼어냈다. 그리고 닛산 쿠페에 기대서서 떠나는 낸시를 바라보았다. 쿠페가 하얀색이라 그녀에게는 내 윤곽만 보일 듯싶었다. 낸시가 흘끗 뒤를 돌아보았다. 나는 손으로 입술을 쓰다듬으며 떨리는 숨을 내쉬었다.

어쩌면 나는 또 다른 삶에서 낸시를 사랑했는지도 모르겠다. 아마 전생에 그러지 않았을까.

낸시가 순찰차 운전석에 올라타 문을 닫았다. 그녀의 차가 굽이진 길을 돌아 떠나자, 나는 그제야 크리넥스로 얼굴을 문질러 닦기 시작했다. 레슬리가 집으로 돌아올 시간이 거의 다 됐다. 얼른 가서 오후 내내 소파에서 뒹군 것처럼 꾸며야 했다.

35 _____

레슬리

사무실 뒷벽에 판유리로 된 창이 있었다. 그 창으로 쏟아져 들어온 볕기에 나른해지며 소르르 졸음이 왔다. 나는 스테이플러, 가위, 연필깎이 같은 것들을 문진文鎭 삼아 책상 위 서류들을 눌러놓은 채 탁상용 선풍기를 최대로 켜놓고 있었다. 책상 위를 훑는 선풍기 바람에 서류 가장자리가 파닥거렸다. 물이라도 마실까 하고 관자놀이를 문지르며 일어났다.

사무실 문 바로 앞 칸막이 안쪽에 저스틴이 앉아 있었다. 나는 그 칸막이 너머로 몸을 기울였다.

"오늘 조금 일찍 퇴근할게. 작업이 4시 넘어서 끝나면 나 말고 페이지한테 보내줘."

저스틴이 시선을 들었다.

"일라이한테 별일 없는 거죠?"

그대로 자리를 떠나려던 나는 그의 말에 고개를 돌렸다.

"뭐?"

그는 입술을 오므리며 물었다.

"별일 없죠? 어린이집에 데리러 가시는 거 아니에요?"

"일라이는 괜찮아. 왜?" 나는 미간을 찡그렸다. "아버지 집 문제 때문에 처리할 일이 있어서 그래."

"아, 다행이네요." 저스틴은 웃으며 덧붙였다. "아버님 일이 다행이라는 뜻이 아니라요. 팀장님 따님도 헤이븐 어린이집에 다니죠? 두 살된 제 딸아이가 심한 장염에 걸렸는데 그게 바이러스성이라 전염이 되거든요. 팀장님 가족은 괜찮은가 싶어 물어봤어요."

"아, 그래. 별일 없길 바라야겠네. 미안한데, 딸 이름이 생각이 안 나서……."

"캐서린이요."

"맞다, 캐서린! 얼른 낫길 바랄게."

"그래야죠. 요즘 장염 때문에 아주 힘들어해요." 그는 얼굴을 찌푸렸다. "그래도 덕분에 스페인어 실력은 좋아지고 있어요. 캐서린이 회복하는 동안 우리가 〈포코요〉(스페인의 아동용 텔레비전 프로그램)를 잔뜩 보여주고 있거든요."

나는 공감하는 표정을 지으려고 노력하며 사무실 주방 쪽으로 고개를 돌렸다.

"팀장님 부부는 일라이를 이중 언어 사용자로 키우고 계신 건가요? 남편분이 스페인어를 하시죠?"

"응." 나는 다시 그에게로 고개를 돌리고 팔짱을 꼈다. "하지."

"일라이는 잘하고 있어요?"

그가 웃으며 물었다.

"글쎄……." 나는 어깨를 으쓱했다. "겨우 한 살이라 말도 잘 못 하는데."

저스틴은 고개를 갸웃했다.

"일라이가 수화는 할 줄 알죠? 헤이븐 어린이집에서 캐서린한테 몇 가지 수화를 가르쳤더라고요. 벤이 업무에 복귀할 때쯤 캐서린은 문장으로 말하기 시작했지만요. 그래도 수화를 배워놓으면 유용할 것 같기는 해요."

나는 일라이가 수화를 어느 정도 할 줄 아는지 알지 못했다.

"일라이는 그럭저럭하는 편이야."

"일라이의 언어 습득이 걱정되시면 그림책 읽어주기를 해보세요. 캐서린한테 효과 만점이었어요. 그림책을 이용하면 아이들은 개념과의 연관성을 훨씬 빠르게 파악하거든요. 읽기 능력도 그만큼 빠르게 향상되죠. 작년에 들여놓은 오래된 그림책이 몇 권 있는데, 원하시면 드릴게요!"

나는 희미한 웃음을 지어 보였다.

"말만으로도 고마워. 그런데 지금도 집에 아이 물건이 너무 많아. 아이들마다 자라는 속도가 다 다르니까 인정해줘야지."

"하긴 그래요." 저스틴은 나를 보며 미소 지었다. "음, 이만 보내드려야겠다. 애들 얘기로 제가 너무 수다를 떨었네요. 이 사무실에 애 있는 사람이 별로 없어서 가끔 제 입장을 이해해줄 수 있는 사람과 대화를 하고 싶어져요. 작년에 팀장님이 출산휴가를 낼 거라고 하셨을 때 얼마나 기뻤는지 몰라요!"

나는 웃으며 주방으로 가 물을 마셨다. 저스틴과 얘기를 나누다 보니 나가야 할 시간이 다 됐다. 사무실로 돌아와 창문에 블라인드를 쳤다. 퇴근하면서 그러는 건 처음이었다. 블라인드에 막혀 줄무늬 진 햇살이 들어오자 사무실이 새장처럼 느껴졌다. 소지품을 챙겨 핸드백에 담았다.

한 시간 뒤면 앨버트 변호사와 만나기로 약속한 시각이다. 승강기에 타는데 목이 근질거렸다.

라디오도 켜지 않고 곧장 집으로 차를 몰았다. 라디오 소음이 신경에 거슬릴 것 같아서였다. 열린 차창으로 흘러드는 다른 차들의 음악 소리를 들으며 조용히 운전했다.

메리가 또 집에 없으면 어떻게 하지?

동네로 진입하는데, 턱 위쪽 움푹한 부분에서 맥박이 느껴질 정도로 심장이 세차게 뛰었다.

메리는 잔디밭에 나와 있지 않았다.

차를 세우고 집 안으로 들어갔다.

데이브가 집에 일찍 돌아와 있을 경우에 대비해서 메리가 아닌 로빈의 이름을 불렀다.

"로빈?"

대답이 없었다.

현관홀을 지나 주방으로 들어갔다.

의자 두 개가 나와 있을 뿐, 메리는 없었다.

"로빈?"

텔레비전이 딸깍 켜지는 소리가 들렸다. 나는 곧장 거실로 향했다.

"레슬리, 왔네요!"

메리가 소파에서 기지개를 켜며 말했다. 무릎까지 오는 청바지에 레이스 달린 흰 티셔츠를 입고 스니커즈를 신은 모습이었다. 빈 피자 상자가 보였다. 주변에 피자 조각이 몇 개 떨어져 있고, 커피 탁자 위에는 구겨진 냅킨이 놓여 있었다. 텔레비전에서는 테니스 경기가 방송 중이었다. 거실에서 대마초 냄새가 났다.

"옷도 안 갈아입었네. 여기까지 대마초를 갖고 들어왔니? 아까는 왜 바로 대답 안 했어?"

메리는 흰색 티를 아래로 내려 똑바로 입었다.

"웃기는 게 뭔지 알아요?"

"무슨 소리야?"

"웃기는 게 뭔지 아냐고요. 내가 당신이 실직한 이야기를 남편 앞에서 할까 봐 당신이 걱정하지 않았던 이유를 이제 알았어요." 메리는 생각에 잠긴 표정으로 내 소파에 더러운 운동화를 비벼댔다. "사실이 아니니까 상관없었던 거죠. 당신은 실직하지 않았으니까요."

나는 마른침을 삼켰다.

"내 사생활을 캐는 건 그만두라고 했을 텐데."

메리는 허리를 세우고 앉았다.

"내가 여기까지 따라온 건 당신이 가여워서였어요, 레슬리. 집을 잃을 처지라고 그래서요. 그런데 와서 보니까 멀쩡히 잘살고 있네요. 5만 달러는 굳이 필요도 없어 보여요. 대체 왜 그런 거짓말을 한 거예요?"

"내 직장에 전화했니? 이름을 말했어?"

메리의 얼굴이 어두워졌다.

"내가 좀 예쁘장하다고 해서 다들 내가 돌머리인 줄 아는데, 아니거든요? 아무 이름도 말 안 했어요. 그냥 당신이 낮에 어디에 가 있는지 궁금했을 뿐이에요." 메리는 다시 소파에 등을 기대고 팔짱을 꼈다.

"당신이 아무 얘기도 안 해주니까요. 나는 선의로 당신을 따라왔는데, 점점 괜한 짓을 했구나 싶어요."

눈물이 나오려고 해서 나는 눈을 세게 감았다 떴다.

"넌 라스베이거스에서 일이 잘 안 풀려서 날 따라온 거잖아." 목소리에 날이 선 게 느껴졌다. "그러니까 내가 걱정돼서 따라온 척하지 마. 나나 너나 돈이 필요해서 협력하는 건데, 다른 이유는 필요 없잖아."

메리는 내 눈물이 진짜인지 가늠해보려는 듯, 냉정하게 내 눈을 바라보았다. 그리고 마침내 입을 열었다.

"난 우리가 잘 지낼 수 있을 거라고 생각했어요. 지금은 당신이 나한테 뭘 바라는지 모르겠네요."

"가서 옷이나 갈아입어."

나는 단호하게 말했다.

메리는 눈을 치뜨더니 조용히 소파에서 일어나 위층으로 올라갔다. 나는 텔레비전을 끄고 흩어진 피자 조각들을 모아서 치웠다.

아래층으로 내려온 메리는 여전히 흰색 아디다스 스니커즈를 신고 있었지만 옷은 폴로 원피스로 갈아입은 채였다. 내가 바라는 최상의 모습은 아니었지만, 그 정도면 충분했다. 우리는 말없이 차에 올라탔다. 내가 차에 시동을 걸고 큰길로 나가는 동안 메리는 창밖만 내다보았다.

잠시 후 나는 핸드백에서 로빈의 여권을 꺼내 메리의 무릎 위에 툭 던졌다.

"금고 안에서 찾았어. 유효기간이 3개월 남았더라. 사무실에서 신분증을 보여달라고 하면 그걸 보여줘."

메리는 여권을 펼쳤다.

"입국 스탬프가 하나도 안 찍혀 있네요."

"우린 여행을 별로 안 다녔거든."

메리는 사진이 붙은 페이지를 펼쳤다. 슬쩍 곁눈으로 보니, 그녀는 그 사진을 유심히 들여다보고 있었다.

"거짓말한 건 미안해. 내가 아버지의 유언장 처리를 꼭 해야 하는 이유를 달리 설명할 방법이 없었어."

메리는 쭈뼛대며 받아쳤다.

"사실대로 말하면 되잖아요."

나는 고개를 저었다. "그건 아무한테도 말 못해. 개인적인 사안이 아니라서. 이 일이 너한테는 아무런 영향도 주지 않을 거야." 그리고 메리를 돌아보며 덧붙였다. "약속해."

메리의 머리카락이 앞으로 내려와 얼굴을 가렸다. 우리 둘의 시선이 마주치는 순간 신호등이 녹색으로 바뀌었고, 나는 액셀을 밟았다. 메리는 손에 쥔 여권으로 시선을 떨궜다.

"사진이 잘 나왔네요."

나는 그게 어떤 사진인지 잘 알았다. 언젠가 아버지는 로빈이 더는 말썽을 피우지 않게 되는 날이 오면 그 보상으로 함께 유럽 여행을 가자고 말씀하신 적이 있었다. 하지만 로빈은 늘 말썽을 부렸다. 사진사는 여권 사진을 찍으면서 미소를 지으면 안 된다고 말했지만, 로빈은 공모자를 대하듯 카메라를 바라보며 배시시 웃었다. 조명 때문에 로빈의 흰 피부 가장자리에 붉은 기운이 돌았다. 이 사진을 찍을 당시 로빈은 우리가 언젠가는 꼭 유럽에 가게 되리라고 생각한 듯했다.

"그 사진을 찍고 얼마 후에 로빈은 가출했어." 나도 모르게 말이 나왔다. 메리가 그 사진을 그만 들여다봤으면 하는 마음에서였는지도 모르겠다. "로빈이 가출하는 모습을 내 눈으로 봤어."

메리는 여권을 덮었다.

"안 말렸어요?"

"항상 그렇게 가출을 했거든." 나는 어깨 너머로 옆쪽을 살핀 뒤 차선을 변경했다. "로빈은 자기가 조용히 떠난 줄 알았겠지만, 내 방 창문이 로빈의 방 창문 바로 옆이라서 로빈이 창문을 열 때마다 소리가 들렸어."

"그날 밤에 로빈을 봤다고요?"

"응." 나는 선바이저를 아래로 내렸다. "뒷마당을 가로지르더니 담장을 넘어가더라. 그렇게 떠나버렸어. 짐도 거의 없이. 그래서 며칠이면 돌아올 줄 알았지."

"안 돌아온 거네요."

"응."

메리는 창문을 내리고 사이드미러를 당기더니 거울 속 얼굴을 들여다보며 립스틱을 발랐다.

"말릴 걸 그랬다는 후회는 안 했어요?"

나는 고개를 저었다.

"난 로빈한테 화가 나 있었어. 그 애는 매사를 항상 힘들게 만들었거든. 학교에서는 낙제를 했고, 어디에서 뭘 하고 다니는지에 대해서도 거짓말을 늘어놨어. 내 말은 들으려고도 하지 않았지. 어렸을 땐 친했는데 어머니가 돌아가신 후로 로빈은 변했어."

메리는 차창을 도로 올린 뒤 립스틱 뚜껑을 닫았다.

"어떻게 변했는데요?"

"모르겠어." 나는 라디오를 켰다. "사무실에 들어가기 전에 네가 또 알아야 할 게 있니?"

"어머니는 어떻게 돌아가셨어요?"

티노 로시(프랑스의 샹송 가수)의 오래된 노래가 라디오에서 흘러나왔다. "베사메, 베사메 무초……."

"어머니는 익사하셨어."

"아."

메리는 위아래 입술을 마주 대고 문질렀다.

"로빈에 대해 필요한 얘긴 다 해줬으니까 실수하지 마."

"실수 안 해요."

메리는 장난스러운 눈빛으로 나를 힐끗 쳐다보았다. 그 모습은 영락없는 로빈이었다. 어쩐지 그녀가 내 거짓말을 용서해준 것 같기도 했다.

우리는 주차장으로 들어갔다. 차에서 내리는 동안, 메리와 함께 있어서인지 묘하게 마음이 가벼웠다. 오랫동안 혼자 비밀을 간직해왔는데, 이제 다른 누군가와 그 비밀을 나눠 갖게 되었다. 비록 낯선 사람일 뿐이지만. 건물을 향해 걸어가면서 충동적으로 메리의 손을 잡았다. 그녀는 놀란 표정이었으나 내 손을 뿌리치지는 않았다. 메리의 얼굴은 내 여동생 로빈과 무척 닮아 있었다. 비슷한 모습으로 나란히 선 우리 둘의 모습이, 거울에 비치듯 유리 현관문에 비쳤다.

36 _____

로빈

장례식이 끝난 후 레슬리 언니는 어른들과 함께 홀에 남았다. 나는 네 살배기 사촌 태드와 함께 휴게실에 처박혀 있어야 했다. 비디오로 틀어놓은 〈가족 음모〉(앨프리드 히치콕 감독의 1976년작 영화)라는 영화에서 노래가 흘러나왔지만 내 귀에는 들어오지 않았다.

태드는 부모가 아기에게 '비행기'를 태워주는 것처럼, 바닥에 누워 플라스틱 의자를 발로 들어 올리며 놀았다.

나는 빈백 의자에 거꾸로 늘어져서 노래나 부르기로 했다. 찬송가는 부를 줄 몰라서 〈상처 난 내 마음을 돌려놓아요〉(미국 가수 토니 브랙스턴의 대표곡)라는 노래를 불렀다.

한창 노래를 부르고 있는데, 아버지의 친구 앨버트가 휴게실로 들어왔다. 그는 갈색 정장 차림이었다. 나는 거꾸로 누운 채 그를 보며 노래를 계속했다. 앨버트는 팔짱을 끼고 서서 내가 노래를 끝마치길 기다렸다. 내 입에서 노래 가사가 나올 만큼 나오자 그가 말했다.

"잘 부르네."

"고마워요."

나는 여전히 거꾸로 누워 있었다.

"네가 안 보이길래 어쩌고 있나 보러 왔다. 기분은 어떠니?"

나는 펄쩍 뛰어 똑바로 앉으며 그를 바라보았다.

"마음에 상처가 났어요."

그는 입술을 오므렸다가 풀었다.

"그렇구나."

"저 위에 있는 비디오테이프 좀 꺼내주실래요? 태드가 〈마이키 이야기2〉를 보고 싶다고 했는데, 빈백이 물렁거려서 딛고 서기 싫어서요."

"그래, 현명한 판단이야."

앨버트가 테이프를 꺼내 왔고, 나는 그걸 받아서 비디오에 집어넣었다.

태드는 도입부의 음악을 듣자마자 자기가 좋아하는 영화라는 걸 알아차렸다.

"좋아, 좋아, 좋아, 좋아!"

태드가 어찌나 재빠르게 텔레비전 앞에 와 앉는지, 위에서 뭔가가 툭 떨어진 줄 알았다.

앨버트는 태드를 보며 말했다.

"그래도 오늘 누군가는 명랑하게 놀고 있으니 다행이구나."

"그렇죠?"

나는 햇볕이 내리쬐는 창가의 빈백 의자에 앉아, 무슨 음모라도 꾸미는 것같이 나지막하게 대꾸했다.

앨버트는 그게 마음에 들지 않는 눈치였다. 그는 내 옆에 무릎을 꿇고 앉아 내 손을 잡았다. 그는 무슨 말이라도 할 것처럼 잠시 그러고 있었는데, 그 시간이 길어지자 나는 점점 끔찍한 기분에 휩싸였다.

그의 어깨 너머로, 이웃집 앞에 차 한 대가 멈춰 서는 게 보였다. 하와이안 셔츠를 입은 남자가 하얀 상자를 들고 차에서 내렸다. 가게에서 케이크를 사면 담아주는 것 같은 상자였다. 내가 지켜보는 동안 남자는 연석에 걸터앉아 그 상자에서 커다란 거북이 한 마리를 꺼냈다. 거의 내 머리만 한 크기였다.

마침내 앨버트는 〈마이키 이야기2〉의 소음 속에서 한마디를 내뱉었다.

"네 아버지는 도움이 필요할 거야."

남자가 등딱지를 잡고 들어 올리자 거북이가 다리를 버둥거렸다. 내가 알기로는 거북이를 저런 식으로 잡아서는 안 되었다. 남자는 누군가 마당에 내버려둔 유아용 미끄럼틀 아래 거북이를 내려놓았다. 그집 문이 벌컥 열리더니 여자가 밖으로 나왔다. 여자가 남자에게 무어라 말하자, 남자는 짜증 난 표정으로 일어서서 대꾸했다.

"내 말 듣고 있니?"

앨버트가 물었다.

거북이는 저 혼자 고생스럽게 미끄럼대를 기어 올라가고 있었다. 이웃집 사람들은 현관 계단에서 말다툼 중이었다. 그들이 나누는 말소리가 명확히 들리지는 않았지만, 남자의 등 모양을 볼 때 그가 고함을 치고 있으리라고 짐작할 수는 있었다. 여자는 남자가 소리 지르는 중에 집으로 들어가 현관문을 쾅 닫아버렸고, 남자는 씩씩대며 미끄럼틀

쪽으로 향했다. 거북이는 미끄럼틀 꼭대기까지 거의 다다른 상태였다. 남자는 또다시 거북이의 등딱지를 잡고 들더니 미끄럼대 아래로 옮겨놓았다.

"아버지가 도움이 필요할 거라고 하셨잖아요."

내가 말했다.

그날 밤, 집으로 돌아온 나는 언니 침대로 기어 올라가 언니의 배를 손으로 문질렀다.

"언니, 나 할 얘기 있어."

언니는 판자처럼 뻣뻣했고 머리카락도 차가웠다.

나는 목소리를 낮춰 속삭였다.

"장례식장 밖에서 어떤 아저씨를 봤는데, 거북이를 데리고 있었어. 큰 거북이. 그 거북이를 마당에 있는 미끄럼틀에 올라가게 해놓고……."

언니는 별안간 내 머리채를 틀어잡고 일어나 침대에서 내려갔다. 나는 언니에게 끌려 내려가며 소리를 질러댔다.

언니는 나를 질질 끌고 손님방으로 데려가 침대에 누인 뒤 내 위에 이불을 덮었다. 그리고 폭력적으로 느껴질 만큼 거칠게 이불자락을 여몄다. 어둠 속에서 언니는 얼굴만큼이나 예쁜 목소리로 말했다.

"다시는 너랑 말 안 해."

"우리 비밀 때문에?"

내가 숨죽여 물었다.

"비밀이라니, 무슨 비밀?"

언니는 내 대답을 기다렸다. 아니, 기다리는 것처럼 보였다. 그제야 나는 이해가 됐다. 언니는 내게 이미 답을 줬다는 사실을 내가 깨닫기를 기다리고 있었다.

내가 그렇게 구속복처럼 갑갑한 이불 속에 누워 있는 동안, 손님방을 나간 언니는 밖에서 문을 잠가버렸다.

37 _____

레슬리

우리는 승강기를 타고 5층으로 올라갔다. 승강기 안에서 〈베사메무초〉가 흘러나왔다. 비록 라디오에서 들은 것과는 다른 재즈 버전이었지만, 나는 무어라 설명할 수 없는 이유로 신경이 곤두섰다.

문이 열리자 알록달록한 색깔의 카펫이 깔린 복도가 나왔다. 무늬 없는 나무 문들이 6미터 정도 간격을 두고 나란히 서 있었다. 나는 메리를 데리고 복도를 걸어가다가 '그런드먼, 제임스&로드리게스'라고 적힌 작은 간판 앞에서 멈춰 섰다.

"괜찮아?"

내가 물었다.

메리가 느닷없이 내 뺨을 쓰다듬는 바람에 나는 흠칫했다.

"안으로 들어갑시다, 언니."

메리는 또다시 텍사스 사람처럼 대찬 목소리를 냈다.

문을 열고 안으로 들어갔다. 회사는 규모가 무척 작아 보였다. 작은 응접실 뒤로, 바닥부터 천장까지 칸막이로 막힌 정육면체 모양의 사무실들이 줄지어 붙어 있었다. 가족사진을 끼운 액자들이 잔뜩 놓인 데스크 뒤에 안내 직원 구스만이 앉아 있었다.

"플로러스! 다시 보게 돼서 반가워요."

"저도 반가워요."

내가 찾아온 용건을 말하려는데, 메리가 냉큼 앞으로 나섰다.

"저는 로빈이에요. 동생이죠."

메리가 한 손을 내밀었다. 구스만은 집게발 같은 붉은 손톱을 자랑하듯 내밀며 메리와 악수를 나눴다. 메리는 다른 손으로 사진들을 가리키며 물었다.

"자녀분들인가 봐요?"

구스만은 미소를 지었다.

"맞아요."

"어머, 다들 뉴멕시코주의 평균 신장을 확 올려주고 있네요. 대단하다."

"남편 닮아서 그래요. 내가 일어서면 한번 보세요."

메리는 소리 내어 웃었다.

"손주들이 정말 귀여워요."

"고마워요." 구스만은 팔짱을 끼고 받침대 위에 선, 졸업 사진 속 레게 머리 소녀를 가리키며 말했다. "얘는 이제 열두 살인데, 아기 때 사진을 옆에 같이 놓아두고 있어요. 보고 있으면 나도 덩달아 젊어지는 기분이라서." 그녀는 손톱으로 액자를 한 번 톡 치고는 우리를 돌아보았다. "무엇을 도와드릴까요?"

내가 입을 열기도 전에 또다시 메리가 나섰다.

"앨버트 그런드먼 변호사님과 만나기로 약속이 돼 있어요."

"알겠습니다. 변호사님께 두 분이 왔다고 전해드릴게요. 잠시 저기 앉아 계세요."

구스만은 탁상전화의 수화기를 들고 엄지로 버튼을 눌렀다.

나는 메리와 함께 나무 의자로 가 앉으면서 조용히 그녀에게 물었다.

"이름, 기억하지?"

메리는 미간을 찌푸렸다.

"이제 나를 좀 믿어줬음 하네요, 레슬리. 당연히 기억하죠." 메리는 내가 사준 선불 전화기를 꺼내 들고 화면을 들여다보았다. "〈후르츠 닌 자〉나 해야지."

나는 구스만이 전화로 누군가와 나누는 날씨 이야기를 들으며 몇 번이나 자세를 바꿔 앉았다.

"전화기 좀 치워."

"223레벨을 깨고 있던 참인데."

메리는 구시렁대며 선불 전화기를 가방에 쑤셔 넣었다.

"레슬리!" 앨버트가 칸막이 쳐진 사무실에서 걸어 나오며 두 팔을 벌렸다. 한 손에 검은색 나무 지팡이를 들고 있었다. 나는 일어서서 그와 포옹했다. 그는 내 어깨 너머를 보며 말했다. "로빈을 데려왔구나."

"데려왔죠, 드디어."

그는 걸음을 옮겨 메리와도 포옹했다. 메리가 어린애처럼 그를 아무렇게나 두 팔로 안자 나는 속이 끓었다. 예전에 알던 이를 다시 만난 사람의 태도가 아니었다.

"오랜만이다." 앨버트는 메리의 등을 쓰다듬었다. "예뻐졌네." 메리가 뒤로 물러서자 그가 한마디 덧붙였다. "어쩜 이리 사랑스러울까. 언니가 얘기를 안 해서 몰랐네."

나는 입꼬리를 애써 올려 미소를 지었다.

"미리 말씀드리기가 쉽지 않았어요."

메리는 말을 곱씹는 듯 잠시 두 눈썹을 모으더니 말했다.

"칭찬 고맙습니다, 변호사님. 다시 만나서 반가워요."

"따라들 와."

앨버트는 사무실을 향해 느릿느릿 걸음을 옮겼다. 지난번에 만났을 때 듣기로는, 의사가 그에게 보행 보조기 사용을 권했다고 했다. 하지만 그는 고객에게 늙은이처럼 보이고 싶지 않다며 직장에서는 지팡이를 사용했고, 그러면서 넘어지지 않기 위해 보폭을 몇 인치나 줄여야 했다. 그는 자기 머리를 손으로 툭툭 치면서 말했다.

"내 이^{內耳}에 문제가 있어. 어지럼증도 있고 무릎도 안 좋아. 나사^{NASA} 과학자들이 '우리가 중력은 해결할 수 있지만 서류 작업은 견디기 어렵다'고 했다는데, 그게 딱 내 얘기야. 요즘은 격주로 의사를 만나고 있어."

그는 지팡이를 짚은 채 우리를 위해 사무실 문을 열어주었다. 나보다 먼저 사무실로 들어간 메리가 조그맣게 탄성을 질렀다.

앨버트의 사무실은 여유 공간마다 식물들이 빼곡하게 들어차 있었다. 사례집을 꽂아둔 책장 맨 위 칸에 줄지어 놓인 분재들은 잘 정돈된 모형 숲 같은 모습이었다. 창문 근처 천장에 매달아놓은 얕은 은그릇 세 개에는 머리에 다는 구슬 장식 같은 모양의 수국이 한가득 피어 있었다. 책상에는 한가운데 서류들이 잔뜩 쌓여 있고 '바질', '파슬리', '백리향' 같은 이름표가 붙은 작은 화분들이 가장자리를 에워싸고 있었다.

앨버트는 우리 뒤에서 발을 끌며 사무실로 들어와 문을 닫았다. 그의 한쪽 입꼬리가 올라갔다.

"내 작은 정원이 마음에 드나 보네?"

"굉장해요." 메리가 감탄했다. "어떻게 이렇게 다 해놓으셨어요?"

"창문으로 햇볕이 잘 들거든. 아주 추운 날이 아니면 늘 열어놔. 그건 진짜 허브야. 맛볼래?"

"아, 아뇨."

"그러지 말고 먹어봐." 앨버트는 마디 굵은 손으로 한 식물에서 잎 하나를 뜯어내 내밀었다. "이건 민트야. 치약 맛이 나지."

"털 같은 게 있는데요."

메리는 코를 찡그리며 그 잎을 받아 입에 넣고 씹었다. 내가 웃자 메리는 나를 보며 고개를 절레절레 저었다.

"널 만난 지 10초도 안 돼서 식물 맛을 보게 해주시다니 믿기지 않네."

메리는 손에다 그 잎사귀를 뱉었다.

"이거, 먹으면 안 될 것 같은데요? 정말 민트 치약 맛이 나요!"

앨버트는 확고했다.

"아니야, 먹어도 돼. 삼켜도 해로울 거 하나 없어."

내가 한마디 했다.

"누굴 만나든지 꼭 본인 식물을 먹이려고 하셔. 대부분의 사람들은 안 먹지."

메리는 씹다 뱉은 잎을 쓰레기통에 넣었다.

"그래도 입에 넣기는 했으니 언니보단 내가 예의 있는 거네."

그러자 앨버트가 말했다.

"아니야, 레슬리도 먹었어. 기억 안 나니? 너희 집에 들를 때마다 내가 레슬리한테 민트 잎을 갖다 주곤 했는데. 로빈은 너무 어릴 때라서 기억을 못 하나 보다."

"그럴지도요."

메리는 여기 온 후 처음으로 당황하는 기색이었다.

앨버트가 물었다.

"아들은 잘 있어, 레슬리? 다들 잘 지내지?"

"잘 있죠. 따님들은 어떻게 지내요?"

"이사를 하는 쪽으로 루스를 겨우 설득했어. 루스는 변호사 시험을 다시 봐야 하겠지만, 남편이 샌타페이에서 꽤 괜찮은 일자리를 얻게 됐거든."

"잘됐네요."

나는 미소를 지으며 의자를 약간 앞으로 당겨 앉았다.

"이 말을 꼭 해야겠다. 시간이 많이 흘렀지만 이렇게 다시 보게 돼서 정말 기쁘구나, 로빈." 앨버트는 앞으로 몸을 기울여 로빈의 손에 자신의 손을 얹었다. "유언장 관련 일을 진행하는 게 원래 좀 힘들어. 너희 아버지는 너희가 다시 한방에 모이기를 바라셨어. 네가 멀리 떠나버렸을 때 워런이 몹시 괴로워했거든. 대체 그동안 어디 있었던 거니? 레슬리가 너를 찾으려고 루이지애나주까지 갔다던데."

메리는 엄지로 그의 손을 문지르며 대답했다.

"거기 한동안 있기는 했어요. 얼마 후에 네바다주로 거처를 옮겼고요."

"네바다라……." 그는 옆으로 시선을 돌리며 물었다. "라스베이거스?"

"거기 식당에서 일했어요."

메리는 순한 태도로 어깨를 으쓱했다.

"나도 식당에서 일한 적이 있지." 앨버트는 로빈에게 미소를 보이고 말을 이었다. "법학 대학원에 다니면서 아르바이트를 했어. 접시도 닦고, 가게 문이 닫힌 후에는 주방 일도 도왔지. '작은 빨간 돼지'라는 뜻을 가진 '엘세르디토로호'라는 이름의 식당이었어. 버스보이들은 예쁜 여자 손님을 기다리다가 그런 손님이 들어오면 식당 뒤쪽에서 '코라손(사랑)!'이라고 외치곤 했어. 그리고 손님의 미모를 찬양하는 의미로 소파피야(기름에 튀긴 토르티아에 찬카카 소스를 뿌려 먹는 멕시코의 전통 디저트)를 만들어 대접했지."

"그 방법이 먹혔어요?"

"한 번도 먹힌 적은 없었어." 그는 싱긋 웃었다. "그래도 언젠가 잘되리란 희망은 있었지."

나는 의자 밑으로 넣은 두 손을 깍지 꼈다가 도로 풀기를 반복했다. 초조할 때마다 나오는 버릇이었다. 나는 지나치게 빠르게 말하지 않으려고 노력하며 물었다.

"드디어 오늘이네요. 수표에 서명하는 날이요."

"그게 말이다, 오늘은 안 되겠어."

앨버트는 작은 소리로 노래를 흥얼거리며 책상 위에 놓인 서류들을 넘겼다.

메리와 나는 그 자리에 얼어붙었다.

나는 좀 더 자연스러운 자세를 취하려고 애써 어깨의 힘을 뺐다.

"그게 무슨 뜻이에요? 다른 절차가 또 있나요? 왜냐하면……." 내 입에서 "메리"라는 말이 튀어나올 뻔했으나 기침을 하면서 도로 삼켰다. "동생이 곧 집으로 돌아가야 해서요."

앨버트가 나를 흘긋 쳐다보았다.

"아, 미리 설명을 해줄 걸 그랬네. 내가 너희들한테 수표를 내주기전에 카운티 내에서의 의무 해제 및 상환채 처리, 요금 지불 처리를 해야 돼."

메리는 의자 팔걸이를 손가락으로 쥐고 비틀었다.

"'의무 해제 및 상환채 처리'라는 게 뭐예요?"

앨버트는 '고수'라고 적힌 화분 밑에서 마닐라 봉투 하나를 꺼내 우리에게 내밀었다.

"직접 봐. 전부 적혀 있어. '의무 해제'라는 건 유언집행자로서의 내의무가 끝난다는 뜻이고, '상환채 처리'라는 건 다른 자산이 없을 경우이 돈으로 빚을 상환하라는 뜻이야. 하지만 그 부분은 걱정할 필요 없어. 너희 아버지가 남은 예금에서 공중 비용 등을 처리하도록 미리 정해놨거든. 너희가 받을 유산은 별도 계좌에 들어 있어. 유언장에 따르면 너희는 각각 5만 달러씩을 유산으로 받게 돼. '받아들이겠습니다'라고 말하면서 변호사 앞에서 서명을 하면 되는 거야."

나는 유언장을 가만히 보면서 물었다.

"처리에 시간이 얼마나 걸릴까요?"

"음, 너희가 떠나자마자 앤절라에게 처리하라고 지시할게. 하지만 아무리 빨라도 내일 아침은 돼야 접수 확인이 될 거야. 그러면……." 그는 눈을 가늘게 뜨고 달력을 들여다보며 덧붙였다. "다음 주 월요일에 다시 보자. 수표를 준비해놓을 테니까 월요일에 사무실에 다시 들러줄래?"

나는 심장이 철렁했다.

"그건 좀…… 더 빨리 진행할 수 있는 방법은 없을까요?"

"왜 그렇게 서둘러?" 앨버트는 나를 향해 돌아서며 미간에 주름을 잡았다. "이번 주말에 당장 그 돈을 써야 하는 거냐?"

메리가 끼어들었다.

"제가 금요일에 비행기를 타야 하거든요. 변호사 사무실에 와서 서명만 하면 되는 줄 알았어요."

앨버트는 뒤로 기대앉았다. 낡은 은색 버클 벨트를 둘러맨 그의 배가 호흡에 맞춰 오르내렸다.

"글쎄. 내 의견을 말하자면, 그렇게 후딱 처리를 하는 건 워런의 유언장 취지에 맞지 않는 것 같구나. 워런은 너희 둘이 조금이라도 더 많은 시간을 함께 보내길 바랐어."

메리는 내 어깨에 손을 얹으며 기쁨과 근심이 섞인 표정을 지었다. 흡사 피에타를 보는 것 같은, 극적인 표정이었다.

"저희는 이미 그러고 있어요. 언니가 저를 데리러 와줬고 집에서 가족들과 함께 지내게 해주고 있거든요. 1년 전만 해도 상상할 수 없는 일이죠. 언니는 저한테 무척 잘해주고 있어요." 메리는 시선을 내리깔며 말을 이었다. "월요일부터 지금까지 거의 일주일 동안 언니 집에 있었어요……." 그리고 조그맣게 웃었다. "더 뭉그적대다가는 직장에서 잘려도 할 말이 없을 지경이에요. 제시카가 저 대신 일을 해주고 있긴 하지만…… 이 돈이 없으면…… 비행기 푯값도 못 내요."

"그런 말은 안 해도 돼."

나는 얼른 메리를 말렸다. 메리는 놀란 눈으로 나를 쳐다봤지만 이내 평정심을 되찾는 것 같았다.

"괜찮아. 난 사람들이 내가 가난하다는 걸 알아도 상관없어. 가난이 잘못도 아니고."

앨버트는 우리를 가만히 바라보았다. 그가 사무실 문을 닫는 순간부터 방 안은 온도가 올라가기 시작해 지금은 온실이나 다름없을 정도로 덥고 습해져 있었다. 이마뿐만 아니라 의자에 닿은 등에서도 땀이 배어났다.

침묵을 견딜 수 없어서 나는 불쑥 제안했다.

"그럼 저희랑 같이 저녁 식사를 하시는 건 어때요?"

의자를 잡고 있는 메리의 손가락이 하얗게 질렸다. 나는 그녀의 옆얼굴에서 내키지 않는다는 표정을 읽었지만, 여기서 그만둘 수는 없었다.

"월요일까지 다른 약속 없으시다면요. 로빈과 제가 함께 시간을 보낼 수 있는 기회도 될 테고요. 식사하면서 아버지 젊었을 적 이야기도 해주시고, 저희한테 수표를 주시면 되지 않을까 싶은데요. 괜찮은 식당에서 같이 식사해요. 제가 살게요. 블루루프라는 식당 어떠세요?"

"음." 앨버트는 곧장 대답하지 않았다. 메리를 슬쩍 보니 휘둥그레진 눈으로 나를 쳐다보고 있었다. 마침내 앨버트가 말했다. "괜찮은 방법 같구나. 꽤 괜찮은 방법이야. 블루루프에 간 게 벌써 몇 년이나 됐네. 그 집이 연어 요리를 상당히 잘했어. 지금도 잘하는지 궁금하구나."

"잘해요." 마음이 놓이자 입에서 말이 빠르게 튀어나왔다. "잘하죠! 데이브랑 두 달 전에 갔었거든요. 데이브가 가고 싶어 해서요."

"음, 그럼 거기서 같이 저녁 식사를 하기로 하지."

그때 메리가 제법 매끄럽게 나섰다.

"내일 저녁 식사로 해요. 그래야 저도 비행기 타기 전에 짐 쌀 시간을 벌 수 있을 것 같아요."

"그러자꾸나. 서두르는 면이 없지 않지만, 카운티 사무소에서 접수 완료 사실을 우리한테 통보해주면 앤절라더러 은행 문 닫기 전에 수표를 발행하라고 하면 돼. 문제없이 다 착착 진행될 때나 가능한 이야기겠지만."

나는 말했다.

"알겠습니다. 저한테 전화 주세요. 일단 식당 예약은 해놓을게요."

"예약이 돼야 할 텐데. 그 식당이 예전에는 꽤 붐볐거든."

"목요일이라 그리 많이 붐비진 않을 거예요. 금요일도 아니고……."

그때 메리가 민트 잎을 하나 뜯어서 내게 건넸다.

"민트 씹을래?"

나는 어쩔 수 없이 말을 끊고 민트 잎을 입에 넣었다.

"이번 주에 이렇게 멋진 약속이 생길지 누가 알았을까? 난 정말 운이 좋은 놈이야. 제임스나 로드리게스가 알면 부러워서 이를 갈겠어. 음, 사정이 급하니 서둘러야지. 서류에 서명부터 해라. 너희에게 방해가 되지 않도록 빠르게 처리해주마."

메리는 펜을 집어 들며 말했다.

"정말 고맙습니다."

"네, 저희는……."

내가 말을 하려는데, 메리가 내 턱 아래를 툭 쳤다.

"민트 잎을 씹으면서 말하지 마, 언니. 잎 파편이 나한테 튄단 말이야."

메리가 서명을 하려는 순간, 생각이 났다. 나는 우리 성姓인 '보이트'의 철자를 메리에게 알려준 적이 없었다. 당황한 나는 메리의 펜을 움켜잡았다.

메리가 나를 쏘아보았다.

"뭐야! 왜 그래?"

다급해진 나는 털이 난 민트 잎을 반쯤 씹다 말고 꿀꺽 삼켰다.

"내가 언니니까 먼저 서명해야지."

앨버트는 나 때문에 당황했는지, 그럴 때마다 버릇처럼 하듯이 머리를 긁적이며 어깨를 움츠렸다.

"레슬리, 서명 순서는 상관없어. 수령인란에 서명하기만 하면 돼."

나는 진지하게 고개를 끄덕이고는 고루한 필기체로 '레슬리 보이트 플로러스'라고 썼다. 메리에게 펜을 건네면서 눈치껏 하라는 뜻으로 '보이트' 부분을 손으로 짚었다.

메리는 나를 향해 눈살을 찌푸리더니 내 이름 밑에 휘갈기듯 서명을 했다. 뭐라고 썼는지 거의 알아보기 힘들 정도라서, 설사 철자를 잘못 적었다 해도 누가 알아차리지도 못할 것 같았다. 명확하게 보이는 글자는 로빈^Robin의 'R'과 보이트^Voigt의 'V'뿐이었는데, 자아도취에 빠지기라도 한 것처럼 글자 끝부분을 커다랗게 휘말았다.

앨버트는 서류를 한 번 쓱 보고는 마닐라 봉투에 도로 집어넣었다.

"됐다. 앤절라에게 전하마."

내가 나섰다.

"아, 저희가 나가면서 앤절라한테 줄게요. 그분 자리를 지나서 가니까요. 그러는 편이 덜 번거로울 거예요."

메리가 그만 좀 하라는 듯 지친 표정으로 나를 보았다.

"아니, 아니야." 앨버트는 몇 가닥 없는 눈썹을 가운데로 모으며 말했다. "내가 할게, 레슬리. 배웅해줄까?"

메리가 내 앞을 가로막았다.

"아뇨, 저희가 알아서 나갈 테니까 걱정하지 마세요. 오늘 만나주셔서 고마워요, 변호사님. 덕분에 언니랑 시간을 좀 더 보낼 수 있게 돼서 저도 기뻐요. 오늘 시간 내주셔서 정말 감사합니다."

앨버트는 가죽 의자에서 몸을 약간 일으켰다.

"넌 예전 모습 그대로구나, 로빈. 네 아버지가 널 봤으면 자랑스러워하셨을 텐데."

그들이 따뜻한 인사를 나누는 동안 내 얼굴은 뜨겁게 달아올랐다. 온실 같은 습한 공기 때문에 질식할 것만 같았다. 어서 여기를 나가고 싶었다.

나는 벌떡 일어섰다. 그 바람에 의자가 왈각달각하며 흔들렸다.

"지금 바로 식당에 전화해서 예약할게요. 오늘 정말 반가웠어요, 변호사님."

"나도 반가웠다, 레슬리."

앨버트는 멍멍히 대답하며 책상 위에 놓인 서류들로 시선을 돌렸다. 메리가 인사를 하며 그의 손을 쓰다듬었다. 현기증을 느낀 나는 서둘러 사무실 문을 열고 복도로 나가 폐 안 가득 건조한 공기를 들이켰다.

메리는 커다란 고양이처럼 느긋하고 만족스러운 걸음으로 내 옆을 지나면서 안내 직원에게 말했다.

"안녕히 계세요, 구스만!"

"안녕히 가세요, 고객님."

나는 그녀에게 인사를 건네는 구스만 앞을 조용히 지나갔다.

그리고 로빈을 따라 말없이 승강기에 탔다. 나는 그제야 내가 빠져 있던 착각을 깨닫고 생각을 바로잡았다. 이 여자는 로빈이 아니라 메리였다.

메리는 폴로 원피스의 주름을 펴고 금발을 손으로 쓸어 넘겼다. 뿌리 쪽 머리가 아직 자라지 않아서 자연 금발처럼 보였다. 그녀는 유쾌하게 물었다.

"대체 왜 그랬어요?"

나는 옆으로 시선을 돌렸다.

"무슨 뜻이야?"

"아까 사무실 안에서 미친 사람처럼 굴었잖아요. 빨리 하자고 막 압박하고."

목 안이 타는 듯했다. 나는 마른침을 삼켰다. "당황했어." 평소와 같은 목소리를 내려고 애썼다. "우리가 오늘 수표를 받을 수 있을 줄 알았거든."

"며칠 더 걸리는 게 뭐가 어때서요?" 메리는 가방에서 챕스틱 튜브를 꺼냈다. "집을 지키는 데 쓸 돈이라고 했죠? 당장 내지 않으면 은행이 집을 빼앗기라도 한대요?"

승강기 문이 열리자마자 나는 얼른 내려 로비 문으로 서둘러 걸어 갔다. 유리를 통해 들어오는 늦은 오후의 햇살에 눈이 부셨다. 눈을 세게 깜박였다.

"레슬리?"

메리가 뒤에서 나를 불렀다.

나는 문을 열고 밖으로 나갔다.

38 _____

메리

앨버트와 이야기하고 있는데 가방 안에서 휴대전화가 진동했다. 전화기 화면을 살짝 내려다보니 낸시가 보낸 문자메시지가 화면에 떠 있었다.

한 시간 반 뒤에 프런티어 식당에서 만날래?

나는 플로러스 집 진입로로 올라가면서 그렇게 하겠다고 답장한 후, 레슬리에게 말했다.

"산책 다녀올게요."

레슬리는 놀란 표정이었다.

"저기, 난 어린이집에서 일라이를 데려와야 해." 레슬리는 사이드브레이크를 당긴 뒤 차고에 넣어둔 유아용 카시트를 확인했다. "지금 산

책을 가버리면 널 안으로 들여보내줄 사람이 없어."

"언니가 올 때까지 집 앞에서 기다리면 되죠, 뭐."

나는 레슬리에게 다정한 미소를 지어 보였다. 그때 휴대전화가 울리는 바람에 그녀는 내게서 시선을 거뒀다.

"알았어." 레슬리는 차에서 내려 유아용 카시트를 가지러 갔다. "저녁 식사 때까진 돌아와."

레슬리가 올 때까지 집 앞에서 죽치고 기다릴 생각은 전혀 없었다. 식사 시간에 맞춰 돌아오지 못할 것 같다고 말하려 했지만, 레슬리는 이미 전화를 받고 있었다. 오늘 저녁에는 레슬리가 나를 기다려야 할 것이다. 나는 할 일이 있으니까. 잔디밭을 가로질러 걸어가는데 레슬리의 나지막한 말소리가 들려왔다.

"네, 물론요. 다 잘되고 있어요."

지루하게 시간을 죽이는 동안 잠시 산책을 했다. 내 옆으로 지나가는 행인은 아무도 없었다. 지나칠 정도로 하얀 보도를 따라 동네 끝까지, 모험심이 적은 보브캣과 코요테의 접근을 막으려고 세워둔 사암 벽이 있는 곳까지 가볼까 싶기도 했다. 사암 벽을 타고 넘거나, 큰길을 따라 걷다가 빙 돌아서 산에 올라가볼 수도 있을 것이다. 아니면 폴로 원피스 차림으로 봄의 사막에서부터 눈 덮인 산꼭대기까지 걸어 올라가거나.

하지만 그러는 대신 렌터카로 돌아갔다. 낮의 열기로 인해 공기는 여전히 뜨끈했고, 섬광전구를 켰다 껐다 하듯 번뜩이는 구름들이 모인 서쪽에서 오존 냄새가 밀려들었다. 곧 비가 올 것 같았다.

프론티어 식당은 뉴멕시코 대학교 맞은편에 위치해 있었다. 날이 밝기 전에 청소를 하거나 개점 준비를 하는 데 필요한 몇 시간을 제외하고는 종일 영업에 연중무휴인 식당이었다. 식당 뒤쪽에 애매한 'L'자 형태로 포장된 주차장이 있었는데, 주차 선 밖으로 튀어나온 픽업트럭과 SUV로 벌써 가득 차 있었다. 차 한 대 겨우 지나갈 만한 공간으로 요리조리 운전해가며 안쪽으로 들어가 주차를 하거나, 들어가 보니 자리가 없어서 겸손하게 후진해 도로 나오거나 둘 중 하나였다. 입구에서 본 식당 내부는 끝도 없이 깊었다. 벽에 러그가 걸려 있는, 붉은 비닐 소재의 부스가 줄지어 자리한 곳을 지나면 비로소 메인 룸이었다. 방 끝에는 낮고 긴 카운터가 있었고, 카운터 뒷벽 위쪽으로 수백 가지 메뉴가 적힌 열 개 이상의 안내판들이 나란히 붙어 있었다.

카르네 아도바다(남미 요리에 쓰는 향신료인 아치오테에 재워서 구운 돼지고기) 부리토를 받아 든 나는 마차 바퀴로 만든 샹들리에 아래, 작은 나뭇조각들로 만든 부스에서 낸시를 기다렸다. 메인 룸에는 사람이 꽤 많았다. 버스보이들과 손님들이 내는 소음 사이사이로 유치원 관현악단의 트라이앵글 소리 같은 주문 벨 소리가 울려 퍼졌다. 나는 주문을 위해 차례를 기다리는 한 청년에게 재미 삼아 미소를 지어 보였다. 검은 고수머리에 두꺼운 안경을 낀 그 청년은 뉴멕시코 대학교 학생 같았는데 남의 시선을 두려워하는 것처럼 보였다. 후드 티셔츠의 모자를 올려 쓰더니, 수 분 동안 열 번도 더 나를 돌아보았다. 그때마다 나는 차분하게 그의 눈을 응시했다. 주문을 하러 앞으로 걸어간 그 청년은 무엇을 주문해야 할지 잊어버리고 직원 앞에서 말을 더듬었다. 뺨이 발갛게 달아오른 그가 뒷벽의 메뉴 안내판을 다시 열심히 올려다보는 동안 세 명이 그보다 앞서 주문을 했다.

그때 낸시가 걸어 들어왔다. 막 샤워를 하고 온 듯 젖은 머리카락을 이마 뒤로 넘긴 모습이었다. 회색 운동복 바지에 민소매 저지 셔츠를 입었는데 속에 입은 스포츠 브라가 언뜻 비쳤다. 두툼한 근육질 팔은 평소 반소매 제복을 입고 다닌 탓에 고르지 않게 그을어 있었다. 그녀의 몸에서 긴장감이 느껴졌다. 낸시가 나를 찾으려고 실내를 눈으로 훑자, 나는 손을 흔들었다.

낸시는 내가 있는 부스로 들어와 맞은편 자리에 앉았다.

"로빈, 안녕."

"안녕, 자기야." 나도 지난번에 낸시가 그런 것같이 "자기야"라고 불러보았다. "피곤해 보이네. 괜찮아?"

낸시는 한 손을 얼굴 앞에 대고 휘저었다.

"괜찮아. 단지……."

나는 고개를 갸웃했다.

낸시는 꼬리에 꼬리를 무는 생각을 그만 접으려는 듯 손목시계를 들여다보았다.

"오늘 바로 또 만나자고 메시지 보내서 미안해. 네가 알려준 주소를 찾아봤거든."

나는 지나친 관심을 쏟는 것처럼 보이지 않으려고 노력했다.

"뭐 먹을래? 일단 내 거라도 먹어."

나는 먹다 남은 부리토를 테이블 가장자리로 밀었다.

낸시의 얼굴에 따스한 기운이 퍼져나갔다.

"배 안 고파."

나는 조용히 기다리려 했지만 더는 참을 수 없었다.

"뭘 찾았어?"

낸시가 한숨을 쉬었다.

"있잖아, 널 겁먹게 하고 싶지 않거든. 별일 아닐 수도 있어."

맥박이 널을 뛰었다.

"뭔데?"

낸시는 테이블 위에 올려놓은 내 두 손을 힐긋 쳐다보았다. 내 손과 그녀의 손은 불과 몇 센티미터밖에 떨어져 있지 않았다. 그녀의 손가락이 움찔했다.

"거기가…… 지금은 헬스클럽이잖아. 전에는 프랜시스 클러리라는 남자의 소유였어. 프랭크 클러리라고도 부르더라. 한동안 그 남자가 거기서 전당포를 운영했어. 그가 감옥에 간 뒤에 팔려버렸지만."

"감옥에 갔다고? 무슨 죄로?"

"최근에 그렇게 됐어. 가족에 대한 상습 폭행. 가정폭력방지법 위반이지. 부인의 얼굴을 총으로 후려쳐서 안와 골절상을 입혔어. 생명에는 지장이 없지만, 그 정도 상해면 8개월은 징역을 살게 만들 수 있어. 3급 중범죄로." 낸시는 숨을 후 내쉬고 덧붙였다. "재판까지 부인이 잘 버텨야 할 텐데. 가정 폭력 사건 같은 경우는 범인이 제대로 죗값을 치르게 만들기가 쉽지 않아."

나는 눈썹을 찌푸렸다.

"이해가 잘……." 나는 낸시와 눈이 마주치자 바로 덧붙였다. "그러니까 내 말은, 끔찍한 사건이긴 한데 이게 우리 언니랑 무슨 관계가 있어?"

낸시는 깍지를 끼고 손가락 관절이 하얗게 질릴 때까지 두 손을 꽉 맞잡았다.

"우리는…… 그를 지켜보는 중이야. 비공식적으로. 아직까지는 그를 잡아들일 수가 없었어. 다들 그가 언젠가는 탈세로라도 걸려들 거라고 했지. 그런데 살다 보면 이번처럼 어리석은 짓을 해서 잡히기도 하거든. 그의 부인이 남편에게 맞은 후 이웃집으로 도망쳐 신고를 했어. 전에도 그 부부 때문에 시끄럽다는 신고가 몇 번 들어온 적은 있었는데, 그때마다 경찰이 출동하면 그 집 부인은 남편한테 맞은 게 아니라고 말했거든. 이번에는 남편 놈이 제 아내를 붙잡아 협박하기 전에 우리가 먼저 치고 들어간 거지. 길모퉁이에서 대기 중이던 경찰이 부인이 전화를 끊자마자 남편을 폭행죄로 체포했어."

말을 마친 낸시는 고개를 절레절레 흔들었다.

"남편이 아내를 때리는 집이 있으면 늘 그렇게 길모퉁이에서 경찰이 대기를 해?" 나는 좀 더 생각을 해본 후 덧붙였다. "그게 아니면……모퉁이에서 경찰이 대기하고 있던 이유가……."

낸시의 검은 눈이 내 눈을 응시했다.

"그 남자는 종종 청부 살인을 해."

나는 아무 대꾸도 못 하다가 한참 만에 다시 입을 열었다.

"그걸 경찰은 어떻게 알았어?"

"몰라." 낸시는 어깨를 으쓱했다. "우리한테 확신이 있었다면 그놈은 폭행이 아니라 다른 죄목으로 감방에 들어갔겠지. 체포할 만큼 증거가 충분하지 않아도 보통 그런 놈들 주변에는 구린 소문이 돌아. 저기, 레슬리 언니는 그냥 다른 볼일로 그 전당포를 찾았을 수도 있어."

"넌 그렇게 생각 안 하잖아." 나는 눈을 내리까는 낸시를 보면서 물었다. "이유가 뭔데?"

낸시는 내가 아닌 테이블을 보며 대답했다.

"단순히 주소 문제였으면 관련이 없을 수도 있어. 그런데 네가 알려준 전화번호는 전당포 번호가 아니라 그 남자의 휴대폰 번호였어. 전당포 손님들과 통화를 하기 위해 산 폰일 수도 있겠지. 하지만 전당포 일 때문이라면 가게 전화를 놔두고 군이 개인 폰 번호를 손님한테 줘서 밤낮으로 전화에 시달릴 필요가 있을까?"

"개인 번호로 업무를 본 걸 수도 있잖아." 나는 멍하니 말했다. "온라인에 전당포 관련 글을 올리고 사람들한테 문자메시지로 답을 받으려고."

"그래." 낸시는 입술을 꾹 붙이고 있다가 차분하게 덧붙였다. "문제는 그가 전당포 관련 글을 온라인에 올린 적이 없다는 거야."

"경찰이 거기까지 추적을 했어?"

"아까도 말했지만 우린 그가 언젠가는 탈세로 걸려들 거라 여기고 있었어. 전당포 운영만으로는 1967년식 카마로를 몰 수가 없으니까. 작년에 그는 그 차를 복원하고 도장塗裝까지 새로 했어."

나는 눈썹을 치켜세웠다.

"그러는 데 3만 달러쯤 드나?"

"더 많이 들지. 코랄레스의 전당포 중에 차 한 대에 그렇게 큰돈을 쓸 수 있을 정도로 큰 수익을 올리는 곳은 없어. 클러리는 손님들한테서 할머니의 보석이나 총, 그림보다 액잣값이 더 나가는 샌타페이의 미술품 따위를 사들이지만, 그런 거로는 그렇게 호화롭게 못 살아."

"마약 거래를 하는 걸 수도 있겠네."

낸시는 손가락으로 테이블을 톡톡 두드렸다.

"엄마 집 지하실을 벗어나 클래식 카 복원까지 하려면 돈을 엄청 벌어야 가능하지. 그런데 누가 마약 거래로 그렇게 높은 수익을 올리면 내 귀에도 소식이 들어와. 게다가 마약 거래는 고객이 차에 상품을 실은 채로 연행될 수 있어서 위험이 따라."

"하지만 어떻게 청부 살인으로 큰 수익을 내겠어? 여기서 1년 동안 발생하는 살인 사건이 그렇게 많지도 않잖아? 로스카보스(멕시코 바하칼 리포르니아수르 최남단 지역)라면 몰라도 여긴 앨버커키인데."

낸시는 고개를 저었다.

"우린 매달 경찰서에서 지긋지긋할 정도로 관련 강의를 듣고 있어. 앨버커키시의 폭력 범죄 형사 입건 건수는 다른 카운티들 평균의 두 배가 넘어. 대부분 오피오이드(아편과 유사한 작용을 하는 합성 마약성 진통제) 관련 범죄야. 사람들은 마약 살 돈을 구하려고 서로를 공격하거든. 네가 여길 위험하지 않은 도시라고 생각하는 것도 이해는 가. 너 같은 사람들한테는 위험한 곳이 아니니까."

나는 시선을 들었다.

"내가 백인이라서?"

낸시는 어깨를 으쓱했다.

"게다가 넌 마약을 안 하잖아. 네가 여기서 겪을 수 있는 가장 큰 위험은 제니퍼 클러리가 경험한 일을 당하는 것 정도야."

나는 그 이름을 머릿속에 새겨두었다.

"프랭크 클러리의 부인 말이구나."

"응."

낸시는 테이블 위로 손을 뻗어 내 손을 잡았다가 재빨리 뒤로 뺐다. 우리가 사람들로 북적이는 식당 안에 있음을 상기한 듯했다.

"그럼 레슬리 언니는 더 안전해야 마땅하지. 너도 우리 언니네 집을 봐야 해. 뒷마당에 잔디가 있어. 진짜 잔디, 진짜 풀이 깔려 있다니까. 게다가 언니는 마약도 안 해. 데이브 형부가 가끔 대마초를 피우긴 하는데, 언니 몰래 피우거든. 그것만 봐도 언니는 마약이랑은 거리가 먼

사람이야."

"형부에 대해 또 뭘 알고 있어? 화를 잘 내는 사람이야?"

나는 두 손을 허벅지로 내리고 시선을 떨궜다.

"그런 쪽과는 거리가 멀어. 형부는 언니를 사랑해."

문득 머릿속 생각을 조금 더 발전시켜보았다. 데이브가 일레인 캠벨에게 돈을 보낸 사실을 레슬리가 알게 됐다면? 그래서 데이브에게 따지고 들었다면?

낸시의 입가에 깊은 주름이 잡혔다.

"가정 폭력 건으로 체포된 남자들 얘기를 들어보면 사랑 때문이었다고들 해. 아내를 사랑해서 그랬다는 거지."

"형부는 아니야. 대가족 출신이고 누나들도 있어. 본인 어머니도 무척이나 사랑하더라. 언니 부부 사이에는 아기도 있어. 형부는 그 아기를 무척 사랑해."

"네 언니는 어때? 오해하지 말고 들어. 네가 가출해 있는 동안 레슬리도 데이브처럼 가족한테 의지할 수 있었어? 혹시 데이브가 레슬리를 고립시키지는 않았니?"

나는 말문이 막혔다.

"데이브가 집안 경제를 좌지우지하면서 가정을 통제하고 있다면 네 언니는 집을 벗어나기가 무척 힘들 수 있어. 어떤 여자들은 그런 경우에 탈출구가 없다고 느끼기도 해."

우리는 잠시 서로를 가만히 바라보았다.

마침내 나는 속삭이듯 말했다.

"진실을 알고 싶어. 언니에게 탈출구가 없는 상황이라면 답이 쉽게 나올 수 있겠지만, 그건 사실이 아니야. 언니한텐 탈출구가 있어."

"그래야 네 마음이 편하다면 그렇게 생각하든지……." 낸시는 말끝을 흐리다가 숨을 삼킨 후 덧붙였다. "대부분이 그래. 갇혀 있는 기분으로 살고 있더라도 대부분의 사람들은 탈출구가 있다고 믿어."

형광등 불빛 아래서도 낸시는 무척 아름다웠다. 강하고 깔끔한 몸의 윤곽이 불빛에 도드라져서, 마치 옛 서부영화 속 카우보이처럼 그곳에 있는 어느 누구보다도 눈에 띄었다. 낸시가 군대에 있었다는 건 나도 알지만, 그녀가 사람을 죽이는 장면은 도저히 머릿속에 그려지지 않았다.

"만나서 얘기해볼 수 있을까? 프랭크 클러리라는 남자랑?"

낸시는 뒤로 기대앉았다.

"아무리 나라도 널 멋대로 유치장에 데리고 들어갈 수는 없어. 그가 너한테 사실대로 털어놓을 리도 없고. 대부분의 경우 입을 다물고 있는 게 낫다는 걸 잘 아는 놈이야."

"시도라도 해보려고." 나는 목소리에 힘을 주었다. "진실을 알고 싶어."

"레슬리한테 직접 물어보지 그래? 네 언니가 정말로 곤경에 빠진 거라면 당장이라도 네 도움을 필요로 할 텐데."

좋은 질문이었다. 나는 몇 초 동안 생각한 끝에 대답을 내놨다.

"지난주까지만 해도 언니와 내 관계가 얼마나 좋지 않았는지 너는 몰라. 언니는 나를 증오했어. 지금도 자기 삶에 나를 잠시 들여놓은 것뿐이야." 이건 사실이었다. "내가 얼토당토않은 가설을 세워놓고 언니를 비난하기라도 하면 언니는 당장 나를 집에서 내쫓을걸. 그렇게 되면……." 나는 깊은숨을 들이마셨다. "다시는 자기 삶에 나를 들이지 않을 거야. 자칫하면 언니가 죽을 수도 있어, 낸시. 형부가 정말로 구린

짓을 하고 있다면…… 정확히 어떤 짓인지는 모르겠지만…… 그래서 언니가 클러리라는 남자와 접촉한 거라면…… 언니를 도와줄 사람은 나밖에 없어."

낸시는 손으로 머리카락을 쓸어 넘겼다.

"클러리는 질이 안 좋은 놈이야, 로빈. 네가 무슨 말로 그놈을 구슬려서 원하는 답을 얻어내겠다는 건지 모르겠어."

조금씩 길이 보이고 있었다.

"난 배우야. 사람들을 내 편으로 만드는 게 특기라고. 그의 심리를 들여다볼 수 있을지도 몰라."

낸시는 내키지 않는 표정이었지만, 내가 귀여워 보이는지 미소를 지었다.

"배우라고?"

나는 여세를 몰아 이렇게 말했다.

"잘 안 될 수도 있겠지. 그래도 시도라도 해보고 싶어. 내가 진정한 의미의 가족을 가져볼 마지막 기회일 수 있으니까."

뉴멕시코주에, 낸시 곁에 남을 수 있는 기회이기도 할 터였다. 나는 낸시의 입술에서 그녀의 손으로 시선을 떨어뜨렸다.

낸시는 이로 입술을 깨물었다.

"내일 5분 정도 유치장에 들어가게 해줄게. 면회 시간은 오후 12시 반부터야."

종이 모자를 쓴 주문 담당 남자 직원이 소리쳤다.

"다음 분, 다음 분요!"

나는 부스 안에서 몸을 앞으로 기울이고 턱을 살짝 들어 올렸다.

"낸시, 고마워."

그녀의 얼굴이 발갛게 달아올랐다.

"5분만이야. 유치장이 어디에 있는지는 알지?"

"알아." 부스에서 일어난 나는 쑤시는 팔다리를 쭉 폈다. "이만 가자."

낸시는 눈을 내리깔며 말했다.

"그래."

낸시를 따라, 줄지어 자리한 부스들과 머리 위에서 줄기를 늘어뜨린 식물들 옆을 지나가는데 아까 봤던 청년이 눈에 띄었다. 나는 낸시 뒤를 따라가면서 의기양양한 표정으로 그에게 윙크를 했다. 나를 쳐다보던 그는 위협이라도 당한 것처럼 위축되었다.

바깥은 어두웠고 주차장의 차들도 많이 빠져나간 상태였다. 낸시는 주머니에 두 손을 찔러 넣고 섰다. 비가 내리고 있었다. 부드러운 빗방울이 아스팔트의 흙먼지를 진창 개울로 바꿔놓았다. 낸시의 얼굴은 잘 보이지 않았지만, 나를 향한 그녀의 시선만은 느낄 수 있었다.

"넌 고등학교 때에 비해 좀 달라진 것 같아."

"그동안 키가 5센티미터는 컸지, 아마?"

낸시는 웃지 않았다.

"내 말은 네가 좀…… 모르겠다."

나는 느긋한 걸음으로 다가가 그녀의 한쪽 팔을 내 허리에 두르고 몸을 밀착했다. 잠시 후 그녀의 입술에서 내 입술을 떼며 말했다.

"가봐야 해. 내가 어디에 있는지 언니가 궁금해할 거야."

낸시의 눈빛이 흔들렸다. 낸시에게도 그녀를 기다리는 누군가가 있었다. 나는 낸시가 돌아서길 기다렸지만 낸시는 나를 비에 젖은 자동차로 밀어붙이고 또다시, 더 세게 입을 맞췄다. 낸시는 지금의 배우자를 떠날 생각을 해봤을까, 수년이 흐르는 동안 무슨 일이 있었는지 궁금해한 적은 있을까. 이대로 내가 뉴멕시코주에 남을 방법이 있다면 좋을 텐데. 아니면 낸시와 함께 로스앤젤레스로 갈 방법이라도. 내가 로빈으로 남아 있는 한, 적어도 나를 사랑해줄 사람이 여기에 한 명은 있었다.

금속과 닿은 피부에서 타는 듯이 뜨거운 감각이 일기 시작했다. 속이 울렁거렸다. 마치 열병이라도 난 것처럼. 나는 비에 젖은 두 손으로 얼굴을 가렸다. 낸시가 뒤로 주춤 물러섰다.

"로빈?"

지금 내가 낸시에게 어떤 표정을 보여주고 있는지 알 수 없었다.

"이만 가봐야 해. 내일 보자. 유치장에서 보면 되지?"

39 _____

레슬리

일라이를 데리러 가는 길에 문득 결혼식 날이 생각났다. 데이브와 나는 한겨울에 샌타페이의 로레토 성당에서 결혼식을 올렸다. 그해에는 운전하기가 어려울 정도로 눈이 많이 내려서, 데이브의 사촌 대니는 고속도로를 달려오다 미끄러져 하마터면 큰 사고를 당할 뻔했다. 성당 안으로 들어가자, 수많은 촛불들과 긴 나무 의자를 빽빽이 채운 하객들의 체온에 달궈진 공기 탓에 속이 울렁거렸다. 내 얼굴은 벌겋게 달아올랐고, 의자들 사이로 난 통로를 걸어가는 동안 배어난 땀 때문에 웨딩드레스가 몸에 들러붙었다.

두렵지는 않았다. 내가 두려워 할 이유가 있었을까?

그 무렵은 우리가 서로를 안 지 1년이 조금 넘은 시점이었다. 그 후 5년 가까이 결혼 생활을 해오면서 나는 우리가 서로를 잘 알지 못한다는 생각을 하게 됐지만, 결혼할 당시에는 그렇게 생각하지 않았다.

결혼식 전 24시간 동안, 전통에 따라 우린 서로의 모습을 볼 수 없었다. 처음 만난 이후로 그렇게 오래 떨어져 있어본 건 처음이었다. 그리고 예식 당일 숨 막히게 답답한 작은 성당 안에서 데이브를 보았을 때, 내가 느낀 감정은 안도감이었다. 나는 화초가 창문을 향해 잎사귀를 뻗치듯 그의 관심을 갈구했다. 데이브가 없으면, 나는 아버지에게 매인 몸이었다. 아버지는 일정한 거리를 두고 마치 간병인을 대하듯 나를 다뤘다. 나는 어머니와 여동생에게 매인 몸이기도 했다. 나는 늘 이웃들의 시선 속에서 가족과의 기억을 상기할 수밖에 없었다. 하지만 데이브의 가족은 사뭇 달랐다. 시부모님은 데이브와 그의 누이들을 지역 유명 인사처럼 대했다. 용기를 북돋워줄 때도 있었고, 나무라기도 했다. 데이브와 함께 있으면 나를 옭아맨 사슬은 눈에 보이지 않았다. 나는 지역 유명 인사처럼 존중받는 레슬리 보이트였다. 데이브는 매사에 나를 존중하고 내 의견을 구했다.

결혼식을 올린 날 밤 우리는 새벽 2시에 모텔 객실로 올라갔다. 우리는 술에 취해 있었고, 객실은 얼어붙을 것처럼 추웠다. 내가 힘겹게 웨딩드레스를 벗고 있는 동안 데이브는 온도 조절 장치를 들여다보며 인상을 찌푸렸다.

"다이얼을 돌려도 바늘이 움직이질 않아."

"그냥 침대로 들어와."

나는 이렇게 말하며 고양이처럼 베개에 얼굴을 문질렀다.

"난…… 온도 조절 장치도 다룰 줄 모르는 남자가 아니야." 그는 적당한 표현을 찾으려고 애썼다. "당신은 그런 남편을 원해? 난방장치, 다이얼 달린 기계에……." 그가 머뭇거리는 동안 나는 웃음을 터뜨렸다. "굴욕을 당하는 남편……."

이불을 망토처럼 두르고 침대에서 빠져나온 나는 온도 조절 장치의 전원 버튼을 꾹 누른 뒤 다이얼을 돌렸다. 그제야 바늘이 움직였다.

"당신은 바보야."

나는 이렇게 말하며 그의 뺨을 핥았다.

"이제 보니, 직접 남편에게 굴욕을 주는구나."

"맞아."

나는 그에게도 이불을 둘렀다. 고치처럼 한 덩어리가 된 우리는 나란히 발을 맞춰 침대로 돌아가 쓰러지듯 누웠다.

그는 우리 머리 위로 이불을 덮었다.

"사랑해." 이불 안을 채운 그의 입김에서 맥주 냄새가 났다. "당신, 이제 내 아내지?"

나는 엄숙하게 고개를 끄덕였다. 그는 내 입술에 키스한 후 마치 확인이라도 하려는 듯 뒤로 고개를 젖혀 내 얼굴을 바라보았다. 그리고 뺨에 부드럽게 입을 맞춰주었다. 눈꺼풀과 눈썹과 턱과 귀와 귓구멍 안쪽에도.

"아앗!"

나는 그를 슬쩍 밀어냈다.

그는 아랑곳하지 않고 내 목과 어깨, 팔꿈치에 입술을 가져다 댔다.

나는 웃음을 터뜨렸다. 그도 마찬가지였다. 섹스를 마칠 무렵 우리는 반쯤 잠이 들었다. 내 안에 들어온 그의 성기가 힘이 빠진 채 움직거리는 게 느껴졌다. 나를 내리누른 그의 몸이 평소보다 무거웠다. 나는 그가 그렇게 나를 짓누르도록 놔두었다. 그래야 천장으로 떠오를 것 같은 내 몸을 지상에 잡아둘 수 있을 테니까. 어지러워서 눈의 초점을 맞출 수가 없었다.

"자기야."

그가 내 목에 대고 말했다.

나는 이런 기쁨을 누릴 자격이 없다는 생각이 문득 들었다. 이건 내가 아닌 다른 여인의 몫인데 내가 빼앗은 게 아닐까.

하지만 돌려주고 싶지는 않았다. 데이브는 나를 매트리스에 내리눌렀고, 나는 생각했다. 이건 내 거야, 내 거, 영원히 내 거야.

다음 날 아침 평소처럼 아버지를 보러 갔다. 아버지가 언제 세상을 떠날지 몰라서 우린 신혼여행도 가지 못했다. 아버지는 나를 몹시 필요로 했다. 나 없이 간병인들과 집에 오래 있어야 하는 상황이 두렵다고 늘 말하곤 했다. "그들은 나를 존중하지 않아"나 "그들은 물건을 훔쳐" 같은 말도 했다. 실제로 종종 집에서 물건이 없어지기도 해서 나는 아버지의 말을 믿었다.

간병인 스테퍼니가 여동생 로빈이 전화를 걸어와 나를 찾더라고 전해주었다. 그녀가 전화기에 녹음된 메시지를 틀어줬는데, 그게 내가 마지막으로 들은 여동생의 목소리였다. 잡음이 한참 있은 후에 음성이 흘러나왔다. "아…… 언니 결혼했다며!" 로빈이 깔깔 웃었다. "안녕…… 결혼을 했구나! 레슬리 언니가 너한테 말한 게 있어. 아니, 그게 아니라, 내가 레슬리 언니한테 말한 게 있어. 왜 그러냐고? 잘 생각을 해보란 말이야. 그게 끝났을 때 무슨 일이 있었지? 그 커다란…… 큰 드레스를 입을 거야? 언니랑 결혼하는 사람에 대해 알아봤어. 데이비드 플로러스. 그 사람 사진이 어떤 건진 모르겠지만 내가 봤을 때 그 사람은 진짜…… 진짜 남자야. 나 오늘 저녁에 거기로 갈 뻔한 거 알아? 그쪽 방향으로 가는 친구가 있어서 나를 차에 태워줄 수도 있었거든. 그런데 생각해보니까…… 안 되겠더라…… 레슬리는 예쁘게 보이고 싶을 테니까. 그렇지? 나한테 어떻게 하라고 말하고 싶지도 않을 테고 말이야. 언니는 그런 거 싫어하니까. 그래서 안 갔어." 로빈이 잠시 입을 다문 동안 다시 시끄러운 잡음이 이어졌다. "사랑해," 로빈이 전화기에 대고 노래하듯 말했다. "사랑해, 레슬리 언니⋯⋯." 거기서 메시지가 끊겼다.

로빈이 횡설수설 내뱉은 말은 내 뇌리에 깊게 박혀 좀처럼 잊히지 않았다. 끔찍하고 소름끼치는 후렴구처럼. '사랑해, 사랑해, 레슬리 언니.'

아버지가 내게 마지막으로 한 말은, 지금부터 한잠 잘 것이니 집에서 나가지 말라는 것이었다.

어머니가 내게 한 마지막 말은 기억나지 않는다. 어머니의 죽음에 관한 그 어떤 것도 내 기억에 없었다. 머릿속에서 완전히 도려낸 것처럼. 내가 왜 그랬을까?

"어머니는 익사하셨어"라고 나는 메리에게 말했었다.

다이얼을 돌려 음량을 높였다. 라디오는 여전히 켜져 있었다. "에스타 타르데 비 요베르(오늘 오후에 비 내리는 걸 봤어요)."

과장된 할리우드풍의 노래가 점점 커지면서 차 안을 가득 채웠다. 왕왕대는 노랫소리가 마침내 끔찍한 후렴구를 몰아냈다.

데이브의 부모님은 리오그란데강의 굽이 안쪽에 형성된 노스밸리에 살고 있었다. 진입로 끄트머리에 농구 골대도 있는 1층짜리 목장 스타일의 집이었다. 데이브와 누이들이 어렸을 때 주로 갖고 놀았던 그 농구 골대는 이제 같은 거리에 사는 맥그리거와 다실바 집안 아이들의 차지였다. 막다른 골목을 지나 집으로 올라가면서 보니, 데이브의 어머니 테리와 데이브의 누나 케이던스가 널찍하고 평평한 진입로에 쪼

그려 앉아 있었다. 일라이를 비롯해 케이던스의 쌍둥이 딸 라일리와 제사도 함께였다. 테리는 멜빵바지를 입은 라일리의 얼굴에 반짝이 물 감으로 그림을 그리는 중이었고, 제사는 옆에서 구경을 하고 있었다. 케이던스는 일라이를 무릎에 앉혀놓고 허연 자외선 차단 크림을 발라 주는 중이었다.

차창을 내리자 테리의 목소리가 들렸다.

"저기 봐라, 레슬리 외숙모 왔다."

라일리는 계속 눈을 감고 있었고, 제사는 우체통 옆에 주차하는 나를 가늘게 뜬 눈으로 돌아봤다.

나는 차 문을 열면서 말했다.

"안녕하세요. 제가 좀 늦었죠. 죄송해요."

"아유, 신경 쓰지 마." 테리는 라일리의 코에 보라색 점을 찍으며 말했다. "우린 천천히 요리하는 편이니까, 서두를 거 없어. 배고프지? 식사하고 갈래?"

"아뇨, 괜찮아요. 오늘 이미 너무 힘들게 해드렸는데요."

그러자 계단에 앉은 케이던스가 말했다.

"일라이를 돌보는 건 전혀 힘들지 않아. 애가 워낙 조용해서. 그렇지?"

이 말에 일라이는 소처럼 커다란 눈으로 케이던스를 올려다보았다.

테리는 노래하듯 가락을 넣어 말했다.

"우린 지금 카르니타스(타코에 넣어 먹는 튀긴 고기)를 만드는 중이란다아아아……"

제사가 그 말을 받아 메아리처럼 외쳤다.

"카르니타아아아스…… 라일리, 움직이지 마!"

테리가 라일리 입가에 나비 몸통을 그리는 중이었는데 아이가 대화

305

에 끼려고 입을 벌리는 통에 그만 선이 어긋나고 말았다.

제사가 안타까워하며 말했다.

"라일리, 너 완전 조커 됐다."

"안 돼."

라일리가 깔깔 웃으며 얼굴을 문질렀다.

"셔츠로 문지르면 안 돼⋯⋯." 테리는 경고를 하려다가 이미 라일리의 셔츠에 물감이 묻은 걸 보고 포기하는 것 같았다. "됐다. 저녁 식사 때 할머니 옷을 입으렴. 네 옷은 빨아야겠다."

진입로 끄트머리에 서 있던 내가 나섰다.

"저희는 이만 가볼게요. 시간이 늦어서요."

"엄마, 레슬리가 돌아가야 한대요."

케이던스가 말했다.

테리는 인상을 썼다.

"음, 일라이를 호랑이로 만들어주기로 약속했는데."

"기억도 못 할 거예요."

"기억할걸." 테리가 두 팔을 내밀자, 일라이는 케이던스의 품에서 버둥대며 빠져나와 테리에게로 아장아장 걸어갔다. "봤지? 케이던스 옆에 잠시 앉아 있으렴. 호랑이를 데리고 집에 갈 수 있게 해줄게."

그때 라일리가 콘크리트 바닥에서 일어나 현관문 쪽으로 달려가며 말했다.

"지금 내가 어떤 모습인지 볼 거야."

그러자 제사가 그 뒤를 따라가며 의견을 내놓았다.

"별로 마음에 들진 않을걸."

케이던스가 쌍둥이의 등 뒤에 대고 소리쳤다. "다른 데다 페인트 묻히지 마! 닦으려면 키친타월 써. 수건 쓰지 말고." 그녀는 손바닥에 묻은 모래를 털어내며 말했다. "쟤네들한테 가봐야겠어요."

"됐어. 그냥 여기 있어. 모처럼 레슬리가 왔는데."

"그러게." 케이던스는 나를 보며 말했다. "좀 더 자주 놀러오는 게 어때, 올케?"

나는 구두가 바닥에 긁히지 않도록 조심하면서 무릎을 모은 채 콘크리트 바닥에 앉으려고 애쓰느라 말이 잘 나오지 않았다.

"바쁜 애한테 무슨 소리야." 테리는 바로 옆에 놓인, 이요르(〈곰돌이 푸〉에 나오는 늙은 당나귀 캐릭터) 그림이 있는 컵에 붓을 담갔다. "우리 호랑이 낳느라 일을 쉬었다가 복귀했잖니. 괜히 성가시게 하지 마."

케이던스는 시선을 돌려 일라이에게 물었다.

"호랑이는 무슨 소리를 낼까, 일라이?"

일라이는 자기 이름을 부르는 소리에 케이던스 쪽으로 목을 길게 뺐다.

테리가 일라이의 턱을 잡고 달랬다.

"가만히 있어봐, 아가."

케이던스는 계속 물었다.

"일라이, 호랑이는 무슨 소리를 내지? 꽥? 꽥꽥?"

일라이가 웃었다.

"아직 동물 소리에 대해 모르는 것 같아요, 엄마. 집에서도 그래, 올케?"

케이던스는 여전히 나를 쳐다보지 않고 물었다.

"데이브가 동물 소리를 내면서 놀아주곤 해요."

"자, 이렇게 해봐." 테리가 일라이에게 말하며 입술을 앞으로 쭉 내밀었다. 일라이는 그 모습에 신나게 웃었다. "아니, 너도 이렇게 해보라고. 할머니 따라서 해봐." 잠시 후 테리는 일라이가 입술을 내밀게 만드는 데 성공했고, 거기에 검은색을 칠했다. "이제 어금니를 그려줄게. 준비됐지?"

일라이가 환성을 질렀다.

케이던스가 내게 말했다.

"예전에 집에 호랑이 가면이 있었어. 데이비드가 그걸 무서워했지. 마리아는 짓궂게도 그 가면을 쓰고 데이비드의 잠을 깨우곤 했어. 한번은 데이비드가 놀라서 침대에 오줌까지 쌌다니까."

"누나들 앞에서요?"

케이던스는 고개를 끄덕였다.

"마리아한테는 즐거운 추억일걸."

옆에서 테리가 태연하게 거들었다.

"그때 그래서 마리아가 데이비드의 침대 시트를 빨았잖아. 그런 기억까지도 소중하게 간직하고 있다니 다행이네."

"음, 집 안이 너무 심하게 조용하네요. 애들이 무슨 짓을 하고 있는지 모르겠지만 가서 못 하게 해야겠어요. 아빠 깨울까요?"

"네 아빠는 자는 게 아니라 거실에서 그냥 쉬고 있는 거야. 소냐가 도착하면 곧바로 저녁을 차릴 거라고 아빠한테 말해."

"아빠는 데이비드가 오기만을 손꼽아 기다리세요."

테리가 케이던스를 향해 눈살을 찌푸렸다.

"데이비드는 이번 주말에 오기로 했잖니. 안에 들어가보기나 해."

케이던스는 흙이 묻어 회색이 된 발바닥을 매트에 닦고 안으로 들어갔다. 테리가 일라이를 돌아보았다. 어느새 지루해진 일라이는 자기 입술에 묻은 페인트를 핥으려 하고 있었다.

나는 입으로 들어간 일라이의 손가락을 잡아 빼며 말했다.

"먹으면 안 돼."

그러자 테리가 설명했다.

"괜찮아. 유아용 물감이야. 굳이 물감 한 통을 다 먹게 내버려둘 필요는 없겠지만 독성은 없어."

"아, 네."

나는 뒤로 물러앉았다. 테리는 붓으로 오렌지색 물감을 찍어서 일라이의 이마와 볼에 신중하게 줄무늬를 그렸다. 잠시 후 내가 말했다.

"진짜 호랑이 같네요. 솜씨가 좋으세요."

테리가 미소를 짓자 볼 위쪽에 주름이 잡혔다.

"70년대에 한동안 리틀시어터 극장에서 무대배경을 그렸어."

그때 집 안에서 난데없이 악쓰는 소리가 나더니, 이어서 쌍둥이가 서로를 쫓아 우당탕거리며 복도를 달리는 소리가 들려왔다.

나는 흰색 물감을 붓에 묻히는 테리에게 물었다.

"일라이에게 동생을 만들어줘야 할까요?"

테리는 무릎에 앉힌 일라이의 자세를 약간 바꿔주었다.

"요즘 그런 생각을 하고 있니?"

"그이도 원하는 것 같고요. 그이는 자식을 여럿 두고 싶어 해요. 늘 그랬어요."

"그건 맞아." 테리가 미소를 지었다. "나야 언제든 손주를 한 명 더 볼 준비가 돼 있어. 소냐와 케이던스는 쌍둥이로 만족하는 것 같지만. 마리아는 모르겠어. 앞으로 2년쯤 지나면 지루해져서 무슨 변덕을 부릴지 몰라도 아직까지는 쌍둥이로 만족하는 모양이야. 난 손주들을 돌보는 할머니인 게 좋더라. 내 사명처럼 느껴지거든. 손주들 주려고 작은 주머니에 딱딱한 사탕을 넣어 가지고 다니는 것도 재미있어."

"반짝이 물감으로 얼굴에 그림을 그려주는 것도 좋아하시죠."

"맞아. 그것도 좋아하지." 테리는 일라이를 돌아보며 물었다. "거울 보여줄까?"

일라이는 손으로 제 얼굴을 툭툭 치며 궁금하다는 듯이 소리를 냈다.

"그래, 거울 보러 가자." 테리는 일라이에게서 물감이 묻지 않도록 아이를 몸에서 살짝 떼고 안은 채로 일어섰다. "레슬리, 거기 있는 팔레트랑 컵이랑 붓 좀 싱크대에 넣어줄래?"

나는 물감 세트를 챙겨 들고 테리의 뒤를 따라 집 안으로 들어갔다. 테리는 일라이에게 거울을 보여주기 위해 손님용 화장실로 들어갔다. 일라이는 제 얼굴을 보자마자 겁을 먹고 소리를 질렀다. 주방에 있던 케이던스가 휴대전화를 들고 달려 나왔다.

"올케, 잘 들어왔어. 내가 지금 이 장면을 영상으로 찍고 있는 중이야. 이건 뭐 제 아빠를 쏙 빼다 박았네. 아이고, 이거 마리아랑 데이비드한테 바로 보내야지."

케이던스는 키득거리며 '보내기' 버튼을 눌러 영상을 전송했다. 영상 속에서 일라이가 악쓰는 소리가 들렸다.

일라이의 울음소리 너머로 테리가 물었다.

"정말 저녁 안 먹고 갈 거니?"

"예, 그만 가봐야 해서요……." 나는 테리에게서 일라이를 낚아채듯 안아 들었다. "종일 돌봐주셔서 고마워요, 어머님."

"사랑한다, 내 새끼." 테리는 일라이의 이마에 입을 맞추며 말했다. "이 할미가 그림을 너무 잘 그려서 네가 겁먹고 오줌을 지리게 만들었구나."

일라이는 훌쩍였고, 케이던스는 유쾌하게 웃었다.

테리가 말했다.

"일라이는 정말 사랑스러운 아이야, 레슬리. 일라이 같은 아기를 더 갖는 것에 대해 긍정적으로 생각해보렴."

나는 집으로 가지 않았다. 반대 방향으로, 강을 건너 테일러랜치 쪽으로 향했다. 거리를 지나면서, 어린 시절에 살았던 동네와 비슷하다는 생각을 했다. 고등학생들의 연애, 소규모 결혼식, 뒷마당의 유아용 수영장에서 노는 아기들이 머릿속에 그려졌다.

내가 찾는 집은 플로르델레이에 위치해 있었다. 평범한 1층짜리 어도비 양식 집으로, 전면에 큰 전망용 창이 있고 오른쪽 측면에서는 상록수 두 그루가 그늘을 드리우고 있었다.

타일이 깔린 짧은 진입로에 서 있는 데이브의 차가 보였다. 범퍼에 오래된 '2012년 오바마 바이든' 스티커가 붙어 있었다. 뒤 유리 안쪽에서 케이던스가 준, 농구 선수 스티브 내시의 모습을 본떠 만든 바블헤드 인형이 큰 머리를 까딱거렸다.

왜 굳이 여기까지 와서 확인을 했을까. 나는 데이브가 여기 있다는 걸 알고 있었다. 오랫동안 알고 있던 사실이었다. 전에는 그에게 전화를 했었다. 거짓말이라도 듣고 싶었으니까. 이제는 그냥 그 집 앞을 지나쳐 갔다. 그의 차가 그녀의 집 진입로에 있는 걸 본 것만으로 충분했다.

어떻게 해야 할지 알 수 있어서, 안심이 되기도 했다.

일라이는 뒷좌석에서 고무 열쇠고리를 입에 문 채 자고 있었다. 숨 쉬기 힘들어하는 듯한 소리가 들리기에 뒤로 팔을 뻗어 일라이의 입에서 열쇠고리를 빼주었다.

　　나는 속삭이듯 말했다.

　　"이제 집으로 갈까?"

40 _____

로빈

　내가 레슬리 언니를 너무 잔인한 사람으로 묘사한 것 같다. 사실 언니는 그렇게 잔인하지는 않았다. 나는 언니를 진심으로 사랑했다. 사람들은 사랑에 대해 오해를 하곤 한다. 사랑하는 이에게 가까이 다가갈수록 그 사람을 깊이 알게 되는 줄 아는 것이다. 그런 사랑은 당신을 뼛속까지 후벼 판다. 내면에 품고 있던 씨앗마저 굳이 꺼내놓고 '이게 진짜 당신이지. 나머지는 껍데기에 불과해'라고 하는 식이다.

　하지만 실은 그 반대다. 상대에 대해 더 많이 알게 될수록 점점 더 다양한 면모를 발견하게 된다. 만화경처럼 눈앞에 상대의 다채로운 모습이 펼쳐진다. 오히려 상대의 진정한 자아를 이해할 수 있게 됐다고 느끼는 순간 실마리를 놓치고 만다. 상대의 마흔 가지 모습을 보게 됐을 때쯤, 그 정도면 충분하다고 여기는 편이 낫다.

　나는 레슬리 언니의 모습을 적어도 100가지는 넘게 보았다.

지금 이야기하는 것도 그중 한 모습이다.

1990년대 후반 겨울, 열한 살이던 언니는 영화배우 맥 라이언처럼 일자로 대충 자른 긴 앞머리를 하고 있었다. 폐주유소 뒤쪽의 담장을 서둘러 넘어 온 언니는 숨을 헐떡이며 내게 말했다.

"토미가 너 여기 있다고 해서 왔어. 너 대체 여기서……."

나를 보던 언니의 시선은 바닥에 누운 플래키라는 개에게 옮겨 갔다. 언니는 한참 만에 물었다.

"이 개가 널 물었니?"

나는 고개를 저었다.

"그럼, 물려고 했나 보네."

나는 고개를 끄덕였다.

"그래, 알았어. 넌 원래 이럴 의도는 아니었을 거야. 토미가 널 봤지? 그래서 토미가 맛이 간 것처럼 굴었던 거지?"

"응."

나는 비명 소리가 들리기 전까지 토미가 그 자리에 있는 줄도 몰랐다. 토미가 부리나케 도망치는 바람에 붙잡지도 못했다.

레슬리는 혼잣말처럼 말했다.

"별로 좋은 일은 아니네. 토미 말고 또 본 사람 있어?"

"아니."

"그럼 됐어." 언니는 플래키를 가만히 내려다보았다. "쓰레기봉투 가져올게."

언니는 다시 벽을 넘어갔다. 흙바닥에 웅크리고 앉은 나는 눈 섞인 진창에 내 이름의 이니셜을 썼다. 파이프 무게 때문에 팔이 아팠다.

플래키의 눈알 하나는 아직 온전했다. 다만 안쪽 혈관이 터지면서 눈구멍 아래 분홍색 핏방울이 생겨나 홍채를 가렸을 뿐이다.

　얼마 후 언니가 주유소의 다른 쪽을 돌아서 내가 있는 곳으로 왔다. 언니가 타고 온 자전거에 검은색 비닐로 된 쓰레기봉투가 담겨 있었다. 언니는 그 봉투의 안팎을 뒤집어서 손에 씌운 뒤, 똥을 치우듯 개의 사체를 치웠다. 플래키의 사체를 봉투에 전부 담기까지 1분 정도가 소요됐다. 언니는 봉투 윗부분의 끈을 바짝 당겨 묶고 자전거 앞쪽에 달린 금속 바구니에 그걸 실었다.

　"파이프 이리 줘."

　나는 시키는 대로 했다. 언니는 피에 젖은 진창과 눈을 파이프로 이리저리 문질러 잡초와 진흙이 섞인 너저분한 덩어리로 만들었다.

　"개를 어디로 가져갈 거야?"

　"서쪽으로. 캔델라리아 지역을 따라 서쪽으로 가면 강이 나와." 언니는 일어서서 자신의 작업물을 내려다보며, 손모아장갑을 낀 손으로 박수를 한 번 쳤다. "거기 갖다 버리면 코요테한테 당한 것처럼 보일 거야."

　"그냥 쓰레기통에 버리면 안 돼?"

　"누가 플래키인 걸 알아보고 슈워츠네 집에 알리겠지." 레슬리는 눈을 가늘게 뜨고 나를 바라보았다. "이건 범죄야."

　"범죄?"

　"넌 몰랐겠지만. 다시는 이런 짓 하면 안 돼."

　"나도 알아."

　나는 이 개를 죽일 때 이미 범죄라는 걸 알고 있었다.

　"그래." 언니는 한숨을 쉬었다. "이걸 본 게 토미밖에 없어서 다행인 줄 알아. 아마 걘 사람들한테 떠벌리고 다닐 거야. 넌 토미가 거짓말을 한 거라고 말해."

"알았어."

"그래." 언니는 주유소 뒤쪽의 부서진 창문 너머로 파이프를 밀어넣었다. 파이프가 타일 바닥에 떨어지며 쩔그렁 소리를 냈다. "어두워지기 전에 돌아가려면 지금 가야 해. 오늘은 네가 저녁 준비할 차례야."

나는 웅얼거렸다.

"고마워."

언니는 손으로 코를 문질렀다.

"음식 만들기 전에 손부터 씻어."

나는 고개를 끄덕였다.

자전거에 올라탄 언니는 쓰레기봉투에 담긴 내용물의 무게 때문에 조금씩 비틀거리며 보도를 따라 달렸다. 언니의 흐릿한 윤곽이, 줄지어 서 있는 가게들 앞을 지나 저만치 멀어졌다. 가게마다 지붕의 선을 따라 장식용 전등이 설치되어 있었다.

사람과 마찬가지로 사건의 이미지도 고정돼 있지 않다. 이 사건에 대해 일종의 사랑 이야기라고, 나를 구해준 레슬리 언니에 관한 일화라고 말할 수도 있을 것이다. 물론 틀린 말은 아니다.

누군가는 레슬리가 그때 나를 구해주지 말았어야 했다고 말할 수도 있다. 눈밭을 적신 피에 관한 이야기일 뿐이라면서. 그 말도 사실이다.

41 _____

레슬리

나는 싱크대 앞에 서 있었다. 접시들이 잠겨 있는 물에 두 손을 담근 채로. 어느새 손이 분홍빛을 띠었다. 냉장고에서 와인을 꺼내, 젖은 손으로 남은 와인을 전부 잔에 따랐다. 거실로 돌아오자 일라이가 나를 올려다보더니 "으응" 하고는 내 와인 잔으로 손을 뻗었다. 나는 소파에 기대앉아 눈을 감았다. 세 번이나 문자메시지를 보냈지만 메리는 답이 없었다.

어디야?

우린 저녁으로 오믈렛을 먹고 있어.

이때쯤에는 집에 돌아와 있겠다고 했잖아.

다시 휴대전화를 집어 들고 메시지를 보냈다.

아직 걸어오고 있는 중이야?

〈스토리보츠〉라는 유아용 애니메이션이 끝날 때쯤 나도 와인을 다마셨다. 일라이를 안아 들고 아기 방으로 갔다. 아이를 침대에 눕히자 고무 열쇠고리를 잘근잘근 씹으며 나를 올려다봤다. 나는 방의 불을 끄고 안방으로 가 침대에 누웠다. 잠시 후 일라이의 울음소리가 들렸지만 나는 꼼짝하지 않았다. 아마 입에 물고 있던 열쇠고리를 침대 가로대 사이로 떨어뜨렸을 것이다. 그리로 몸을 기울여봐도 열쇠고리가 보이지 않자 울음을 터뜨린 게 분명했다. 늘 그런 식이었다.

계단을 올라오는 발소리가 들렸다. 일라이의 방문이 딸깍 열렸다가 닫혔다. 일라이의 울음소리가 확 커졌다가 누군가에게 안겨 계단을 내려가는지 점점 작아졌다. 시간이 얼마나 흘렀을까. 안방 문이 열리고 데이브가 하품을 하며 들어왔다. 나는 고개를 돌리지 않았지만, 침대 발치에 서서 나를 바라보는 그의 시선을 느낄 수 있었다.

"왜?"

대답하는 대신 그가 침대로 올라오자 매트리스가 눌리는 느낌이 났다. 그는 무릎걸음으로 다가와 내 발을 잡았다.

"당신 예전에 발가락 반지 꼈던 거 기억나?"

뜻밖의 말에 웃음이 꼭 기침처럼 터져 나왔다.

"그땐 그게 유행이었어!"

"아니거든." 그는 한때 발가락 반지가 끼워져 있던 내 발가락을 손으로 쓰다듬었다. 나는 다리를 움츠리며 간지럽다고 소리쳤다. "그때가 2014년이었잖아. 발가락 반지는 2007년쯤에 유행이 끝났어. 르네상스 축제에 참가하는 여자들 말고는 그 뒤로 발가락 반지를 끼는 여자는 없었어."

"르네상스 축제는 내 취향이 아니거든." 나는 우겨보기로 했다. "좀 감상적인 성격이라 보석류를 오래 착용하는 것뿐이야."

그는 좀 더 위로 올라와 나를 안고 몸을 웅크려서 누웠다.

"당신 발가락에는 햇볕에 탄 자국이 살짝 있었어."

그가 내 귀에 대고 속삭였다. 나는 더 크게 웃었다. 눈에 눈물이 고였다. 그는 엄지로 내 속눈썹을 훑으며 말했다.

"엇, 당신 괜찮아?"

나는 말이 나오지 않을 것 같아 고개만 끄덕였다.

"발가락 반지로 다시는 안 놀릴게. 진짜 상처받았나 보네."

내가 손을 뻗어 귓불을 꼬집자 그는 미소를 지었다.

잠시 후 내가 물었다.

"당신이 일라이를 재웠어?"

"음." 데이브는 팔다리를 쭉 폈다. "애 얼굴이 난리도 아니던데? 침대를 들여다보고 고블린인 줄 알았어."

"어머님이 일라이 얼굴에 호랑이 분장을 해주셨어. 케이던스 언니가 당신한테 영상을 보냈는데, 안 봤어?"

"아, 그거. 안 열어봤어. 운전 중이라."

나는 데이브를 흘끗 쳐다보았다. 지금 그의 모습을 내 기억에 고스란히 새겨 넣고 싶었다. 더 이상 그를 볼 수 없을 때 기억에서 끌어 올릴 수 있도록. 곱슬곱슬한 머리카락, 살짝 고르지 않은 치아, 햇볕에 군데군데 그은 피부. 이따금씩 나는 그의 몸 안으로 기어 들어가 몸 안쪽에서 그를 느끼고 싶었다. 때로는 그도 나와 같은 생각인 것 같았다.

"티브이 볼래? 〈네이키드 앤드 어프레이드〉(디스커버리채널에서 제작한 야생 생존 리얼리티 쇼) 2주 치가 올라와 있던데."

나는 그의 품에 안긴 채 이불 밑에서 자세를 바꿨다.

"난 그 프로그램 싫어."

그러자 데이브는 자신 있게 고개를 저으며 말했다.

"보기도 전에 싫다고 해놓고 나중에는 말이 바뀔 거면서. 언젠가 당신은 《나의 산》(진 크레이그헤드 조지가 1959년에 발표한 모험소설)까지 읽게 될걸. 그 책 덕에 버섯 종류 구분하는 방법을 배워서 야생에서 살아남는 방법도 깨우쳤다고 하겠지."

"티브이 보고 싶지 않아." 나는 옆으로 몸을 굴려 그의 어깨에 뺨을 비볐다. "당신한테 키스하고 싶어."

데이브는 눈썹을 치켜세웠다.

"어떤 종류의 키스?"

"완전히 불붙은 고등학생 커플의 키스. 당신 목에 키스 마크를 남길 거야."

그는 소리 내어 웃었다.

"그럼 회사 사람들이 열네 살짜리냐며 놀릴 텐데."

심장이 옥죄어왔다.

"안 됐네."

나는 데이브의 다리에 올라타 그의 목을 두 팔로 감았다.

"난 당신 아내니까 원하는 대로 할 거야."

그가 턱을 들었다. 나는 내 입술로 그의 입술을 내리눌렀다. 럼주 맛, 그리고 살짝 톡 쏘는 맛이 났다.

"이런 건 영화관에서 해야 제맛인데." 그는 내 입에 대고 웅얼거렸다. "그래야 더 실감 나지. 당신은 발가락 반지를 끼고, 풍선껌도 씹어 주고 말이야."

나는 코를 찡그렸다.

"껌은 왜? 껌을 주고받기라도 하게?"

데이브가 코웃음을 쳤다.

"이런 귀여운 여자를 봤나. 내가 이 분야에서 경험을 쌓는 동안 당신은 공부만 했나 봐. 손가락에 껌을 붙이고 있다가 키스가 끝나면 다시 입에 넣고 씹는 거야."

"더러워."

"자원을 아끼는 방법이라고."

그는 나를 끌어당겨 도로 눕혔다. 나는 껌에 대해 잊을 때까지 그와 키스를 한 뒤 손을 뻗어 그의 얼굴을 쓰다듬었다.

그리고 나도 모르게 말했다.

"사랑해."

내 표정이 어딘가 이상했는지 데이브는 고개를 갸웃했다.

"나도 사랑해. 자기야, 무슨 일 있어?"

나는 입을 벌렸지만 언제나처럼, 지난 수개월 동안 그래왔던 것처럼 속내를 말하지 않았다. 그저 깊이 숨을 들이마시며 다른 이야기만 했다.

"미안. 피곤해서 그래. 로빈이 아직 집에 안 왔어. 개가 어딜 나가 돌아다니는지 모르겠어."

나는 데이브의 품에서 벗어나 다시 문자메시지를 보냈다.

지금 어디야?

메리가 곧바로 답장을 보내왔다.

선셋그릴&바에서 친구들을 잔뜩 사귀고 있음.

데이브가 어깨 너머로 전화기를 들여다보며 물었다.

"처제야?"

"앤 항상 이래. 가서 데려와야겠어. 금방 올게."

"당신, 괜찮아?"

"응."

나는 얼굴로 내려온 머리카락을 뒤로 넘기며 침대에서 나갔다.

"괜찮아. 차 끌고 가서 데려올게. 여기서 좀 떨어진 동네에 있대. 당신은 집이나 잘 보고 있어, 알았지?"

메리는 모든 걸 망쳐버릴 작정인 걸까.

데이브가 제안했다.

"내가 가서 데려올 수도 있는데. 당신 피곤해 보여."

"아니야. 당신은 저녁 내내 외출했다가 지금 돌아왔잖아. 또 밖에 나갈 필요 없어."

그는 말없이 리모컨을 향해 손을 뻗었다.

선셋그릴앤드바에는 처음 와봤다. 다운스 경마장 근처의 로마스 대로에 있는 술집이었다. 건물 정면에 붙은 순백색 알림판들 중 하나에 맥주 가격이 적혀 있었다. '미켈로브 2.50달러'. 청재킷을 입은 늙수그레한 대머리 남자가 문 옆에 서서 엄지로 휴대전화의 화면을 문지르고 있었다. 내가 옆으로 지나가자 그는 눈을 들어 나를 잠시 훑어봤다.

선셋은 천장이 낮은 편이었고, 빨간 비닐로 된 의자와 테이블이 줄지어 놓여 있었다. 실내 한가운데는 춤을 추기 위한 공간으로 비워뒀는데, 춤추는 사람은 아무도 없었다. 바를 내려다보는 위치에 자리한 카펫 깔린 무대에는 앰프와 전선이 놓여 있고 노래방용 스크린과 마이크도 구비되어 있었다. 앞머리를 둥글게 만 여자가 무대를 차지하고 서서, 당구대에 기대선 친구들에게 〈어젯밤 난 한숨도 못 잤어요〉(미국의 보컬 그룹 피프스디멘션의 노래)를 불러주는 중이었다. 메리의 금발을 찾아 실내를 둘러보았다. 저 끝의 L자형 바에 앉아 있는 메리의 모습이 눈에 들어왔다. 그 옆에는 야구 모자를 쓴 늙은 남자들이 검은색 스툴을 차지하고 있었다. 메리는 어깨가 떡 벌어지고 말총머리를 한 남자와 손을 잡은 채 구부정하게 앉아 있었다.

그쪽으로 가려면 댄스 플로어를 가로질러야 했다. 굽이 있는 로퍼를 신었더니 열 명 정도 되는 사람들이 발맞춰 걷는 것처럼 요란한 소리가 났다. 당구대 옆에 선 여자들은 그 소리에 고개를 들고 나를 쳐다봤지만, 메리는 내가 온 줄도 모르는 듯했다.

"자, 여기서 선이 만나잖아요. 선의 길이가 얼마나 되죠? 이건 당신이 매우 논리적인 사람이라는 걸 의미해요. 본인의 감정에 좀 더 신중하게 귀를 기울일 필요가 있겠어요."

메리는 엄숙하게 말을 맺었다. 남자의 손금을 봐주고 있는 모양이었다.

"메리?"

그들은 나를 올려다봤다. 남자의 손을 잡고 있던 메리는 나를 보자 그 손을 더 꽉 쥐었다.

"레슬리! 내 메시지 받았군요!"

"너한테 문자메시지를 열 통도 넘게 보냈어." 나는 최대한 차분하게 말했다. "계속 답장 안 하더라. 저녁 식사 시간에 맞춰 돌아오겠다며."

"아, 저녁 먹었어요. 내 걱정은 안 해도 돼요. 이리 와서 같이 앉아요! 에이머스, 이쪽은 레슬리. 레슬리, 이쪽은 에이머스라고 해요. 에이머스, 우리 언니한테도 술 한 잔 사줄 수 있죠?"

에어머스는 어깨를 으쓱하면서 싱긋 웃었다.

"만나서 반가워요, 레슬리. 뭐 마실래요?"

메리가 끼어들었다.

"나랑 같은 거로. 두 잔 더요."

"내 손을 놔줘야 술을 가져오지."

에이머스의 말에 메리는 그의 손을 놔주었다. 남자가 바 쪽으로 가자 메리는 내게 앉으라는 듯이 비닐 소재로 된 옆자리 의자를 손으로 툭 쳤다. 노래를 마친 여자가 마이크를 스탠드에 도로 꽂는 순간 앰프에서 지글거리는 소리가 터져 나왔다.

나는 고개를 가로저었다.

"집으로 가자."

"아이, 언니도 집으로 가고 싶지 않잖아요." 메리는 나를 보며 고개를 흔들었다. "얼굴에 딱 써 있네. 나랑 같이 여기 앉아서 에이머스를 안주 삼아 진토닉이나 마시고 싶잖아요. 오늘 힘들었나 봐요?"

또 다른 여자가 무대에 올라 노래방 기계의 화면을 조정하는 동안 바에는 정적이 감돌았다. 나는 머뭇거리다가 의자를 당겨 빼고 앉았다. 메리는 어서 오라는 양 조그맣게 환호했다.

"저…… 에이머스라는 남자랑 여기서 뭐 하는 거야?"

바텐더의 주의를 끌려고 바 너머로 허리를 굽힌 말총머리 남자를 흘끗 쳐다보며 내가 조용히 물었다.

"돈 받고 손금 봐줬어요. 20달러에요. 내가 오늘 얼마 벌었는지 맞춰봐요." 메리가 옆자리로 와 앉더니 내 손목을 잡아 자기 가방 속에 쑥 집어넣었다. 구겨진 지폐들이 손가락에 만져졌다. 나는 바로 손을 뺐다.

"내가……."

말을 하려는 순간, 무대에서 다음 노래가 시작됐다. 내가 모르는 클래식 록 음악이었다. 나를 쳐다보는 메리의 얼굴은 홍조를 띠고 있었고, 머리카락은 끝이 나풀거렸으며, 튼 입술에는 립스틱이 거의 남아 있지 않았다. 빗속에 나갔다 왔는지 그녀의 몸에서 살짝 시큼한 냄새가 났다.

"내가 할 수 있을지 모르겠어."

술집에서 남의 손금을 봐주는 일 따위는 하지 않는 게 좋겠다고 말하는 게 우선일 테지만, 다른 말부터 나왔다. 내 기준으로 보자면 낯선 사람의 손금을 봐주는 건 지나치게 친밀한 행동이었다. 하지만 메리는 나와 처음 만난 날에도, 낯선 사람인 내 손금을 봐주었다. 물론 내가 여기까지 쫓아온 이유는 그런 게 걱정돼서가 아니었다.

"뭘요?"

메리는 빨대로 진토닉 찌꺼기를 빨아 먹으며 물었다. 잔 바닥에 질척한 감귤류 과일 조각들이 붙어 있었다. 메리는 그중에서 기다란 라임 조각 하나를 끄집어냈다.

"전부 다. 앨버트와의 저녁 식사도 그렇고…… 시간이 이렇게 오래 걸릴 줄 몰랐어."

메리는 라임 조각을 입에 넣은 뒤 입술을 핥았다.

"언니 아이디어였잖아요."

"알아. 하지만 이렇게까지는 아니었어. 게다가 난 네가 오늘 어디 있었는지도 몰라."

"그건 나도 마찬가진데요……."

에이머스가 하이볼 두 잔을 우리 앞에 내려놓으며 말했다.

"오래도 걸렸네."

메리가 그를 향해 웃어 보였다.

"에이머스. 20달러 내놔요, 어서."

"술을 사는 걸로 될 줄 알았는데."

메리는 고개를 저었다.

"술은 그쪽이 인심 쓴 거고요."

메리를 가만히 보던 에이머스가 웃으며 지갑에서 10달러짜리 지폐 두 장을 꺼냈다.

"내 감정에 귀를 기울여야 된다고 했으니, 그 말을 따라야지."

그가 테이블 너머로 돈을 내밀자 메리는 돈을 챙겨 가방에 넣고 지퍼를 잠갔다.

"내 조언을 귀담아들어줘서 고마워요, 에이머스." 메리는 의자에 기대앉았다. "아까 손을 잡고 있는 동안 당신이 내 말을 제대로 듣고 있다는 느낌을 받았어요. 이제 내가 우리 언니랑 얘기를 좀 해야 하거든요. 언니가 개인적으로 할 이야기가 있는 것 같아요. 자리 좀 비켜줄래요?"

"손금 다 안 봤잖아. 한쪽 손만 봐놓고는."

"어차피 똑같아요. 손바닥은 나방처럼 대칭이니까."

"그럼 내가 사준 술 도로 내놔."

에이머스가 하이볼 쪽으로 손을 뻗자 메리가 앞으로 몸을 기울이더니 잔 속에 침을 뱉었다.

"이게 뭐하는 짓이야……?"

메리는 내 잔도 끌어가더니 거기에도 침을 뱉었다.

"그래. 간다, 가."

의자를 확 밀고 일어선 에이머스는 말총머리를 뒤로 넘기며 바 쪽으로 성큼성큼 걸어갔다.

메리는 진토닉을 다시 테이블 너머 내 앞으로 밀어주며 마시라는 손짓을 했다. 내가 가만히 보고만 있자 메리가 말했다.

"병 안 걸렸어요. 걱정 마요."

나는 술잔을 건드리지 않았다.

"왜 그랬어?"

메리는 빨대를 입에 물었다.

"언니한테 술 사주려고요, 공짜로. 저 남자는 얼간이라 다시 돌아와 따지지 않을 거예요." 메리는 빨대를 잘근잘근 씹으며 나를 유심히 보았다. "라스베이거스에서는 놀러 나가면 늘 이렇게 했어요."

"여긴 앨버커키지 라스베이거스가 아니야."

메리는 긴장을 푸는 듯했다.

"알아요. 여기 오고부터는 샘이나 폴 생각은 거의 안 하고 살았어요."

"샘이 널 찾아 여기로 올 거라는 생각은 안 하나 보구나?"

나도 감정이 누그러졌다. 식당 바깥에서 메리가 샘의 가슴팍에 억지로 안겼을 때 짓던 표정이 기억났다.

"샘은 내 돈을 탐내는 거예요."

메리는 가방의 지퍼를 열어 그 안에 든 현금 다발을 꺼내 보여주고는 도로 집어넣었다. 불그레한 얼굴의 에이머스를 비롯한 술집 안의 남자들이 메리가 하는 짓을 지켜보았다. 메리는 손바닥으로 턱을 괴며 말했다.

"내가 지금 당장 사라져도 알아차릴 사람이 세상에 아무도 없어요. 언니 말고는요. 언니는 나를 찾으러 이 술집까지 와줬잖아요. 그냥 '당장 집으로 돌아와, 이 계집애야'라고 메시지를 보냈어도 되는데 말이에요."

"걱정됐어. 네가 행선지를 말해주지 않았잖아."

메리는 환하게 미소 지으며 잔에 남은 술을 단번에 들이켰다.

"지난주만 해도 내 걱정을 하는 사람이 한 명도 없었는데. 언니도 지난주에는 어디 가서 말하기 곤란한 엿 같은 상황에 처했다는 걸 아는 사람이 없었잖아요. 그런 면에서 우린 둘 다 전보다 상황이 좋아진 거네요, 그렇죠?"

"사라지지 마. 어딜 가더라도 저녁 식사 때까지는 집으로 돌아오고."

메리는 내 진토닉 잔으로 손을 뻗었다.

"닭고기 요리는 싫어요. 콜?"

나는 고개를 끄덕였다.

메리는 살짝 촉촉한 머리를 내 어깨에 기대고 손으로 내 귓불을 만졌다.

"전에 하고 있던 진주 귀걸이는 어디 갔어요?"

내가 대답을 하려는데, 바텐더가 음향 기기에서 나오는 소리보다 더 큰 소리로 외쳤다.

"조지 마이클의 〈경솔한 속삭임〉 신청하신 분?"

"저요!" 메리는 대답과 함께 벌떡 일어섰다. 테이블 위에 있던 술잔들이 달그락거렸다. "금방 올게요."

나는 거북해하며 내 귀를 손으로 문질렀다.

메리는 아디다스 스니커즈를 신은 발로 느긋하게 걸어서, 금빛 목제 댄스 플로어를 가로질렀다. 메리가 무대에 서자 당구대 주변에 모여 있던 여자들이 당구를 멈추고 메리 쪽을 보았다. 메리는 폴로 원피스를 매만지며 솜털 같은 머리카락을 하나로 모아 틀어 올렸다. 그런 다음 마이크에 대고 색소폰 반주 너머로 말했다.

"좋아요. 준비됐어요."

눈을 감고 몸을 흔들던 메리는 박자를 놓치고 말았다. 두 번째 행의 가사가 화면에 지나갈 때가 돼서야 그녀는 다시 눈을 떴다. 화면의 푸르고 흰 빛이 메리의 얼굴을 비추었다. 내가 술집에 들어왔을 때 노래방 기계를 차지하고 노래를 부르던 여자가 메리에게 지나간 가사를 소리쳐 알려줬지만 이미 늦었다. 메리는 깔깔 웃으며 중간부터 노래를 부르기 시작했다. 더듬거리다가 겨우 가사와 박자를 맞췄다. 살짝 허스키하면서도 예상보다 높은, 듣기 좋은 목소리였다. 하지만 목소리보다 얼굴 때문에 더 시선을 끌었다. 나는 무대에 선 메리의 모습을 처음 보았다. 노래방 기계 화면의 몽롱하고 흐릿한 빛 때문인지 이목구비가 한층 도드라져보였다. 메리는 내 관심을 받고 싶어 했다. 후렴 부분을 부르면서 눈을 크게 뜨더니, 따라 부르라며 내게 손짓했다.

'쟤를 꼭 닮은 배우가 있었는데⋯⋯.'

메리와 닮은 배우를 떠올려보려던 나는 전에 모텔 객실에서 메리가 했던 말을 기억했다. 사람들은 메리에게 늘 그런 말을 한다고 했다. 자기가 아는 아름다운 사람들의 얼굴을 메리에게 대입하고, 이리저리 섞어서 비교를 한다고. 사람들은 나를 보면서 오직 나만을 떠올릴 뿐이었다. 다른 누군가를 떠올리게 하지 않는 외모를 가진 게 더 나은 것인지는 모르겠다. 그런 면에서 나는 유리로 된 투명한 얼굴을 가졌다. 사람들이 나를 보며 내가 아닌 다른 이를 떠올릴 일은 없었다.

나는 메리의 노래를 따라 부르지 않았다. 그럴 수가 없었다. 하지만 술집 안의 다른 사람들은 모두 따라 부르고 있었다. 광대뼈 언저리가 발그레해진 메리는 내게서 시선을 돌리고 사람들의 관심을 만끽했다. 그리고 그들을 모두 포용하듯 두 팔을 벌렸다.

그때 내 뒤에서 문이 열렸다 닫혔는데, 조지 마이클의 노랫소리 때문에 그 소리가 조그맣게 들렸다. 뒤를 돌아보니 술집 바깥에 서 있던 청재킷 차림의 늙은 남자가 들어와 있었다. 보아하니 그가 이 술집의 관리자인 듯했다. 에이머스가 그 남자 옆에서 얼쩡거렸다. 잠깐 그와 눈이 마주쳤다.

메리가 두 번째 후렴 부분을 부르고 있을 때, 청재킷이 댄스 플로어를 가로질러 무대로 향했다. 메리가 마이크에 대고 말했다.

"어서 와요."

청재킷이 고개를 슬쩍 숙이며 메리의 귀에 대고 무어라 말하려 했다. 메리가 그를 피해 뒤로 물러서면서 마이크를 당겼다. 그녀는 장난치듯 청재킷을 바라보며 노래를 계속했다.

"죄책감에 내 다리는 박자도 맞추지 못해요."

청재킷의 표정이 어두워지자 긴장한 나는 턱에 힘이 들어갔다. 본

능적으로 휴대전화를 찾아 손에 쥐었다. 하지만 누구에게 전화를 해야 하나? 에이머스가 내 옆을 지나 무대로 다가가고 있었다. 메리도 에이머스를 보더니 마이크를 가지고 무대 계단을 내려가, 당구대 주변에 서 있는 여자 뒤로 피했다. 메리는 에이머스와 청재킷이 못 본 틈을 타내게 어서 여길 뜨자고 손짓했다. 돈다발이 담긴 메리의 가방은 여전히 내 앞 테이블 위에 놓여 있었다. 나는 가방 지퍼를 잠그려고 엉거주춤 일어섰다.

"당신과 춤췄을 때처럼!"

메리는 웃으면서 노래를 불렀다. 마이크 줄이 끝까지 당겨지자 몸을 살짝 숙여 에이머스 앞을 통과했다.

"음악 꺼."

청재킷이 내 귀에도 들릴 정도로 목소리를 높여 지시했다. 나는 청재킷이 지켜보는 동안 우리 둘의 가방을 모두 어깨에 메고 의자와 테이블 사이를 지나갔다.

메리는 코러스가 흐르는 너머로 투덜거렸다.

"날 쫓아낼 필요는 없잖아요. 내가 누굴 다치게 한 것도 아닌데. 쳇."

나는 술집 문을 열고 밤공기 속으로 걸어 나갔다. 문 앞의 아스팔트 바닥 여기저기에 담배꽁초들이 떨어져 있었다.

"이건 부당해." 메리가 마이크에 대고 질러대는 소리가 들렸다. "신고해서 당신들 체포하라고 할 거야."

나는 메리의 가방을 팔 밑에 끼우고 휴대전화로 시간을 확인하며 메리가 나오길 기다렸다.

잠시 후 메리가 깔깔대며 문밖으로 나왔다. 메리는 문이 닫히기 전에 에이머스에게 "아까 내가 당신 감정선에 대해 했던 말은 다 뻥이야"

라고 내뱉고는 비틀거리며 내 옆으로 걸어왔다.

"취했구나."

"언니도요."

"아니, 난 술 안 마셨어. 네가 내 술잔에 침을 뱉었잖아."

"아, 그랬지." 메리는 한 손으로 허벅지를 짚고 다른 손으로 나를 토닥였다. "그건 미안하게 됐어요. 내 가방, 이리 줄래요?"

"난 네가 나랑 이 일을 잘해내고 싶어 하는 줄 알았어."

나는 여전히 휴대전화를 손에 꼭 쥔 채로 말했다. 저녁이라 그런지 바깥 공기가 쌀쌀했다. 턱에 또다시 힘이 들어갔다.

메리가 허리를 펴며 말했다.

"잘해내고 싶은 거 맞아요. 대체 무슨 말이 하고 싶은 건데요?"

나는 목소리를 낮췄다.

"넌 방금 체포될 뻔했어. 어쩌려고 그래?"

메리는 인상을 썼다.

"체포될 이유가 없잖아요. 손금 봐준 게 전부인데? 저치들은 그냥 날 내쫓은 거예요. 이제 나는……." 메리는 고개를 뒤로 바짝 젖히고 술집 간판을 거꾸로 보며 말을 이었다. "뉴멕시코주 앨버커키의 선셋 그릴앤드바에 출입 금지일걸요. 아마 영원히 출입 금지겠죠. 그런다고 내가 뭘 어쩌겠어요?"

"사기를 쳐놓고 그걸 심각하게 받아들이지도 않는구나."

메리는 어이없다는 듯 입을 딱 벌렸다.

"난 매사를 심각하게 받아들이고 있거든요, 레슬리." 메리는 진토닉을 세 잔째 마시면서 꼬이기 시작한 발음을 똑바로 하기 위해 혀에다 힘을 주었다. "내가 얼마나 진지하게 생각하고 있는지 알지도 못하면서. 내 망할 가방이나 이리 내놔요."

나는 어깨에 걸치고 있던 가방을 메리가 가져가게 두었다.

"하지만 넌……."

"스트레스받는단 말이에요." 메리는 가방을 들어 어깨에 메더니 거기에 손을 넣어 돈을 만지작거렸다. "파트너인 당신은 나를 전혀 믿지 않잖아요. 이럴 거면 크고 멋진 당신 집으로 돌아가요. 잘난 남편과 아기가 기다리고 있는 집으로 가시라고요. 난 같이 재미 볼 다른 사람을 찾을 테니까."

나는 자동차 키를 찾는 척 메리에게서 등을 돌렸다.

"차에 가서 타."

키를 꺼내 들고 내가 말했다. 차의 잠금장치를 풀고 운전석 문에 손을 갖다 대며 돌아섰는데, 메리는 이미 곁에 없었다.

"내일 봐요, 레슬리."

메리가 주차장 저 끝에서 외쳤다. 그녀는 술집 건물 측면을 돌아가 모습을 감췄다.

가진 돈을 다 쓰고 택시를 타고 오든지 하겠지, 라고 생각했다. 나는 차를 몰고 주차장을 빠져나갔다. 가로등이 비추는 곳까지 나갔다가 생각을 고쳐먹고 다시 돌아와 보니, 메리는 어디로 갔는지 보이지 않았다.

42 _____

메리

정신이 들 때까지 원을 그리며 걸었다. 술에 취한 채 운전을 하다가 죽고 싶지는 않았다. 레슬리의 집 근처까지 무사히 운전을 해서 오긴 했는데, 렌터카를 세워두곤 했던 뒷골목이 어디였는지 기억나지 않아 애를 먹었다. 전진, 후진 그리고 다시 전진을 해가며 겨우 그 장소를 찾아 주차를 하다가 하마터면 남의 집 쓰레기통을 받을 뻔했다. 차에서 내려 기운이 쭉 빠진 채로 보도를 따라 걷다가 모퉁이를 돌았다.

집 앞에서 그를 보고 처음엔 보브캣인 줄 알았다. 어깨에 담요를 두른 채 쭈그려 앉은 그의 모습은 어둠 속에서 형태가 왜곡돼서인지, 번뜩이는 납작한 눈을 가진 시커먼 덩어리로 보였다.

"늦게 왔네."

"어휴…… 놀랐잖아요."

나는 소리 내어 웃었지만, 안도의 한숨을 연달아 내쉬는 소리에 더 가까웠다. 데이브가 담요 안에서 몸을 뒤적였다.

"베란다에서 뭐 해요?"

그는 어깨를 으쓱했다.

"잠이 안 와서. 처제는 길거리에서 뭐해? 여기까지 걸어왔어?"

"버스 탔어요."

괜한 잔소리를 듣고 싶지 않아 거짓말로 둘러대며 그의 옆으로 가 앉았다. 어깨에 걸친 담요가 약간 미끄러져 내려가자 그가 입은, 털이 북슬북슬한 이브닝랩(이브닝드레스 위에 입는 겉옷)이 보였다.

"언니가 처제 걱정을 많이 하던데. 처제를 찾느라 몇 시간이나 나가 있다가 40분쯤 전에 돌아왔어."

나는 고개를 살짝 들고 반박했다.

"언니한테 차에 태워달라고 한 적 없어요. 언니가 괜히 저를 찾으러 나온 거예요. 저는 부탁한 적도 없다고요."

"처제가 어디로 가는지 말도 안 해주고 슬쩍 나가버리니까 그렇지……." 그는 고개를 숙였다가 어깨 근육을 푸는 것처럼 좌우로 흔들었다. "언니한테 전화라도 좀 해주면 안 되겠어?"

나는 어깨를 으쓱했다.

"언니가 저한테 전화를 하면 되잖아요?"

그는 볼 안쪽을 이로 씹다가, 싱긋 웃으며 나를 쳐다보았다.

"유치하기는."

그의 미소에는 전염성이 있었다. 나는 대충 꾸며서 대꾸할까 하다가 재미난 생각이 들기에 이렇게 말했다.

"자매니까요."

"그래, 그렇지. 자매니까."

그는 엄지손톱을 물고 이로 씹어댔다.

"혹시 레슬리한테 무슨 일 있어?"

무언가에 물리기라도 한 듯 내 허벅지 근육이 움찔했다.

"왜요?"

"그게……." 그는 한숨을 쉬고 덧붙였다. "혹시 처제가 언니한테 무슨 말 했나 해서……."

"형부의 지저분한 습관에 대해 언니한테 고자질했을까 봐요?" 나는 농담임을 알리기 위해 내 무릎으로 그의 무릎을 툭 치려고 하다가 그만두었다. 낸시가 프런티어 식당에서 말했던, 집안을 통제하려 드는 남자들에 대한 이야기가 떠올라서였다.

그는 고개를 저었다.

"그게 아니라, 혹시 둘이서 싸우다가 처제가 무슨 말을 했을까 봐."

그는 계단 가장자리 쪽으로 체중을 옮기며 자세를 바꾸었다. 등에 걸친 담요가 스르르 내려오더니 기어이 포치 계단에 떨어졌다.

"아무 말도 안 했어요. 언니한테 무슨 일이 있다면, 그건 제가 여기 오기 전부터 있었던 일 때문일 거예요."

"그래, 어쨌든."

그는 그만 일어서려는지 두 손을 무릎에 얹었다.

"형부, 두려워해본 적 있으세요?"

그는 고개를 갸웃했다.

"뭘?"

"언니를?"

나도 모르게 묻는 투가 되어버렸다.

데이브는 웃어넘겼다. 지난번처럼 그의 웃음소리는 내게 따뜻한 기분이 들게 했다. 낸시가 했던 말과는 어쩐지 다를 것 같다는 생각이 들었다. 데이브는 남에게 상처를 주는 부류 같지는 않았다. 하긴, 둥그런 배와 분홍색 귀를 가진 샘도 겉보기에는 그런 사람 같지 않으니까.

"당연하지. 레슬리는 키가 178센티미터고 서브도 사악하게 넣거든. 배구를 할 때면 고환이 오그라들 지경이야."

"음, 그렇긴 하죠."

나는 자리에서 일어나는 그에게 손을 뻗었다. 내 손가락이 그의 무릎 한쪽을 스쳤다. 무릎 뼈가 툭 불거져 나온 곳이었다. 어쩐지 그를 내내 알아온 것 같은, 말랑말랑한 기분이 들었다. 그가 깡마른 체구의 소년이었던 10대 시절을 상상해볼 수도 있을 것 같았다.

"대마초, 또 있어요?"

그를 잠시라도 더 곁에 붙잡아두고 싶었다.

그는 나를 물끄러미 보았다. 그 순간 나는 데이브와 일레인이 메시지를 주고받은 것이나 남편이 다른 여자에게 돈을 보낸 것을 알게 된 레슬리의 심정이 어떨지 상상해보았다. 마치 내 대체물인 양 나를 빼닮은 새 여자 친구를 데리고 집에 처박혀 있던 폴 생각도 났다. 일순간 데이브와 폴이 같은 사람처럼 느껴졌다. 내가 폴을 조금만 더 사랑했더라면 그를 죽여버렸을지도 몰랐다. 레슬리가 데이브를 사랑하는 것만큼 내가 폴을 사랑했다면 말이다.

"내가 그걸 자주 피우지는 않아."

데이브는 그렇게 말하면서 문 쪽으로 걸어갔다.

내 손은 갈 곳을 잃고 그의 무릎이 있던 허공에 머물렀다. 그 손은 마치 몇 번이고 되풀이해서 "안녕" 내지는 "그냥 그래요"라고 말하는 듯했다.

"혹시 연락처 좀 줄 수 있어요?"

"나한테 대마초 판 사람?" 데이브가 문손잡이를 잡은 채 말했다. "그러지, 뭐."

"그 남자 번호가 뭐예요?"

"여자야." 그는 휴대전화를 찾아 주머니를 뒤적거렸다. "음……." 그는 전화번호를 불러준 뒤 덧붙였다. "이름은 일레인이야. 내 처제라고 말하면, 잘해줄 거야."

"일레인."

나는 휴대전화에 번호를 입력하다 말고 그 이름을 되뇌었다. 전화기 화면의 허연 빛이 밑에서 내 얼굴을 비췄다.

"언니한테는 말하지 마, 알았지?"

그가 문을 열며 말했다.

"알겠어요." 나는 '일레인 캠벨'이라는 이름으로 번호를 저장했다. "말 안 할게요."

그는 유리문이 세게 닫히지 않도록 손가락으로 받치면서 문 안으로 들어갔다. 나는 그 자리에 오도카니 앉아 가로등 불빛 아래서 내 허벅지의 솜털을 바라보았다.

43 _____

메리

버낼릴로카운티 유치장 내부는 평범했다. 리놀륨이 깔린 좁은 황갈색 로비에는 플라스틱으로 만든 식물이 놓여 있었다. 나는 유치장이 어떤 모습일 거라고 예상했던 걸까. 사방이 창살로 가로막혀 있고, 문을 지키는 덩치 큰 교도관이 있는 곳이리라 생각했었다. 한데 막상 들어와보니, 플렉시 유리 너머 책상 앞에 앉아 펜 뚜껑의 마디진 끝을 이로 씹고 있는 남자 직원 외에 다른 교도관은 보이지 않았다.

앞장서서 걷던 낸시가 직원에게 다가가 말했다.

"프랜시스 클러리라는 수감자를 만나러 왔습니다."

낸시는 유리 칸막이 아래 난 구멍으로 경찰 배지를 밀어 넣었다. 직원은 배지를 잠깐 확인한 뒤 나를 올려다보며 물었다.

"이분은 누구시죠?"

"이쪽은 로빈 보이트고, 같이 들어갈 겁니다."

나는 숨을 죽이며 기다렸다. 그는 입술을 오므리고 생각을 하다가 마침내 말했다.

"알겠습니다. 신분증 보여주세요."

나는 가방 안에 손을 넣어 신분증을 꺼냈다.

직원에게 신분 확인을 받은 뒤, 낸시와 함께 벽에 나란히 붙여놓은 플라스틱 의자들 쪽으로 가 앉았다. 의자의 질감이 꼭 모래 같았다. 의자 가장자리를 잡자마자 손에서 땀이 나기 시작했다. 긴장을 풀려고 의자에서 손을 놓았다. 몸이 점점 낸시 쪽으로 기울었다. 지나칠 정도로 가까이. 낸시에게 속삭였다.

"얼마나 더 기다려야 안으로 들어갈 수 있어?"

낸시는 등을 곧게 펴고 앉아 대답했다.

"수감자가 면회 가능한 시간대에 있느냐에 달려 있어. 5분이면 될 수도 있고, 한 시간을 기다려야 할지도 몰라. 물론 그가 면회를 거부할 수도 있어. 그러면 직원이 우리한테 와서 면회가 안 되니까 돌아가라고 말할 거야."

그런 일이 일어나면 어떻게 하지. 나는 혀로 이를 훑으며 생각에 잠겼다.

로비에는 텔레비전도 없고, 딱히 읽을거리도 없었다. 그것이 치과 병원과 유일하게 다른 점이었다. 복숭아색으로 칠한 철문을 멍하니 바라보았다. 문 위쪽에 조그맣게 뚫린 창문에는 가느다란 창살이 열십자 모양으로 박혀 있었다. 여기서 창살이라곤 그것뿐이었다.

거의 한 시간쯤 지났을 때 경관 한 명이 문 쪽으로 다가오며 우리에게 고갯짓으로 인사를 했다. 나는 낸시가 휴대전화로 낱말 맞추기 게임을 하는 걸 보고 있던 참이었다. 낸시는 철자 맞추는 것에 무척 약했다. 그녀는 그 사실을 숨기려고 전화기를 약간 기울여 들었지만, 나는 눈치로 알 수 있었다. 낸시는 열심히 'D-A-C-K-E-R-Y'로 철자를 조합했지만 틀렸다고 나오자 인상을 찌푸렸다.

"낸시 코트니 경관님."

또 다른 여자 경관이 낸시를 불렀다. 그녀가 고개를 끄덕이자 우리는 문 안으로 들어갔다.

문 너머 복도는 공업 시설의 통로처럼 길이가 짧았다. 복도 양옆으로 복숭아색 철문들이 죽 있고, 복도 끝에 위치한 판유리 문이 살짝 열려 있었다. 낸시와 나는 경관을 따라 판유리 문 안으로 들어갔다. 콘크리트블록 벽으로 된 좁고 갑갑한 방이 나왔다. 방 가장자리를 따라 구내식당풍의 탁자들이 배치돼 있었다. 누군가 어둡고 짙은 오렌지색 페인트로 벽에 줄무늬를 그려놓았는데, 그 줄무늬 탓에 마치 거대한 소라 껍데기 속을 통과하는 듯한 기분이 들었다. 소라 껍데기는 바깥쪽이 복숭아색이었지만, 심장에 가까워질수록 진한 색깔을 띠었다.

방 측면에 기름하고 낮은 면회용 창문들이 일렬로 배치돼 있었고, 각 창문 앞에는 전화기와 붙박이 나무 스툴이 있었다. 두 번째 창문 너머에 프랜시스, 아니 프랭크 클러리가 앉아 있었다.

파란 눈의 백인 남성이었다. 길쭉한 얼굴과 약해 보이는 턱이 근육질의 상체가 주는 위압감을 상쇄하는 느낌이었다. 버디 홀리(미국의 로큰롤 가수) 스타일의 검은 뿔테 안경을 살집 있고 주름진 이마 위쪽에 올려 쓴 모습이었다. 우리를 본 그는 혀를 내밀어 입술을 핥았다. 평소에도 붉고 번들거리는 입술인 듯했다.

우리를 안내해준 경관이 말했다.

"이 자리입니다. 1시 30분까지예요."

"감사합니다."

낸시는 이렇게 말하고 서둘러 방을 가로질러 나무 스툴에 앉았다. 우리와 프랭크 클러리 사이에 설치된 창문은 2대 1로 하는 대화에 적합하도록 설계돼 있지 않았다. 결국 나는 낸시 옆에 어색하게 앉아 그들이 대화하는 걸 지켜보는 수밖에 없었다.

클러리는 낸시에게서 나에게로 시선을 옮겼다. 우리를 어떻게 생각하는지, 표정을 읽을 수가 없었다. 낸시는 수화기를 들면서 클러리에게도 그쪽 것을 들라고 손짓했다. 클러리는 손가락 두 개로 수화기를 들어 올렸다.

"저는 코트니 경관입니다. 이쪽은 로빈이고요. 레슬리 플로러스라는 여성과의 관계에 대해 몇 가지 물어볼 게 있습니다. 그 여성이 범죄를 저질렀을 가능성에 대해 조사 중입니다."

클러리는 낸시를 보고 있다가 또다시 나를 흘끗 쳐다보았다. 그의 묘하게 길쭉한 얼굴은 무표정했지만, 촉촉한 눈동자 때문에 마치 영원히 계속되는 폭풍우 속에 갇혀버린 양 박해받는 분위기를 자아냈다. 얼마간 시간이 흐른 뒤 그는 불쑥 말했다.

"할 말 없습니다."

낸시는 계속 물었다.

"레슬리 플로러스라는 이름을 듣고 생각나는 사람 없습니까?"

클러리는 수화기를 받침대에 조심스럽게 내려놓은 뒤 유리창을 통해 낸시의 눈을 응시할 뿐 여전히 말이 없었다.

"레슬리가 당신 전당포에 물건을 맡겼나요?" 낸시는 분명한 발음으로 크게 목소리를 냈다. 유리가 두껍기는 했지만 방음유리는 아니었다. 우리가 보기에 클러리는 분명히 그 질문을 들었다. "레슬리가 어떤 일을 해달라고 당신을 고용한 겁니까?"

클러리는 유리 옆에 서 있는 경관을 향해, 의자에 앉은 채로 몸을 돌렸다. 클러리의 입이 움직이는 게 보였지만 고개를 돌리고 있어서 말의 높낮이만 겨우 알 수 있을 뿐이다. "그만 가도 됩니까"라고 묻는 듯했다.

"낸시, 내가 해볼게." 나는 클러리의 시선을 피해 스툴 밑으로 낸시의 손을 잡으며 말했다. "부탁이야. 내가 해볼게. 레슬리 언니를 위해 해볼 거야. 레슬리가 내 언니인 걸 알면 저 사람 태도도 달라질 거야."

낸시의 표정은 그래 봤자 달라지지 않을 거라고 말하고 있었지만, 그래도 한번 시도라도 하게 해주자고 결심한 듯싶었다. 잠시 생각에 잠겨 있던 낸시가 손가락 관절로 유리를 두 번 두드렸다. 클러리가 돌아보자 그녀는 손으로 나를 가리켰다.

"커피 한 잔 갖다 줄래?" 나는 벽에 붙은 디지털시계를 흘끗 올려다보았다. "여기로 오는 길에 보니까 휴게실이 있더라. 너라면 직원이 들여보내줄 거야."

"너랑 저 남자 둘이서만 얘기하게 두고 싶지 않아."

낸시는 영웅처럼 나를 지키고픈 모양이었다. 방에 창문이 있었다면 분위기에 맞게 한 줄기 햇살이 흘러들어 그녀의 각진 턱을 비춰주었을 것이다.

"이게 유일한 방법 같아서 그래. 우리가 같이 앉아서 저 사람과 얘기할 수 있는 공간도 없잖아."

나는 스툴에 앉아 자세를 고치며 다리를 꼬았다.

목덜미를 문지르며 고민하던 낸시는 마침내 결단을 내렸다.

"그럼 금방 갔다 올게. 저놈이 기분 나쁜 말이라도 하면 바로 나를 불러."

"알았어."

나는 떨리는 미소를 지어 보였다.

낸시가 방을 나가고, 나는 클러리와 마주 보았다. 클러리 뒤에 서 있던 경관이 지루한지 우리에게서 고개를 돌렸다.

나는 사람들이 주변에 있으면 늘 미소를 짓는 편이었다. 길을 걸을 때도 늘 양쪽 입꼬리를 올리도록 표정 연습을 해왔다. 하지만 클러리 앞에서 나는 미소를 싹 걷어냈다. 그러자 그는 놀란 눈으로 나를 쳐다보았다.

클러리는 이번엔 결벽증 환자처럼 손가락 두 개만 쓰지 않고 손 전체로 수화기를 집어 들었다. 그는 낸시보다 나를 더 높게 평가하는 듯했다. 나도 내 쪽 수화기를 들어 올렸다.

"무슨 일이지, 아가씨?"

그가 수화기에 대고 말했다. 상습 흡연자 같은 걸걸한 목소리의 그는 괴상하게도 청소년 같은 억양을 구사했다.

"시간이 별로 없어요. 난 거래를 하려고 왔어요."

그가 웃음을 터뜨렸다.

"거래? 좋지. 담배 한 갑 줄 테니까 대통령 사면이나 받게 해주든가."

"레슬리 플로러스가 당신한테 돈을 주면서 무슨 일을 시켰는지 알고 싶어요. 당신도 교도소에는 가고 싶지 않잖아요. 이 정도면 거래가 되겠죠?"

그는 축축한 눈으로 나를 뚫어져라 보았다.

"당신, 변호사야?"

"아뇨."

나는 로빈의 가면을 허물처럼 벗었다. 메리의 모습도 털어냈다. 그 아래의 나는 치아와 구멍만 있을 뿐, 존재하지 않는 자나 다름없었다.

"나는 당신과 같은 종류예요."

그는 나를 위아래로 훑어보았다. 나에 대해 최대한 파악하려는 듯했다.

"비쩍 마른 데다 멍청해 보이는데. 나와 닮은 구석이라곤 없어."

나는 이빨을 드러내기로 했다.

"당신 부인 이름이 제니퍼죠?"

그가 수화기를 잡은 손에 힘을 주는 게 보였다.

"그 여자가 당신한테 무슨 말이라도 했어?"

"낸시 코트니 경관한테 듣기로는, 이 사건의 판결은 제니퍼가 당신한테 불리한 증언을 하는지 여부에 달려 있다던데요. 제니퍼가 폭행이 아니라 사고였다고 주장하면 당신한테 훨씬 유리한 거 아닌가요?"

그는 침을 꼴깍 삼켰다. 그는 뒤에 선 경관이 지금 뭘 하고 있는지 확인하고 싶은 것을 의식적으로 꾹 참고 있는 듯했다.

"그게 당신이랑 무슨 상관인데?"

"내 나름의 이유 때문에, 레슬리 플로러스가 당신한테 시킨 일이 뭔지 꼭 알아야 해요. 말해주면 내가 당신 부인 집으로 찾아갈게요. 로스 앨러모스 1515번지 맞죠? 가서 그 여자를 흠씬 두들겨 패서 당신과의 일이 사고였다고 경찰한테 말하게 만들어줄게요."

그는 트림에 가까운 소리를 내며 또다시 웃었다.

"웃기고 있네. 거의 설득될 뻔했어."

나는 앞으로 몸을 기울였다.

"내가 당신과 같은 종류라고 말했을 텐데요. 그 말은 내가 당신 마누라를 두들겨 패겠단 소리예요. 난 그걸 손톱에 매니큐어 칠하듯이 아무렇지 않게 할 수 있어요. 이제 내 말 이해돼요?"

그 순간 나는 우리가 쌍둥이라고, 오로지 서로의 모습만을 비추는 거울이라고 상상했다. 우리는 폭력성을 쏟아부울 곳을 찾고 있는, 길고 시커먼 구멍이었다.

드디어 그는 내 말을 진실로 받아들였다. 눈빛을 보면 알 수 있었다.

"빨리 말해요. 낸시가 곧 돌아올 거라고요."

그는 혀로 입술을 핥았다.

"레슬리라는 여자에 대해 왜 그렇게 알고 싶어 하는데?"

"언니예요. 내가 예상하는 이유로 언니가 당신을 고용한 거라면, 언니의 인생을 조져놓을 생각이에요."

그는 자기도 모르게 입술을 씰룩거리며 미소 지었다.

"약속 안 지키면 각오해. 널 끝까지 찾아낼 테니까. 알았어?" 그는 고개를 옆으로 기울이며 덧붙였다. "레슬리 플로러스의 동생 로빈."

"알았어요."

나도 미소를 지었다.

잠시 후 그는 조건을 내걸었다.

"마누라 뼈는 부러뜨리지 마. 피부에 상처도 내지 말고, 얼굴도 건드리지 마."

이 말을 하는 그의 길쭉한 볼이 축 늘어졌다.

"난 바보가 아니에요. 겉으로 표 안 나게 팰게요."

그는 고개를 끄덕이며 다시 한번 혀로 입술을 핥았다. 그리고 숨을 훅 들이마신 다음 드디어 입을 열었다.

클러리에게 들은 이야기를 곱씹고 있는데, 낸시가 돌아왔다. 나는 낸시를 올려다보며 말했다.

"저 사람이 언니에 대한 얘길 한마디도 안 해."

나는 눈물을 쥐어짜며 수화기에 대고 들으라는 듯이 말했다.

클러리는 수화기를 거치대에 내려놓고 뒤에 선 경관에게 무어라 말했다. 경관은 고개를 끄덕이며 유치장 수감 구역의 잠긴 문을 열었다. 나는 고개를 숙인 채 양 볼을 세게 꼬집었다. 그러자 볼이 빨개지면서 눈물이 났다.

"젠장." 낸시가 컵을 세게 내려놓는 바람에 커피가 살짝 쏟아졌다. "클러리! 몇 가지 더 물어볼 게 있습니다."

클러리는 뒤도 돌아보지 않았다. 그의 등 뒤로 둔탁한 쿵 소리와 함께 문이 닫혔다.

우리를 안내해준 경관이 문 앞에서 말했다.

"저희도 수감자를 마음대로 불러오진 못합니다. 면회에 응할지 여부를 수감자가 자율적으로 정하게 돼 있어서요."

낸시는 내 어깨를 손으로 잡았다. 나는 기운을 내려고 커피를 한 모금 마셨다.

"다른 얘기는 없었어? 아까 보니까 클러리가 수화기를 들고 있던데."

"나더러 쌍년이라고 욕했어. 내가 그를 좀 심하게 밀어붙였거든. 말하게 만들려고……."

"네 잘못이 아니야." 낸시는 내 어깨를 문지르고 토닥였다. "클러리를 보고 그와 얘기도 했으니 그걸로 만족해. 네 언니가 정말 저 남자랑 무슨 관련이 있겠어? 기껏해야 네 아버지의 골동품을 저놈 전당포에 팔았는데 저 자식이 네 언니를 엿 먹인 거겠지. 가서 언니한테 사실대로 말해달라고 하든지, 아니면 그냥 잊어버려."

나는 떨리는 목소리로 말했다.

"네 말이 맞아, 낸시……."

"그만 나가자. 나가서 얘기해."

문 앞에 선 경관이 우리를 로비로 데려다주었다. 낸시와 나는 직원 앞에서 서명을 하고 그곳을 나섰다. 낸시는 나를 위해 문을 잡아주었고, 내 등허리에 손을 대고 나를 이끌어주었다.

여름으로 접어들면서 바깥 공기가 뜨겁게 달아올라 있었다. 낸시는 손차양을 하고 햇볕을 가리면서 물었다.

"정말 괜찮아?"

나는 고개를 끄덕였다.

"다시 일하러 가봐야 되지?"

"응." 낸시는 나를, 내 입술을, 내 속눈썹에 맺힌 눈물을 바라보았다. "안 가고 싶다."

"나도 네가 가지 않았으면 좋겠어."

낸시는 내 손을 꼭 잡았다.

"이따가 전화할게. 레슬리 언니랑 얘기해봐. 별일 아닐 거야."

나는 낸시의 탄탄하고 끈적이는 손을 꼭 잡고, 옛날부터 숱하게 그래왔던 것처럼 그 손에 깍지를 끼었다.

"그렇게 생각해?"

낸시는 고개를 끄덕였다.

"이따 봐, 로빈."

나는 낸시가 순찰차에 올라타 시동 거는 모습을 바라보았다. 그리고 돌아서서 내 렌터카 운전석으로 향했다. 열기 때문인지 차 안에 산소가 하나도 없는 것처럼 숨이 콱 막혔다. 뜨겁게 달궈진 운전대에 이마를 대고 생각에 잠겼다. 심장박동 수가 다시 확 올라갔다.

멍청한 새끼. 클러리는 낯선 사람의 약속을 믿고 아는 것을 모조리 털어놓았다. 그는 교도소에 들어가야 마땅한 인간이었다. 남의 목숨을 빼앗는 일로 먹고산 주제에 세상 물정에 그리 어두워서야. 내가 약속을 지키지 않은 걸 알게 되는 순간 그는 세상이 호락호락하지 않다는 걸 깨닫게 될 것이다. 내가 제니퍼 클러리를 찾아가야 할 이유가 있을까? 그는 내가 원하는 사실을 모두 털어놓았다. 그것도 낸시가 커피를 가지러 간 그 짧은 시간 동안에.

교도소에서 나오면 나를 찾아내려고 하겠지. 분명하다. 하지만 나는 한참 전에 여길 뜨고 없을 것이다.

44 _____

레슬리

오후 5시 30분, 컴퓨터를 서둘러 끄느라 플러그를 뽑아버렸다. 사무실을 나온 나는 저스틴과 말을 섞지 않으려고 최대한 빠르게 승강기를 향해 걸음을 옮겼다. 그가 내 등에 대고 힘차게 인사했다.

"좋은 저녁 시간 보내세요, 팀장님!"

나는 대답하지 않았다. 메리가 나를 기다리고 있었다.

집까지 어떻게 왔는지 기억도 나지 않았다. 회사 주차장에서 운전석에 올랐는데 다음 순간 타깃 소매 체인점 근처의 교차로에 있었고, 또 다음 순간 집 앞 진입로에 차를 세운 채로 앉아 있었다. 문득, 어린이집에 들르는 걸 깜빡했음을 깨달았다.

아니, 오늘은 데이브가 어린이집에 들를 차례였다. 차 문을 열고 내렸다. 옆집에 사는 태린이 마당에서 내게 손을 흔들었다. 태린은 맨발로 서서 라임빛의 권총 모양 물총으로 다육식물에 물을 뿌리고 있다.

"안녕하세요, 레슬리!"

나는 고개를 들었다. 잠시 멍하니 있다가 뒤늦게 대답하면서 손으로 머리카락을 쓸어 넘겼다.

"안녕하세요, 태린."

태린은 웃으면서 설명했다.

"이건 오스틴 거예요. 내 분무기를 찾을 수가 없어서."

무슨 뜻인지 이해가 되지 않아 나는 어리둥절했다.

총. 그래, 물총.

나도 같이 웃었다.

태린이 고개를 갸웃하며 머뭇머뭇 말했다.

"즐거운 저녁 보내세요!"

"아, 고마워요."

여기서 고맙다는 대답은 알맞은 인사말이 아니었다. 나는 멍하니 집으로 들어갔다.

빨아놓은 양말들이 계단에 흩어져 있고, 문 옆 바닥에는 우편물 더미가 있었다. 집 뒤쪽에서 조그맣게 웃음소리가 들려왔다. 신발을 벗고 그 소리를 따라 주방으로 향했다.

그곳은 햇살이 가득 들어차 있어 집의 다른 공간보다 훨씬 환했다. 누가 요리를 했는지 음식 냄새가 났다. 카레를 만든 것 같았다. 싱크대가 냄비와 그릇으로 가득했고, 카운터는 노란 얼룩이 져 질척한 데다 통통한 쌀알들까지 여기저기 떨어져 있었다. 열린 뒷문으로 바깥 공기가 흘러들었다. 나는 집 뒤쪽의 파티오로 나갔다.

처음에는 누구도 내가 있다는 걸 알아차리지 못했다. 메리는 파란색과 흰색 줄무늬가 들어간 비키니 상의에 청반바지 차림이었다. 비키니 끈이 청바지의 허리띠까지 길게 드리워져 있었다. 그녀는 정수리에 내 선글라스를 얹고서 잔디밭에 책상다리로 앉아 두 손을 앞으로 내민 채 웃고 있었다. 옆에는 정원용 호스가 뱀처럼 길게 누워 있었다. 내게 등을 보인 채 정원용 의자에 늘어지게 누워 있는 데이브는 넥타이가 없는 것만 빼면 출근할 때 옷차림 그대로였다.

"이리 와."

메리가 부르자 데이브의 넥타이를 목에 두른 일라이가 그녀를 향해 잔디밭을 뒤뚱뒤뚱 걸어갔다. 아직 고무처럼 힘이 없는 다리라서 한 걸음 한 걸음 옮길 때마다 몸 전체가 좌우로 흔들거렸다. 마침내 일라이는 웃으며 메리의 품에 안겼고, 데이브는 손뼉을 치며 말했다.

"5.4초 걸렸어. 네세시타스 트라바하르 마스, 미호(좀 더 노력해봐, 아들)."

메리는 일라이를 안고 좌우로 조금씩 흔들면서 아이의 귀에 대고 말했다.

"준비됐지? 셋…… 둘……."

메리는 일라이를 살짝 밀면서 품에서 놓아주었다. 일라이는 거의 공중에서 발을 내딛으며 곧장 잔디밭 가장자리로 나아갔다.

그때 뒤를 돌아본 데이브가 말했다.

"레슬리, 집에 왔네."

메리도 시선을 들더니 선글라스를 얼굴로 내려 썼다.

나는 메리에게 말했다.

"준비 안 하니? 우리 오늘 저녁 약속 있잖아."

그러자 데이브가 말했다.

"여기서 잠깐 같이 놀아. 일라이, 여기 봐라. 엄마 왔다."

그 소리에 정신이 팔린 일라이는 데이브의 넥타이에 발이 걸려 넘어지고 말았다. 일라이는 몸에 풀을 묻힌 채 울음을 터뜨렸다.

메리가 말했다.

"이런, 파티가 끝났네. 언니가 일라이 좀 안아줄래?"

데이브가 나를 흘끗 쳐다보더니 나섰다.

"내가 할게. 언니는 막 집에 왔잖아."

정원용 의자에서 일어난 그는 잔디밭을 걸어가 엎어진 일라이를 안아 올렸다.

메리가 말했다.

"시간이 다 됐나 보네."

선글라스 위쪽으로 메리가 눈썹을 치켜세우는 게 보였다.

나는 메리를 먼저 안에 들여보내고 따라 들어가 등 뒤로 파티오 문을 닫으면서 말했다.

"이 일을 진지하게 생각해달라니까."

"진지하게 생각하고 있다니까요."

선글라스 때문에 눈빛을 읽을 수가 없었다.

"반바지를 입고 애랑 놀고 있잖아, 지금. 입으라고 준 원피스는 어디 있어?"

메리는 한숨을 쉬었다.

"위층에요. 나한테 안 맞아요. 다른 거 입을게요."

"다른 원피스가 있다고? 어디서 났는데?"

"그게 중요해요?"

메리가 선글라스를 벗어 카운터에 내려놓았다. 나는 거의 낚아채다시피 선글라스를 집어 들었다.

"준비하고 올게요. 언니는 와인이라도 한 잔 마시든지 해요."

돌아서는 메리의 허벅지 뒤쪽에, 진짜 이모인 척 내 아이를 안고 잔디밭에 앉아 노느라 생긴 붉은 자국이 선연했다. 나는 잠시 그 자리에 서서 뒤쪽 포치에서 재잘대는 일라이와 데이브의 목소리에 귀를 기울였다. 그러다 싱크대 앞으로 가 노란 고무장갑을 꼈다.

메리를 기다리며 그릇을 씻은 뒤 싱크대를 닦았다. 데이브는 정원용 의자에 다시 앉은 채였고, 일라이는 그의 가슴에 안겨 있었다. 둘 다 자고 있었다. 나는 계단 아래쪽으로 가서 위층에 대고 소리쳤다.

"메…… 로빈?"

대답이 없었다.

양말을 주우며 계단을 올라갔다. 계단참에서 다시 불러봤다.

"로빈?"

손님방 문이 열려 있어서 나는 두 손 가득 양말을 들고 안으로 들어갔다.

방 안이 엉망이었다. 바닥에는 이불과 시트가 널브러져 있고, 침대 기둥에는 옷가지들이 아무렇게나 걸려 있었으며, 그 옆 탁자에는 지저분한 접시와 잔이 놓여 있었다. 그날 아침 내가 방 문손잡이에 깔끔하게 걸어둔 원피스는 안팎이 뒤집힌 채, 맨살을 드러낸 침대 위에 놓여 있었다. 열린 욕실 문틈으로 보니 메리가 거울 앞에서 이리저리 움직이고 있었다.

"왜 이렇게 오래 걸려?"

나는 침대에 조심스레 앉았다. 바로 옆에 메리에게 '거절당한' 원피스가 있었다. 나는 침대 위에 양말들을 깔끔하게 쌓아놓았다.

메리는 욕실 문을 조금 더 열고 밖을 내다보았다. 입술색이 손톱의 매니큐어 색과 똑같은 진한 주홍빛이었다. 귀 뒤로 길게 늘어뜨린 머리카락을 제외한 나머지 머리는 헤어 아이론으로 굽슬굽슬하게 말았다.

"나랑 같이 이 일을 계속할 생각이기는 해? 아무리 봐도 모든 게……."

나는 갑자기 말문이 막혔다. 메리가 욕실 문을 좀 더 연 것이다. 어깨끈 없는 형광 노란빛 칵테일 원피스를 입고 맨발로 서 있는 메리의 모습이 보였다. 목재와 도기 재질로 된 욕실에서 그런 모습으로 서 있는 메리는 마치 잡지에서 오려낸 사진처럼 초현실적으로 보였다. 메리 뒤 거울 속에 담긴 내 모습은 어둑한 욕실 안에 가라앉은 그림자 같았다. 메리는 하얀 이를 드러내며 말했다.

"자, 이 정도면 괜찮잖아요. 왜요?"

"나는……." 나는 침대에 앉아 자세를 바꿨다. "그만하면 됐어. 확인하려고 와본 거야."

메리는 돌아서서 거울을 들여다보며 뒤로 늘어져 있던 머리카락을 아이론으로 마저 꼬았다.

"저기, 뭐 하나만 물어봐도 돼요?"

나는 욕실에서 장시간 단장 중인 다른 여자를 침실에 앉아 지켜보고 싶은 생각은 없었다. 고등학교 댄스 파티장의 분장실처럼, 달궈진 머리카락과 향수 냄새가 욕실에서 풍겨 나왔다. 기억 한 조각이 머릿속을 떠다녔다. 어머니가 로빈과 함께 욕실 안에 있고 나는 문가에 서 있던 기억. 어머니는 로빈에게 최대한 환하게 미소 지으라고 말했고, 로빈은 그 말을 따랐다. "볼 한가운데 이걸 바르는 거야." 어머니는 그렇게 말하며 분첩을 볼에 톡톡 두들겨 화장품을 발랐다. 어린 시절 내가 본 다른 수많은 여자들처럼, 어머니도 루즈 파우더를 지나칠 정도로 많이 발랐다. 마치 열이 나서 홍조를 띤 것처럼, 둥글게 분홍색 볼

터치를 했다. 그때 로빈은 웃고 있었지만, 내게는 행복한 기억이 아니었다. 어째서 행복한 기억이 아닐까?

나는 거울 속 어머니의 모습을 지켜보고 있었다. 잘못됐다고 느낀 건 바로 어머니의 얼굴이었다. 찡그린 것 같기도 한 애매한 미소. 아버지는 그게 어머니의 신경증 때문이라고 했다. 우리가 어머니의 신경을 건드리면 그런 표정이 나왔다. 우린 부모님이 쓰는 안방 욕실에 들어가선 안 되었다. 그곳은 어머니만의 공간이니까. 우리가 거기 들어가면 어머니의 신경이 곤두서니까. 어머니의 표정이 그런 건 바로 그 때문이었다.

내가 로빈을 밖으로 불러내 어머니를 그만 좀 성가시게 하라고 말했던 적이 있었나?

기억나지 않았다. 나머지 기억은 그저 흐릿했다.

"데이브랑은 어떻게 만났어요?"

갑작스러운 메리의 질문에 나는 움찔했다.

"얘기해준 적이 없는 것 같아서요."

나는 고개를 저었다.

"별로 재밌는 얘기도 아니야."

메리는 거울 속에서 미소 지었다.

"재밌을 것 같은데."

"재미없어." 거울 속 메리 뒤의 내 모습은 더 이상 보이지 않았다. "그냥 학교에서 만났어. 내가 다니던 경영 대학원에서 데이브도 경영학 학위를 받으려고 공부 중이었거든."

나는 파티장을 나가려다가 데이브를 처음 봤고, 그에게 다가갔다. 그렇게 대담한 행동은 평생 처음이었다. 맥주 세 잔이 가져온 취기 때문이었을까. 나는 무작정 말했다. "난 레슬리라고 해요. 당신 얼굴이 마음에 들어요." 지금 생각하면 낯부끄러운 일이었다. 물론 그의 얼굴이 마음에 든 건 사실이었다. 보자마자 좋았으니까. 웃음기가 스민 길고 얇은 입술, 희미하게 얽은 자국이 있는 양쪽 볼, 바깥쪽이 살짝 올라가 있어 쾌활한 인상을 주는 눈매, 그리고 홍채와 거의 같은 빛일 정도로 진한 갈색의 눈동자.

그는 웃고 있었지만 나를 보고 웃은 건 아니었다. 방금 전까지 어떤 여자와 이야기를 나누며 웃다가 나를 향해 고개를 돌린 것뿐이었다. 그가 말했다. "데이브라고 합니다. 나도 당신 얼굴이 마음에 드네요."

나는 그 말이 진심이라고 믿었다. 다른 남자들이 나를 칭찬했을 때와는 달리 전혀 의심하지 않았다. 다른 남자들의 표정에는 찬양보다는 기대감이 담겨 있었다. 고장 난 엔진이 작동하기를 기다리듯, 자기가 한 칭찬이 먹히기를 기다리는 표정이었다.

메리가 물었다.

"그게 언제쯤이에요?"

"6년 전."

그녀는 고개를 끄덕였다. 나는 메리가 귀걸이를 한 짝씩 귀에 거는 모습을 바라보았다.

"데이브를 사랑해요?"

"남편을 사랑하냐고? 당연하지."

침실로 온 메리는 바닥에 떨어진 시트를 걷어차고 하이힐 한 짝을 찾아 신었다. 그리고 다른 한 짝을 찾으러 방 안을 돌아다니며 말했다.

"나이가 들면서 사랑도 색이 바래지 않나 생각했어요. 세월이 흐르면서 결국 모든 게 말라붙어버리니까."

"난 안 그래."

메리는 다른 한 짝을 마저 찾아 신고 똑바로 섰다. 하이힐 덕분에 키가 몇 센티는 더 커졌다.

"됐다. 준비됐어요. 언니는요?"

나는 대답하지 않았다. 메리가 다가와 내 옆, 양말을 쌓아놓은 곳에 털썩 앉았다. 메모리 폼 매트리스가 우리 둘의 무게에 푹 가라앉았다.

"언니가 날 필요로 한다면 기꺼이 도울게요."

나는 꼼짝하지 않으려고 애쓰면서 말했다.

"넌 이미 날 돕고 있어."

나를 돌아보는 메리의 얼굴 절반이 욕실 조명을 받아 빛났다.

"나한테 말할 수 없는 사정이 있다고 해도, 언니한테 중요한 일이라면 돕겠다는 뜻이에요. 언니가 샘 때문에 곤란해하는 나를 도와준 것처럼."

나는 앞만 보며 말없이 앉아 있었다. 메리가 침대에서 일어섰고, 얼마 후 계단을 내려가는 그녀의 구두 굽 소리가 들렸다.

뻣뻣하게 일어선 나는 핸드백을 찾아 주변을 두리번거렸다. 메리가 버려둔 원피스는 여전히 매트리스 위에 놓여 있었다. 나는 그 원피스를 집어 들고 안팎을 원래대로 뒤집었다.

아래층에서 포치 문이 열리는 소리, 데이브와 메리가 중얼중얼 이야기하는 소리가 들려왔다. 소리 내 웃던 메리는 일라이를 깨우게 될까 봐 걱정이 됐는지 얼른 입을 닫았다.

원피스를 접어놓으려고 뒤로 물러서다가, 구겨진 시트 밑의 날카로운 무언가를 밟았다. 휘청하면서 원피스를 떨어뜨렸다. 곧장 시트를 집어 들고 흔들어보았다.

무언가 툭 떨어졌다. 검은색 플라스틱으로 된 윗부분에 '허츠' 스티커가 붙은 자동차 키였다. 허츠 렌터카 회사의 스티커였다.

메리가 차를 빌려 어디엔가 처박아둔 모양이었다.

메리의 발소리가 다시 크게 들리더니, 계단 밑에서 나를 불렀다.

"언니? 내려올 거지?"

나는 차 키 위에 도로 시트를 덮어놓았다.

돈이 어디서 나서 차를 렌트했을까? 자기 본명으로 빌린 걸까?

아까 침대에 나란히 앉아 있을 때, 하마터면 메리에게 다 말할 뻔했다. 거의 그녀를 믿을 뻔했다. 하지만 메리는 어디까지나 낯선 사람이었다. 이방인이라는 걸 한순간 잊었다.

"내려갈게."

나는 목소리에 좀 더 힘을 주어 대답했다.

메리는 내게 아무것도 아닌 사람이었다.

계단 발치에 선 메리가 내 핸드백을 내밀었다.

"이번엔 내가 운전해도 돼?"

마치 진짜 내 동생인 것처럼, 매주 아무렇지 않게 차 열쇠를 빌려온 것처럼 스스럼없었다. 언제든 마음이 내킬 때 나를 떠나버릴 거면서, 그녀는 다른 곳에 자기 차를 숨겨놓지 않은 것처럼 태연히 묻고 있었다.

나 역시 그녀를 믿는 양 대답했다.

"이번엔 안 돼."

메리는 언제부터 내게 이렇게 편안하게 말을 걸었을까? 핸드백을 건네주는 메리의 눈빛이 맑고 순수했다.

"자, 어서 갑시다." 메리가 문을 열면서 말했다. "언니 돈을 받으러."

45 _____

레슬리

한때 블루루프 식당 건물은 이 구역에 홀로 서 있었으나, 지난 7년 동안 주변 땅을 치과 병원과 부동산 회사에 조금씩 팔아넘겼다. 주차장도 새로 정비해, 지나치게 하얀 연석과 강박적으로 가꾼 관목들로 장식했다. 하지만 식당 내부는 외부와 어울리지 않게 낡아 있었다. 이 사막에 존재한 적도 없는 옛 뉴잉글랜드풍 식민지 부흥 건축양식의 벽돌과 기둥을 세상이 선호하게 되면서, 이 초라한 식당은 점차 배격되는 분위기였다. 앨버커키에서 보낸 내 청춘은 치장 벽토와 노출 빔, 1년 내내 매달아놓은 크리스마스용 줄 전구 등으로 장식된 이곳과 닮아 있었다.

메리에게서 몇 걸음 뒤처진 채 주차장을 가로질렀다. 뒤따라가면서 보니, 메리를 쳐다보는 거의 모든 사람들의 표정을 읽을 수 있었다. 그들은 아름다운 메리가 유명 인사라도 되는 것처럼 힐끗거렸다. 저 찌르는 듯한 수많은 시선 속에서 걸어가는 게 불편하지는 않을까. 혹시 저들의 시선을 일부러 자신에게 쏠리게끔 만들고 있는 건 아닐까. 저들의 얼굴을 마치 자신의 모습을 비추는 거울처럼 여기면서.

하지만 식당 문 앞에 다다를 때까지도 메리는 사람들의 시선을 의식하지 않는 눈치였다. 키 작은 중년 남자가 문을 잡아주었을 때도 메리는 지금껏 그런 친절은 받아본 적이 없다는 듯한 밝은 표정으로 "고마워요!"라고 인사했다. 그것도 모음을 살짝 뭉개는 텍사스식 발음으로. 나는 곧 그런 발음 또한 연기임을 알아차렸다. 오래전에 알아챘어야 마땅한 연기였다. 아름다움만으로는 신뢰받기 어려우니, 메리는 사투리 억양을 써가며 순진한 미인 행세를 하고 있었다. 숨소리 섞인 소녀 목소리를 냈던 배우 메릴린 먼로처럼. 예전에 르터노에서 메리가 했던 말이 생각났다. '사람들은 나를 멍청하다고 생각하거든요.'

내가 메리의 진짜 모습을 본 적이 있기는 할까? 메리는 내가 보고 싶어 하는 모습을 보여줄 뿐인 걸까?

바로 그런 일을 해달라고, 내가 메리를 고용한 것 아니었나?

그래도 일부는 진실일 것이다. 사람이 매 순간 거짓으로 살 수는 없으니까. 내 반짝이 샤워 밤을 쓰고 욕실 바닥에 일부러 물을 뚝뚝 떨어뜨리던 때의 그녀는 진짜 메리가 아니었을까. 아버지의 낡은 집 카펫에 나란히 누워 로라 니로의 노래를 함께 들을 때도. 그때도 지금도 나는 혼자가 아니었다.

식당 내부는 고풍스러운 뜰같이 꾸며져 있었다. 벽화 속 발코니 너머로 몸을 내민 사람들의 팔에, 수십 년에 걸쳐 생성된 균열을 따라 구불구불하게 자라나 벽을 타고 내려온 진짜 담쟁이덩굴이 한가득 안겨 있었다. 천장에 달린 고리버들 선풍기는 움직임이 없었다. 에어컨이 없던 시절에 설치된 것으로 지금은 그저 장식일 따름이었다. 테이블마다 줄 달린 소형 스탠드와 붙박이 재떨이가 있었다. 재떨이는 밑으로 비우게끔 되어 있는 것이었다. 지금은 더 이상 실내 흡연이 허락되지 않는데도 재떨이를 굳이 둔 것은, 그런 현대적인 규칙에 대한 씁쓸함을 표현함과 더불어 나이 지긋한 흡연자 단골들의 마음을 달래기 위해서일 것이다.

메리는 호스트 스탠드 너머로 친근하게 몸을 기울이며 안내 직원에게 말했다.

"저희는 앨버트 변호사님과 한 테이블에 앉을 거예요. 그분이 오셨는지 모르겠네요. 아, 앨버트 변호사님! 안녕하세요!"

앨버트는 저 끄트머리에 놓인 테이블에 앉아 있었다. 뺨에 홍조를 띤 여인이 창밖으로 몸을 내밀고 있는 그림 바로 아래 자리였다. 그림 속 여인은 한 손에는 와인 병을, 다른 손에는 와인이 뚝뚝 떨어지는 술잔을 들었다. 동적인 그림 아래여서 그런지 스포츠 코트를 입고 앉아 있는 앨버트의 모습이 어쩐지 울적해 보였다. 무릎에 냅킨을 펼쳐놓았고, 지팡이는 벽에 기대 세워놓은 채였다. 그는 메리가 자기를 부르는 소리는 듣지 못했지만, 그녀가 가까이 다가가자 우리 쪽으로 고개를 돌렸다. 스페인풍의 페이크 타일에 메리가 입은 원피스의 형광 노란색이 비쳐 보였기 때문일 것이다. 앨버트는 자리에서 몸을 약간 일으켰다.

"왔니. 다시 보니 좋구나. 로빈, 어쩜 이렇게 예쁘냐."

메리는 쑥스러워하는 표정이었다. 정말 쑥스러워하는 걸까 아니면 그런 척을 하는 걸까. 어쩌면 짙은 화장에 얼굴의 홍조가 가려진 것인지도 모른다고 생각하면서, 나는 메리의 표정을 흥미롭게 바라보았다.

"고맙습니다! 아, 어떡해. 아뇨, 일어나지 마세요. 저희가 너무 재빨라서 벌써 의자에 앉고 말았는걸요. 잘 지내셨어요?"

그는 'comme ci comme ça(그럭저럭)'라는 뜻으로 손을 휘저었다.

"바짓단을 너무 올려서 꿰맸더니 이상해졌어. 이것 좀 봐." 그는 한쪽 다리를 앞으로 뻗어 우리에게 보여주었다. 바지 밑단을 지나치게 많이 줄여 꿰매놓은 탓에 양말 위쪽의 반투명한 다리털까지 드러나 있었다. "너희는 잘 지냈니? 올 때 차는 안 막혔지?"

"안 막혔어요. 괜찮았어요."

그는 눈을 가늘게 뜨고 나를 바라보았다.

"네 남편은 잘 지내냐? 아들 이름이…… 뭐였더라? 일라이라고 했나?"

"맞아요, 일라이." 나는 그렇게만 대답했다가 흘낏 돌아보는 메리의 눈길에 떠밀려 덧붙였다. "둘 다 잘 지내요."

소박한 옷차림의 배불뚝이 남자가 우리 테이블로 다가왔다. 주변 경쟁자들을 언제든 밟아버리겠다는 기세나 손님들이 즐거운 저녁 시간을 보내길 바라는 마음이 모두 담긴 표정으로 보아, 이 식당의 주인인 듯싶었다.

"마실 걸 갖다 드릴까요? 와인을 병으로 내오는 건 어떻겠습니까?"

식당 주인의 물음에 앨버트가 우리를 돌아보았다.

"어떻게 할까? 병으로 주문해도 되겠지? 둘 다 레드 와인 괜찮니?"

"좋은 선택이에요."

메리는 앨버트와 식당 주인을 번갈아 쳐다보며 미소 지었다.

주문을 마친 앨버트가 물었다.

"넌 어떻게 지내고 있니, 로빈? 이번 주에 여기 머물면서 예전 친구들도 만나봤어?"

"그럼요." 메리는 그의 손을 잡고 말을 이었다. "예전에 알던 사람들을 두어 명 찾아봤어요. 그동안 변한 것도 있고 변하지 않은 것도 있어서 꽤 재밌더라고요."

나는 메리를 빤히 쳐보았다. 정말 로빈의 옛 지인들을 만나 이야기를 나눈 걸까? 숨겨둔 렌터카를 끌고 나가서 그러고 다닌 걸까?

"아직 이 동네에 사는 사람들이 몇 명은 있을 거야, 그렇지? 요즘은 최대한 빨리 집을 떠나는 게 통과의례인 것 같아. 자식들이 부모 곁에서 계속 사는 집이 그리 많지가 않아." 앨버트는 내 다리를 툭 치며 덧붙였다. "레슬리 너는 예외지만."

메리가 맞장구를 쳤다.

"다른 데로 이사할 생각 해본 적 있어, 언니?"

나는 식당 주인을 찾아 주변을 힐끔 돌아보며 대답했다.

"없어."

"없다고? 한 번도 생각 안 해봤니?" 앨버트가 냅킨을 반듯하게 펴면서 말했다. "나는 말이다. 언젠가는 버몬트주로 이사 가야지, 하는 생각을 늘 해왔어. 내가 아는 가족이 거기 오두막을 하나 갖고 있거든. 그 가족은 들꿩 사냥철이 되면 놀러 오라고 초대를 하곤 해. 들꿩 사냥이 꽤 재밌거든. 내 근육이 전처럼 나긋나긋하지가 않아서 문제지만."

"그래, 언니. 언니도 버몬트주에 가서 들꿩 사냥을 해봐."

나는 고개를 저었다.

"그럼 이사 가서 살고 싶은 곳은 있어? 어디로든 갈 수 있다면 말이야."

"그런 생각은 안 해봤어. 샌타페이라면 나쁘지 않겠지."

메리는 소리 내어 웃었다.

"거긴 여기서 한 시간 거리잖아. 무슨 꿈이 그렇게 후지냐."

와인 병을 든 웨이트리스가 메리 옆으로 다가왔다. 웨이트리스는 먼저 앨버트의 잔에 와인을 따르고 기다렸다. 앨버트는 그녀를 흘끗 올려다보고 미간에 주름을 잡으며 말했다.

"아, 그래요. 이 정도면 되겠어요. 더 따를 필요는 없어요."

웨이트리스는 메리의 잔에도 와인을 따랐다.

모두 주문을 마치고 웨이트리스가 물러가자 앨버트가 물었다.

"넌 어디 가서 살고 싶니, 로빈? 라스베이거스에서 계속 살 생각이냐?"

나는 별 뜻 없이 나섰다.

"로빈은 로스앤젤레스로 가고 싶대요."

그러자 메리는 내게 시선을 붙박은 채 앨버트에게 말했다. "맞아요. 그리로 가고 싶어요. 제가 정말 좋아하는 곳이거든요." 그리고 다시 쾌활하게 덧붙였다. "기온이 늘 24도 정도로 일정하잖아요. 다들 선탠을 하는 데다가 미용 전문가한테 관리를 받으면서 살죠. 저도 〈나는 결백하다〉의 그레이스 켈리처럼 긴 스카프를 사서 목에 두른 채 컨버터블을 타고 싶어요."

"영화광이구나! 앨프리드 히치콕 감독을 좋아하니?"

"히치콕은 싫은데 그레이스 켈리를 엄청 좋아해요."

앨버트가 웃었다.

"히치콕을 싫어한다고? 어째서?"

"그 감독이 만든 영화는 죄다 템포가 너무 느려요. 배우들은 전부 인형의 집에 사는 작은 인형들 같고요."

메리가 손으로 턱을 받쳤다.

"감독이 영화에서 의도한 바가 바로 그런 게 아닐까. 히치콕은 배우들을 '소 떼'라고 욕한 적도 있잖아."

"그럴 줄 알았어요! 히치콕의 영화들을 보면 그가 늙은 개자식이라는 걸 알 수 있다니까요."

"메…… 로빈!"

"뭐, 그게 사실이잖아."

앨버트는 빙그레 웃었다.

"로빈 말도 틀리지 않아. 티피 헤드런(앨프레드 히치콕의 영화 〈새〉, 〈마니〉 등에서 주연을 맡았던 배우)도 동의할걸. 얼간이지만 위대한 예술 작품을 만든 것도 사실이고 말이야."

"맞아요. 하지만 저는 감독의 사상이 작품에 스며든다고 봐요. 예술이라는 건 원래 내면의 똥 같은 부분까지도 내보이기 위한 거니까." 메리는 붙박이 재떨이 아랫부분에 손가락을 넣어 만지작거리면서 말을 이었다. "내면에 독을 품고 있으면 작품에도 결국 드러나게 마련이죠."

그 말을 곱씹으며 입술을 오므리던 앨버트가 잠시 후 입을 열었다.

"모든 세대는 전 세대를 증오하지. 그런 과정 속에서 성장이 이루어지는 것이고."

메리가 그의 팔을 가볍게 툭 쳤다.

"어머, 변호사님. 저희는 변호사님을 증오하지 않아요! 웨이트리스한테 팁이나 후하게 주시기를 바랄 뿐이죠."

조금 전 와인을 따라준 웨이트리스의 뒤를 따라 식당 주인이 머스터드 빛깔의 접시들을 들고 왔다. 앨버트와 메리를 위한 자른 레몬과 파슬리를 얹은 연어 요리, 그리고 나를 위한 콥 샐러드였다.

앨버트는 포크로 메리를 가리키며 말했다.

"너는 말이다, 영락없이 네 아버지를 닮았어."

내 입에서 재채기 비슷한 헛웃음이 슬쩍 나왔다. 메리가 테이블 밑으로 걷어차는 바람에 나는 깜짝 놀라 숨을 훅 내쉬었다.

메리는 곧바로 대답했다.

"고마워요. 아, 저한테는 정말 의미가 큰 말씀이에요. 턱이 닮았죠? 아버지도 저 같은 턱을 가지셨잖아요."

앨버트는 입에 넣었던 포크를 슬쩍 빼더니, 끄트머리로 이를 톡톡 두드리며 말했다.

"턱이 아니라 유머 감각이 닮았어. 네 아버지는 참 재미있는 사람이었거든."

"아뇨, 그렇지는 않았어요."

나는 메리의 구둣발을 피해 의자를 뒤로 살짝 뺐다. 목표물을 상실한 상태에서 또다시 발길질을 한 메리는 척추 뼈 몇 개가 녹아내린 것처럼 의자에서 약간 미끄러졌다. 메리는 아무렇지 않은 척 몸을 끌어올려 바로 앉았다.

앨버트가 눈을 가늘게 뜨고 나를 보았다.

"네 생각은 다르냐? 네 아버지가 말년에 몸이 아파서 재미라곤 없이 살았지만, 그 전에는 딱 로빈 같았어. 머리 회전도 빨랐고."

"어머, 칭찬 감사드려요." 메리는 의자에서 미끄러지는 통에 살짝 구겨진 원피스 윗부분을 매만졌다. "아버지를 잘 아는 분께 그런 이야기를 들으니 기분이 정말 좋네요."

"저희에게 아버지는 재미있는 분이 아니셨어요. 집에서는 무뚝뚝하기만 하셨죠."

메리가 나를 쏘아보았다.

앨버트는 냅킨으로 입가를 닦고 말했다.

"유감이구나. 그 친구가 멀쩡했을 때 너희와 함께였다면 얼마나 좋 았을까. 나는 그 친구를 30년 가까이 알고 지냈어. 너희 아버지와 나, 우린 꽤 좋은 친구였지."

나는 대꾸하지 않았다.

메리는 앨버트 쪽으로 몸을 기울였다.

"아버지 이야기를 좀 더 해주세요. 아버지와는 처음에 어떻게 만나 셨어요?"

"어떻게 만났느냐고?" 그는 와인 한 모금을 마시다가 기침을 하며 말했다. "한 직장에서 일한 동료였어. '호가스앤드와이어스'라는 회사 였지."

"그게 언제였는데요?"

"70년대 말이었을 거야. 처음에 난 그를 엄청 싫어했어. 내 여자를 빼앗았거든."

"설마요!"

앨버트는 고개를 흔들었다.

"사실이야. 너희도 알다시피 그는 경쟁심이 강한 편이었거든. 당시 나는 우리 회사의 비서 한 명과 데이트를 하고 있었어. 괜찮은 여자였 지. 얌전한 편이기도 했고. 음, 한동안 우리 둘에게 양다리를 걸쳤으니 아주 얌전한 여자는 아니었을지도 모르겠구나. 그것도 같은 사무실에 서 일하면서 그랬으니까! 우린 같이 회의까지 했는데, 동시에 한 여자 와 사귀고 있는 줄은 몰랐어. 그러다 그 여자가 워런에게 말을 했는지 아니면 워런이 눈치를 챘는지, 어느 날 저녁에 갑자기 그 여자가 나한 테 와서 말하더구나. '워런이 둘 중 한 명을 선택하라네요. 우리가 함께

할 수 있는 시간은 이제 끝난 것 같아요.' 아주 정중하게 말하더라고. 그래서 난 네 아버지를 한동안 굉장히 싫어했어. 하지만 오랫동안 꿍해 있을 수도 없게 됐지. 네 아버지가 그 비서와 결혼을 했거든. 사실 나는 그 여자와 결혼까지는 생각을 안 했기 때문에 그 여자한테는 잘된 일이라고 생각했지!"

메리가 물었다.

"잠깐만요. 아버지가 그 여자와 결혼을 했다고요? 아버지가 어머니와 사귀었을 때의 얘기랑은 다른데요."

"그래, 그 여자의 이름은 이본이었어. 5년 정도 결혼 생활을 하다가 갈라섰지. 이유는 나도 몰라. 워런이 그 얘긴 절대 안 했거든. 내 생각으로는, 아마 너희들 때문이었을 거야."

나는 말했다.

"그때 저희는 태어나지도 않았는데요."

앨버트는 연어를 한 조각 떼어 입에 넣고 씹으면서 말했다.

"워런은 자식을 낳고 싶어 했어. 그게 이본과 결혼한 이유 중 하나이기도 할 거야. 결혼할 당시에 이본의 나이가 무척 어렸거든. 스물한 살이었나. 그런데 둘 사이에는 자식이 없었어. 이유를 물어보진 않았지만……." 그는 어깨를 으쓱하며 덧붙였다. "5년이라는 세월이면 충분히 확인했겠지. 그동안 최선을 다했을 거야."

나는 내 앞의 접시를 내려다보았다. 샐러드를 한 입도 먹지 못하고 있었다.

나를 바라보는 메리의 시선이 느껴졌다.

"언니는 알고 있었어? 이본이라는 분에 대해?"

나는 고개를 저었다.

아버지가 돌아가시기 전까지 나는 아버지의 집에서 수년을 함께 살았다. 아버지 곁을 지킨 사람도, 아버지를 위해 발 벗고 나선 사람도 나였다. 아버지의 병 때문에 우리는 전에 없이 오랜 시간을 함께 보냈다. 하루하루 이어지는 권태로운 일상 속에서 대화를 나눌 기회는 얼마든지 있었다. 어느 날 저녁, 텔레비전으로 영화 〈록키〉를 보던 아버지는 소리를 죽이며 나를 돌아보았다. "나는 너 같은 여자와 결혼했어야 했어, 레슬리. 난 네 엄마를 사랑했지만 네 엄마는 너무 유약했어. 진즉에 알아봤어야 했는데. 좀 더 강단 있는 여자를 찾아볼 걸 그랬어."

하지만 아버지는 이미 그런 여자를 만났었다. 아버지를 실망시킨 여자는 내 어머니 크리스틴뿐만이 아니었다. 이본도 마찬가지였던 것이다.

아버지는 왜 내게 이본 이야기를 하지 않을 걸까?

내가 생각에 잠겨 있는 동안 앨버트와 메리는 앞에 놓인 음식을 먹었다. 어느덧 식사를 거의 다 마친 그들은 똑같은 표정을 짓고 있었다. 예의 바르게 유감스러워하는 표정. 아버지가 이본 이야기를 하지 않은 건 안타깝지만 이미 지나간 일인데 어쩌겠느냐, 과거를 바꿀 수도 없지 않느냐, 라고 말하는 듯한 표정이었다. 나는 와인 잔을 들었다가 도로 내려놓았다.

오늘 아침에 그랬던 것처럼 몸이 붕 뜨는 기분이 들고, 귀가 아렸다.

"아버지는 왜 저한테 모든 걸 남기지 않으셨을까요?"

내가 앨버트에게 묻자, 메리가 숨을 꼴깍 삼키며 가로막고 나섰다.

"그 얘기는 나중에 하자, 언니. 나랑 같이 화장실 갈래?"

앨버트는 나를 쳐다보고 있지도 않았다.

"집에 남은 건 저였어요. 로빈은 도망쳤고요." 나는 테이블 가장자리만 내려다보는 앨버트의 정수리를 향해 말했다. "아버지는 왜 유언장에 우리 둘이 함께 와서 돈을 받아 가라는 단서를 덧붙이셨을까요? 전부 저한테 남기지 않으시고 말예요."

앨버트는 한숨을 쉬며 포크를 내려놓았다.

"고인이 가족 중 누군가에게 유언 집행자 역할을 하도록 부담을 지우지 않고 변호사에게 재산 처리를 맡기는 건 흔한 일이야. 넌 아이도 있고 회사에도 다니니까…… 내 생각엔 그 친구가 모든 걸 네가 짊어지지 않도록 한 건 잘한 일인 것 같은데."

"제 말은 그런 뜻이 아니잖아요." 혀가 부어오르는 느낌이었다. "왜 저희가 둘 다 변호사님 앞에 불려 와야 하죠? 우편으로 로빈한테 수표를 보내서 처리해도 되는 거 아닌가요?"

메리가 내 손을 잡으며 달랬다. 그녀가 손톱으로 내 손바닥을 꾹 누르는 게 느껴졌다.

"아버지는 아프셨잖아, 언니."

"아버지가 아프셨다는 건 나도 알아." 나는 손을 빼내 허벅지 밑에 깔고 앉은 채 손가락을 펼쳤다. "내가 아버지를 돌봤으니까. 아버지는 식사도 못 하셨어. 움직이거나 말하는 것도 겨우겨우 하셨고. 종일 잠만 주무셨어. 암세포가 폐까지 전이돼서 툭하면 구토를 하셨고, 나는 카펫에 묻은 토사물을 치워야 했어. 화장실 수발에 목욕도 시켜드리고 양치질도 시켜드렸어. 그래서……." 나는 앨버트를 돌아보며 물었다. "그래서 이렇게…… 여쭤보는 거예요. 대체 왜 아버지는 로빈이 여기로 오길 바라신 거죠?"

앨버트의 입술이 바르르 떨렸다. 드디어 그의 입에서 진실한 대답이 나올 듯했다. 그런데 옆에서 메리가 웃으며 나섰다.

"아, 오셔서 다행이에요."

마법을 깨뜨리듯, 웨이트리스가 우리 테이블 쪽으로 몸을 기울여 접시를 수거했다.

그녀는 거의 손도 대지 않은 내 접시를 흘긋 보며 내게 물었다.

"다 드신 거 맞아요?"

나는 등받이에 몸을 기대고 눈을 감았다. 잠시 후 웨이트리스가 접시를 가져가는 소리가 들렸다.

앨버트는 내 어깨에 손을 얹었다.

"네 상실감에 대해서는 나도 유감스럽게 생각하고 있다. 진심이야. 워런은 너희 둘이 오랫동안 떨어져 살았으니까 잠시라도 함께 시간을 보내길 바랐을 거야. 그게 전부겠지. 당연히 워런은 너희 둘을 모두 믿고 사랑했어. 너무 당연한 얘기지만."

나는 드디어 눈을 떴다. 목깃을 세운 구겨진 버튼다운 셔츠 차림의 앨버트는 어쩐지 아까보다 왜소해 보였다. 죽음이 가까워졌을 무렵의 아버지 셔츠가 꼭 저랬다.

메리는 앨버트에게 미소를 지었다.

"그렇게 말씀해주셔서 고마워요. 아버지 친구분께 그런 이야기를 듣는 게 얼마나 큰 의미가 있는지 모르실 거예요."

앨버트는 헛기침을 했다.

"이 집 음식이 맛있구나. 오랫동안 찾지 않았는데 앞으로 더 자주 와야겠어." 그는 손으로 배를 문질렀다. "자, 이제 너희도 그만 집으로 돌아가야지."

메리가 나섰다.

"일라이가 잘 시간이 넘긴 했네요. 언니도 일라이랑 조금이라도 시간을 보내려면 슬슬 일어날 준비를 해야겠다."

나는 메리를 물끄러미 바라보았다. 메리는 여전히 기분이 좋아 보였다. 산뜻한 립스틱, 앞니에 희미하게 묻은 붉은 립스틱 자국. 립스틱을 새로 발랐나? 대체 언제?

앨버트가 허리를 굽히더니 가방을 뒤적거려 서류를 찾았다.

"아하! 자, 여기 있다. 너희가 운이 좋았어. 카운티 사무소에서 제때 접수 완료를 통보해줘서, 오늘 오후에 앤절라가 너희에게 줄 수표를 발행했단다." 그는 겉면에 '그런드먼, 제임스&로드리게스'라고 인쇄된 봉투 두 장을 꺼냈다. 봉투 다른 쪽 면에는 그의 조수 앤절라가 굵은 글씨로 우리 이름을 적어놓았다. '레슬리 플로러스' 그리고 '로빈 보이트.'

나는 숨을 내쉬었다.

앨버트는 테이블 너머로 봉투를 밀어주었다.

"아, 계산서가 왔구나." 그는 계산서로 시선을 돌렸다. "언제 갖다놨지?"

그가 지갑을 꺼내자 메리가 만류했다.

"아니에요. 저희가 낼게요. 저희가 초대했잖아요. 그렇지, 언니?"

나는 잠시 후에야 입을 열었다.

"맞아요. 죄송해요. 저희가 낼게요."

나는 지갑을 열고 더듬거려 신용카드를 꺼냈다. 내가 카드를 계산서 사이에 끼우는 동안 앨버트는 등받이에 몸을 기대며 마디 굵은 두 손을 각지 꼈다.

웨이트리스가 돌아와 계산서와 카드를 가져가자, 메리가 말했다.

"자, 이제 된 거죠? 저희가 또 할 일은 없죠?"

앨버트는 메리의 팔을 토닥였다.

"그래, 없어. 고맙구나. 저녁 잘 먹었다, 레슬리."

나는 테이블에 놓인 봉투를 집어 들고 봉투 앞면에 적힌 내 이름을 확인했다. 그리고 봉해진 봉투의 덮개 아래에 엄지를 밀어 넣었다.

메리가 말리고 나섰다.

"어머. 지금 열지 마, 언니!"

하지만 나는 이미 내용물이 보일 정도로 덮개 부분을 찢어서 연 뒤였다. '레슬리 보이트 플로러스에게 5만 달러를 지급하시오'라고 적혀 있었다.

드디어, 결승선까지 왔다.

46 _____

메리

레슬리는 차에 시동을 걸었다. 나는 수표를 허벅지 사이에 끼우고 날카로운 가장자리를 손톱으로 쓸었다. 레슬리의 수표는 귀퉁이가 접힌 채 그녀의 핸드백 위로 비쭉 튀어 올라와 있었다.

"어차피 내일 아침까진 은행에 갈 수도 없어요."

레슬리는 멍한 표정으로 대답했다.

"넌 여권이 있으니까 알아서 현금으로 바꿔. 우리 둘이 같이 은행에 갈 필요는 없어. 로빈 사회보장번호, 내가 알려줬지?"

나는 레슬리의 길고 날카로운 옆모습을 돌아보았다.

"나 잘했죠? 로빈 역할이요."

신호가 붉은색으로 바뀌자 레슬리는 차를 세우고 나를 돌아보았다.

"그래. 완벽했어."

나는 빙긋 웃었다. 시간은 계속해서 흘러갔다. 차 안이 너무 조용해서, 옆 차선의 차에서 틀어놓은 음악 소리가 조그맣게 들려올 정도였다.

드디어 신호가 녹색으로 바뀌었다. 레슬리는 한참 후에 액셀을 밟았다.

"있잖아, 어디 좀 같이 갈래?"

"어디를요?"

나는 원피스 윗부분을 끌어 올렸다.

"깜짝쇼를 보여줄게."

레슬리는 길게 쭉 뻗은 대로를 내달리며 속도를 높였다. 점점이 빛을 뿌리는 가로등과 지나가는 차량들의 불빛에 레슬리의 얼굴이 간간히 드러났다가 사라졌다. 코와 이마로부터 드리워진 그림자가 얼굴을 타고 흘러갔다.

나는 입술을 악물었다.

"넌 내일 아침에 떠날 테니까 오늘이 우리 둘이 함께 보내는 마지막 밤이네."

문득 정원용 의자에 앉아 일라이의 3미터 달리기 속도를 재던 데이브가 머릿속에 떠올랐다.

"집에 가고 싶지 않아요?"

레슬리는 고개를 저으면서도 집이 있는 동쪽의 산 방향으로 차를 몰았다. 레슬리의 동네를 알리는 표지판 앞을 지나갈 때, 나는 앉은 채로 자세를 바꿨다. 표지판의 은색 글자가 헤드라이트 불빛을 받아 하얗게 빛났다.

"잠깐 뭐 좀 가지고 나올게."

집 앞 진입로로 차를 몰고 들어간 레슬리는 시동도 끄지 않고 차에서 내렸다. 닫힌 차고 문을 비추는 헤드라이트 불빛이 꼭 무대조명 같았다. 환한 빛 속에서 레슬리의 그림자가 거대하게 펼쳐졌다. 그림자는 진입로를 가로질러 어둠 속으로 향하는 레슬리를 따라 소리 없이 움직였다.

나는 조수석 등받이에 쓰러지듯 몸을 기대고 레슬리가 나오기를 기다렸다. 차 안에서 내 숨소리가 점점 크게 들려왔다.

얼마 뒤 차창 두드리는 소리에 화들짝 놀랐다. 얼굴이 발그레해진 레슬리가 차창 앞에 서 있었다. 내가 조수석 문을 살짝 열자 그녀가 속삭였다.

"시동 꺼."

나는 핸들 쪽으로 몸을 기울이고 차 키를 뽑아 헤드라이트를 껐다. 그리고 차에서 내리며 말했다.

"뭘 가지고 오겠다면서요."

"쉿. 다들 자고 있어."

그제야 나는 레슬리의 손에 들린 와인 병을 보았다.

내 시선을 느낀 레슬리의 입꼬리가 살짝 올라갔다. 레슬리는 따라오라고 손짓했다. 그녀는 집으로 들어가는 대신 보도를 따라 걸었다. 우리는 이웃집들의, 입체적인 모양을 한 창문 앞을 지나갔다.

세 번째 집 앞에서 걸음을 멈췄다. 폭이 좁은 창문 너머로 얼핏 간이 식탁이 들여다보이는 집이었다. 그 집 가족들은 옆의 어둑한 방에 놓인 좀 더 길쭉하고 격식 있어 보이는 식탁을 놔둔 채, 좁다란 간이 식탁에 플라스틱 컵을 올려두고 옹기종기 모여 앉아 있었다. 나는 어린 여자아이가 허리를 굽혀 개에게 무어라 말하는 모습을 바라보았다.

"저기 좀 봐요. 그렇게 늦은 시간도 아니네요. 사람들이 아직 잠도 안 자는데요, 뭐."

앞장선 레슬리는 계속 걷기만 했다.

레슬리를 따라 모퉁이를 돌아서 막다른 골목으로 들어갔다. 골목 왼편에 1.8미터 높이의 거대한 담장에 가려진 집이 있었다. 대문에는 쇠사슬이 채워져 있었는데, 번호판의 숫자를 조합해 여는 방식의 플라스틱 자물쇠가 걸려 있었다. 레슬리는 풀을 밟고 그리로 걸어가 번호판의 숫자를 빠르게 눌렀다. 사슬이 풀리고 대문이 열렸다. 레슬리가 뒤를 슬쩍 돌아보았다. 담장 너머에서 흘러나온 불빛을 받은 그녀의 얼굴이 괴괴하게 푸르스름했다.

"준비됐지?"

레슬리는 나지막하게 말하며 남의 집 마당으로 걸어 들어갔다.

나는 등 뒤의 텅 빈 거리를 돌아보았다. 바닥을 쓸고 지나가는 바람이 바짝 말라붙은 덤불을 샹들리에처럼 흔들었다.

대문 안으로 발을 들이고 문을 닫자 사슬이 절그럭거렸다.

"아……."

내가 말하려 하자 레슬리가 얼른 손으로 내 입을 틀어막았다. 나는 그 손바닥에 대고 웃음을 터뜨렸다.

"쉿. 원래 지금 들어오면 안 되는 곳이야."

마당의 대부분을 차지한 수영장이 가장 먼저 눈에 들어왔다. 물속으로 이어지는 얕은 계단이 있는 측면부에 설치된 조명이, 어둑한 주변에 흔들리는 불빛을 뿌렸다. 집 근처의 목제 덱에는 연철로 된 탁자와 의자 두 개가 놓여 있었다. 낮 동안 그늘을 드리워주던 파라솔이 갑작스러운 바람에 펄럭대자 수면에도 잔물결이 일었다.

"네 립스틱이 나한테 묻었잖아."

레슬리는 내 입에서 손을 떼고 자기 손바닥을 들여다봤다.

"남의 집에 몰래 들어온 거예요?"

그녀는 팔에 손바닥을 문지르고는 와인을 들고 연철 탁자로 갔다.

"꼭 그렇지는 않아."

"꼭 그렇지는 않다니요?"

나는 눈썹을 치켜세우고 레슬리의 뒤를 따라갔다.

"데이브가 이 집 주인이랑 아는 사이야."

레슬리는 최대한 소리 내지 않고 의자를 뺐다. 뒤로 틀어 올린 그녀의 머리가 바람에 흐트러져 머리칼 몇 가닥이 삐져나왔다. 의자에 앉은 레슬리가 와인 병에서 코르크를 뽑는 도중에 머리카락이 바람을 맞고 일제히 위로 솟았다.

"이 집 여자가 에어비앤비를 하려고 이 집을 임대했는데, 그건 이 지역 조례에 위반되거든. 데이비드는 이 집에 에어비앤비 손님들이 들락거리는 걸 동의해주는 대신, 여름에 이 집이 비는 동안 수영장을 사용할 수 있게 해달라고 했어."

레슬리는 어깨를 으쓱하고는 병 주둥이에 입을 대고 와인을 한 모금 마셨다.

"지금 이 집에 아무도 없는 것 같긴 한데 괜히 주목을 끌고 싶진 않아."

나는 레슬리 옆에 앉았다.

"혼자서 여기 자주 와요?"

"아니." 레슬리는 내게 병을 건네주고는 내가 목을 뒤로 젖히고 와인을 마시는 모습을 바라보았다. "라스베이거스에서 널 만나기 전까지 1년 넘게 술은 입에도 대지 않았어."

"어째서요?"

술을 마시자 내 특유의 억양이 되살아나기 시작했다.

레슬리는 고개를 저었다.

"모르겠어. 못 마실 이유는 없었는데, 마실 수가 없더라고. 어차피 모유 수유도 못 했는데. 모유가 충분히 나오지 않아서 애한테 분유를 먹어야 했거든." 레슬리는 와인 병을 도로 받아 들고 병에 붙은 라벨을 손톱으로 잡아 뜯었다. "그러니 애를 낳고 나서 언제든 술을 마셔도 되는 거였지. 그런데도 마시지 못했어."

"음, 금주를 깨기에 라스베이거스만 한 곳이 없긴 하죠."

레슬리는 미소를 지으며 수영장 너머를 건너다보았다.

"그럴지도 몰라. 나랑 같이 와줘서 고마워."

"수영장에요? 아니면 뉴멕시코에?"

"둘 다." 레슬리는 다시 병을 집어 들고 꿀꺽꿀꺽 술을 마신 후 말을 이었다. "이상하게도, 널 그리워하게 될 것 같은 기분이 들어."

"아, 레슬리……."

그녀는 조심스럽게 웃으며 내쪽으로 와인 병을 밀어주었다.

"웃기지? 널 잘 알지도 못하는데. 제대로 모르잖아." 레슬리는 무릎에 두 손을 얹으며 말을 이었다. "너에 대해 얘기해줘. 어차피 내일이면 떠나니까." 나는 생각을 해본 뒤 입을 열었다.

"그럼 서로 하나씩 얘기해주기로 해요. 어차피 내일이면 떠나니까."

레슬리가 콧숨을 내쉬며 웃었다.

"계산이 확실하구나."

나는 와인 병을 집어 들고 레슬리에게 윙크했다.

"뭐든 물어봐요."

레슬리는 두 무릎을 올려 가슴께에 붙였다. 긴 침묵이 흘렀다. 거리

어딘가에서, 누구네 집에서 기르는 것인지 모를 개가 왈왈 짖어댔다. 마침내 레슬리가 고개를 들고 물었다.

"낮에 어딜 돌아다니는 거야?"

손가락을 엉덩이께로 뻗으려 움찔거리다가 문득 가방을 가져오지 않았다는 사실을 깨달았다. 담배가 없으니, 염소 냄새가 스며든 공기라도 깊게 들이마셔야 할 판이었다.

"만나는 사람이 있어요. 경찰인데, 같이 자는 사이에요. 낮에 집을 나가 돌아다닐 때 난 그러고 다녀요."

레슬리가 입을 딱 벌렸다.

"경찰? 우리가 지금…… 하는 일이 있는데……." 그녀는 의자에 앉은 채 몸을 돌리며 물었다. "왜 그러는 거야?"

나는 레슬리에게 와인 병을 건넸다.

"모르겠어요. 그냥 재미로요. 낮에 별로 할 일도 없으니까. 언니는 나를 집에 혼자 두고 일하러 나가버리잖아요."

"직장에 가는 거잖아."

나는 고개를 끄덕였다.

"알아요."

레슬리가 길게 한 모금 마실 때까지 기다렸다. 초록색 조명을 받은 그녀의 뺨이 마침내 아까보다 짙어졌다.

"경찰이 의심하는 눈치는 아니지? 그 남자는 자기가 데리고 자는 여자가 누구라고 생각하는 거야? 메리야, 로빈이야?"

"그 여자는 아무것도 몰라요. 내가 자기 아내한테 얘기를 할까 봐, 그게 더 걱정이겠죠."

"아내?" 레슬리가 와인 병을 너무 세게 내려놓는 바람에 병 안에서 와인이 출렁거렸다. "메리…… 그건 좀…… 너무 위험해. 그만둬."

"끝낼 거예요. 난 내일 떠나잖아요. 선불 폰도 버릴 거고요. 그 여자는 나한테서 소식 들을 일이 평생 없을 거예요."

"아." 레슬리는 멈칫하더니 의자 등받이에 몸을 기대고 인상을 찌푸렸다. "그, 음, 그 여자를 진심으로 좋아했니?"

산들바람이 내 머리칼을 흔들었다. 나는 한쪽 어깨 너머로 머리카락을 넘겼다.

"모르겠어요."

나는 폴에게 나를 사랑한다는 말을 몇 번이고 하게 만들었다. 그 말을 되풀이하면 그게 진실이 될 것만 같아서. 하지만 낸시는 말없이 그저 바라보는 시선만으로 자기 감정을 고스란히 전했다. 그녀의 시선을 받으면 뼛속 깊이 무언가가 채워지는 기분이었다.

레슬리는 한숨을 쉬면서 수면에 이는 잔물결을 바라보았다.

"쌀쌀해서 수영은 못 하겠다. 수영장에 들어갈 수 있으면 좋을 텐데."

나는 와인을 길게 들이켰다.

"이 와인 정말 괜찮네요. 데이브가 와인을 잘 골랐어요." 나는 신발 한 짝을 벗은 뒤 레슬리의 허벅지를 발가락으로 툭 쳤다. "좋아요. 이제 언니 차례예요."

레슬리는 눈을 감았다.

"내가 아버지의 유산을 왜 필요로 하는지는 말 안 해. 절대로."

나는 그녀를 발로 또다시 툭 건드렸다.

"알아요. 다른 거 물어볼게요."

레슬리는 몸을 앞으로 구부정하게 숙이면서 물었다.

"좋아. 뭘 알고 싶은데?"

"침대에 일찌감치 누우면 보통 무슨 생각을 해요?"

그녀의 어깨에 힘이 들어가는 게 느껴졌다.

"어머니 생각. 어머니의 이름은 크리스틴이야." 레슬리는 어깨를 으쓱하려는 듯이 살짝 씰룩였다. "애 낳기 전까진 어머니 생각을 별로 안 했는데, 애를 낳고 나니까 어머니는 어떻게 살았을까 생각해보게 되더라. 어머니는 남자랑 사귄 지 얼마 되지도 않아서 임신을 했고 결혼도 했어. 아버지가 어머니와 결혼한 이유도 아이 때문이었을 거야. 어머니는 이본과는 다르게, 임신을 했으니까."

나는 와인을 마신 뒤 병을 돌려주었다.

"두 분은 사랑했을까요?"

레슬리는 저울에 올라 체중을 재는 사람처럼 팔꿈치를 구부리고 몸을 좌우로 조금씩 흔들었다.

"전에는 그렇게 생각했어. 지금은…… 그냥 우리 때문에 같이 사셨던 것 같아. 아버지는 자식을 두고 싶어 했어. 어머니보다 나이가 훨씬 많으셨지. 아버지를 만나기 전까지 어머니는 다른 사람과 사귄 경험도 없었어. 어렸을 땐 그게 참 낭만적으로 느껴졌거든. 오랜 세월을 기다려 서로를 만나 함께 산다는 게 말이야."

"우리 수영장 쪽으로 가서 발이라도 담가요."

레슬리는 어깨 너머를 힐끗 돌아보더니 와인 병을 집어 들었다.

"그러자."

나는 평소보다 붕 뜬 기분으로 일어서서 구두를 벗었다. 레슬리도 신발을 벗었다. 맨발로 수영장 계단 옆 거친 콘크리트 바닥에 내려서는데, 목제 덱이 발밑에서 삐걱거렸다.

"여기 앉았다간 원피스에 보풀이 잔뜩 일겠어요. 벌써부터 느껴져.

벨크로 위에 앉은 기분이에요."

"엉덩이 끝으로 앉아." 레슬리는 목을 길게 빼고 내 엉덩이 쪽을 살펴보았다. "보풀은 떼어내면 돼. 면도칼로."

"원피스 엉덩이에 면도를 해주느니 그냥 버릴래요."

와인을 한 모금 입에 머금다가 웃음이 났는지 레슬리의 뺨이 확 부풀었다.

수영장에 발을 담갔다가 한기에 놀라 비명을 지를 뻔했다. 가까스로 팔을 이로 물며 비명을 삼켰다.

"아, 젠장. 더럽게 차갑네."

조그맣게 내뱉고 나서 뒤로 물러나 앉다가 원피스를 아예 망치고 말았다.

"5월이잖아. 뭘 기대했니?"

"여긴 사막이잖아요! 어제는 엄청 더웠고."

레슬리는 두 다리를 앞으로 쭉 뻗고 발바닥으로 수면을 훑었다.

"그렇게 차갑지도 않은데, 엄살은."

나는 다리를 꼬고 앉아 허벅지 안쪽에 와인 병을 끼운 다음 레슬리의 옆모습을 바라보았다.

"어머니에 대해 좀 더 얘기해줘요."

"왜 그렇게 신경 써?"

"언니가 어머니에 대한 얘길 안 하려고 하니까, 꼭 비밀인 것 같잖아요."

레슬리는 고개를 가로저으며 어깨를 움츠렸다.

"비밀은 없어. 그분은 내 어머니였고 키가 157센티미터 정도로 작은 편이었어. 내가 열 살 때인가 머리에 파마를 하셨어. 음악과 요리를 좋아하셨고. 나한테 살구 파이랑 코코뱅(닭고기와 채소에 포도주를 부어 졸인 프랑스 전통요리) 만드는 방법도 가르쳐주셨어. 수영도 할 줄 아셨지. 내 기억에 어머니는 골르와즈 담배를 피웠는데, 어머니가 소녀였던 70년대에는 프랑스 담배를 피우는 여자를 멋쟁이로 여겼나 봐. 어머니가 아이섀도를 못 바르게 해서 엄청 짜증이 났었어. 어머니는 집을 자주 비우셨는데, 그럴 때마다 나는 신나서 아이섀도를 발랐지. 내가 눈에 뭘바르든 아버지는 신경도 안 쓰셨거든. 그리고 얼마 후에 어머니가 돌아가셨어. 내가 이래서 어머니에 대해 이야기하는 걸 안 좋아해. 마음이 불편해져서."

"어머니는 왜 집을 자주 비우셨어요?"

레슬리는 내게서 와인을 가져가 마신 뒤 대답했다.

"말해도 상관없을 것 같긴 하다. 아버지는 내가 사람들한테 어머니에 관해 이야기하는 걸 싫어하셨지만 이젠 아버지도 돌아가시고 없으니까." 그녀는 물에서 발을 빼내 나처럼 다리를 꼬았다. "어머니는 병원을 계속 들락날락하셨어. 슬픔, 아니 우울증 때문에."

"어쩌다가 그렇게 되셨어요?"

와인 병이 비었다. 레슬리는 머리를 자기 어깨에 기댔다.

"오랫동안 그게 내 탓이라고 생각했어. 애들은 부모한테 무슨 일이 생기면 자책을 하잖아? 그런데 오늘 앨버트 얘기를 듣고 나니까 정말 내 탓이었구나 싶더라. 어머니는 나를 낳고 싶지 않았던 것 같아."

"무슨 뜻이에요?"

레슬리는 한숨을 쉬었다. "어머니는 너무 빨리 임신을 해버렸고, 아버지는 자식을 원했어. 그래서 두 사람은 결혼했지. 하지만……." 그녀는 어깨를 으쓱했다. "어머니가 나를 진심으로 좋아하지 않는다는 느낌을 늘 받았어. 어머니한테 항상 거리감을 느꼈거든. 그러니 내 탓이 맞을 거야. 어머니는…… 나를 원치 않으셨어." 그리고 두 손을 흔들며 덧붙였다. "이제 됐지? 충분하지 않아? 더는 비밀 같은 거 없어."

"알았어요. 얘기 잘 들었어요. 고마워요."

"고맙기는." 레슬리는 두 손으로 내 손을 꼭 쥐며 꼬인 혀로 말을 이었다. "네가 잘살면 좋겠어. 배우로도…… 성공하기를 바랄게. 넌 좋은 배우야."

"취했네요."

"내가?"

레슬리가 고개를 저었다. 그 순간, 네모난 노란 빛이 우리에게 쏟아졌다. 우리는 깜짝 놀라 벌떡 일어났고, 그 바람에 레슬리의 무릎에 놓여 있던 와인 병이 데구루루 굴러 수영장 가장자리의 얕은 물에 빠지고 말았다.

"젠장."

레슬리가 나지막하게 내뱉었다. 우리가 지켜보는 동안 와인 병은 날카롭고 단단한 소리를 내며 수영장 바닥으로 가라앉았다. 다행히 깨지지는 않았다. 레슬리는 안도의 한숨을 내쉬며 집 쪽을 돌아보았다.

"집에 누가 있어."

흰색 티셔츠를 입은 누군가가 2층 침실에서 돌아다니는 모습이 창문에 비쳤다.

나는 목소리를 낮추고 말했다.

"우리를 본 것 같진 않아요. 이만 나가죠."

레슬리는 수영장을 손으로 가리켰다.

"와인 병 가져가야 하는데."

잔물결 아래서 와인 병이 우리를 똑바로 쳐다보고 있었다.

"언니가 가져와요."

레슬리의 얼굴이 달아올랐다.

"물에 들어가면 눈에 띌 텐데."

나는 파라솔 밑에 놓아둔 우리 둘의 신발을 챙겼다.

"그럼 그냥 가요."

레슬리는 내 뒤를 따라오다가, 얼마 후 내가 신발을 건네자 멍하니 그걸 받아 들었다. 2층에서 또 다른 사람이 욕실에 있던 사람 옆으로 가고 있었다. 레슬리가 나지막하게 말했다.

"이대로 가면 아침에 저 사람들이 수영장에 떨어져 있는 와인 병을 보게 될 거야. 우리가 여기 왔다 간 걸 알게 될 거라고."

두 사람이 욕실에서 천천히 걸어 나가고 욕실 조명이 꺼지자, 수영장에 드리워졌던 노랗고 네모난 빛이 사라졌다. 레슬리를 돌아보았다. 그녀도 나를 마주 보다가 별안간 소리 없이 웃음을 터뜨렸다. 레슬리는 내 손을 잡았고, 우리는 어둠 속에서 함께 대문을 나섰다.

47 _____

로빈

침대에서 돌아누우니 옆에 낸시가 있었다. 길고 검은 머리카락, 이마 위로 반듯하게 자른 앞머리. 낸시가 나와 한 침대에 누워 있다는 걸 어느새 잊고 있었다.

낸시는 천장을 올려다보고 있었다. 천장의 포스터는 내 방에 붙은 포스터 중 유일하게 얼굴이 없는 것이었다. 역시나 쿠르베의 그림이었다.

"너희 아버지가 저 그림을 천장에 붙여놓는 걸 허락했다는 게 믿기지 않아."

"아버지는 천장은 안 보셔."

나는 침대 헤드보드에 상체를 올리고 낸시에게로 머리를 기울였다. 조가비 두 개를 맞대놓듯 그녀의 귀에 내 귀를 붙였다.

"멋지지 않아?"

"역겨워."

"아름답고 역겨우니까 아름답지." 나는 낸시의 어깨를 잡고 이불 속에서 뒹굴었다. "마음에 안 들어?"

"너 진짜 구역질 나."

낸시는 내 허벅지 안쪽에 대고 중얼거렸다.

나는 그녀의 머리를 틀어잡았다. 그녀를 내 안에서 질식시켜버릴 수도 있을 것 같아 기분이 좋았다.

"숨 들이마셔."

낸시는 내 다리 사이에서 버둥거렸다. 나는 그녀를 그대로 힘주어 눌렀다. 하지만 내 다리에 목이 눌려서 곧 소리를 지를 것 같기에 그만 풀어주었다. 이불 속에서 나온 낸시가 힘없이 물었다.

"왜 그랬어?"

얼굴이 벌겋게 달아오른 낸시는 짜증이 난 표정이었다.

"모르겠어. 삐지지 마."

그 무렵 나는 "화내지 마" 대신 "삐지지 마"라는 말을 쓰고 있었다. 베티 데이비스가 〈제저벨〉이라는 영화에서 한 대사였다.

잠시 침묵하던 낸시가 물었다.

"정말 떠날 거니? 보고 싶을 거야."

나는 대답하지 않았다. 낸시는 어린애였다.

"곧 떠나. 다시는 안 돌아와."

"왜?" 낸시는 나를 안고 내 목에 얼굴을 묻었다. "난 네가 여기서 계속 살면 좋겠어."

"난 유령이 되고 싶거든." 나는 눈을 크게 뜨고 천장을 올려다보았다. "유령은 늙지 않아. 다들 죽을 당시의 모습으로 기억하지." 그리고 낸시의 검은 머리카락을 쓰다듬었다. "너처럼. 나를 영원히 기억해줄 거지, 낸시?"

　그녀는 대답하지 않았다. 내게 안긴 낸시의 가슴이 숨결을 따라 오르내렸다.

　"낸시?"

48 _____

메리

움찔하며 눈을 떴다.

방 안이 빛으로 가득했다. 문 너머에서 조그맣게 들려오는 레슬리의 목소리가 여전히 귓속에 떠다녔다.

무슨 얘길 하는 거지?

"사랑해. 당신을 사랑해."

레슬리가 데이브에게 하는 말이었다. 고개를 돌려 침대 옆 탁자에 놓인 시계를 보았다. 오전 8시 35분.

계단을 밟고 내려가는 데이브와 레슬리의 발소리가 들렸다.

침대에서 몸을 일으키고 바닥으로 내려서면서, 위로 말려 올라간 원피스를 끌어 내렸다. 밤새 입고 잤더니 끈 없는 상체 부분이 구겨져서 가슴에 벌건 줄을 남겨놓았다. 레깅스와 재킷을 찾아 입고 손가락으로 머리를 빗어 내렸다.

레슬리의 열쇠가 달가닥거리는 소리가 들리고, 현관문이 닫혔다. 거울로 다가가 얼굴을 보았다. 화장을 지우지 않고 잤더니 코 옆에 빨갛게 뾰루지가 돋았다. 눈 밑에 번진 검은 마스카라만 대충 지웠다.

손님방 문을 열고 나가다가, 바닥에 놓인 종이를 밟아 구기고 말았다. '로빈'이라고 적힌 쪽지였다. 레슬리가 남겨놓은 듯했다. 나는 쪽지를 두 번 접어서 주머니에 넣었다.

뒷문으로 나가 모퉁이를 돌아갔다. 렌터카를 몰고 도로로 나가 '일단 정지' 표지판 앞에서 차를 세운 뒤, 레슬리의 차가 교차로를 가로지르길 기다렸다. 데이브의 지프가 먼저 나타나 모퉁이를 돌아서 고속도로 쪽으로 향했다. 뒤이어 레슬리의 은색 혼다가 교차로에 도착했다. 그 차 바로 뒤에 다른 차가 붙기를 기다렸다가 미행을 시작했다.

레슬리는 깜박이도 켜지 않고 속도를 내서 달렸다. 나는 차량 서너 대를 사이에 두고 쫓아가다가 시내 도로 중간쯤에서 그녀의 차를 놓쳤다. 레슬리가 어떤 은행을 이용하더라? 어쩐지 뱅크오브아메리카로 갔을 것 같아 그리로 방향을 잡았다. 얼마 뒤 400미터쯤 전방에 레슬리의 차가 다시 보였다. 레슬리의 차는 이 도시에서 제일 큰 뱅크오브아메리카 지점의 주차장으로 들어갔다.

차를 세운 뒤 레슬리의 눈에 띄지 않도록 몸을 숙였다. 하지만 레슬리는 주위를 둘러보지도 않고 봉투만 손에 꼭 쥔 채 서둘러 유리문 안으로 들어갔다.

거의 한 시간이 지났다. 은행을 드나드는 사람들의 물결 속에서 레슬리를 보지 못하고 놓칠 수도 있겠다 싶었다. 그래서 은행 유리문이 아니라 레슬리의 차를 지켜보는 쪽을 택했다. 마침내 은행을 나선 레슬리는 수표를 처리했는지 흰색과 초록색 테이프로 봉해진 두툼한 마닐라 봉투를 들고 있었다. 뺨은 창백하고 무표정했다. 레슬리는 차에 시동을 걸고 뒤를 보며 후진해 주차장을 빠져나갔다. 그리고 대로를 따라 몇 킬로미터를 달려가다 동쪽으로 방향을 틀었다.

레슬리가 어디로 가는지 알 것 같았다. 나는 허리를 펴고 운전석에 바로 앉아 백미러 각도를 조정한 다음 얼굴을 확인했다. 뺨에 번진 마스카라 자국을 손톱으로 긁어내고 조수석에 놓아둔 더플 백에 손을 집어넣었다. 벨라도라 양초 안에서 챕스틱 튜브를 꺼냈다.

레슬리의 혼다는 리비에라로 향하고 있었다. 나는 느긋하게 뒤를 쫓았다. 앞 유리에 먼지가 잔뜩 붙어서, 쏟아지는 햇빛에 물든 바깥 풍경이 적갈색으로 보일 지경이었다. 익숙한 집들이 하나둘 옆으로 지나가는 걸 보고 있으니 꼭 도착까지의 시간을 헤아리는 기분이 들었다.

저 앞에 페인트칠한 대문이 보였다. 레슬리의 차 타이어가 진입로에 깔린 자갈을 밟으며 나아가는 소리가 들렸다. 나는 몇 집 떨어진 곳의 한산한 연석 옆에 차를 세웠다.

운전석의 머리 받침대 너머로 레슬리의 머리 윤곽만 보였다. 레슬리는 계속 차 안에 앉아 있었다. 왜 차에서 내리지 않는 걸까? 백미러로 내 눈을 들여다보았다. 지금이라도 차에 시동을 걸어 여길 떠날 수도 있었다. 그만 철수해서 여권을 들고 다른 은행으로 가 열심히 서류를 작성할 수도 있었다. 재산이 5만 달러나 늘었으니 렌터카를 타고 이대로 쭉 로스앤젤레스로 가버리면 그만이었다. 이 정도면 더 바랄 것도 없지 않은가?

레슬리는 차 안에서 꼼짝하지 않았다.

몸을 뒤척이는데, 아까 주머니에 넣어둔 종이쪽지가 바스락거렸다. 레슬리가 방문 앞에 두고 간 것이었다. 주머니에서 쪽지를 꺼낸 뒤 경적을 누르지 않도록 조심하면서 운전대에 놓고 펼쳤다. 겉에 '로빈'이라고 적혀 있었고, 안쪽에는 검은색 잉크로 깔끔하게 쓴 짧은 글이 있었다. 손님방 앞에 놓인 이 쪽지를 혹여 데이브가 발견해 보더라도 문제가 생기지 않도록, 레슬리가 신중하게 단어를 골랐음을 짐작할 수 있었다.

나 지금 나가.
깨우고 싶지 않아서 편지로 작별 인사를 대신할게.
네 길을 스스로 잘 찾아나가길 바라.
우리가 함께한 시간이 잘 마무리돼서 다행이야.
내 마음을 달리 어떻게 표현해야 될지 모르겠다.
네가 생각날 거야.

　　　　　　　　　　　　　　　　　　 —레슬리

쪽지 하단에 로빈의 사회보장번호가 적혀 있었다.

밖을 내다보았다. 혼다에 탄 레슬리의 모습이 윤곽만 보이다가 곧 사라졌다. 청록색 대문은 경첩에 매달린 채 열려 있었다.

레슬리가 돈을 주고 시키려 했던 일에 대해 클러리가 내게 털어놓은 이야기를 다시금 곱씹어보았다. 포치에서 만난 데이브는 대마초를 사러 일레인의 집을 방문하는 것일 뿐이며, 레슬리에게 괜한 걱정을 끼치고 싶지 않아서 몰래 그러는 거라고 말했다. 레슬리의 여동생이 약에 절어 홀로 죽음을 맞았으니 데이브의 처신도 이해 못 할 바는 아니었다. 레슬리는 쇠락해가는 아버지를 매일같이 간호하며 홀로 아버지를 돌봤다. 레슬리가 돌아설 때 그녀를 바라보던 데이브의 표정을 보더라도, 그에게는 레슬리를 두려워할 일이 전혀 없어 보였다. 어젯밤 레슬리가 내게 기대어 혀 꼬인 소리로 내뱉던 "네가 잘살면 좋겠어"라는 말도 머릿속에서 맴돌았다.

렌터카에서 내려 차문을 세차게 닫은 뒤 리비에라의 '그 집'으로 걸어갔다.

49 _____

레슬리

로빈의 방을 제외하고 아버지 집은 거의 다 정리되었다. 로빈이 죽기 전까지 나는 그 애의 방 정리를 계속 미뤄왔다. 아버지는 로빈이 언제든 돌아와 그 방을 다시 사용할 거라고 믿었는지 건드리지 않고 그대로 두었다. 로빈이 죽은 후 나는 그 방이 두려워졌다. 나는 바짝 여위어 추한 시신이 된 로빈을 라스베이거스에 버리고 왔다. 라스베이거스시 관계자들이 로빈을 다른 이의 이름으로 매장하도록 내버려둔 채, 낯선 여자를 데려와 로빈의 대역으로 세웠다. 로빈이 알았다면 미친 듯이 분노했을 것이다. 그래서 나는 아버지 집에 있는 로빈의 방을 건드릴 수 없었다. 그건 내 나름의 사과 표시이기도 했다.

이제는 너무 늦고 말았다. 로빈의 짐을 정리할 시간이 없었다. 결국 다른 누군가가—아마도 데이브가—로빈의 오래된 물건들을 정리하고, 화장대에서 매니큐어들을 치우고, 벽에 붙은 포스터들을 떼어내는 일을 하게 되리라.

현관문을 열고 들어가 전실 측면의 못걸이에 핸드백을 걸고 아버지의 서재로 들어갔다. 블라인드가 내려져 있어서 어두컴컴했다. 서랍장 겸 책상 쪽으로 가서 열쇠고리에 꿰인 열쇠들을 확인했다. 작은 구리 열쇠를 찾아 서랍의 열쇠 구멍에 넣고 돌리자 딸각하며 잠금장치가 풀렸다.

서랍 안쪽, 낡은 편지와 사탕 포장지 위에 선불 전화기가 놓여 있었다. 전화기를 꺼내 손에 쥐는 순간, 현관문 열리는 소리가 들려와 그대로 얼어붙었다.

누군가 집 안으로 들어왔다.

심장이 방망이질을 쳤다. 수중에 무기로 쓸 만한 것은 없었다. 전화기를 손에 꼭 쥐고 책상 옆을 돌아 서재의 한쪽 구석에 몸을 숨겼다. 누가 들어오더라도 그림자 진 곳에 숨어 있으면 곧바로 발견하지는 못할 것이다.

5만 달러가 담긴 마닐라 봉투는 현관문 옆에 걸어둔 내 핸드백 속에 들어 있었다. 나는 현관문 쪽 복도를 주시했다. 지금 핸드백을 가지러 현관문 쪽으로 갔다가는 정체 모를 침입자에게 발각되고 말 터였다.

집 안에 정적이 감돌았다. 침입자의 발소리가 더 이상 들리지 않았다. 어디로 간 걸까?

현관 쪽 복도를 지켜보고 있는데, 방 저쪽에서 목소리가 들렸다.

"나예요."

나는 놀라 비명을 질렀다.

메리가 서재 문가에서 웃음을 터뜨렸다.

"날 보고 기분이 안 좋은가 봐요?"

나는 카펫에 주저앉아 이마를 무릎에 붙였다.

"뭐 하러 와서 사람을 질겁하게 해?"

메리는 어깨를 으쓱했다.

"놀라게 하려던 건 아니고요. 그런데 언니는 여기서 뭐 해요?"

"네가 떠날 줄 알았는데."

나는 얼굴로 내려온 머리카락을 뒤로 넘겼다.

"언니가 선불 폰을 가지러 여기 다시 올 정도로 똑똑한지 확인하려고 들렀어요. 잘했네요. 사람들은 대부분 석 달쯤 지나면 선불 폰 같은 건 잊어버리는데."

나는 전화기를 가슴께에 붙이고 물었다.

"뭐?"

메리가 내 쪽으로 고개를 기울였다.

"모르는 척 말아요. 언니가 무슨 계획을 세웠는지 다 알거든요."

"무슨 소릴 하는지 모르겠네."

나는 그대로 가만히 앉아 메리의 표정을 살폈다.

메리는 내 쪽으로 걸어와 카펫에 털썩 앉더니 다리를 꼬았다.

"알잖아요, 언니. 프랭크 클러리라는 남자에 대해 얘기해볼까요?"

심장이 너무 세차게 뛰어 귀에까지 그 소리가 들릴 지경이었다. 얼굴에서 핏기가 가시는 게 느껴졌다.

"모르는 사람이야."

메리가 옆구리를 쿡 찌르자 나는 움찔했다.

"에이, 왜 그래요. 파란 눈에 턱이 없고, 도마뱀처럼 혀를 날름거리는 역겨운 버릇을 가진 남자 있잖아요." 메리는 뱀처럼 혀를 날름거리며 흉내를 냈다. "구역질 나는 남자요."

"가봐야겠다."

메리는 안타깝다는 듯 고개를 살짝 저었다.

"아니, 가지 말아요. 여기서 나한테 프랭크 클러리라는 남자에 대해 털어놔봐요. 아니면 그 선불 폰을 충전시켜서, 언니가 2월에 그 남자한 테 보냈던 문자를 내가 화면에 띄워 보여줄 수도 있어요."

"네가 뭐, 경찰이라도 돼?" 나는 쉰 소리로 내뱉었다. "유부녀 경찰 친구한테 신고해서 내가 한 짓을, 아니 우리가 한 짓을 고해바치기라 도 하게?"

메리는 내 무릎에 손을 얹었다. 나는 움찔하며 다리를 치웠다.

"언니를 다치게 할 생각 없어요. 이번만은 사실대로 말해주기를 바 랄 뿐이에요. 해로울 것도 없잖아요."

"내가 뭘 하든 네가 왜 신경을 써?"

"헨더슨에서 언니를 본 후부터 언니가 무슨 짓을 하려는 건지 알아 내려고 내가 꽤나 애를 쓰고 있거든요."

"내가 무슨 짓을 해?" 머릿속이 핑 돌았다. "라스베이거스에서 뭘 했 냐고 묻는 거야?"

"그 얘긴 좀 이따 하고요. 클러리 얘기부터 하죠."

블라인드 틈새로 새어 드는 햇빛이라곤 거의 없었다. 아마 정오까 지는 계속 그럴 것이다. 어둠 속에서 메리의 얼굴이 흐릿해지며 형태 가 변하는 것처럼 보였다.

"클러리는 전당포 주인이야."

메리는 웃으며 내 다리를 토닥였다.

"다른 일도 하잖아요."

나는 마른침을 삼켰다.

"이것저것 하면서 돈을 벌기는 하지."

"좀 더 구체적으로 말해줘요."

메리가 손을 바닥에 대고 허리를 뒤로 젖혔다.

"돈 받고 사람을 죽이는 일을 해."

"맞아요." 메리는 조용히 내 표정을 살피더니 말을 이었다. "처음에는 언니가 데이브를 죽이려고 클러리를 고용한 줄 알았어요. 하지만 그건 잘못된 추측이었어요, 맞죠?"

내가 데이브의 살해를 청부한다니, 생각만으로도 충격적이었다.

"아니야! 절대로. 절대 아니야. 난 데이브를 사랑해."

"그렇죠? 그 사실을 알아내는 데 시간이 좀 걸리긴 했어요. 언니는 데이브를 많이 사랑하더라고요."

"맞아."

입안이 바짝 말랐다.

"데이브는 좋은 남자예요. 나는 언니가 데이브를 죽이고 싶어 할 만한 이유를 알아내려고 열심히 살펴봤거든요. 한동안은 데이브가 언니를 두고 바람을 피우나 의심했어요."

"그는……."

나는 입을 열었지만 말을 이어갈 수 없었다.

"아, 언니도 의심했구나?" 메리는 고개를 끄덕였다. "데이브가 일레인과 너무 자주 대화를 하긴 하죠. 돈도 송금했고요. 언니도 그래서 의심한 거 아니에요?"

"꼭 그렇진 않아."

나는 입술을 깨물었다.

"음, 내가 알아보니까 바람은 아니었어요." 메리가 미소를 지었다.

"일레인은 데이브에게 은밀하게 '물건'을 공급하고 있을 뿐이에요."

메리는 재미있어하는 표정으로 신중하게 표현을 골랐다. 그 말이 내게 폭탄처럼 큰 충격을 줄 거라고 예상한 모양이었다.

"데이브는 마약 안 해."

"마약까지는 아니고요." 메리는 콧방귀를 뀌었다. "언니가 잠들고 나면 한 번씩 집 뒤로 몰래 나가서 대마초를 피우더라고요. 요통으로 힘들어하는 아버지, 그리고 너무 고지식하게 살아서 그런 물건을 거래하는 자들과는 상종할 일이 없는 누나를 위해 일레인한테서 대마초를 사고 있어요."

"그럴 리가⋯⋯." 전에 시댁에 들렀을 때 케이던스가 "아빠는 데이비드가 오기만을 손꼽아 기다리세요"라고 했던 말이 떠올랐다. 그 말에 시어머니는 케이던스에게 조용히 하라는 눈치를 주었다. 그들은 알고 있었던 것이다.

"데이브는 언니가 자신의 작은 범죄를 알아챌까 봐 전전긍긍해요. 언니 동생이 마약쟁이라 더 민감하게 생각하는 거겠죠. 데이브는 언니한테 제발 말하지 말아달라고 나한테 부탁하기까지 했어요."

나는 데이브와 첫 데이트를 하던 날 마약은 절대 용납 못 한다고, 마약을 하는 사람과는 절대 결혼하지 않겠다고 말했다. 그때 그는 약을 끊겠다고 약속했다. 나를 위해서.

"그 사람은 일레인을 사랑하고 있어. 일레인 집에 편하게 드나들려고 나한테 거짓말을 한 거야."

"대마초를 사러 가는 거라니까요. 데이브는 언니를 사랑해요."

"일레인은 나보다 나은 여자야."

내 목소리가 갈라졌다.

메리는 두 손을 모아 깍지를 꼈다.

"흐음. 클러리와 대화해보고 언니랑도 얘기를 나눠보니까…… 대충 그림이 맞춰지네요."

나는 입이 딱 벌어졌다.

메리가 싱긋 웃었다.

"아까 언니가 뭐라고 했죠? 유부녀 경찰 친구? 그 친구가 나를 카운티 유치장에 데려가줬어요. 그 친구가 커피를 가지러 간 사이 프랭크 클러리와 대화를 했죠."

"그 남자랑 얘기를 했다고?"

메리는 눈을 위로 굴렸다.

"클러리가 나한테 주저리주저리 늘어놓은 것만 봐도 언니는 영 허접한 놈한테 일을 맡긴 거라고요. 그놈이 뉴멕시코주에서 활동하는 유일한 살인 청부업자라고 해도, 나 같으면 라스베이거스에서 다른 사람을 구하겠어요. 여기서 라스베이거스까지는 그리 멀지도 않은데. 라스베이거스에서 살인 청부 일을 하는 사람들은 한 번 일을 하고 나면 10년 정도는 입 닥치고 몸을 사려야 한다는 걸 잘 알거든요. 낯선 사람한테 비밀을 나불거릴 일도 없죠. 내가 자기한테 유리해지도록 마누라를 손봐준다고 했더니 클러리는 곧장 비밀을 털어놨어요. 정말 어이없지 않아요?"

나는 그 자리에서 꼼짝도 하지 않았다.

메리는 한쪽 어깨 너머로 머리카락을 넘겼다.

"어쨌든, 언니는 클러리가 나한테 뭐라고 말했는지 이미 알고 있을 거예요. 언니가 죽여달라고 한 건 데이브가 아니에요, 그렇죠?"

"그래."

내가 나지막하게 대답했다.

"그렇죠. 바로 언니 자신이죠."

그랬다. 진실이 나를 무겁게 짓눌렀다.

"언니는 다른 누군가를 해치려고 클러리를 고용한 게 아니었어요. 바로 언니 자신한테 해달라는 거였죠."

나는 메리의 눈을 쳐다볼 수가 없었다.

"그래서 생각을 좀 더 해봤어요. 처음에는 납득이 안 되더라고요. 남편이 바람을 피우는 것 같다는 생각을 하면서도 차마 떠나지 못할 만큼 그를 사랑하는데, 아기도 있고 멋진 집도 가진 사람인데, 왜 그랬을까. 부부가 실직을 한 것도 아니고, 석사 학위 덕분에 편안한 사무직으로 잘살고 있는데 말이죠. 아버지가 돌아가신 후 우울감이 너무 심해져서 아버지를 따라 죽을 생각을 했나? 그런데 아무리 생각해봐도 그건 아닌 것 같더라고요. 분명 뭔가 냄새가 나기는 했어요. 언니가 기존의 삶을 버리고 싶을 만큼 절박해 보였으니까. 대체 이유가 뭘까, 고민을 더 해봤죠. 그러다 깨달았어요. 아버지 때문이 아니구나, 어머니 때문이구나, 하고요. 맞죠?"

"아니야. 어머니와는 관계없어. 내가 그냥……."

"아뇨, 내 말이 맞을걸요. 언니는 어머니랑 비슷해요. 어머니가 정신병원에 몇 번이나 들락날락한 이유가 뭐였죠? 단순히 우울증 때문은 아니었잖아요."

나는 입을 열 수가 없었다.

"어머니는 자살을 하려고 했던 거예요. 몇 번이나."

"난 어머니와는 달라."

나는 이를 악물고 힘겹게 내뱉었다.

메리는 피식 웃으며 책장을 잡고 몸을 일으켰다. 그 바람에 먼지가 풀썩 일었다.

"그래요! 나도 그 부분에 제일 크게 주목했어요. 언니는 어머니와는 달리 혼자 있고 싶어서 전문가까지 고용했죠."

"뭐라고?"

"클러리는 언니를 죽이기로 한 게 아니잖아요. 언니를 때려서 혼다에 핏자국을 좀 남기고 그 차를 타고 멀리 가서 버리는 조건이었죠. 차를 끌고 가서 소협곡에 버리면 되는 일이었어요. 차량 탈취범한테 당한 걸로 사람들게 믿게끔 한 다음, 언니는 자유롭게 새 인생을 시작할 생각이었어요. 그래서 남편이 일레인과 사랑에 빠지기를 바랐던 거고요. 언니가 이본처럼 물러나면, 일라이가 일레인을 새엄마로 받아들일 거라고 생각하면서요." 메리는 고개를 살짝 기울이며 말을 이었다. "클러리는 현찰로 5만 달러를 내라고 했죠. 하지만 그 돈을 마련하려면 데이브 모르게 계좌에서 조금씩 돈을 빼돌려야 하는데, 아무리 짧아도 족히 1년은 걸릴 일이었겠죠. 클러리가 감옥에 가게 되자 언니가 화난 것도 당연해요."

나는 헛기침을 했다.

"거래하던 전당포가 문을 닫아서 어떻게 해야 할지 몰랐던 것뿐이야."

"언니 입장에선 정말 좌절감을 느꼈을 거예요." 메리는 측은해하는 어조로 말을 이었다. "계획을 완전히 새로 짜야 했을 테니까. 여기까지 추리를 하고 나서 좀 더 깊이 생각을 해봤어요. 그냥 투신해서 목숨을 끊어버리는 게 더 쉬운 방법이 아닌가 하고요."

나는 두 손을 내려다보았다.

"언니도 그런 생각을 해봤나 보네요, 역시. 왜 실행을 안 했어요?"

나는 한참 만에 입을 열었다.

"데이브 때문에."

메리가 좀 더 따뜻하게 물었다.

"남편의 가슴을 찢어놓고 싶지 않았군요? 나는 그 부분이 이해가 안 갔어요. 배려심 깊은 결정이긴 하지만요. 어쨌든 아버지의 재산을 상속받을 수 있게 돼서, 캄캄한 터널 끝에서 빛이라도 본 기분이었겠어요. 그 돈은 데이브와 나눌 필요 없는 언니만의 돈이잖아요. 데이브한테 굳이 말 안 해도 되는 돈이죠. 혼자 써버려도 탈 날 일 없고. 차량 탈취범에게 당한 척 사라져버리면 데이브는 언니가 자기를 버렸다는 사실을 알 필요도 없을 테고요. 하지만 아버지는 생각보다 언니에 대해 잘 알고 있었나 봐요. 언니가 여동생에게 상속재산의 절반을 줄 리 없다고 보신 거죠. 그래서 앨버트한테 자매와 직접 만나 수표를 건네주라는 유언을 남기셨을 거예요. 언니는 솜씨 좋게도 여동생이 사는 곳을 알아냈어요. 그리고 헨더슨에 있는 집까지 찾아간 거고요. 그런데 언니는 실수를 저지르고 말았어요."

나는 기어드는 목소리로 물었다.

"아까 나를 헨더슨에서 봤다고 했는데, 어떻게 봤지?"

"난 그 집에 살았어, 이 바보야."

머릿속이 핑 돌았다.

"무슨 뜻이야?"

"레이철 브릴런드는 내 룸메이트였어."

나는 벌떡 일어나 주춤주춤 뒤로 물러섰다.

"로빈이 네 룸메이트였겠지."

"아니야, 언니. 문 쪽으로 자꾸 가지 말고 가만히 있어. 내가 무슨 말을 하는지 다 알면서 왜 그래. 나는 언니가 헨더슨의 그 집에서 나를 본 줄 알았는데, 언니는 쏜살같이 도망치느라 못 본 거야! 여동생의 시체를 버려두고서 말이지. 그래놓고는 식당으로 갔잖아. 그렇게 배가 고팠어?"

"내 뒤를 밟아 그 식당으로 왔구나. 식당 밖으로 나갔더니 네가 내 차에 걸터앉아 있었어. 거기서……." 나는 어쩔 줄 몰라 하며 몸을 떨었지만, 그녀는 차분하게 나를 응시했다. "나를 기다린 거니?"

"당연하지. 언니를 좀 놀려줄 생각이었는데, 내 말에 속아 넘어갈 줄은 몰랐어." 그녀는 깔깔 웃었다. "진짜 어이가 없더라!"

"하지만 그 집 침대에 누워 있던 여자 이름으로 신용카드가 발급됐다는 연락이 왔었어. 그 여자가 로빈이 아니라면 왜 우리 집으로 연락이……."

그녀는 손을 휘저었다.

"레이철은 부잣집 딸이야. 자기 이름으로 신용카드 두어 장을 만들어 줬어. 내 다른 가명이나 아버지 이름으로는 더 이상 신용카드를 만들 수가 없었거든. 그래서 언니가 내 소재지를 알아낼 수 있었던 거야. 그 신용카드 덕분에. 이케르가 언니를 엉뚱한 방으로 데려간 것도 무리는 아니지."

나는 메아리처럼 힘없이 되풀이했다.

"엉뚱한 방?"

"이케르는 언니를 레이철의 방으로 데려갔어." 그녀는 미소를 지었다. "내 방은 그 옆방이었는데."

50 _____

로빈

벽에 기대선 레슬리는 코로 숨을 거세게 들이쉬고 내쉬다가 입을
열었다.

"이해가 안 돼."

나는 눈을 위로 굴렸다.

"나 못 알아보겠어? 오랜만에 다시 보는 거지만 그래도 언니가 나를
곧바로 알아볼 줄 알았어! 레이철이 나랑 비슷하게 생기긴 했지만 내
가 더 예쁘잖아. 레이철은 죽음에 가까워지면서 잔가지처럼 바짝 여위
었어. 그것도 내 탓이긴 하지."

"네 탓?"

레슬리의 얼굴이 벽처럼 하얗게 질렸다.

"얘기가 길어. 전 남친이 새 여자를 사귀면서 나를 차버렸거든. 그
래서 그 여자한테 접근해서 친구가 된 다음 새로운 종류의 마약을 맛

보게 해줬어. 그 여자의 인생을 살짝 망가뜨려주고 싶어서." 나는 눈을 깜박이며 덧붙였다. "그렇게 오래 걸리지 않더라고."

"그 여자가 레이철이구나. 그래. 하지만……." 레슬리의 눈에서 초점이 사라져 있었다. "걔 방에 어머니의 귀걸이가 있었어. 분명히 걔 방에……."

"어머니의 귀걸이? 잃어버린 줄 알았는데 그날 보니까 언니가 귀에 하고 있더라. 레이철의 방에 들어갔다 나온 언니를 나중에 식당 주차장에서 다시 봤는데 그 귀걸이를 하고 있는 거야. 걔가 나한테서 귀걸이를 훔쳐 갔던 것처럼 언니도 걔 방에서 들고나왔구나 했지. 걔는 돈이 될 만한 물건이면 뭐든지 찾아서 팔아먹으려고 했어."

"걔가 네 귀걸이를 훔쳐서 팔려고 했다고? 대체 왜……."

나는 어깨를 으쓱했다. "난 걔가 헤로인을 하다가 죽기까지 할 줄은 진짜 몰랐어. 그냥 좀 망가뜨려놓으려고 했던 것뿐인데. 내가 전 남친을 많이 좋아했거든." 그리고 레슬리를 바라보며 말을 이었다. "내가 얘기했잖아. 폴이라는 남자. 그의 형이 제임스 캐머런 감독이랑 아는 사이야. 내가 배우로 경력을 쌓을 수 있게 도와주기로 했었어. 그런데 폴이 레이철을 만난 거야. 나랑 비슷하게 생긴 애였는데, 나이는 스물두 살로 나보다 어렸어."

"그래서 네가 그 여자를 처벌했구나."

"아니." 나는 인내심을 발휘하며 설명을 이어갔다. "난 폴을 벌한 거야. 처음에는 어떤 여자인지 궁금해서 좀 따라다녔어. 왜 걔가 나보다 나은 건지 알고 싶어서. 별것도 아닌 여자 때문에 나를 찼다는 걸 폴에게 확실히 알려주고 싶었어. 그래서 레이철한테 접근해서 내가 이 동네에 온 지 얼마 안 됐다고, 친구가 되어달라고 했지. 그리고 내 새로운 취미를 함께 즐기기 시작했어. 폴이 어째서 레이철한테 빠졌는지 알고 싶었어. 그러려면 나도 레이철한테 빠져야 했거든. 그런데 레이철에 대해 알아갈수록 그럴 필요가 없겠더라고. 레이철이 하는 얘길 들어보니까, 폴이 점점 자기와 거리를 둔다는 거야. 그가 레이철과 끝내려고 하는구나 싶었지. 그때부터 레이철은 기운이 쭉 빠진 모습이었어. 음식도 입에 대지 않더라고. 그 과정이 너무 빠르게 진행됐어. 레이철이 망가졌을 때 나는 폴에게 그 소식을 제일 먼저 전해주고 싶었어. 레이철이 더 이상 우리 사이에 방해가 되지 않을 것 같아서……. 그런데 폴은 이미 새로운 여자랑 사귀고 있었어. 그러면서 나를 경찰에 신고한 거야. 그게 말이 돼? 샘이라는 경찰이 나를 몇 개월이나 따라다녔어." 나는 샘의 꺼벙한 경찰 말투를 최선을 다해 흉내 냈다. "'현금 가진 거 다 내놔, 자기야. 안 그러면 널 스토킹 죄로 감방에 처넣을 거야.' 폴이 경찰에 뭐라고 말했는지 모르겠지만, 난 폴을 스토킹한 적 없어. 전 남친한테 말을 건 게 스토킹은 아니잖아." 나는 한숨을 쉬고 덧붙였다. "그래서 그 동네를 떠나면서 열쇠로 샘의 자동차를 확 긁어놨지. 더 심한 짓을 당해도 싼 놈이지만."

"네가 레이철을 죽였어."

"아니야!" 나는 손바닥으로 카펫을 내리쳤다. "걔가 스스로 그런 거야. 나는 약을 어느 정도 해야 안전한지까지 확실히 알려줬어. 물론 정량보다 조금 높여서 얘기하긴 했지만, 걔가 그것보다 훨씬 많이 해버린 거야. 그게 내 잘못은 아니지." 나는 고개를 절레절레 흔들었다. "솔직히 말하면, 집에 돌아왔더니 이케르가 언니 이름을 부르고 있어서 깜짝 놀랐어. 내 방으로 가지도 못하고 숨어서 지켜보고 있는데, 언니가 경찰에 쫓기기라도 하는 것처럼 도망치듯 그 집에서 나가더라. 그리고 이케르가 계단을 올라오면서 '베카, 베카' 하고 소리쳤어. 베카는 내가 주택 관리 회사 사람들한테 알려준 내 가명이야. 아무튼 이케르가 '베카, 베카. 당신 룸메이트가 죽은 거 알아요?'라고 하더라고. 아, 레슬리 언니가 레이철을 봤구나, 그래서 그렇게 부리나케 집 밖으로 나간 거구나 생각했어."

"그래서 내 뒤를 따라왔니?"

나는 두 손을 들어 올렸다.

"내가 달리 뭘 어쩌겠어? 난 언니를 거의 10년 만에 봤어. 그런데 언니는 기껏 나를 만나러 와놓고는 내가 집에 오자마자 도망을 쳐버렸잖아! 그래서 난 인사라도 하려고 조지 식당 밖에서 언니를 기다렸어. 언니는 날 알아보지도 못하더라. 날 보자마자 기껏 한다는 소리가, 자기차에서 비키라는 거였지."

레슬리는 깊게 숨을 들이마셨다.

"넌 네 이름이 메리라고 했어."

"그때 딱 떠오르는 이름이었어. 난 언니가 곧바로 날 로빈이라고 부를 줄 알았어." 나는 코를 찡긋하며 말을 이었다. "좀 더 괜찮은 이름으로 고를 걸 그랬나 봐. 메리라는 이름이 나한테 어울려?" 나는 내 몸을 내려다보았다. "내 생각엔 아닌 것 같아. 언니가 나를 바로 메리라고 인식해서 좀 짜증이 났어."

"왜 사실대로 말하지 않았지?"

내가 이 집에 들어와 레슬리를 기겁하게 한 이후로 그녀가 낸 제일 큰 목소리였다. 나는 움찔했지만, 솔직하게 말했다.

"언니가 미친 사람처럼 굴었잖아. 처음엔 날 알아보지도 못하더니, 내가 죽었다고 말했어. 뼈밖에 안 남은 레이철을 나라고 생각하다니 기분 나빴어. 그러고는 나한테 받을 돈이 있다고 했잖아. 난 언니한테 빚진 돈 없거든, 썅! 언니가 대체 무슨 소릴 하는 건지 알 수가 없었어. 솔직히 말하면 언니가 날 죽었다고 단정 짓고 오후 4시가 넘은 시간 에 엿 같은 음식이나 먹겠다고 식당으로 토껴버린 게 괘씸했어. 그래 서 언니가 날 알아볼 때까지 지켜보다가, 언니가 받아 마땅한 죄책감 을 가슴에 심어주려고 했어. 하지만……." 나는 숨을 깊이 들이마셨다. "언니는 5만 달러를 갖게 해주겠다면서 나더러 로빈 보이트 역할을 해 달라고 부탁했잖아. 어이가 없어서 정말! 생각해볼 것도 없었어. 언니 는 지난 10년 동안 정신 상태가 맛이 간 것 같더라. 그런 사람을 자극 해서 좋을 게 없다는 생각이 들었어. 하지만 샘이 내 엉덩이에 바짝 들 러붙어 날 괴롭히니까, 게다가 그 유산은 원래 내 돈이기도 하니까, 언 니를 따라가기로 결정했어. 어차피 내 손에 들어올 돈이지만, 다른 사 람인 척 그 돈을 훔치는 게 훨씬 더 재미나잖아."

"하지만 네 머리카락은……." 레슬리는 쉰 소리로 웅얼거렸다. "네 코는……."

나는 손으로 내 얼굴을 더듬었다.

"그 정도로 달라 보여? 몇 년 전에 코를 좀 손봤어. 치아도 교정했 고, 피부 관리도 받았어. 배우가 되려면 필요해서." 나는 손을 아래로 내리고 말했다. "언니도 손 좀 봐야겠다. 원한다면 나한테 시술해준 여 자를 소개시켜줄 수도 있어."

"아니, 됐어."

레슬리는 여전히 굳은 표정이었다.

"좋을 대로 해. 아, 그리고 머리카락은 염색한 거야. 빨간 머리일 때 귀엽게 보이거든. 하지만 금발이 더 잘 어울려서 늘 금발로 다시 돌아가곤 해."

"너 진짜 죽여버릴 거야."

레슬리가 거칠어진 목소리로 내뱉었다.

나는 차분한 눈빛으로 받아쳤다.

"아니, 언니는 못 해."

레슬리는 몸을 움츠리며 벽에 더 가까이 붙었다.

"소시오패스구나."

"재미있잖아. 언니랑 앨버커키까지 차를 타고 오면서 즐거웠어. 같이 지내면서 언니가 금방 내 정체를 알아차릴 줄 알았는데 눈치를 못 채더라. 언니는 정말 관찰력이 형편없나 봐. 아니면 언니 내면에 내가 죽었기를 바라는 마음이 있든가. 그래서 내가 코앞에 있는데도 못 알아본 걸 수도 있겠지."

레슬리가 콧구멍을 벌름거렸다. 나는 그런 레슬리에게 손가락질을 했다.

"하! 이럴 줄 알았어. 언니는 정말 내가 죽었기를 바랐구나? 언니 일이 완전히 꼬여버릴 수도 있었는데 말이야! 충격이다. 좋은 언니라면 그래선 안 되는데."

"난 네가 죽었기를 바랐어. 널 다시는 보고 싶지 않았어."

"그렇게 말하면 나 상처받아. 5만 달러를 받을 수 있게 도와준 사람한테 할 말은 아니잖아. 내 입장에서도 나름 위험부담을 진 거였어. 하마터면 감옥에 갈 뻔했다고."

레슬리는 바짝 마른 입술에 침을 바르고 입을 열었다.

"레이철이라는 여자는 어떻게 됐을까? 시에서 묻어줬을까?"

나는 인상을 썼다.

"내가 어떻게 알아? 누군가 캔자스주에 사는 걔의 부자 가족한테 연락했겠지. 괜히 화제 돌리지 마. 우린 지금 언니에 대해 이야기하고 있는 중이잖아. 차량 탈취범한테 살해당한 척하고 도망친다는 어설픈 계획을 세웠던 언니에 대해서 말이야."

레슬리는 문 쪽으로 고개를 돌렸다. 나는 문을 세게 닫아 레슬리의 시선을 차단했다.

"도망칠 생각 마."

레슬리는 나를 뚫어지게 쳐다보다가 또 다른 문으로 달려갔다. 나는 레슬리의 손목을 낚아채듯 잡고 그녀의 두 팔을 뒤로 꺾었다. 레슬리가 발로 내 발을 내리찍었다.

"아우, 씨."

"이거 놔!"

내가 두 팔을 바짝 당기자 레슬리는 옆으로 몸을 틀었다. 우리 둘은 카펫 위로 쓰러졌다. 팔꿈치가 책상 다리에 부딪히는 바람에 나는 비명을 질렀다.

"가만히 좀 있어!"

레슬리는 급기야 나를 물기까지 했다.

"제기랄!"

나는 레슬리의 머리채를 잡고 그녀의 가슴팍에 올라 탄 뒤 무릎으로 두 팔을 찍어 눌렀다. 그리고 숨을 헐떡이며 말했다.

"나는 이유를 알고 싶은 것뿐이야. 가만히 좀 있어!"

레슬리가 내게 침을 뱉었지만 그녀의 머리카락으로 고스란히 떨어졌다.

"창피한 줄 알아."

레슬리는 몇 초 더 버둥거리다가 늘어졌다. 하지만 나는 바보가 아닌지라 곧바로 팔을 풀어주지는 않았다.

"왜 자기 흔적을 지워버리려고 하는지 이유를 말해."

레슬리는 내가 아닌 내 머리 위의 천장만 멀거니 올려다보았다.

한참 대답을 기다리던 나는 참다 못해 다시 입을 열었다.

"좋아, 내가 추측해볼게. 내 추측이 언니 마음에 들진 않을 거야. 말해볼 테니까 잘 들어. 언니랑 어머니는 죽음에 끌리는 성향이 있다는 점 말고도 공통점이 있는 것 같아. 어젯밤에 언니 얘기를 들으면서 마지막 퍼즐 조각을 찾았어. 언니가 뭐라고 말했는지 기억나?"

레슬리는 눈도 거의 깜박이지 않았다. 그대로 늘어져 굳어버린 것 같았다.

나는 앞으로 몸을 기울였다. "어머니는 우리를 원하지 않았다고, 언니가 말했어." 그리고 콧방귀를 뀌었다. "아니 정확히 말하면, 어머니가 언니를 원하지 않았다고 했지. 나는 언니가 내 존재를 또 잊었구나 싶었어. 언니는 나를 쉽게도 잊어버린다니까."

레슬리의 눈꺼풀이 파르르 떨렸다. 그녀는 꼼짝 않고 누운 채 소리 없이 울기 시작했다.

"우리가 어렸을 때 어머니는 우리를 피하고 우리 목소리를 증오하면서 툭하면 욕실에 틀어박혀 나오지 않았어. 하지만 어머니가 우릴 원하지 않았다는 걸 언니는 그때 깨달은 게 아니야. 자식을 낳고 나서 깨달은 거지. 언니 아들 이름이 뭐지?"

레슬리는 힘겹게 마른침을 삼키며 대답했다.

"일라이."

"그래, 일라이. 언니는 자신과 어머니를 빨리도 동일시했어. 데이브를 만나면서 언니는 망가진 인생이 바로잡혔다고 생각했겠지. 하지만 데이브는 언니한테 바라는 게 있었어. 자식을 원했던 거야. 언니는 그가 원하는 대로 해주고 싶었을 테고, 그래서 애를 낳았어. 어머니와 살았던 시절은 오래전이고 이제는 거의 기억도 안 나니까, 본인은 어머니 같을 리 없다고 생각했을 거야. 그리고 언니는 일라이를 낳았지만……" 나는 레슬리가 말을 이어가길 기다렸으나 그녀는 그저 울기만 했다. "일라이를 사랑하지 않았어. 내 말이 틀려?"

레슬리는 대답하지 않았다. 콧물에 코가 막혔는지 입으로 숨을 쉬고 있었다.

"언니는 죄책감을 느꼈을 거야. 자기가 어머니와 다름없는 사람이라고 생각했겠지. 1년 내내 애를 썼지만 엄마 노릇을 하면서 사는 게 싫어졌을 거야. 그래서 그만두려 한 거고."

레슬리는 두 눈을 질끈 감았다.

"하지만 엄마 노릇이란 건 때려치우고 싶다고 해서 그만둘 수 있는 게 아니잖아?" 나는 뒤로 물러나 앉아 손가락을 하나씩 세우면서 말을 이었다. "이혼을 하고 양육권을 포기하는 방법이 있지만, 그렇게 했다가는 데이브가 언니를 증오할 테지. 언니는 완벽한 남편이 언니를 완벽하지 못한 아내로 여기는 건 견딜 수 없었을 거야. 게다가 이혼을 해봤자 짜증 나는 자녀 양육 문제는 여전히 남게 되지! 다음으로는 자살이 있는데, 그 방법을 택했다가는 어머니의 전철을 밟는 것이니 그건 정말 싫었을 거야!" 나는 두 손을 뺨에 갖다 댔다. "어머니 일을 비밀에 부친 아버지와는 달리 데이브는 언니가 자살했다는 사실을 굳이 숨기지 않겠지. 아마 자기 가족한테 도움을 요청할 거야. 세 번째 방법은 언니가 일라이를 질식시켜서 죽이고 유아 돌연사 증후군 탓을 하는 거야."

레슬리는 기겁해 숨을 들이켰다.

"아, 그래. 그건 너무 무서워서 못했구나. 경찰 수사를 받을 짓은 하고 싶지 않았겠지. 나와는 다르게 말이야." 나는 한쪽 눈을 찡긋하며 말했다. "그래서 네 번째 방법을 택한 거네. 도망."

레슬리는 내 밑에 깔린 몸을 빼내려고 버둥거렸다. 나는 그녀를 풀어주었다. 레슬리는 책장에 몸을 붙인 채 카디건으로 코를 문질렀다. 면 카디건에 콧물 자국이 길게 남았다.

"언니가 이번에는 무슨 계획을 세웠을까 궁금했어. 프랭크가 없으니 진짜 차량 털이를 당한 것처럼 그럴듯하게 현장을 꾸미는 게 불가능해졌잖아. 설마 그냥 차를 내다 버리고 현금으로 비행기 표를 사려고 했어?"

레슬리는 어깨를 으쓱했다.

나는 웃음을 터뜨렸다.

"잠깐만, 정말 그럴 계획이었다고?"

"모르겠어." 레슬리는 갈라진 입술로 말했다. "어떻게든…… 여길 떠나고 싶었어. 어떻게든." 그녀는 콜록대며 덧붙였다. "나중에 일라이가 대학 등록금으로 쓸 수 있도록 돈도 마련해뒀어. 클러리를 만나기 전에. 내가 사라질 경우에 대비해서."

"데이브가 언니를 찾아다닐 거라는 생각은 안 해봤어?"

레슬리는 고개를 저었다. "그는 일레인을 사랑해. 일레인은 좋은 엄마야. 나는 데이브가…… 늘 바라던 걸 갖게 해주고 싶어. 그리고 그가 내 실체를 몰랐으면 좋겠어. 그러면 나를 미워하지 않을 테니까. 내가 자기 곁을 떠나고 싶어 했다는 걸 그는 알 필요 없어. 알았다가는 고치려 들겠지. 난 고쳐질 수 없는 사람인데." 그녀는 두 손을 펼쳐 보였다. "나는 어머니랑 똑같아. 우리 어머니 크리스틴 말이야. 나는 애를 낳으면 안 되는 사람이었어. 내가 이렇게 고장 난 사람인 걸 진즉에 알았어야 했어. 데이브가 내 실체를 알면 일라이를 볼 때마다, 내 생각을 할 때마다 그 사실을 떠올리겠지. 그러면 그 사람도 병들어갈 거야."

"데이브는 언니를 사랑해. 내가 지켜봐서 알아. 언니는 진짜 사랑을 찾은 거야."

레슬리는 옆으로 시선을 돌렸다. 긴 침묵이 흘렀다. 그러다 그녀가 카펫을 내려다보며 물었다.

"그분은 진짜 자살하신 걸까?"

"누구? 어머니? 당연히 아니지." 나는 옆으로 물러나 두 손을 청바지에 문질렀다. "어머니는 언니 덕분에 다섯 번째 방법을 찾았어."

"다섯 번째 방법?"

"나. 내가 어머니를 도와줬어."

51 _____

레슬리

"도와줬다니…… 어떻게?"

내 목소리가 머릿속에서 울렸다.

"알잖아. 내가 어머니를 도와드렸다고. 이 세상을 떠날 수 있도록."

"거짓말." 몸이 부들부들 떨려왔다. "또 나를 갖고 노는구나. 그만해…… 그만하라고…….."

로빈은 좌절감에 젖은 듯 작게 소리를 지르며 바닥을 구르다가 카펫에 대고 한숨처럼 중얼거렸다. "아, 젠장. 지금쯤은 언니가 극복했을 줄 알았는데." 그리고 일어나 앉아 나를 가만히 응시했다.

정오가 가까워지면서 서재가 조금씩 밝아지고 있었다. 로빈의 흐트러진 머리카락이 햇빛을 받아 빛났다.

"우리가 10대였을 때, 언니는 온갖 '진상 짓'으로 내 머릿속을 엉망으로 만들어놨어. 알잖아, 레슬리 언니."

로빈은 어렸을 때처럼, 경멸조로 내 이름을 또박또박 내뱉었다. 내 결혼식 날 밤 전화기에 남겨놓은 그 음성 메시지에서처럼. '사랑해, 사랑해, 레슬리 언니……'

"언니는 그 기억을 차단했구나!" 로빈은 악을 쓰더니 〈내 사랑 지니〉(램프의 요정 지니와 램프의 주인이 된 우주 비행사의 사랑 이야기를 다룬 텔레비전 시리즈)에 나오는 지니처럼 팔짱을 끼었다. "그 일이 아예 일어난 적도 없는 것처럼 머릿속에서 그 기억을 지워버렸어! 하지만 이걸 어쩌지? 그 일이 일어난 건 사실이고, 바로 언니 아이디어였거든."

속이 뒤틀렸다. 나는 배를 잡고 일어섰다.

로빈이 날카롭게 소리쳤다.

"앉아!"

나는 숨을 몰아쉬었다.

"소, 속이……."

뒤쪽 복도로 달려가 화장실 문을 열어젖혔다.

변기에 대고 헛구역질을 하고 있는데, 로빈이 화장실로 따라 들어와 내 바로 옆 욕조 가장자리에 걸터앉았다.

"언니는 오늘 아무것도 안 먹었어." 로빈은 내가 컥컥대는 소리를 잠시 듣고 있다가 덧붙였다. "구역질을 해봤자 아무것도 안 나올 거야."

"계속 울렁거려."

이 말을 하는 순간 욕지기가 가라앉아서 나는 욕실 매트에 주저앉았다.

"내 말이 맞지?" 로빈이 우쭐대며 물었다. "이제 내 말을 좀 들으려나?"

"네 말이 전혀 이해가 안 가."

나는 기운 빠진 목소리로 중얼거렸다.

"언니가 기억하는 거 알아. 언니는 그냥 믿고 싶지 않았던 거야. 하지만 그건 언니 잘못이었어. 그때 난 어린애였잖아. 언니를 우러러보면서 졸졸 따라다녔는데, 언니가 나한테 말했잖아……."

"그래, '어머니가 죽었으면 좋겠어'라고 말했지."

나는 로빈을 바라보았다.

로빈이 고개를 끄덕였다.

"맞아. 언니는 그렇게 말했고, 난 언니를 행복하게 만들어주고 싶었어."

"그때 난 너무 지쳐 있었어." 기억의 단편들이 머릿속에서 되살아났다. "어머니가 우리를 간절히 떠나고 싶어 해서 화도 났어. 어머니는 끝없이…… 우리를 버리려 했어. 아버지는 어머니를 한 번씩 멀리 떠나보내곤 했지만 다시 돌아온 어머니는 전보다 더 우릴 미워했어. 그래서 난…… 더는 그렇게 살고 싶지 않았어……." 나는 멍한 눈의 초점을 맞추며 로빈을 바라보았다. "하지만 네가 했을 리 없어. 넌 그때 어린애였어."

로빈은 콧방귀를 뀌었다.

"어머니는 체중이 39킬로그램밖에 안 나갔어. 잔뜩 우울해져 있어서 병원에서 진정제 처방도 받았잖아. 그날 어머니는 거의 의식이 없었어. 욕조에 몸을 담그고 반쯤 기절해 있었지. 그래서 난 그냥…… 어머니를 물 밑으로 꾹 찍어 눌렀어."

"그럴 리 없어."

내가 힘없이 부정했다.

"맞아." 로빈은 속삭이듯 반박하며 웃었다. "별로 힘들지도 않았어. 어머니는 떠나고 싶어 했거든. 저항도 하지 않았어."

"아니야. 네 말 못 믿겠어."

"진짜 왜 이래? 기껏 얘기해줬더니 거짓말이라네! 거짓말 아니라고!"

나는 로빈을 바라보았다. 하얀 욕조를 배경으로 앉아 있는 로빈은 둥글고 건강해 보이는 붉은색 뺨을 갖고 있었다. 아름다웠다.

로빈이 누군가를 죽였을 리 없었다. 그럴 리 없었다.

하지만…….

또다시 욕지기가 올라왔다.

나는 이미 오래전부터 로빈의 내면에 존재하는 속성을 알고 있었다.

"난 언니를 사랑해서 그렇게 한 거야, 언니." 로빈은 두 손을 모아 쥐며 말을 이었다. "그런데 그 일 때문에 언니가 나를 증오하게 될 줄은 몰랐어. 난 어린애일 뿐이었는데, 언니가 나를 끔찍하게 여길 줄은 생각도 못 했어."

나를 미친 사람으로 몰아가는 건가.

"언니는 나를 미워했어." 로빈의 이마에 예쁘게 주름이 잡혔다. 진심으로 상처받은 표정이었다. "그 일이 있은 후 나를 보는 언니 눈빛이 달라졌어. 내가 무슨 괴물이라도 되는 것처럼 굴었어."

내가 그랬었나?

괴로웠던 기억을 오랫동안 억누르고 살다 보니 그것에 균열이 생겨 버렸다. 어렸을 때 내가 로빈을 내게서 밀어냈는지 여부도 생각나지 않았다. 하지만 어머니가 돌아가시기 전까지 우리 둘이 늘 붙어 다니며 시간을 함께 보냈던 건 사실이다.

어머니가 돌아가신 뒤로는 각자 다른 방에서 자기 시작했다.

나는 로빈이 나를 미워했다고, 나와 거리를 두려 했다고 생각했다. 그래서 메리에게도 "내가 중학교에 가고 로빈이 방을 따로 쓰게 되면서부터 그 애가 갑자기 나를 미워하기 시작했어"라고 말했다.

나는 로빈이 나를 미워했기 때문에 나도 로빈을 미워한 것으로 알고 있었다.

하지만 그건 사실이 아니었다.

로빈은 자기만의 혐오스럽고 잔인한 방법으로 나를 사랑했고, 나는 그런 로빈을 버렸다. 손님방에 가두고 혼자 자게 만들었다.

로빈이 괴물이어서 미워한 게 아니었다. 내가 미워했기 때문에 로빈은 괴물이 된 것이었다. 내가 로빈을 그렇게 만들었다. 외롭고 분노에 찬 상태로 자라도록 팽개쳤다.

눈을 들어 로빈을 바라보았다. 아름답고, 끔찍하며, 살아 있는 내 동생을.

입속에 액체가 차올라 변기에 대고 몇 번이나 토했다. 쓰디쓴 담즙이 목구멍으로 올라올 때까지.

"이제 기억이 났구나." 로빈은 토악질을 하는 내게 말했다. "기억해낼 줄 알았어."

52 _____

레슬리

어머니가 처음 레이크뷰 정신병원에 입원했을 때, 할머니가 로빈과 나를 돌봐주러 리비에라의 집으로 오셨다. 외할머니가 아니라 친할머니였다. 우린 외할머니와는 이야기를 해본 적도 없었다. 우리는 친할머니를 "베티 할머니"라고 불렀다. 베티 할머니는 우리 집에 몇 달 동안 머물면서 설거지를 하고 식탁에서 담배를 피우곤 했다. 내가 기억하기로는, 베티 할머니는 1950년대 사람처럼 교회에 갈 때마다 장갑을 끼셨다. 아버지는 농담처럼 할머니에게 이렇게 말한 적이 있었다. 세대를 거듭하면서 한 집안이 빈곤으로부터 얼마나 벗어났는가를 판가름하려면 그 집안 여자들이 하나님을 만나러 갈 때 얼마나 잘 치장하는지를 보면 된다고. 여자들이 더 많은 장신구를 착용할수록 그 집안의 경제 사정이 피고 있는 거라고 했다. 베티 할머니는 기분이 상했는지 그날 종일 아버지와 말도 섞지 않았다. 내가 열한 살 때 베티 할머니가 돌아가셨는데, 장례를 치르고 나서 아버지에게 베티 할머니의 부모님, 곧 내 증조부모님이 소작농이었다는 이야기를 들었다.

처음 우리 집에 왔을 때 베티 할머니는 우리를 강아지처럼 취급했다. 우리가 문을 열어달라고 할 때마다 할머니는 우리를 집으로 들이거나 밖으로 내보내주었고, 때늦지 않게 먹을 것을 챙겨주셨다. 하지만 우리가 큰 소리를 내지 않는 이상 우리의 존재를 거의 무시했다. 할머니는 주방에서 요리를 하고 잡지를 읽고 친구들을 불러 놀았는데, 그럴 때면 우리는 완전히 관심 밖이었다. 어머니가 집에 있을 때 우리를 대하는 태도와 별반 다르지 않았다. 학교에서 만난 다른 아이들 덕분에 나는 제대로 된 할머니라면 손주들을 응석받이로 만들 정도로 맹목적인 사랑을 퍼부어야 하고, 뺨에 뽀뽀도 해줘야 한다는 생각을 갖고 있었다. 그래서 나는 그렇게 해주지 않는 베티 할머니에게 화가 났다. 할머니는 우리더러 매일 잠자리에 들기 전에 할머니 뺨에 뽀뽀를 해야 한다고 강요했고, 우리가 뽀뽀하면서 인상이라도 쓰면 아버지에게 일러바쳤다.

할머니는 우리를 딱 한 번 사람 취급해줬는데, 그날은 어머니가 어딘가 멀리로 갔다가 돌아오는 날이었다. 그날 할머니는 종이를 잘라 눈송이를 만드는 방법을 우리에게 가르쳐주셨다. 우리는 분홍색과 노란색 종이를 잘라 눈송이를 잔뜩 만들어서 상자 몇 개에 가득 담았다. 그리고 부모님이 현관문으로 들어서자마자 색종이로 만든 눈송이를 뿌렸다. 종이 눈송이들은 어머니의 파마머리와 노란 꽃다발에 들러붙었다. 우리가 헌신적으로 만든 환영의 선물이었다.

어머니는 두 번 더 레이크뷰 정신병원에 갔다. 어머니가 세 번째 입원했을 때 베티 할머니가 세상을 떠났으므로 그 후 우리는 더 이상 종이 눈송이를 뿌리지 않았다.

어머니가 집으로 돌아왔을 무렵 로빈은 다리가 껑충하게 긴 여덟 살, 아니 거의 아홉 살이 다 된 소녀였다. 그 무렵 아버지는 일 때문에 사무실에서 잠을 자기 일쑤였고, 베티 할머니는 그 전해에 돌아가셨기 때문에 우리를 돌봐줄 사람이 없었다. 하지만 당시는 요즘과 달라서, 열두 살이면 어린아이를 돌볼 수 있는 나이로 여겨졌다. 나 역시 자전 거를 탈 줄 알고 냉동식품으로 저녁 식사도 차릴 수 있었으므로 충분히 로빈을 돌볼 수 있는 나이로 취급받았다.

그해 겨울이 지나고, 로빈은 4학년 동급생들과 잘 어울리지 못한 탓에 대부분의 시간을 나와 함께 보냈다. 나는 그게 신경에 거슬리기 시작했다. 로빈은 별난 아이였다. 텔레비전으로 옛날 영화를 보고, 동부 지역 억양을 흉내 냈으며, 염가 할인점에서 산 클립형 귀걸이를 했다. 그리고 바버라 스탠윅(할리우드 황금기에 활동한 배우로, 섹시하고 도발적인 역할을 주로 맡았다) 흉내를 내거나 나를 흉내 냈다. 여동생들이 으레 하는 행동이니 좋게 넘어갈 수도 있었지만, 로빈은 자기가 사랑하는 대상을 불편하게 만들 정도로 그것에 집착하는 편이었다. 밤이면 굳이 방을 가로질러 내 침대로 기어 들어와 손으로 내 머리카락을 붙잡고 내 팔에 매달린 채 잠을 잤다. 내가 학교에서 새로 사귄 다이앤 고메즈라는 친구를 집으로 데려올 때마다 방 밖에서 우리 얘기를 엿들었다. 방문과 바닥의 카펫 사이 틈새로 흰 양말을 신은 로빈의 발이 항상 내다보였다. 그리고 다이앤보다 자기를 더 좋아하는 이유를 쭉 나열해 쓰라고 내게 강요하기도 했다.

물론 나는 다이앤보다 로빈이 좋았지만, 내게는 숨 쉴 공간이 필요했다.

그래서 그날, 나는 우리 방의 문을 밖에서 걸어 잠그고 뒷마당으로 나가 타일 바닥에 드러누웠다. 셔츠를 위로 올려 살이 통통한 어린애의 배를 내놓고 4월의 햇볕을 쬐었다. 같은 반 여학생들 중 누구보다도 먼저 피부를 태우고 싶었다. 어머니는 세 시간째 욕실에 틀어박혀 또다시 끝도 없는 목욕을 하고 있었다. 나는 나중에야 그게 병원에서 받은 약 때문이라는 걸 알았다. 한 시간 가까이 밖에 나가 누워 있는데, 무언가 부서지는 소리가 들렸다. 로빈이 방에서 창짝을 잡고 강제로 당겨 올리고 있었다.

"언니!"

나는 고개를 돌려 로빈에게 소리쳤다.

"그러다 창문 깨져!"

"안 깨졌어."

로빈은 벌써 창문을 열고 몸을 반쯤 내민 상태였다. 곤충처럼 가느다란 한쪽 다리를 창틀에 걸치는 게 보였다.

"못 박아놨는데!"

"확 당겨 올리니까 열렸어." 구르듯 밖으로 나온 로빈은 짧은 청치마에 묻은 먼지를 떨어냈다. "방에 갇혀 있는 거 지겨워. 나도 같이 선탠해도 돼?"

"안 돼."

하지만 로빈은 이미 내 옆으로 와 바닥에 드러누운 뒤였다. 로빈도 팔다리를 벌리고 셔츠를 위로 올렸다. 나는 한숨이 나왔다.

"그분은 아직도 욕조에 계셔?"

그 집에서 "그분"이라고 불릴 사람은 어머니뿐이었다.

로빈은 고개를 끄덕였다.

"내 생각엔 어머니가 또 그걸 하려는 거 같아. 오늘은 아니고."

"그래. 무슨 뜻인지 알아."

어머니는 베티 할머니처럼 늘 우리를 못 본 체하며 살았다. 그리고 이제는 얼핏 우리를 봐주던 사람마저도 아주 없어진 느낌이었다. 어머니는 입도 열지 않았다. 두 번째로 레이크뷰 정신병원에 가게 됐을 때 아버지는 어머니가 강해지는 방법을 배워 올 거라고 우리에게 말했다. 하지만 집에 돌아온 어머니는 더 악화되지 않았을 뿐 전과 똑같았다. 온종일 잠만 자고 문을 두드려도 대답하지 않았다. 식료품점에 가야 한다며 몇 시간 동안 준비를 하다가 너무 늦었다면서 포기하기 일쑤였다. 그러면 우리는 피자를 시켜 먹은 뒤 아버지 눈에 띄지 않도록 상자를 이웃집 쓰레기통에 몰래 버렸다.

그런 어머니에게 화가 났냐고? 그렇기도 하고, 아니기도 했다. 우리처럼 방치된 채 자라는 걸 무어라 표현해야 할지 알 수도 없었다. 그 상황을 이해한 건 로빈뿐이었다. 그날 뒷마당에서 이야기를 나눈 뒤 우리는 어린 시절이 끝나는 날까지 서로 말을 섞지 않았다.

내가 듣기로는, 다른 집 아이들은 부모를 통해 내면을 성장시키는 방법을 배운다고 했다. 일반적으로 부모는 아이의 친구가 되려고 노력하면서, 어떤 음식을 먹을지에 이르기까지 아이의 기호를 발달시킬 수 있도록 용기를 북돋워준다. 아이가 규칙을 어기면 이성적인 대화를 통해 설득하려고 시도한다. 그러나 우리 집 어른들은 아이들에게 변명조차 하지 않았다. 어쩌면 히피적인 분위기라고도 할 수 있었다. 베티 할머니의 손에 자란 아버지에게 아이들은 인간이 아니라 인간이 되기 위해 훈련받는 존재일 뿐이었다. 따라서 아이가 자라 합리적인 대화가 가능할 때까지 기다리며 방치했다.

아무도 당신의 감정에 대해 논의하려 들지 않으면, 당신은 감정이 있다는 사실조차 자각하지 못하게 된다. 어린 시절 내게는 감정이 있었지만, 텔레비전에서 하는 시트콤과 〈하느님, 거기 계세요?〉 같은 프로그램, 1년에 한 번 갈까 말까 한 교회에서 배운 지식을 통한 것이 고작이었다. 교외 지역에 사는 열두 살짜리 소녀는 얕은 가식으로써 대부분의 상황을 때워 넘길 수 있었다. 하지만 때때로 의식의 저류에 무어라 콕 집어 말할 수 없는 감정이 흘렀다. 그 감정은 수면에서 흔들리는 작은 배 밑에 도사린 거대한 바다 생물의 그림자 같았다.

"어머니가 왜 아직도 그걸 못 하는지 이해가 안 돼."

내가 말했다.

로빈은 내 얘기를 귀담아듣지 않는 듯했다. 내가 생각에 빠져 있는 몇 분 동안 로빈은 선탠에 싫증이 났는지 저만치 물러나 있었다. 파티오에 웅크리고 앉은 로빈이 분필통을 거꾸로 뒤집으면서 물었다.

"전에 눈이 왔을 때 기억나, 언니?"

나는 생각에 잠긴 목소리로 하던 말을 계속했다.

"어머니가 죽었으면 좋겠어. 지금 당장. 우리 모두 어머니의 죽음을 기다리고 있으면서 아무도 나서질 않아. 사람들이 어머니에 대해 물어보면 뭐라고 대답해야 할지 모르겠어. 아버지는 말도 못 하게 하고……. 차라리 '우리 어머니는 죽었어'라고 대답하는 게 쉬울 것 같아. 그런 말이면 사람들은 바로 이해할 테니까."

로빈은 입술을 오므렸다. 내 말에 곧바로 반응을 보이지는 않았다. 나는 여동생으로서 쓸데없이 까불대지 않는 로빈의 그런 면을 높이 샀다. 입술을 오므리는 표정이 〈엑스 파일〉의 스컬리 요원을 보고 따라 하는 것임을 알면서도, 나는 좋게 보았다.

나는 고개를 뒤로 젖혀 햇볕에 두 뺨을 익혔다.

옆에 있던 로빈은 부스럭거리며 타일 바닥에서 좀 더 뒤로 물러났다. 그리고 20분쯤 지나자 내게 말했다.

"언니 지금 햇볕에 타고 있어."

나는 손으로 얼굴을 문질렀다.

"정말?"

하지만 로빈은 이미 곁에 없었다. 어둑한 집 안으로, 어머니에게 간 것이다.

로빈이 무슨 짓을 할지 그때 내가 알았을까?

알았을 수도 있고 몰랐을 수도 있었다. 답은 늘 수면 아래에 있었다.

옆으로 몸을 굴려 엎드린 나는 로빈이 바닥에 그려놓은 그림을 보았다. 어도비 양식의 빨간 집 위로 분홍색과 초록색 눈이 내리는 그림이었다. 집 옆에 분홍색과 초록색의 눈사람이 서 있었으므로 그게 비가 아니라 눈이라는 걸 알 수 있었다. 귀에서 두 팔이 뻗어 올라간 눈사람은 지붕보다 머리 하나 정도가 더 컸다. 로빈은 그 옆에 작은 말풍선도 그려놓았다. 눈사람의 대사였다. '나는 선탠 중이야!'

나는 웃음을 터뜨렸다

53 _____

로빈

담요를 들고 레슬리에게 다가갔다. 속을 다 비워내고 입가에 오렌지색 토사물 찌꺼기를 묻힌 채 식탁 앞에 앉아 있던 레슬리가 마침내 입을 열었다.

"넌 나를 사랑했구나."

"지금도 사랑해." 나는 레슬리에게 담요를 둘러주고 뒤에서 안아주었다. 레슬리는 아무 반응이 없었다. "내 언니잖아."

메스꺼워하는 기색이 레슬리의 얼굴에 또다시 스쳤다. 레슬리는 일어서려다가 말했다.

"내가 널 막았어야 했어. 막았어야……."

"그렇게 생각할 수 있지." 나는 손가락에 긴장을 풀었다. "어머니는 집에서 우리를 서서히 죽이고 있었어. 어머니는 죽고 싶어 했지만 아버지가 막았고, 그런 상황이 우리를 병들게 했어. 아버지는 절대 인정하지 않았지. 언니도 말은 안 했지만 어머니가 죽자 속으로 안도했잖아."

레슬리는 그 말을 조용히 받아들였다. 몇 분 간 정적이 흘렀다.

"내가 그때 널 막았다면, 넌 계속 여기서 살았을까?"

"앨버커키에?"

레슬리가 고개를 끄덕였다.

"언니가 날 막았다면 그건 스스로에게 거짓말을 하는 것이나 다름없었겠지. 난 언니가 본인이 원하는 걸 분명히 알 때가 좋더라. 그래서 지금 같은 언니가 좋아." 나는 고개를 옆으로 기울이며 덧붙였다. "진실한 언니."

레슬리는 낮은 목소리로 중얼거렸다.

"난 어머니를 미워했어. 내 어린 몸이 감당할 수 없을 정도로 엄청나게 미워했어. 미움을 계속 쏟아내며 살았어. 어머니가 우리를 원하지 않아서 미워했고, 집에 있으면서 아무것도 하지 않아서 미워했어. 어머니가 돌아가신 후에는 어머니를 미워하면서도 그리워했어. 나는 너와 세상에 단 둘이 남겨졌어. 어떻게 해야 네 상태를 좋아지게 만들 수 있는지 방법을 알 수도 없었고, 그러기엔 이미 늦어버렸어." 레슬리는 손을 들어 내 머리카락을 부드럽게 쓰다듬었다. "미안해."

"미안해하지 마." 나는 목이 메어 숨을 삼켰다. "미안해할 거 없어."

레슬리는 의자 깊숙이 몸을 기대고 앉았다. 기진맥진한 탓에 얼굴이 길어진 것처럼 보였다.

"이제 넌 다 알게 됐구나. 일라이에 대한 내 감정에 대해서도. 내가 어머니와 같은 부류라는 것도." 레슬리는 고개를 돌려 나를 바라보았다. "이제 날 죽일 거니?"

경악한 나는 기침 같은 웃음을 토해냈다.

"언니를 죽여? 무슨 소릴 하는 거야?"

레슬리는 진이 다 빠져서인지 눈빛도 흐려져 있었다.

"어머니처럼 난 일라이가 울게 내버려두고 있어. 데이브가 곁에 없으면…… 난 어쩔 수가 없어. 일라이가 울면 그 소리가 최대한 덜 들리는 방으로 도망쳐서 몇 시간씩 처박혀 있곤 해. 일라이가 혼자 울든 말든 팽개쳐놓고." 레슬리는 눈을 몇 차례 깜박이다가 말을 이었다. "일라이가 또래 다른 아이들에 비해 언어 능력이 부족한 거 아니? 데이브가 그 점을 걱정하고 있어. 그런데 그거, 데이브가 집에 없을 때 내가 일라이에게 아무 말도 해주지 않아서 그렇게 된 거야. 이 얘기, 처음 하는 거야. 난…… 일라이한테 아무 말도 안 해. 뭐라고 말해야 될지도 모르겠어."

"언니, 난 언니를 죽일 생각 없어." 나는 소리 나게 의자를 끌어다가 레슬리 앞에 놓고 앉았다. "언니를 돕고 싶어."

"돕는다고?" 레슬리가 내 표정을 살폈다. "어떻게?"

"언니는 여길 떠나고 싶어 하잖아. 그럼 떠나야지."

"난 못 해." 레슬리의 등 뒤 벽에 걸린 시계가 똑딱였다. 그녀는 몸을 떨며 말했다. "난 여기 머무는 것 말고는 할 수 있는 게 없어. 일을 의뢰했던 클러리는 유치장에 갇혀서 날 돕지도 못해. 난 진짜 멍청한 짓거리를 하고 말았어. 내가 왜 엄마 노릇을 제대로 못 하는지는 나도 몰라……." 레슬리는 코로 숨을 들이마신 뒤 덧붙였다. "다들 하는데, 다들 엄마가 되는 방법을 알아가는데, 시간이 지나면 저절로 알게 된다는데……. 일라이가 세 살쯤 되면 나도 알게 될까. 계속 그 생각을 했어. 나 자신한테도 그렇게 말하면서 마음을 달랬지만 견디기가 힘들

어. 어떻게든 방법을 찾아내지 않으면 결국은 내 아이를, 일라이를 해
치게 될 것 같아. 그래서 클러리에게 일을 맡기려고 했어. 처음엔 권총
을 사려고 전당포에 갔어. 클러리가 무슨 용도로 쓸 거냐고 묻더라. 자
살하는 데 쓰려고 한다는 말은 차마 할 수가 없었어. 내가 과연 자살을
할 수 있을지도 확신이 없었고. 그래도 만일의 경우에 대비해 권총을
갖고 있으려 했던 거야. 클러리는 내 얼굴을 보고 속내를 눈치챘어. 내
가 어떤 종류의 인간인지 알아챈 거지. 내가 얼마나 절박한지도 안 것
같더라. 처음 본 남자가 알아챌 정도면…… 데이브가 알게 돼서 나를
떠나기까지 얼마나 걸릴까? 난 데이브가 나를 버리고 떠나게 만들고
싶지 않아. 그냥 데이브를 위해 조용히 사라지고 싶어. 하지만 일이 이
렇게 되어버렸으니…… 데이브는 날 떠나겠지.”

레슬리의 얼굴에 주름이 잡혔다.

“데이브가 언니를 떠날 일은 없어.”

“떠날 거야. 나라는 인간에 대해 알게 될 테니까. 내…… 감정이 일
반적이지 않다는 걸 알게 될 테니까.” 레슬리는 고개를 들며 물었다.
“일라이에 대한 내 감정을 너라면 뭐라고 설명할래?”

“난 언니를 알아. 누구보다 잘 알아.”

나를 응시하는 레슬리의 두 뺨에 눈물이 말라붙어 있었다.

“어떻게 넌 이런 나를 계속 사랑할 수 있어?”

“언니는 다른 누구보다 나를 잘 아니까.”

“사람들은 날 정신병원에 집어넣을 거야. 우리 어머니처럼. 정신병
원에 처넣고 감시하겠지.”

“요즘 정신병원은 예전 같지 않아. 훨씬 좋아졌어. 어쨌든 중요한
건…….” 나는 레슬리의 손을 꼭 잡았다. “이제 내가 진실을 알게 됐다

는 거야. 내가 원한 건 그것뿐이었어. 대체 뭐가 잘못된 건지 알고 싶었어. 내가 죽었다고 생각한다는 언니가 주차장에서 너무 이상하게 굴기에 그 이유를 알고 싶었다고. 이제 이유를 알게 됐으니 도와줄게." 그리고 그녀와 눈을 맞추며 말했다. "언니 입으로 말해봐."

레슬리는 힘없이 중얼거렸다.

"뭘 말해."

나는 입술을 혀로 핥으며 요구했다.

"'로빈, 나를 도와줄래?'라고 말해."

레슬리는 서로 맞잡은 우리 손을 내려다보았다.

"어떻게 도와?"

나는 미소를 지으며 레슬리의 손을 놓아주었다.

"언니가 세운 계획처럼은 안 해. 그건 너무 엉터리야. 내가 아는 사람이 있어. 집에 강도가 든 척 꾸밀게. 그게 훨씬 더 그럴듯하지. 언니 차는 엄마들이 주로 타고 다니는 3년 된 혼다인데, 누가 그런 차를 털려고 하겠어?"

"집에서 한다고? 그건 안 돼…… 데이브가……."

"언니 집 말고, 이 집. 강도가 침입해서 텔레비전을 비롯해서 값나가는 음반들을 훔친 뒤 언니를 벽에 밀어붙여 기절시키는 거야. 물론 진짜로 그러는 건 아니고. 그럴듯하게 보여야 하니까 세게 후려치긴 할거야. 이웃 사람들은 강도가 언니를 질질 끌고 나가 차에 싣고 어딘가로 가는 모습을 보게 돼. 강도가 언니를 길가에 버리면 내가 언니를 차에 태우고 함께 떠나는 거야. 식은 죽 먹기지. 비용이 4만 달러까지 들지도 않아. 1만 5,000달러면 충분해. 클러리는 언니한테 바가지를 씌우려 했어."

레슬리는 의자에서 일어섰다.

"농담하는 거구나."

"아니야." 나는 등받이에 몸을 기댔다. "내가 지금까지 법을 어기고도 어떻게 매번 걸리지 않고 빠져나왔겠어? 그쪽 방면으로 아는 사람들이 있어서야. 좋은 사람들이지."

"우리, 어디로 가?"

레슬리가 방 안을 서성이기 시작하면서, 어깨에 걸치고 있던 담요가 바닥으로 떨어졌다.

"로스앤젤레스." 나는 참을성 있게 대답했다. "거기까지 같이 간 다음에 언니는 캐나다로 넘어가든지 가고 싶은 곳으로 가."

"가짜 신분증을 만들어줄 수 있어?"

"당연하지. 난 열두 살 때부터 가짜 신분증을 갖고 다녔어. 그런 건일도 아니야."

레슬리는 전에 모텔 방에서 처음 둘이 같이 잘 때 그랬듯이 내 팔을 잡았다. 그때처럼 오늘도 흥분한 눈빛이었다.

"언제 해?"

나 역시 같은 표정으로 대답했다.

"내일. 10시에 이 집으로 와. 데이브한테는 내가 라스베이거스에 있는 집으로 돌아갔다고, 그래서 아버지 집에 있는 내 방을 정리하러 간다고 해."

숨을 훅 들이마시는 레슬리의 두 눈에 눈물이 고였다.

"일라이에게 우리 같은 성장기를 보내게 하고 싶지 않아."

"일라이는 우리처럼 자라지 않을 거야. 데이브는 좋은 아빠고 친척들도 잔뜩 있으니까. 잠시 슬프겠지만, 괜찮겠지. 그리고 우린 다시 함께하는 거야."

레슬리는 가늘고 높은 목소리로 중얼거렸다.

"널 다시 볼 수 있을 거라고 생각 못 했어. 로빈, 나는……."

내가 벌떡 일어나 레슬리에게 한 발 더 다가가는 통에 의자가 뒤로 넘어갈 뻔했다. 레슬리는 내 어깨에 머리를 기댔다. 그녀의 눈물에 내 티셔츠가 젖어 들었다.

"언니랑 나, 우리 둘이서 해보는 거야. 언니는 그냥 나한테 도움을 청하면 되는 거였어. 이제 다 괜찮을 거야."

"너무 고마워서 뭐라고 말해야 할지 모르겠어."

나는 레슬리를 꼭 끌어안았다.

54 _____

레슬리

로빈에게 차를 같이 타고 가겠느냐고 물었다. 로빈은 자기 차가 있으니 괜찮다고 했다. 렌터카를 타고 온 듯했다. 집 밖으로 나가봤지만 진입로에 세워진 차는 내 차뿐이었다. 길 양옆에 자동차 10여 대가 줄지어 서 있었는데 어떤 게 로빈의 차인지는 알 수 없었다.

금요일이라 원래 출근을 해야 했지만 전화로 또 병가를 냈다. 차의 자동 주행 모드를 켜고 집으로 향했다. 옆에 놓인 핸드백에는 5만 달러가 담긴 봉투와 선불 전화기가 들어 있었다.

헨더슨에서 본 시신의 얼굴을 떠올려보았다. 침대에 누운 그녀의 몸은 그야말로 지독하게 말라 있었다. 벌린 입 아래로 칼처럼 뾰족한 턱이 붙어 있었다. 사람이 그 정도로 마르면 골격에 피부가 딱 붙어서, 생전의 모습을 찾아보기 어려워진다. 그 시신의 모습은 내가 예상했던 로빈의 모습이었다. 마지막으로 봤을 때 로빈은 어린애였다. 그 후 로빈은 부재중 전화와 채무자, 그리고 술에 취해 남긴 음성 메시지라는 형태로 오래도록 추하고 지긋지긋하게 내 마음을 괴롭혔다. 나는 로빈이 죽기를 바랐다. 진심으로.

헨더슨의 그 집으로 들어가기 전부터, 나는 로빈이 침대에 누워 있던 그 시신과 같은 모습일 거라고 예상했었다. 뼈와 기억만 남긴 채 오래전에 세상을 떠나버린 모습일 거라고.

지금의 메리처럼 상냥하고 솔직한 여자가 됐으리라고는 상상도 하지 못했다. 로빈은 어둠 속에서 내 손을 잡아줄 사람으로 자라났다.

집 앞 진입로에 차를 대고 몇 분 동안 멍하니 앉아 있었다. 그러다 시동을 끄고 집으로 들어가 위층으로 올라갔다. 메리가 머물렀던 손님 방으로.

방은 어젯밤과 마찬가지로 지저분했다. 내 기억으로는, 예전 리비에라의 집에서 살았을 당시 로빈의 방도 이랬다. 로빈이 어제 입었던 노란 원피스는 고무로 된 윗부분이 잔뜩 구겨진 채 바닥에 내던져져 있었다. 침대 시트는 매트리스 끄트머리에서 뭉쳐 있었고, 베개에는 마스카라 자국이 죽죽 나 있었다. 침대 옆 탁자 위에 가느다란 담배꽁초가 떨어져 있었다.

로빈의 방에 손을 대보는 건 처음이었지만, 방을 이 꼴로 해놓고 나가버린 로빈에게 별안간 화가 치밀었다. 다른 누군가가 자기 뒤를 따라다니며 청소해줄 거라고 여기면서 이랬을 것이다. 아버지가 내게 기대했던 역할도 바로 그런 것이었다…….

침대 시트를 확 잡아당겨 접은 뒤 일라이의 방 앞에 있는 빨래 바구니에 집어넣었다. 지저분해진 베갯잇을 벗기고, 담배꽁초를 쓰레기통에 집어넣었다. 여기저기 널린 옷가지들을 모아 들고, 구겨진 노란 원피스를 신중하게 갰다. 정리를 할 때마다 담배꽁초가 딸려 나왔다. 외투 옷장 바닥과 침대 밑 같은 엉뚱한 곳에도 담배꽁초가 있었다. 나는 그걸 전부 손으로 쓸어 모아 휴지통에 넣었다. 욕실 바닥에 떨어진 젖은 수건도 집어 수건걸이에 걸었다. 세면대 위에는 로빈의 화장용품이 널려 있었다. 눈 화장용 브러시와 펜슬을 모아 세면대 밑에 있던 여행용 화장품 가방에 집어넣었다. 헤어 아이론은 몸통에 전선을 둘둘 감아 서랍에 집어넣었다. 샤워 밤이 하나도 없기에 찾아보니 로빈의 더플 백에 들어 있었다. 나는 샤워 밤을 그대로 두고 가방 안을 살펴보았다. 무언가, 증거가 될 만한 물건이 있을까 해서였다.

어떻게 로빈인 걸 못 알아봤을까? 왜 난 믿고 싶지 않았던 걸까?

더플 백에는 로빈이 어제 저녁에 신었던 낡은 하이힐이 들어 있었다. 안쪽 그물망 주머니에 가짜 진주를 길게 엮은 목걸이가 담겨 있었다. 가방 바닥에는 분홍색 크리스털과 기도용 양초가 있었는데, 초 안쪽을 채운 것은 밀랍이 아닌 5달러와 10달러 지폐였다. 돈을 꺼내 세어보았다. 총 240달러. 지폐를 원래대로 돌돌 말아 양초 안에 집어넣은 뒤 초를 가방 안쪽 가장자리에 도로 놔두었다.

더플 백 측면의 불룩하게 주름 잡힌 부분이 손에 닿았다. 조심스럽게 안감 안으로 손가락을 넣어 그 안에 있는 종이 쪼가리를 찢지 않고 무사히 꺼냈다. 심장이 벌렁거렸다. 로빈이 숨겨둔 물건이니, 그 애가 감추고 싶어 하는 비밀일지도 몰랐다.

종이를 무릎에 올리고 손으로 눌러 폈다. 영수증이었다. 주유소 영수증. 자세히 보니 주유소 매점에서 스피릿 담배 두 갑을 산 영수증이었다. 이 동네 외곽에서 현금으로 담배를 산 모양이었다.

구겨진 영수증을 한참 들여다보다가 무릎에 올려놓았다. 거기에 머리를 대고 웅크려 앉았다. 영수증을 가방에 넣어두고 잊어버리는 건 지극히 평범하고, 누구나 할 법한 행동이었다. 로빈은 모텔 욕실에 비치해둔 샴푸를 훔치듯 내 샤워 밤을 훔쳐 제 가방에 넣었다. 욕실 바닥에 젖은 수건을 내팽개쳐둔 것도 예전에 늘 하던 행동이었다.

그날 오후를 다시 떠올려보았다. 어린 시절 우리가 함께 파티오에 나가 있었던 날.

'어머니가 왜 아직도 그걸 못 하는지 이해가 안 돼.'

'전에 눈이 왔을 때 기억나, 언니?'

그날 나는 언제 집 안으로 들어갔을까? 로빈이 한 짓의 결과물을 언제 발견했을까?

나중에 봤을 때 그곳의 흔적은 말끔히 치워져 있었다. 수년 동안 어머니의 얼굴을 기억해보려고 할 때마다 사진 속 이미지만 머릿속에 떠올랐다. 그동안 나는 어쩌면 일부러 잊고 있었는지도 몰랐다. 로빈이 어떤 사람인지, 로빈의 대역처럼 사는 게 어떤 기분인지 잊고 있었듯이.

숨을 들이마시며 일어나 앉았다. 침대로 가서 개켜놓은 로빈의 옷과 여행용 화장품 가방을 챙겨 더플 백 안의 신발과 목걸이 옆에 조심스럽게 넣어두었다. 가방의 지퍼를 잠근 뒤 어깨 너머를 돌아보았다.

방 안은 로빈이 여기 머물렀던 적도 없는 것처럼 말끔해져 있었다.

옛 가족과 함께 떠나기 전, 새 가족과 함께 보내는 마지막 밤이었다. 노란 장갑을 끼고 집을 꼼꼼히 청소한 뒤 식료품점에 가서 닭 한 마리와 당근 몇 개, 알이 작은 양파 한 봉지, 크레미니 버섯 한 봉지, 그리고 알데레테 부인의 집 수영장 바닥에 가라앉은 와인을 대신할 와인 한 병을 샀다. 데이브가 일라이의 유아용 카시트를 들고 집으로 들어왔을 때, 나는 가스레인지 앞에 있었다.

"냄새 좋다. 배고파 죽겠어. 지금 뭐 좀 먹을 수 있어?"

"아니." 나는 팬에 양파와 마늘을 집어넣었다. "이제 막 시작했어."

데이브는 일라이와 유아용 카시트를 바닥에 내려놓고 내게 다가와 입을 맞췄다. 나는 그의 입술에 대고 미소를 지었다.

"오늘 좋아 보여." 그는 내 머리카락을 귀 뒤로 넘겨주었다. "행복해 보이네."

"행복해. 당신이 내 아기를 데리고 와줬잖아."

기분 좋은 날 내가 할 법한 대사였다. 나는 유아용 카시트 옆에 무릎을 굽히고 앉아 나지막하게 말했다.

"일라이 왔구나!"

일라이는 다리를 버둥거리며 내 목소리의 열네 배쯤 되는 큰 소리로 악을 썼다.

"그래, 알았어." 나는 일라이의 두 발을 잡고 허공에서 자전거 타는 시늉을 해주었다. "우리 아들 튼튼하네."

데이브가 뒤에서 두 팔로 나를 안았다.

"필라테스를 너무 어린 나이에 시작하는 거 아닌지 몰라." 그는 이렇게 말하며 내 어깨를 살짝 깨물었다. "사랑해."

나는 데이브에게 등을 기대고 그의 체취를 들이마셨다.

잠시 후 그가 말했다.

"마늘이 타기 시작한 것 같은데." 일라이가 알아들을 수 없는 소리로 몇 음절을 연달아 내뱉자 데이브가 맞장구를 쳐주었다. "그러게. 일라이도 냄새를 맡았나 봐."

나는 허리를 펴고 일어섰다.

"배고프면 카운터 위에 바게트 있으니까 잘라 먹어. 버터도 꺼내놨어."

"덕분에 살았네. 샐러드 만드는 거 도와줄까?"

"샐러드는 당연히 당신이 만들어야지."

"좋아, 그러면 그대를 위해 다시 솜씨를 발휘해볼게."

그는 서랍으로 걸어가 빵 칼을 꺼냈다.

나는 포장지에서 바게트를 꺼내는 그에게 말했다.

"하고 싶은 얘기 있으면 해."

"음, 오늘 일레인과 이야기를 했어." 그는 바게트 끄트머리를 칼로 잘라 버터도 바르지 않은 채 입에 넣고 씹었다. 구석 자리에서 일라이가 무어라 옹알대자 데이브는 서둘러 일라이의 유아용 카시트 끈을 풀어주었다. "너도 배고프지, 꼬마 경매인?"

일라이가 "꺄악" 하고 소리쳤다.

"글쎄, 넌 엄마가 만드는 요리를 먹을 수 없을걸. 와인이 반 병 이상 들어가는 스튜 같거든."

"아까 당근이랑 닭고기를 약간 잘라서 육수 넣고 끓여뒀어. 냉장고 안에 있을 거야."

데이브가 눈썹을 치켜세웠다.

"미리 다 생각해뒀구나."

그는 일라이를 식탁 의자에 앉힌 뒤 냉장고 앞으로 갔다.

"아까 일레인 얘기를 하고 있었잖아."

"아, 맞다." 내 옆을 지나간 데이브는 냉장고에서 이유식을 꺼내 전자레인지에 넣었다. "일레인이 다시 데이트를 해볼 생각인가 봐." 그는 전자레인지의 숫자가 줄어드는 것을 지켜보다가 문을 열어 온도를 확인했다. 그리고 서랍에서 플라스틱으로 된 오렌지색 아기 스푼을 꺼냈다. 데이브가 이유식을 스푼으로 젓는 동안 일라이는 마치 등대처럼 그 모습을 집중해 바라보았다. 데이브는 식탁 앞에 앉아 말을 이었다. "진정해, 일라이. 식탁 앞에서 소리 지르는 거 아니야. 일레인이 최근에 전남편이랑 다시 연락을 주고받고 있어."

"전남편이랑 데이트를 한다고?"

나는 와인 병이 깨지지 않도록 조심하면서 주둥이에서 코르크 마개를 뽑아냈다.

"생각 중인 것 같아. 그는 브로디와 태너의 아빠기도 하니까, 가족이 다시 함께 사는 꿈을 포기하고 싶지 않겠지."

"일레인이 임신 중일 때 떠난 남자잖아."

"맞아. 외모가 일레인 반도 못 따라가는 여자와 바람이 나서. 어쨌든 다시 만나게 되면 비밀번호도 공유하기로 했대. 그는 일레인의 인터넷 계정을 곧바로 싹 다 훑어보고는 나를 사이언톨로지 신도들이 말하는 소위 '방해자'로 규정하면서 일레인더러 나와 친구 관계를 끊으라고 했다는 거야."

"그 사람 사이언톨로지 신도는 아니지 않아?"

일라이는 볼을 한껏 부풀렸다가 당근 섞인 침을 조금씩 턱으로 흘리기 시작했다. 데이브가 웃으며 침을 닦아주었다.

"너 이 녀석, 아빠나 엄마가 음식을 먹으면서 재미 삼아 음식 흘리는 거 본 적 있어? 없지? 그건 예의 없는 행동이란 말이야."

"바아 가아."

일라이가 옹알거렸다.

"현 시스템에 문제를 제기하겠다 이거구나." 데이브는 입술을 오므리며 일라이에게 말했다. "이제 보니 넌 방해자에게 양육된 아이인 것 같아. 네 양육자는 사이언톨로지 신도도 아니니 형편없는 놈이 분명하겠지. 어이쿠. 그런 말 귀담아듣지 마, 일라이. 남을 통제하는 게 자기 역할이라고 생각하는 불안정한 족제비 놈이 하는 말일 뿐이니까." 그는 나를 돌아보며 말을 이었다. "그는 일레인더러 다시는 나와 말을 섞지 말라고 했대. 내가 일레인을 조종해서 자기를 무시하게 만들었다고 믿는 모양이야. 내가 일레인을 남몰래 사랑하고 있어서 자기한테서 일레인을 훔치려 하는 거라고 말했다는 거야."

나는 가스레인지 앞에서 물었다.

"당신이 일레인과 함께할 수도 있으려나?"

데이브는 일라이의 입에 스푼을 넣다 말고 인상을 쓰며 대답했다. "글쎄, 앞날은 아무도 모르는 거니까." 그는 나를 보며 한쪽 눈썹을 치켜세우더니 이어서 말했다. "어쨌든 일레인은 그에게 참여해볼 만한 재미난 활동이 있으니 그 활동을 하면서 정신 좀 차리라고 했나 봐. 그에게 마지막 기회를 준 거지. 일레인은 확실히 앞으로 나아가고 있어."

"사랑해."

그가 고개를 들어 나를 바라보며 미소 지었다.

"고마워, 자기야. 일라이도 엄마를 사랑해요. 봐봐."

일라이는 온통 오렌지색이 된 얼굴로 데이브에게 웃어 보였다.

"우리 둘, 사진 한 장 찍어줘. 일라이가 좀 더 크면 보여주게."

내 제안에 그는 표정이 확 밝아지더니 휴대전화를 꺼내 들었다.

"그래! 잠깐만. 이쪽으로 와서 일라이 옆에 앉아."

나는 스푼을 냄비에 넣고 식탁 쪽으로 걸어가 일라이의 의자 옆에 웅크리고 앉았다. 일라이는 나를 휙 돌아보더니 오렌지빛이 된 손으로 내 뺨을 찰싹 때렸다. 나는 놀라 소리쳤다.

데이브는 전화기 화면을 들여다보며 말했다.

"좋았어. 다행히 방금 그걸 포착했어. 이리 와봐."

그는 키스를 하려는 듯 내 쪽으로 몸을 기울이더니 내 뺨에 묻은 당근 조각을 핥아먹었다.

"어휴."

그는 내 입술에 입을 맞췄다. 나는 그의 당근 맛 키스를 받아들였다.

"오늘 또 무슨 일 있었어?"

나는 가스레인지로 돌아가며 물었다. 소스가 졸아들고 있었다. 이제 뚜껑을 덮으면 된다. 오븐 온도를 확인했다.

데이브는 생각에 잠긴 표정으로 말했다.

"위험 분석 프로젝트를 마치고…… 프로젝트를 마친 기념으로 내가 짧게 연설을 했지. 아, 세라가 곤란하게 됐어."

"뭐 때문에?"

"뭐 때문일까? 복장 규정 때문이지, 뭐. 조애나가 그 부서의 모든 여자들에게 기본적으로 적용되는 복장 규정을 몇 달 동안 누누이 말했거든. 그런데 오늘 세라가 금요일이니까 괜찮을 줄 알았는지 구멍이 숭숭 뚫린 청바지를 입고 출근한 거야. 문제는 구멍이 허벅지까지 뚫려 있었다는 거지. 이번이 세 번째로 공식 문책을 받은 거라서 인사과에 보고가 올라가게 됐어. 나도 허벅지까지 구멍이 뚫린 청바지를 입고 출근하면 그렇게 될까?"

"당신이 어떤 사각팬티를 입는지 사람들이 알게 되겠지. 바지 안에 꼭 끼는 흰 팬티를 입으면 공식 문책을 받을 수도 있지 않을까?"

데이브는 웃음을 터뜨렸다.

"내가 꼭 끼는 흰 팬티를 입어도 날 사랑해줄래?"

"난 당신이 뭘 입어도 사랑해."

"좋아, 아들. 다 됐다." 데이브가 일라이의 입과 두 손을 닦아주며 말했다. "이제 엄마한테 안녕히 주무시라고 인사해. 씻으러 가자. 저녁 식사 전에 목욕시킬 시간은 되려나?"

"내가 목욕시킬게."

"당신이?"

"응." 카운터에서 물러나 데이브에게서 일라이를 받아 들었다. "저녁으로 먹을 요리가 오븐 안에서 폭발하지 않게 지켜보기나 해. 40분 안에 완성될 거야. 내가 타이머 맞춰놨어."

"우와. 오늘은 복받은 금요일이네. 그런데 정말 요리가 폭발할 수도 있어?"

일라이를 안고 위층으로 올라가는 내 등 뒤에 대고 데이브가 물었다.

손님방은 계단 맨 위 칸 바로 옆에 있었다. 문이 열려 있어서 안을 들여다봤는데, 더플 백이 보이지 않았다. 로빈이 어느 틈에 다시 들른 모양이었다. 내가 가스레인지 앞에 있을 때였는지 아니면 저녁 식사를 차리고 있을 때였는지 모르겠지만, 발소리도 들리지 않은 걸 보면 맨발로 조용히 위층에 올라가 짐을 챙겨 나간 듯했다.

품에 안긴 일라이가 버둥거렸다. 기저귀가 젖어 있었다. 나는 서둘러 욕실로 가 물을 틀고 옷을 벗긴 뒤 일라이를 욕조에 넣어주었다. 일라이는 손을 휘저어 내 쪽으로 물을 두 번 튕겼다.

무력하고 조그마한 일라이를 씻기는 일이 싫었지만, 힘들지는 않았다. 언제쯤이면 일라이가 혼자 씻을 수 있게 될까? 어머니가 나를 씻겨주었던 기억은 내 머릿속에 없었다. 어쩌면 지금의 나처럼, 어머니도 싫은 걸 억지로 참고 나를 씻겨주었을 때가 있었을지 모른다.

데이브와 아기를 가지려고 애쓰기 시작하던 시절에 내가 느꼈던 기분을 나는 아직도 기억했다. 딱히 어떤 결단을 내렸던 건 아니다. 데이브는 언제나 대가족을 꿈꿨고, 나는 그가 원하는 것이라면 전부 들어주고 싶었다. 임신은 데이브를 내게 묶어둘 수 있는 방법이기도 했다. 시댁이 근처에 있어서, 우리는 집을 사기 전에 시댁에서 꽤 오랜 시간을 보냈다. 그 무렵 데이브는 내 남편으로 지내는 시간만큼, 시댁에서 아들로서 시간을 보내야 했다.

내가 임신할 준비가 되었다고 말하자 모든 게 달라졌다. 섹스는 아름다울 정도로 진지한 행위가 되었다. 그는 나를 자기 몸에 올라타게 했고, 완전히 새로운 상대를 대하는 것처럼 입을 벌린 채 나를 바라보았다.

임신하기까지 거의 4개월이 걸렸다. 나는 매달 임신 테스트를 했는데, 4개월째 됐을 때는 너무 흥분해서 아침까지 기다릴 수가 없었다. 한밤중에 일어나 욕실로 가서 테스트를 한 뒤 살그머니 침대로 돌아와 데이브에게 드디어 됐다고 속삭였다. 데이브는 울먹거리기 시작했고, 나는 그런 그의 얼굴을 보려고 침대 옆 스탠드로 손을 뻗었다.

눈을 깜박이며 현실로 돌아왔다. 일라이의 입에서 흘러내린 침 거품이 수면에 둥둥 떠다녔다. 일라이는 통통한 손가락으로 거품을 찔렀다.

"그건 거품이야."

내가 대화를 시도해봤지만 일라이는 반응하지 않았다.

나는 일라이가 버둥거리다 수도꼭지에 부딪히지 않도록 머리를 잡아주었다. 손바닥에 닿은 일라이의 머리는 부드럽고 따뜻했다.

일라이가 나를 올려다보았다. 데이브의 눈처럼 초롱초롱하고 짙은 색을 띤 눈동자였다. 일라이의 표정이 무엇을 뜻하는지 알 수 없었다.

나중에 일라이가 나를 기억하기는 할까?

임신한 동안에는 정말이지 괴롭고, 모든 게 싫었다. 아기는 내 온몸에 영향을 끼쳐 컨디션을 극도로 망쳐놓았다. 코와 볼에 뾰루지가 돋았고 엉덩이와 허벅지에는 살이 붙었다. 늘 길고 날씬했던 다리는 묵직해져 굼떠 보였다. 뭘 먹어도 속이 부대껴서 구토 방지제를 먹어야 했는데, 부작용으로 입술이 바짝 말라 각질이 일고 잠도 제대로 잘 수 없었다. 나는 누워서도 입가의 각질을 잡아 뜯으며 괴로워했지만, 데이브가 깰까 봐 몸을 편히 움직이지 못했다. 잠에서 깬 데이브에게 죽은 사람 같은 몰골로 잔뜩 성질이 난 모습을 보여주고는 싶지 않았다.

석 달을 그렇게 살다가 어느 날 거울을 보니, 밤사이 눈의 혈관이 터져 흰자위가 무서울 정도로 벌겋게 변해 있었다. 동시에 허벅지가 뜨끈해졌다. 속옷이 진한 자줏빛 피로 물들어 있었다. 유산이었다.

데이브는 임신을 위해 다시 열심히 노력했다. 나는 한번 경험한 뒤로, 임신을 하면 내 몸이 예전과 완전히 달라진다는 걸 알게 되었다. 내 몸은 아기를 담기 위한 일종의 그릇이었다. 임신 관련 책자에서도 나 같은 임신부를 '그릇'이라고 불렀다. 물론 긍정적인 의미일 테지만 내 입장에선 임신부의 수동성을 비하하는 표현처럼 들렸다.

임신을 하면 나는 더 이상 내가 아니었다. 그런 말을 하면 데이브는 분명 부정했을 것이다. 임신을 위해 노력했던 그 숱한 밤에 그가 나를 어떤 눈으로 바라봤는지, 아마 그는 기억조차 못 할 터였다. 침대 위에서 그는 아버지가 되기 위한 길을 나아가고 있었고, 나는 그 길 위에 놓인 존재에 불과했다.

욕조에서 일라이를 들어 올려 수건으로 감쌌다. 수건으로 머리카락을 문질러 물기를 닦아주는데, 일라이가 몸을 이리저리 비틀면서 저항했다. 그러다 어제 데이브가 가져온 바나나 모양의 노란색 새 칫솔로 이를 닦아주려 하자 악을 써댔다. 내가 양치물을 뱉으라고 말했지만 일라이는 삼켜버렸다.

나는 한숨을 쉬었고, 일라이는 울음을 터뜨렸다.

일라이를 달래려고 입을 여는 순간 오른쪽 턱에 찌르는 듯한 통증을 느꼈다. 애를 씻기면서 나도 모르게 이를 갈고 있었던 모양이다.

일라이는 아예 통곡을 하고 있었다.

일라이를 들어 올려 가슴에 안았다. 둘만 있을 때 내가 거의 하지 않는 행동이었다. 나는 일라이를 아기방으로 데려갔다. 방 한쪽 구석에 흔들의자가 놓여 있었다. 일라이가 더 어렸을 때 품에 안고 있느라 썼던 의자인데, 요즘도 분유를 먹일 때 사용하고 있었다. 나는 흔들의자에 앉아 몸을 뒤로 젖혔다.

다시 임신을 하기까지 6개월이 걸렸다. 의사에게서 임신을 축하한다는 말을 들었을 때, 나는 억지로 미소를 지어 보이며 생각했다. 9개월만 견디면 돼. 9개월만 견디면 뭐든 할 수 있어.

일라이가 내 몸 안에서 움직이기 시작할 때까지도, 나는 배 속에 품은 일라이를 사람으로 생각하지 않았다. 언젠가 때가 되면 이 아이를 사랑하게 될 거라고, 그저 막연히 믿었을 뿐이다. 하지만 그런 날은 오지 않았다. 나는 출산일을 기다렸다. 출산을 하고 아기와 만나는 첫 5분 동안 엄마 몸에서 모성애 호르몬이 분비된다는 글을 어디서 읽은 적이 있었다.

마리아에게 임신 기간 동안 기분이 좋았느냐고 물어본 적이 있었다. 마리아는 임신으로 자신이 강해진 느낌이었다고, 요아킴이 배 속 아기에게 노래를 불러줄 때면 감격해서 울곤 했다고 말했다.

사람들은 출산하면서 가장 힘들었던 순간을 기억 못 한다고들 하는데, 나는 모든 걸 기억했다. 의사는 일라이의 어깨가 좀 더 수월하게 빠져나올 수 있도록 내 회음부를 절개했다. 데이브는 비명을 지르는 나를 잡아 눌렀다. 의사는 "더 심하게 파열되지 않도록 약간 절개를 해주는 것뿐입니다"라고 말했다. 일라이가 몸 밖으로 나오자 그들은 일라이를 씻기기 위해 데려갔다. 나는 숨을 헐떡이며 늘어졌다. 태반이 빠져나올 때까지 간호사가 내 배를 주무르는 동안 데이브의 두 손은 여전히 나를 단단히 잡고 있었다. 마치 내 몸에서 무언가가 뿌리째 뽑혀나간 기분이었다.

얼마 후 그들은 일라이를 다시 내게 데려왔다. 나는 의식이 반쯤 나가 있었다. 눈앞에 시커먼 점들이 떠 있었다. 모성애 호르몬이 나오기를 기다리며 정신을 차리기 위해 안간힘을 썼다. 하지만 아무리 기다려도 기분은 달라지지 않았다. 나는 내 몸에서 빠져나온 아이를 멍하니 안았고, 데이브는 감격에 겨워 눈물을 흘렸다. 나는 우리가 이제 완전히 다른 길을 가게 됐음을 직감했다. 데이브는 아버지가 되었지만 나는 그대로였다. 우리는 예전으로 돌아갈 수 없었다.

남몰래 품어온 바람이 있었다. 내가 일라이를 바라보며 모성애를 느끼게 되면, 데이브와 다시 전처럼 끈끈한 사이로 돌아갈 수 있으리라는 바람이었다. 그러면 내가 임신을 위한 그릇이었을 때 내 안으로 무지막지하게 밀고 들어오던 데이브에 대한 기억도 잊고, 그에게 아무 거리낌 없이 다시 마음을 열 수 있을 것만 같았다.

그렇게 우리 둘의 사이는 끝나버렸지만, 그때로 다시 돌아간다 해도 나는 결정을 바꾸지 않을 것이다. 나는 데이브에게 원하는 모든 것을 주겠다고 말했었다. 그를 위해서라면 기꺼이 몸을 결박당한 채 내 몸에서 잡초를 뽑아 가도록 할 수 있었다.

그런 게 바로 사랑 아닌가?

"타이머가 울렸어!"

아래층에서 데이브가 소리쳤다.

잠시 후 그는 계단을 올라와 아까 했던 말을 되풀이했다.

"타이머가 울렸어."

"알아. 오븐에서 꺼내줘. 우린 지금 포옹하고 있는 중이야."

"한 사람은 포옹을 하고 한 사람은 악을 쓰는 것 같은데. 내가 대신 안아줄까?"

"오늘 저녁엔 내가 할게."

나는 얼굴이 빨개지도록 흐느끼는 일라이를 계속 품에 안고 있었다.

데이브는 고개를 갸웃하며 아래층으로 내려갔다.

일라이는 그 후 20분을 더 울다가 진이 빠져 잠이 들었다. 나는 턱의 긴장을 푸느라 입을 몇 번 벌렸다가 닫은 뒤 소리 내어 말했다. "사랑해." 누구를 위한 거짓말일까. 일라이는 기억도 못 할 것이고, 데이브는 곁에 없었다. 그래도 나는 한 번 더 말했다. "사랑해."

일라이를 침대에 눕히고 내려다보았다. 허무한 기분이 밀려들어 두려웠다. 다시 어린 시절로 돌아간 것 같았다. 자아의 바다에 빠져 나아갈 길을 찾을 수 없었다.

그래도 무감각한 상태가 전보다는 덜해진 듯했다. 일라이를 낳은 이후 처음이었다. 일라이를 보면서 어떤 감정을 느꼈다. 일라이에 대한 감정이라기보다는 어머니에 대한 감정일 것이다. 나는 어머니와 다르다고 로빈에게 말했고, 스스로 그 말을 믿었다. 하지만 어머니의 정신은, 로빈이 어머니를 욕조 물 아래로 찍어 누르기 한참 전에 이미 죽어 있었다. 그렇기에 물 밑으로 가라앉던 어머니의 심정이 어땠는지 나는 짐작할 수 있었다.

아마 안도감이었을 것이다.

저녁 식사를 마친 뒤 침대에 누워 몸을 쭉 뻗으며 말했다.

"케이던스에 대해 얘기해줘. 어떤 사람이야?"

데이브가 옆으로 돌아누웠다.

"일요일에 보러 갈 거잖아. 직접 물어봐."

내가 어깨를 으쓱하자, 그는 말했다.

"좋은 사람이야. 내가 알기로는 지난주와 달라진 건 없어. 유니버설 오디오의 면접 결과가 나오길 아직도 기다리고 있어."

"마리아와 요아킴 커플은?"

그가 인상을 썼다.

"새삼스럽게 뭐야?"

"그냥. 이번 주 내내 당신 가족에 대해 이야기한 적이 없잖아."

"우리 가족은 다 잘 지내." 그는 내 눈썹에 입을 맞췄다. "영화 볼래?"

밤새 머릿속에 떠오르는 대로 그에게 온갖 시시콜콜한 질문을 하고 싶었다. 이제 다시는 못 보게 될 테니까.

"당신이 골라."

나는 세수를 하러 욕실로 들어갔다.

침실로 돌아오니 〈나의 사촌 비니〉라는 영화가 시작되고 있었다. 데이브는 침대 아래쪽에 놓인 장식용 담요에 발을 올린 채 눈을 감고 누워 있었다. 나는 그의 발밑에 깔린 담요를 빼내 몸에 둘렀다. 담요의 질감이 꼭 식탁에 까는 매트 같았다. 나는 그의 몸에 올라타, 마치 작은 고치를 만들 듯이 우리 머리 위로 담요를 덮었다.

그는 눈을 껌벅이며 내게 초점을 맞췄다.

"우리가 왜 담요 속에 있지?"

"이렇게 하면 따뜻하니까."

"담요 바깥도 따뜻한데."

나는 미소를 지었다.

"난 추워."

"음, 영화나 보자."

그는 살짝 짜증이 난 것 같았다.

"조금 이따가. 당신은 거의 잠들어 있었잖아."

"오늘은 내가 저녁도 안 만들고 애를 재우지도 않았지만 그래도 힘들어서 쉬고 있었어. 당신 요리, 정말 맛있더라."

"어머니한테 배운 방법대로 한 거야."

나는 그의 어깨에 머리를 기댔다.

그가 조심스럽게 물었다.

"내가 먼저 말을 꺼내지 않았는데, 당신이 장모님 얘기를 한 건 이번이 처음이야."

"로빈 때문에 어머니 생각이 났어."

"처제는 오늘 저녁에 집에 있지도 않았잖아. 변호사 만나서 볼일은 다 봤어? 처제는 아직 안 들어온 거야?"

"로빈은 라스베이거스로 돌아갔어. 아마 다시는 걔한테 연락 올 일 없을 거야."

데이브는 두 팔로 나를 안아주었다. 그러는 동안 담요가 살짝 흘러내려 빛이 새어 들었다.

"처제가 우리 집에 온 게 그리 나쁜 일만은 아니었던 것 같아. 처제가 당신한테 좋은 영향을 준 거 같은데."

"애초에 로빈 탓이 아니었어. 난 로빈하고 사이가 멀어진 게 그 애가 잘못 처신했기 때문이라고 늘 생각했거든. 그런데 내 잘못이었던 것 같아. 내가 걔한테 좋은 가족이 되어주질 못했어. 내가 너무 가혹했어."

"당신은 좋은 가족이야." 데이브는 나를 자기 쪽으로 더 꽉 끌어안았다. "내가 직접 겪어봐서 잘 알아."

나는 그의 얼굴에 대고 숨을 내쉬었다.

"자, 이제 영화 보자. 이 불편한 담요를 같이 덮어쓴 채로 보자고. 이 담요는 대체 왜 산 거야?"

"우리 방에 잘 어울리니까."

그에게 한 마지막 말이 이거였나?

30분도 채 지나지 않아 데이브는 잠이 들었다. 그를 깨워 이야기를 더 나눌까도 생각했다. 하지만 어차피 끝날 사이인데 무슨 말을 더 해야 할까?

휴대전화를 집어 들고 로빈에게 문자메시지를 보냈다.

내일 진행할 일 준비는 다 됐어?

로빈은 바로 답장했다.

언니만 준비되면 돼. 오전 10시까지 필요한 물건 챙겨서 와. 같이 짐 상자를 차에 싣자^^

나도 답했다.

난 준비됐어.

휴대전화 화면을 끄고 데이브의 가슴에 안겨 몸을 웅크렸다. 그의 심장 소리가 내 심장 소리만큼이나 크게 들렸다.

55 _____

로빈

그날 아침 언니와 헤어져 곧장 은행으로 향했다. 은행은 도시 동부에 위치해 있었는데, 그 일대에서 5만 달러나 되는 현금을 보유할 정도로 규모가 큰 지점은 그곳이 유일했다. 나는 만기일이 거의 다 되어가는 여권과 내 진짜 신분증을 내밀었다. 내가 기존의 고객이 아니었으므로 그들은 언니를 상대할 때보다 훨씬 더 오래 나를 은행에 붙들어두었다. 직원 세 명과 팀장 한 명이 들러붙어서 당좌 예금계좌를 개설해라, 돈을 저축해라, 이 은행의 투자 고문을 연결해줄 테니 자문을 통해 투자해라 등등 온갖 말로 나를 설득하려 들었다. 하지만 나는 계속 미소만 지을 뿐이었고, 결국 포기한 그들은 흰 봉투에 현찰을 두둑하게 담아 내게 가져왔다.

차로 돌아가 밀봉 테이프를 뜯고 봉투를 뒤집어 내용물을 쏟았다. 지폐 다섯 묶음이 무릎으로 떨어졌다. 전부 모아 손에 들었다. 두 손 가득 쥐기에는 부족한 양이었다. 생각만큼 많은 돈은 아니었다. 이걸로 로스앤젤레스에서 얼마나 버틸 수 있을까?

휴대전화가 윙 소리를 내며 진동했다. 낸시에게서 온 문자메시지였다.

전에는 아무 생각 없이 낸시를 두고 떠났다. 그때는 낸시가 나에 대해 자기 가족에게 말을 해야 할지, 일이 잘못되더라도 우리가 앨버커키에서 계속 살 수 있을지 등을 고민하며 나를 자기 미래에 욱여넣으려 드는 게 싫었다. 얼마 뒤 나는 텍사스에 가족이 있는, 트럭을 모는 남자를 만났다. '넌 이제 날 못 봐. 나는 이미 여길 절반쯤 벗어났는데, 넌 그것도 모르고 있잖아'라고 나는 생각했다. 10년 전 늦봄의 그날 밤, 창문 너머로 발을 내딛으며 나는 모든 게 생각대로 되어간다고 여겼다. 목이 긴 운동화, 아이팟, 별 모양의 선글라스 등 내게 중요한 의미가 있는 물건들은 전부 청록색 배낭에 챙겨 넣었다. 남자는 길가에 트럭을 대고 나를 기다리며 손가락에 묻은 치즈를 대충 옷에 문질러 닦았다. 그의 트럭에서 위너슈니첼(핫도그 프랜차이즈) 드라이브 스루 냄새가 났다. 나는 내 방 창문 밖으로 나오면서 생각했다. 나는 자유다, 자유다, 달도 먹어치울 수 있다! 트럭에 타서는 개처럼 차창 밖으로 머리를 내놓고 앉아, 남자의 기름진 손가락을 내 손가락으로 꽉 붙잡았다. 그 남자의 몸은 물론이고 내 몸이 감당할 수 없을 만큼 거대한 나의 미래를, 그에게서 점점 멀어지는 나의 미래를 그가 느낄 수 있다는 듯이. 미래의 나는 찬란하게 빛나고 있었고, 그 옆에서 낸시의 존재는 희미해졌다.

생각해보니, 그때 내가 가출을 자유라고 착각했듯 언니도 그런 것 같았다. 어린 시절 언니는 나를 자기의 완벽한 친구로 만들었다. 내 인

격마저 자기 틀에 맞추어 빚어놓았다. 한마디로 우리는 제로섬 관계였다. 넌 똑똑하고 난 매력적인 관계, 넌 머리를 자르고 난 머리를 기르는 관계, 네가 장군이면 난 네 부관인 관계. 그토록 붙어 지내던 언니가 어느 날 돌변해 나를 밀쳐냈을 때, 나는 반쪽짜리 인간일 수밖에 없었다. 아버지가 한 짓과 똑같았다. 아버지는 자식에 대한 꿈을 꾸었고 상상 속에서 자신의 성을 붙이면서 우리의 모습을 구체화했다. 그러다 막상 우리가 태어나자, 자신의 이상향에 미치지 못하는 아이들이라는 걸 깨달았다. 우리는 그의 상상보다 예쁘지 않았고, 무엇보다도 그가 바라던 아들이 아니었다. 그와 닮은 점도 별로 없는, 그저 '멍청한 것들'에 불과했다.

끔찍한 이야기처럼 들리지만, 그렇게 해서 태어난 아이가 자신이 어떤 목적으로 만들어졌는지를 알게 되었으니 다행이기도 했다. 나아가야 할 바를 아는데 붙잡혀 있으니 답답하기는 했지만 말이다. 아버지는 조용한 아이들을 원했고 우리를 그렇게 만들었다. 아버지는 우리가 스스로 알아서 입을 다물기를 바랐다. 우리는 아버지가 우리를 사랑하고 싶어 하지만 그러지 못하는 사람임을 간파했다. 그래서 우리는 자아를 왜곡하며 사랑스러운 존재가 되기 위해 안간힘을 썼다. 아버지가 우리를 좀 더 사랑했더라면 나는 지금보다 덜 아름다웠을 것이고 언니는 덜 믿음직한 맏이가 되었을 것이다. 언니가 나와 대화를 거부한 세월 동안 나는 오히려 언니가 필요로 하는 사람으로 자라났다.

라스베이거스의 어느 식당 주차장에서 언니의 차를 발견하고 보닛에 걸터앉았을 때부터, 나는 내가 언니에게 필요한 사람이라는 걸 알았다. 10년 동안 떠돌이로 살면서 낯선 사람들의 속을 꿰뚫어보고 그들이 속내를 털어놓게 하는 데 도가 튼 나였다. 늘 받는 것보다 덜한 사랑을 주면서 나 자신을 보호했고, 그 과정에서 방해가 되는 사람들의 삶을 짓밟았다. 나는 모두가 원하는 존재가 되고 싶었다. 모두를 바라보면서 모두의 시선을 받는 존재 말이다. 평범한 사람들은 어느 날 갑자기 내가 싫증을 내고 돌아서면 두려워했고, 클러리 같은 작자들은 무한히 따뜻한 내 말투에 속아 넘어가 제 속을 다 드러냈다. 그런 내게 다가와 나의 질식할 것 같은 사랑을 받아들이고, 내가 손톱으로 내면의 두려움을 후벼 파는 걸 허락한 유일한 사람이 바로 낸시였다. 나는 다시금 인정받고 싶었다. 언니로 하여금 나를 '메리'라는 완전히 새로운 사람으로 인식하게끔 만든 이유도 그래서였다. 언니가 나를 여전히 사랑하는지 알고 싶었다. 언니는 나를 사랑하고 있었다. 진심으로.

전에는 확신이 없었다. 가출할 당시에, 나는 내가 사라져도 언니는 늘 그렇듯이 관심이 없을 거라고 생각했다. 나는 어머니 같은 실수를 저질렀다. 내 인생에서 나라는 존재를 한 번에 깔끔하게 지울 수 있을 줄로 착각했다. 하지만 그렇게 사라지면 결국 큰 대가를 치르게 된다. 나이가 들면서 나는 그 사실을 조금씩 깨달았다. 언니가 상상한 인생으로부터의 탈출은 결국 언니가 누려온 오랜 행복을 앗아갈 것이다. 나는 탈출의 대가로 낸시를 잃었다.

낸시는 지금 어디에 있을까. 나는 낸시를 내 머릿속에 영원히 담아두기로 마음먹었다. 기울어진 황금빛 전망대에서, 온 얼굴에 내 핏빛 립스틱을 묻힌 채 나를 향해 턱을 들어 올리던 낸시의 모습으로.

리비에라의 집으로 돌아가보니 언니는 떠나고 없었다. 내 물건들은 침대 위에 놓여 있었고, 방에서는 레몬 향 세정제 냄새가 났다. 나는 더플 백 안을 확인했다. 언니는 양초를 건드리지 않았고 내 옷을 반듯하게 접어서 가방 안에 넣어두었다. 10년 전 내가 집을 떠날 때 우리가 여전히 친구였다면, 언니도 나를 위해 이렇게 해주지 않았을까.

더플 백을 들고 아래층으로 내려가 휴대전화를 꺼내 들었다. 뒷문으로 집을 나선 뒤 문을 세게 닫았다. 오늘 아침 나는 언니에게 이 일을 처리해줄 좋은 사람들을 안다고 말했다.

그건 사실이었다.

56 _____

레슬리

바닥이 움푹 꺼진 거실에 아버지와 함께 앉아 있었다. 텔레비전 화면이 어둠 속에서 깜박거렸다. 아버지는 더 이상 말을 할 수 없었으므로, 변호사 특유의 읽기 힘든 글씨체로 작은 화이트보드에 글씨를 써서 나와 소통해야 했다.

보드 마커가 끽끽 소리를 냈다. 아버지는 화이트보드를 들어서 내게 보여주었다.

로빈은 어디 있니.

"몰라요."

허리를 굽힌 아버지는 종이 타월에 대고 콜록거렸다. 나는 아버지가 언제든 새 종이 타월을 뜯어 쓸 수 있도록 두루마리째로 아버지의 안락의자 옆에 놓아두었다. 사용한 종이 타월들이 구겨진 채로 쓰레기통 주변에 널브러져 있었다.

나는 텔레비전으로 시선을 돌렸다. 화면에 옛날 만화영화가 나오고 있었다. 팔다리가 길쭉한 유령 같은 형체들이 흐느적흐느적 걸어 다녔고, 캡 캘러웨이(미국의 재즈 가수)의 노래가 배경음악으로 흘러나왔다.

아버지가 또다시 화이트보드를 들었다.

로빈을 찾아.

눈을 떴다. 데이브가 여전히 치마요 무늬 담요를 덮은 채 내 옆에 누워 자고 있었다. 그의 가슴이 평화롭게 오르내렸다.

침대 시트 안에서 전화기가 울어댔다. 얼른 화면을 문질러 알람을 끈 뒤 매트리스가 흔들리지 않도록 천천히 몸을 일으켰다.

나머지 짐 정리하러 아버지 집에 갈게.

데이브에게 문자메시지를 보냈다. 침대 옆 탁자에 놓인 데이브의 휴대전화가 조그맣게, 트라이앵글 같은 소리를 내며 메시지가 도착했음을 알렸다.

휴대전화와 5만 달러가 담긴 핸드백 외에 다른 짐은 챙기지 않았다. 아버지 집을 정리하러 가는 거면 그 정도만 들고 가는 게 맞을 테니까.

오전 9시 반인데도 바깥 공기가 후끈했다. 월요일인 전몰장병 추모일(5월의 마지막 월요일인 공휴일)로 이어지는 주말이었다. 수영장은 오늘 자정까지 열려 있겠지만, 이제 이곳을 떠날 테니 내가 방문할 일은 없었다.

거대하고 평평하며 광대한 하늘이 눈앞에 펼쳐졌다. 산디아산맥은 '수박'을 의미하는 이름답게 아침 햇살 속에서 과육 같은 분홍색으로 물들어 있었다.

이곳을 그리워하게 될까?

다른 곳에서는 살아본 적이 없었다.

어느 정도 시간이 지나면 잊을 수 있을 것이다. 예전에도 그랬듯이 삶을 새로 써나가면 된다. 나쁜 기억은 잘라내고, 흔적으로 남은 죄책감도 외면하면서.

하지만 다시 생각해보니 결코 잊지 못할 듯했다. 누군가를 지금처럼 사랑할 수도, 이렇게 완벽하게 실망시킬 수도 없을 것이다.

리비에라의 집까지 가는 길이 무척 멀게 느껴졌다. 그 집은 내 인생의 시작이자 끝이었다.

진입로에서 문짝이 두 개인 흰색 닛산 자동차가 공회전 중이었다. 차를 몰고 가까이 다가가 보니, 안에 아무도 없었다. 로빈의 친구들이 벌써 온 건가? 갑작스러운 공격을 받게 되리라는 예상은 하고 있었다. 몇 군데 타박상을 입고 거칠게 끌려가 대기 중인 차에 실리는 것으로 계획했다. 그런데 저 차는 너무 작아 보였다. 기습을 당하는 게 아니라, 이미 로빈의 친구들이 대기 중인 집으로 들어간다고 생각하니 겁부터 났다. 연석 옆에 차를 세우고 엔진을 껐다. 집 안에 조명이 켜져 있었다. 차의 시동이 꺼지자 현관문 너머에서 무슨 소리가 조그맣게 들려왔다.

차에서 내려 문을 닫았다. 손이 덜덜 떨렸다. 맞는 키를 찾는 데 한참이나 걸렸다. 지금까지는 기습을 당하면 아플 거라는 생각을 하지 못했다. 내 집에 들어가 있는 낯선 이에게 폭행을 당하게 될 거라는 건 알았지만, 실감하지 못했다.

임신한 동안 거울 앞에서 수차례 상상했었다. 불룩한 배를 떼서 바닥에 버리는 상상. 일라이가 태어난 후에도 그 문제는 사라지지 않았고 죽음의 일부는 여전히 내 안에 남아 혈관 속으로 흘러들었다. 독에 오염된 장기를 찾아 잘라내는 상상을 해가며 거울 앞에서 피부를 한껏 잡아당겨보기도 했다. 장기를 잘라내는 게 팔을 잘라내는 것만큼 쉬웠다면 기꺼이 잘랐을 것이다.

내게 고통이 가해지리란 걸 아는 채로 준비된 탈출구를 향해 걸어 들어가는 건 완전히 다른 기분이었다. 저 안에서 누군가가 나를 후려칠 준비를 하며 기다리고 있었다. 로빈을 불러볼까 고민하면서 두 걸음 나아갔다.

누군가 먼저 문을 열고 들어갔는지 청록색 대문이 열려 있었다.

막연했던 소음이 점차 뚜렷해지면서 무엇인지 알 것 같은 소리로 변해갔다. 음악 소리였다. 누군가 집 안에 음악을 틀어놓았다. 그 소리가 3, 4센티미터쯤 열린 문틈으로 흘러나오고 있었다.

뒤를 흘긋 돌아봤지만 아무도 없었다. 진입로에 있는 낯선 차와 텅 빈 거리가 보일 뿐이었다.

대문 안으로 들어가 현관문을 열었다. 로빈이 고용한 낯선 남자를 곧바로 보게 될까? 그 남자는 클러리 같은 부류일까, 아니면 다짜고짜 내 머리를 벽에 처박기 전에 자기소개부터 먼저 하고 사과까지 미리 해두는 부류일까?

음악 소리가 좀 더 크게 들렸다.

"당신이 외로울 때 달려온 건 나였어……(피프스디멘션의 노래 〈웨딩벨 블루스〉에서 인용)."

로빈이 무척 좋아했던 노래다. 로빈이 집에 있나? 자기는 이 집에 있지 않을 거라고 했는데. 나중에 고속도로에서 나를 차에 태우기로 한 터였다.

"로빈?" 현관문 옆 못걸이에 핸드백을 걸고 거실로 들어갔다. "로빈?"

아무도 대답하지 않았다.

짐 상자들 말고는 물건이 없어 집 안이 휑했다. 외로움을 느껴야 마땅할 텐데, 그런 감정은 생기지 않았다.

집 안에 누군가 있었다.

아버지의 레코드플레이어가 어디 있더라? 거실에는 없었다. 소리를 따라 집 안 깊숙이 들어가는데, 속이 울렁거렸다.

빈 안락의자를 보자 예전에 꾸었던 꿈이 의식의 수면 위로 떠올랐다. 아버지는 더 이상 그 안락의자를 차지하고 있지 않았다. 아버지가 돌아가시고 나서 수개월 간 눈에 들어오지도 않았던 얼룩이 별나게 눈에 띄었다. 저 안락의자를 내다 버려야지, 라고 생각했다가 이제 내가 할 필요는 없는 일이라는 걸 기억해냈다. 아마 내가 떠난 후 다른 누군가가 버릴 것이다.

"로빈?"

내 방 역시 짐 상자 말고는 아무것도 없었다. 칙칙하고 누런 벽. 방문을 닫고 복도를 좀 더 걸어갔다.

뒤에서 발소리 같은 게 들리기에 돌아봤다.

아무것도 없었다.

마침내 로빈의 방 앞까지 왔다. 문은 닫혀 있었지만 문 가장자리 틈새로 음악 소리가 흘러나오고 있었다. 로빈이 노래를 최대 음량으로 틀어놓은 듯했다.

문을 열었다. 문손잡이가 뜨끈했다.

방 안에 조명이란 조명은 죄다 켜져 있어서, 연푸른색 벽지에 환한
빛이 쏟아지고 있었다. 사방이 포스터 속 얼굴로 가득한 가운데, 로빈
의 화장대에 딸린 흰 쿠션 의자 위의 레코드플레이어가 제일 먼저 시
야에 들어왔다. 로빈은 어째서인지 방 한가운데에 그 의자를 끌어다
놓았다. 레코드판이 천천히 돌아가면서 요란하게 노래를 뱉어냈다.

잠시 후 나는 그 의자가 방 한가운데 놓인 이유를 알아차렸다.

의자 바로 위 천장의 선풍기 팬에 긴 밧줄이 걸려 있고, 밧줄 맨 아
래에는 올가미 모양으로 매듭이 져 있었다.

천천히 이 상황을 생각해보았다. 로빈이 여기에 있는 건가? 자살을
하려고?

그러다 터무니없는 의문이 뇌리를 스쳤다. 혹시, 어머니일까?

등 뒤에서 무언가가, 숨결 같은 게 느껴졌다. 로빈이 고용한 남자일
까. 뒤를 돌아봤지만 아무도 없었다. 별안간 방문이 닫히는 바람에 나
는 문에 끼지 않게 얼른 손을 뒤로 빼야 했다. 딸깍 문이 잠기는 소리가
나자 나는 황급히 문손잡이를 잡고 왈각달각 흔들었다.

손잡이를 당겨보기도 했지만 나무 문은 꿈쩍도 하지 않았다.

레코드플레이어는 여전히 왕왕대며 요란하게 노래를 했다. 아무 생
각도 할 수 없었다. 노랫소리 너머로 고함을 질렀다.

"로빈! 이게 대체 무슨 짓이야?"

내 목소리가 들리지 않을 것 같아 뒤로 돌아가서 레코드플레이어의
바늘을 위로 올렸다.

"로빈?"

방문 앞으로 가 문에 귀를 바짝 붙였다. 페인트칠을 한 나무 문이 얼굴에 닿아 끈적거렸다.

갑작스러운 정적 속에 진입로에서 차바퀴 굴러가는 소리가 들렸다. 들어오는 차일까 나가는 차일까? 설마 로빈이 나를 여기에 두고 떠나는 건가? 대체 왜?

주변을 둘러보았다. 창문…… 창문…….

블라인드를 올리고 텅 빈 뒷마당을 내다보았다. 바짝 말라 물을 줘야 할 것 같은 붉은 실난초가 보였다. 여기서는 집 정면 쪽 상황을 볼 수가 없었다. 창문이라도 열 수 있다면…….

손가락으로 창문을 올리려 했지만 꿈쩍도 하지 않았다. 창짝 윗부분의 고리를 잠갔다 풀었다 해가며 밀어 올리려는 시도도 소용없었다. 그러다 이유를 알게 됐다. 창짝이 창틀에 못으로 고정돼 있었다.

수년 전 로빈을 방 안에 가둬두려고 내가 이 자리에 이렇게 못질을 했었다. 로빈은 두 번이나 못을 뽑아내고 빠져나갔지만. 로빈이 아예 가출을 해버린 뒤에는 이 창문에 다시 못을 박지 않았다. 로빈이 어제 여기 와서 못을 박아놓은 게 분명했다. 내가 나가지 못하도록…….

하지만 왜일까? '오전 10시까지 필요한 물건 챙겨서 와. 같이 짐 상자를 차에 신자.' 주방에서 로빈에게 기댔던 내 모습, 내 손등에 불거진 혈관을 쓰다듬던 로빈의 손가락을 떠올렸다.

나는 창문을 세게 두드리며 소리쳤다.

"로빈!"

고함치는 내 입에서 나온 뜨뜻한 입김이 유리를 부옇게 만들었다.

"로빈!"

창문이 흔들거릴 때까지 세차게 두들겼다. 뒷마당은 고요했고, 곰

솔의 바늘잎이 내게는 느껴지지도 않는 바람을 타고 흔들거렸다. 담장 너머로 보이는 이웃 사람 같은 건 없었다.

기운이 빠져 창문에 몸을 기대고 방 안을 둘러보았다. 로빈의 방 벽에 붙은 포스터 속 100개의 얼굴이 나를 바라보았다.

'전화기.'

로빈에게 전화를 해서 물어봐야 했다. 그런데 생각해보니 나는 늘 하던 대로 핸드백을 현관문 옆 못걸이에 걸어놓았다. 휴대전화는 핸드백 안에 들어 있었다. 방 밖에서 희미하게 휴대전화 벨 소리가 들려왔다.

벨소리는 십수 번에 걸쳐 울려대며 빈 집에서 끝없이 메아리쳤다. 나는 창문 앞에 주저앉아 손가락으로 이마를 짚었다.

밧줄 올가미가 마치 사람처럼 내 앞에 서 있었다. 나는 차마 그것을 볼 수 없었다.

로빈은 어제 나를 떠나버릴 수 있었다. 제 돈을 챙겨서. 하지만 로빈은 내가 내 몫의 돈으로 뭘 하려는지 알고 있었고, 애초 계획과는 달리 내 곁에 남았다. 그리고 내가 구토하는 것을 지켜보더니, 예전에 자신이 그랬듯 나도 여기서 도망칠 수 있도록 도와주겠다고 했다. 그래놓고 왜 여기 있었을까? 나를 이 집에 가두기 위해서?

어느 순간부터 휴대전화 벨 소리가 더 이상 들리지 않았다. 벨 소리 대신 울부짖는 소리 같은 것이 점점 커지면서 방 안으로 흘러들었다. 사이렌 소리였다. 내가 고함치는 소리를 동네의 누군가가 듣고 신고를 한 걸까.

경찰이 들이닥치면 로빈은 이 집으로 돌아올 수 없다.

로빈은 대체 무슨 짓을 한 걸까?

사이렌이 귀가 먹먹할 정도로 크게 들리다가 그쳤다. 이어서 묵직하게 문을 두드리는 소리. 누군가 무어라 말했지만 소리가 작아서 잘 들리지 않았다. 나는 창문 앞에 앉아 몸을 덜덜 떨었다.

"플로러스 부인?"

목소리가 좀 더 크게 들렸다. 쾅쾅 두드리는 소리에 이어 집 측면을 돌아서 걸어오는 움직임도 얼핏 보였다. 나는 고개를 돌려 창문 가장자리 너머를 내다보았다. 짙은 색 제복을 입은 경관 몇이 자갈 깔린 뒷마당을 지나가고 있었다. 그들은 뒷문으로 가 문을 두드리며 내 이름을 불러댔다. 나는 너무 겁이 나 입에서 소리가 나오지 않았다. 몇 분이 지나자 쾅 소리와 함께 경관들이 뒷문으로 들어오는 것 같았다. 묵직한 발소리에 이어 방마다 돌아다니며 이상 없음을 보고하는 목소리도 들렸다.

"플로러스 부인?"

로빈의 방 바로 앞에서 누군가 나를 불렀다.

나는 입을 손으로 문지르며 겨우 대답했다.

"여기 있어요."

"문 여세요."

"못 열어요." 목소리가 자꾸 기어들었다. "밖에서 잠겼어요."

"알겠습니다. 들어가겠습니다."

밖에서 차분한 남자 목소리가 말했다. 문이 덜걱덜걱 흔들리는 소리에 나는 비척대며 일어섰다. 휘청하다 의자를 쓰러뜨리는 바람에 레코드플레이어가 바닥으로 떨어졌다. 잠시 후 문이 벌컥 열렸다. 조금 전 뒷마당을 지나 온 경관 한 명이 문 앞에 서 있었다. 큰 키에 각진 턱을 가진 남자였다.

"플로러스 부인입니까?"

그가 물었다.

"예."

목구멍 안쪽이 바짝 말랐다. 그의 뒤에 있던 또 다른 경관이 방 안으로 들어왔다. 아는 얼굴이었다. 로빈과 같은 학교에 다녔던 여자. 스프라우츠 농산물 직판장에서 한두 번 마주친 적이 있었다.

나를 본 그녀의 눈빛이 부드러워졌다.

"동생분이 언니가 여기에 있는 것 같다고 신고해서 왔습니다. 저는 낸시 코트니라고 하는데, 기억하세요? 보안관서에서 근무하고 있습니다. 이쪽은 앨런 라이트 경관이에요." 그녀는 자기 파트너를 돌아보며 부탁했다. "잠깐 저쪽에서 기다려줄래? 플로러스 부인이랑 둘이서 얘기 좀 할게."

"뭐라고?"

머릿속이 마비된 듯 아무 생각도 할 수가 없었다.

라이트라는 경관은 방 안을 한 번 더 둘러본 후 고개를 절레절레 흔들며 복도로 나갔다.

"로빈이 왜 너한테 신고를 해?"

"로빈은 언니를 걱정하고 있어요. 언니가 남긴 쪽지 때문에 엄청 걱정했어요."

"무슨 쪽지?"

"당신이 남긴 쪽지요." 낸시는 접힌 종이를 내게 건넸다. "로빈은 당신이 아버지 집으로 갈지도 모르겠다고 했어요. 로빈이 우리한테 연락을 해서 다행이에요."

거실에서 수군대는 목소리, 카펫에서 발을 끌며 걷는 발소리가 들렸다. 여러 사람이 이 집에 들어와 있었다. 로빈이 전화해서 부른 경관들이었다. 나는 낸시에게서 쪽지를 받아 천천히 펼쳤다.

나 지금 나가.
깨우고 싶지 않아서 편지로 작별 인사를 대신할게.
네 길을 스스로 잘 찾아나가길 바라.
우리가 함께한 시간이 잘 마무리돼서 다행이야.
내 마음을 달리 어떻게 표현해야 될지 모르겠다.
네가 생각날 거야.

-레슬리

로빈의 사회보장번호가 적혀 있던 하단부가 찢겨 나가 그 부분이 들쭉날쭉했다. 귓속에서 쿵쾅거리는 맥박 소리가 들렸다.

"이건…… 유서가 아니야. 이건…… 로빈이 이 동네를 떠난다고 해서…… 로빈은 유산과 관련한 법적 문제 때문에 여기에 왔는데……."

낸시가 한 발 다가오자 나는 휘청하며 뒤로 물러섰다.

"로빈이 직접 오지 못한 건 유감스럽게 생각해요. 로빈은 견디기가 너무 힘들다고 했어요. 이해해주시길 바랄게요. 하지만 로빈이 이 동네를 떠난 건 아니에요. 나중에 언니가 병원에 입원하면 만나러 오겠다고 했어요."

거실에서 웅성대는 목소리가 들렸다. 누군가가 낄낄 웃었다.

"병원에 갈 필요 없어." 심장이 미친 듯이 뛰었다. "난 자살 시도를 한 게 아니야. 로빈이 거짓말을 한 거야."

낸시는 천장에 매달린 올가미를 올려다보았다.

"그 말이 맞기를 바랄게요. 하지만 여기 혼자 두고는 못 가요. 위험한 상황에 처하도록 방치할 수는 없으니까요."

또 다른 차 한 대가 집 밖에 멈춰 섰다. 다른 방에서 무전기의 잡음이 들리더니 이내 일그러진 목소리가 흘러나왔다.

"이상 무. 여자분을 찾았다."

"병원에 찾아오기를 바라는 분이 있으세요? 의지할 만한 사람이요."

"데이브한테는 전화하지 마. 그 사람은 안 돼⋯⋯."

"걱정 말아요, 레슬리. 아직 아무한테도 알리지 않았어요. 로빈의 전화를 받고 곧장 온 거에요. 원한다면 병원 측에 남편의 면회를 금지시켜달라고 요청할게요. 보고 싶지 않은 사람은 안 봐도 돼요. 그래도 의지할 사람은 필요하니까, 연락할 사람이 있으면 알려줄래요?"

집 밖에 있던 차. 그건 로빈의 차였던 모양이다. 로빈은 나와 함께 짐 상자를 가지러 온 게 아니었다. 창문에 못질을 해놓고 내가 이 방에 들어오기를 기다렸다가 방문을 잠근 뒤 이 여자를 부른 것이다.

로빈은 다시는 돌아오지 않을 것이다.

그동안의 일들을 되짚어보니 윤곽이 잡히기 시작했다.

헨더슨의 집 침대 위에 누워 있던 여자의 시신. 그 여자는 로빈의 것이었던 남자를 탐했다가 벌을 받았다.

"언니랑 나"라고, 어제 주방에서 로빈이 말했다.

그리고 나는 이렇게 말했다. '너무 고마워서 뭐라고 말해야 할지 모르겠어.'

나는 낸시에게 부탁했다.

"내 핸드백. 핸드백이 아직 현관 앞에 있어?"

낸시는 당황스러운 표정이었지만 목소리를 높여 문밖에 대고 소리쳤다.

"어이, 앨런?" 복도에 있던 라이트 경관이 들어오자 낸시가 말했다. "전실에 핸드백이 있는지 확인해봐."

"병원에 다른 물건을 갖고 들어가진 못할 텐데."

라이트가 구시렁거렸지만 낸시는 침착하게 말했다.

"병원으로는 우리가 갖다 주면 돼. 여기선 확인만 할 거야."

"핸드백 좀 빨리 갖다 줘요!" 나지막하게 요청하던 나는 돌아서서 방을 나가는 라이트에게 소리쳤다. "그 안에 봉투를 넣어놨어요. 있는지 봐야 해요. 어서요. 제발. 빨리요!"

"소리 지를 필요 없어요." 낸시는 방문을 거의 다 닫고 말했다. "약속할게요. 우린 도와주려고 여기 온 거예요."

나는 침대에 주저앉았다. 마치 가면을 쓴 것처럼 얼굴에 감각이 없었다.

"너, 로빈이랑 자는 사이 맞지?"

상냥하던 낸시의 표정이 순식간에 굳었다.

"그건 당신이 상관할 일이 아니에요. 동생한테 화가 난 건 알겠지만, 나를 닦아세우려고 하지는 말아요."

나는 내 말만 계속했다.

"넌 걔를 사랑하겠지. 로빈이 너한테 돌아올 거라고 말했니? 거짓말한 거야. 걘 널 사랑한 적 없어. 나한테 그렇게 말했어."

"그건 당신 생각일 뿐이고요."

라이트 경관이 어깨로 문을 밀고 들어와 내 핸드백을 내밀었다.

"이겁니까?"

내가 일어서려는데, 낸시가 내 어깨를 찍어 눌렀다.

"앉아 있어요, 플로러스 부인."

"핸드백 이리 줘요."

나는 낸시보다 키가 13센티미터쯤 더 컸지만 낸시는 어렵지 않게 내 어깨를 눌러 나를 꼼짝 못 하고 앉아 있게 만들었다. 카펫을 딛고 일어서려다 신발 한 짝이 벗겨지고 말았다.

"레슬리, 진정해요." 낸시는 내 어깨를 잡은 손에 힘을 풀며 나를 달랬다. "봉투일 뿐이잖아요. 나중에 챙겨도 돼요." 낸시는 뒤에 서 있는 라이트를 돌아보며 물었다. "이제 출발할까요?"

내가 움직이지 않자 낸시는 비로소 손을 치웠다.

돌연 숨 쉬기가 힘들어져 힘겹게 말을 뱉었다.

"난 아무 데도 안 가."

라이트가 내 핸드백 속을 뒤적거린 후 보고했다.

"봉투는 안 보입니다만."

낸시가 허리를 굽히고 내 발 앞에 벗겨진 신발을 놓아주었다.

"봉투에 뭐가 들어 있었죠? 어쩌면 핸드백 밖으로 떨어졌을 수도 있어요."

나는 몸을 웅크리고 덜덜 떨었다. 봉투가 없어졌다. 이 방에 갇힌 채, 내 손이 닿을 수 없는 곳에서 휴대전화 소리를 듣는 순간 이렇게 되리란 걸 직감했다. 낸시가 쭈그리고 앉아 내 발에 신을 신겨주었다. 나는 정신을 차리려고 안간힘을 쓰면서 속삭였다.

"낸시." 무릎을 굽힌 낸시의 얼굴이 내 가슴 높이에 와 있었다. 낸시와 눈높이를 맞추려고 고개를 숙이자 내 머리카락이 낸시의 이마에 닿았다. "낸시, 나 좀 도와줘." 나는 목소리를 낮췄다. "내가 여기서 자살하려는 것처럼 보이도록 로빈이 꾸며놨어. 맹세하는데, 난 여기서 자살할 생각 전혀 없어."

낸시의 흔들림 없이 상냥한 표정을 보니 내 말이 먹히지 않은 것 같았다. 제대로 듣고 있는 것 같지도 않았다.

"이제 다 괜찮아요, 레슬리."

"난 병원 못 가." 나는 낸시를 이해시키려고 안간힘을 썼다. "로빈이랑 얘기부터 해야 돼."

이대로 병원에 가면 누군가 데이브에게 연락할 것이다. 데이브는 내가 자살하려 했다고 생각할 터였다. 그가 어떤 표정을 지을지 상상조차 하기 싫었다. 앞으로 상황이 어떻게 전개될지는 불을 보듯 뻔했다. 나는 어머니의 전철을 밟게 될 것이다. 어머니는 그 과정을 우리에게 거의 숨기지 못했다. 절대 어머니처럼 살지 않으리라 맹세했는데. 내 마음을 아무도 모르게 하겠다고, 혼자서 수치를 감당하겠노라고 다짐했는데.

병원에 가게 되면, 내가 죽어 사라지게끔 도와줄 사람은 아무도 없게 된다. 환자를 계속 살려놓는 게 병원이 하는 일이니까. 그들에게 붙들려 숨이 붙어 있는 동안, 나는 데이브가 이혼을 요구하는 모습을 보게 될 것이다. 그의 마음이 일레인에게 향하고, 나보다 나은 여자를 일라이의 새엄마로 들이는 모습을 보게 될 것이다. 그걸 눈 뜨고 볼 자신이 없었다. 그이에게나 나에게나 더 쉬운 방법으로 이 문제를 해결하려고 그토록 노력했건만. 일라이가 대학에 갈 때 쓸 돈도 따로 마련했고, 아버지의 집도 거의 다 정리했다⋯⋯.

이제 죽음으로 사라지기만 하면 되는 거였다.

올가미를 올려다보았다.

"이런 말이 도움이 될지 모르겠지만, 당신이 겪은 일은 아주 흔해요, 레슬리." 낸시의 목소리가 내 생각의 흐름을 파고들었다. "특히 출산 후 1년 동안 많은 여자들이 경험하는 과정이에요. 사람들은 그런 심리 상태를 굉장히 잘 숨겨요. 지금은 그렇게 생각하지 않겠지만, 당신이 로빈에게 그 쪽지를 줘서 참 다행이에요. 당신이 도움을 청하고 있다는 걸 로빈이 제대로 알아들은 거니까요."

낸시가 손을 내밀었지만 나는 잡지 않았다. 그저 조용히 말했다.

"지금 입원하면 난 못 나와."

낸시의 표정이 한결 부드러워졌다.

"당연히 나올 수 있어요. 레슬리, 걱정 말아요. 병원에서 의사한테 당신이 올해 겪었던 일들을 털어놓기만 하면 돼요. 당신이 겪어온 일들을 다들 이해할 겁니다. 그러고 나면 다시 정상적인 삶을 살게 될 거예요."

내 안에서 무언가가 부서지는 느낌이었다. 맥이 빠지면서 나는 침대에 쓰러졌다. 낸시와 또 다른 경관이 양옆에서 내 팔꿈치를 잡고 부축해주었다.

"나갑니다."

낸시가 무전기에 대고 말했다. 로빈의 방 벽에 붙은 얼굴들이 밖으로 이끌려 나가는 내 모습을 지켜보았다. 이 집에서 그 어느 때보다 가깝게, 로빈의 존재가 느껴졌다. 우리가 열두 살과 여덟 살이었던 시절에도, 어제 주방에서도 전혀 알지 못했던 로빈의 마음이 이제야 이해가 됐다. 로빈은 "언니는 그냥 나한테 도움을 청하면 되는 거였어"라고 말했었다.

다시는 로빈을 보지 못할 것이다. 로빈은 유리컵 안에 곤충을 가두듯 나를 이 삶에 가둬버렸다. 나는 죽을 때까지 뉴멕시코주에 붙잡혀 있게 될 것이다.

'사랑해, 사랑해, 레슬리 언니.'

로빈의 목소리가 내 머릿속을 파고들었다. 병원으로 가는 내내 그 목소리를 떨쳐낼 수가 없었다.

Epilogue _____

로빈

언니가 사준 선불 전화기가 컵 홀더에 담긴 채 덜거덕거렸다. 렌터카의 스피커에서 내 얼굴로 음악이 쏟아졌다. 햇빛처럼 강렬한 음악 소리가 휴대전화의 벨 소리를 덮어 가렸다. 시선을 내려 전화기를 확인했다. 언니의 번호가 떠 있을 줄 알았는데, 나를 거듭해서 찾는 낸시의 전화였다. 빨간불이 들어온 신호등 앞에서 차를 세우고 화면을 확인했다. 문자메시지가 와 있었고, 내 이름이 보였다.

로빈, 찾았어……

'알림창'이 바로 내려가버려서 그 뒤로 이어지는 내용은 보지 못했다. 굳이 메시지를 열어 보고 싶지는 않았다. 음성 메시지도 와 있기에 전화기를 귀에 갖다 댔다. 낸시의 목소리였다.

"로빈, 연락을 하고 싶어서 전화했어. 나는…….”

이어지는 낸시의 말을 더 듣지 않고 녹음된 메시지를 앞으로 돌렸다.

"로빈, 연락을 하고 싶어서…….”

언니에게서 전화는 오지 않았다. 우리는 이제야 서로에게서 완전히 풀려났다. 내가 언니의 행복을 위해 치른 대가였다. 나는 내 죽음의 구덩이에 내 일부를 던져 넣었다. 나는 언니가 차마 대놓고 부탁하지 못한 일을 늘 해오지 않았던가?

로빈, 찾았어.

휴대전화를 셔츠 주머니에 집어넣었다. 가슴에 닿은 전화기가 진동했다. 마치 낸시가 입술을 내 피부에 대고, 흉곽 안에 직접 말하는 기분이었다.

로빈, 찾았어.

이제 '로빈'이라는 이름을 다시는 듣지 못할 것이다. 낸시는 마지막으로 그 이름을 말한 사람이었다. 낸시가 그 이름을 말하는 걸 가급적 오래 느끼고 싶었다.

애리조나주의 한 쉘 주유소에서 차를 세웠다. 100달러짜리 지폐를 들고 주유소 매점으로 들어가 카운터의 남자 점원에게 물었다.

"잔돈 좀 바꿔줄 수 있어요?"

키가 크고 피부가 갈색이며 머리에 야구 모자를 쓴 점원은 감초를 빨고 있었다. 그는 그걸 입에 문 채로 대답했다.

"현금이 간당간당해요. 다른 지폐는 없어요?"

나는 고개를 저었다.

"40달러만큼 기름을 넣으면요?"

"뭘 좀 더 사세요. 금전등록기에 있는 돈을 다 드릴 순 없잖아요. 과자라도 좀 사시든가. 장거리 여행 중인가 봐요?"

"비슷해요." 나는 카운터 옆에 쌓여 있던 폴란드스프링 생수 한 상자를 들어 그의 품에 안겼다. "로스앤젤레스로 가는 중이에요."

"로스앤젤레스요?" 그는 통로 쪽으로 걸어가는 내 뒤에 대고 말했다. 매점에 다른 손님은 없었다. 프레즐 과자, 선글라스, 가짜 장미 꽃다발을 집어 드는 내 등에 그의 시선이 와 닿는 게 느껴졌다. "영화계로 진출하려고요?"

나는 고개를 끄덕이면서 돌아와 카운터 위에 물건들을 내려놓았다.

"그러길 바라고 있어요. 아버지가 그 일을 시작할 때 쓰라고 유산을 좀 남겨주셨거든요. 10만 달러요. 믿어져요?"

그는 휘파람을 불면서 프레즐 봉지의 바코드를 찍었다.

"운도 좋네요. 나중에 영화에 나오면 알 수 있게 이름 좀 알려줄 수 있어요?"

"앨리스예요."

점원은 미소를 지으며 잔돈을 건네고 내 품에 생수와 꽃을 안겨주었다. 셔츠 주머니에 꽂아둔 휴대전화가 나를 찬양하듯 계속해서 노래를 불렀다.

작가의 말

나는 엄마가 아니다. 하지만 수많은 여성들과 마찬가지로 엄마가 되고 싶은 마음이 내게도 과연 있는지, 내가 꼭 엄마가 되어야 하는지를 놓고 고민하며 인생의 상당 부분을 보냈다. 나는 예민하고 걱정이 많은 성격이다. 도박을 좋아하지 않고, 통증에 대한 두려움도 심하다. 그런 만큼 출산 도중 잘못될 가능성에 대해 여러모로 조사를 해보았다. 내가 낳을 수도 있고 낳지 않을 수도 있는 아이들에 대해, 임신 시 내 몸이 어떻게 변하게 될지에 대해서도 상상해보았다. 《베터 라이어》는 사나운 어둠과 과장으로 가득한 악몽 같은 소설이지만, 그 핵심에는 현실적인 두려움이 자리 잡고 있다. 아이를 낳고 나서도 응당 느껴야 할 모성애를 느끼지 못할 수도 있다는, 그리고 너무 겁이 나서 그런 사실을 사람들에게 말하지 못할 수도 있다는 두려움 말이다.

여성 일곱 명 가운데 한 명이 임신 중이나 출산 후에 심각한 우울감, 불안감, 거듭되는 강박사고, 공황 그리고 외상 후 스트레스 장애를 겪는다.[1] 강박적 사고와 불안감은 아기를 다치게 할까 봐 걱정하는 마음에서 비롯되는 만큼 파트너나 가족, 의사에게 털어놓기가 쉽지 않다. 아기를 빼앗길까 봐 걱정하는 사람들도 있다. 이렇듯 도움을 받기 어려운 상황인 탓에, 우리 주위에서 생각보다 많은 사람들이 남몰래 산후 우울증을 겪고 있는 실정이다. 사실 이는 대단히 흔한 경험이다.

특히 유색인종의 경우, 그들이 겪는 고통에 대한 의료진의 무시와 불신으로 인해 의료보험 제도의 혜택을 받지 못하는 경우가 허다하다.[2] 미국에서 흑인 여성들은 백인 여성들에 비해 출산 시 사망할 확률이 두 배 혹은 세 배나 높으며,[3] 현재 내가 살고 있는 뉴욕시에서는 그 차이가 무려 열두 배에 달한다.[4]

아무리 유명하고 돈이 많다고 해도, 인종차별주의자인 의료진이 제대로 돌봐주지 않으면 속수무책으로 당할 수밖에 없다. 미국 질병통제예방센터CDC의 전염병학자 샬런 어빙은 출산 후 여러 병원을 방문했다가 고혈압 합병증으로 사망했는데, 샬런이 "뭔가 잘못됐어요. 내가 내 몸을 아는데, 상태가 좋지 않은 것 같아요"라고 호소했지만 의료진의 대답은 "혈액응고가 없으니 잘못된 건 없습니다"였다.[5]

겁을 주려고 하는 이야기가 아니다. 어떻게든 극복해보려 애쓰는 부모들, 고통받는 부모들을 우리가 어떤 시선으로 보고 있는지, 그리고 어떤 부모들이 조금 더 보살핌을 받는지를 헤아려보고 그 이유에

---

1. postpartum.net/learn-more/frequently-asked-questions/
2. papers.ssrn.com/sol3/papers.cfm?abstract_id=2617895
3. ncbi.nlm.nih.gov/pubmed/17194867
4. npr.org/2017/12/07/568948782/black-mothers-keep-dying-after-giving-birth-shalon-irvings-story-explains-why
5. 위와 같은 자료.

대해 생각해보자는 거다. 이제 우리는 부모들에게 보다 깊게 감정이입을 하면서 그들의 기운을 북돋워줄 필요가 있다.

한 가지 강조하고 싶은 점은, 산후 우울증을 겪는 사람들이 보살핌을 받게끔 하는 것은 물론 중요하지만 그것을 강요해서는 안 된다는 것이다. 이 소설에서 로빈이 레슬리에게 한 일을 실제로 실행할 경우 대단히 위험한 짓이 되고 만다. 정신 건강과 관련해 제대로 훈련받지 못한 경찰력을 투입하는 결과를 빚게 될 가능성이 있기 때문이다. 해당 문제로 고통받는 누군가를 위한답시고 당사자의 동의도 없이 공권력을 개입시키면, 그 사람이 유색인종인 경우 목숨을 위협당할 수도 있고[6] 혹은 지불할 능력이 없는 이에게 수천 달러에 달하는 병원비를 부담하게 만드는 상황을 초래할 수도 있다.

차라리 당사자가 편안하게 자기 제어를 하면서 따로 도움을 받을 수 있는 환경을 유도하고, 권하는 편이 낫다. 다행히 지난 수년 간 산후 우울증 환자들을 향한 낙인이 일부 걷혔고, 또한 지난 수십 년 동안 그들을 좀 더 이해하고 헤아려주는 분위기가 조성되었다. 레슬리 같은 사람이 어머니 세대가 겪은 경험을 대물림할 가능성이 줄어들었다는 이야기다. 만약 레슬리가 우리가 사는 이 현실 세상에 존재했다면, 아마 그녀는 의사에게 진료를 받았을 것이다. 그리고 의사의 추천으로 전문가와 심리 상담을 하는 한편, 오롯이 그녀 자신의 자유의지로 복용하게 될 항우울제 처방을 받았을 것이다.

레슬리가 느꼈을 두려움과 그 후에 그녀에게 다가왔을 참담함에 대해 나도 조금은 알고 있다. 언젠가 내가 느낀 두려움을 속속들이 담은

6. treatmentadvocacycenter.org/key-issues/public-service-costs/2976-people-with-untreated-mental-illness-16-times-more-likely-to-be-killed-by-law-enforcement-

책을 써서, 그 감정의 끝에 무엇이 있는지 알아보고 싶다. 산후 우울증 환자들이 더 이상 부끄러워할 필요가 없는 세상이 왔으면 한다. 부디 《베터 라이어》가, 임신 중이거나 출산한 부모들에 대한 우리의 이해도가 그동안 얼마나 낮았는지를 깨닫고, 나아가 이 문제에 대해 다 같이 생각해보는 계기가 되었으면 하는 바람이다.

마지막으로, 레슬리의 두려움과 내 두려움에 공감하는 부모들에게 이런 말을 하고 싶다. 도움을 청하는 여러분의 목소리를 들었다고, 그 말을 믿기에 도움을 드리고 싶다고.

감사의 말

이 책이 탄생하기까지 수십 명이 도움을 주셨습니다. 그중에서도 특히 에이전트인 에린 해리스에게 감사 인사를 드리고 싶습니다. 에린은 감상에 젖어 있던 나를 만나 내가 상상한 개념을 이끌어내고 구체화시켜주었으며, 아이디어를 펼칠 수 있게 해주었습니다. 에린, 당신은 내가 글의 뼈대를 잡을 수 있도록 항상 도와주었어요. 당신의 공감과 뛰어난 통찰력에 감사드립니다.

담당 편집자인 엘라나 세플로졸리에게도 감사드립니다. 내가 어떤 책을 쓰고 싶어 하는지 당신이 진심으로 이해해주고 있다는 걸 느낄 수 있었어요. 당신은 시간과 아이디어를 아낌없이 내주었죠. 보이트 자매와 나를 위해 당신이 내준 시간에 진심으로 감사드립니다. 이 책이 만들어지는 동안 나는 여러모로 자유로워졌는데, 그 또한 당신 덕분입니다. 말로 표현할 수 없을 만큼 큰 도움이 되었습니다.

영국 측 편집자인 제이드 챈들러와 새라 니샤 애덤스에게도 감사드럽니다. 미국에서 멀리 떨어진 영국에서도 이 책이 출간될 줄은 꿈에도 생각 못 했습니다. 두 분 덕분에 온 세상 사람들에게 내 이야기를 전할 수 있게 되었습니다. 그동안 보내준 사려 깊은 메시지와 나에 대한 믿음에 감사드립니다.

이 소설에 많은 시간을 투자해준 펭귄랜덤하우스 출판사 식구들에게도 깊이 감사드립니다. 세세한 부분까지 신경을 써준 에번 캠필드와 패멀라 파인스타인, 일정에 맞춰 일을 진행할 수 있도록 지원해준 패멀라 앨더스, 직접 이모티콘까지 그려주고 내가 늘 바랐던 면주面註용 표제를 디자인해주는 등 내지를 아름답게 꾸며준 다이앤 호빙, 완벽한 센스로 최고의 반전이 담긴 멋진 표지를 디자인해준 벌리나 휴이, 마케팅 매니저이면서 이상적인 최초 독자 역할을 해준 테일러 노엘,《베터 라이어》가 존재한다는 것을 세상에 알려준 멀리사 샌퍼드, 펭귄랜덤하우스의 자회사인 밸런타인 출판사의 핵심 멤버이며 내 첫 소설을 세상에 선보임으로써 내 꿈을 이뤄준 캐러 체사레, 제니퍼 허시, 킴 허비, 캐러 웰시에게도 고맙다는 인사를 전합니다.

출간 전에 미리 원고를 읽어준 친구들에게도 감사드립니다. 특히 멀리사 메히아스 파커, 해나 앨러맨, 피터 슐츠, 아서 이아나콘, 셀리나 레인스는 내게 용기를 북돋워주고 통찰력 있는 견해를 들려주었습니다.

수년 동안 직접 책을 써서 내게 읽어주었던 가족들에게도 감사의 마음을 전합니다. 가족들은 끝없는 단어 게임과 퍼즐로 어린 시절 내게 어휘를 익히게 해주었고, 시를 암송할 때마다 용돈을 주었으며, 열두 살 생일에는 도서관에서 실컷 책을 빌릴 수 있게 해주는 등 늘 나를 믿어주었습니다. 매년 앨버커키시로 데려가주고 그밖에 여러 장소에 함께 가준 것도 고맙습니다.

누구보다도 내 파트너인 매트 샤프에게 감사합니다. 당신이 내게 글을 써주고 남들과 다른 시선으로 내 마음을 읽어주었을 때, 나는 당신을 사랑하게 됐습니다. 당신은 내가 문학적, 감정적으로 여유를 갖고 글을 쓸 수 있도록 도와주었죠. 당신과의 인연이 늘 고맙습니다. 올해는 우리에게 정말 뜻 깊은 한해였어요. 영원히 잊지 않을 겁니다.

베터 라이어

지은이 태넌 존스
옮긴이 공보경
펴낸이 정규도
펴낸곳 황금시간

초판 1쇄 발행 2020년 12월 15일

편집총괄 권명희
편집 최장욱
디자인 정은경디자인

황금시간
Golden Time

주소 경기도 파주시 문발로 211
전화 (02)736-2031(내선 360)
팩스 (02)738-1713
인스타그램 @goldentimebook

출판등록 제406-2007-00002호
공급처 (주)다락원
구입 문의 전화 (02)736-2031(내선 250~252)
　　　　　　팩스 (02)732-2037

값 15,000원
ISBN 979-11-87100-91-1 03840